Klaus März   25.

D1629071

HEINZ G. KONSALIK

MÄDCHEN IM MOOR

Roman

WILHELM HEYNE VERLAG
MÜNCHEN

HEYNE ALLGEMEINE REIHE
Nr. 01/8737

Der Titel erschien bereits
unter dem Autoren-Pseudonym Stefan Doerner.

Heinz G. Konsalik schrieb diesen Roman 1964.
Damals wurden in der Bundesrepublik erste Versuche
mit einem humaneren, auf Vertrauen und Verantwortung gegründeten Jugendstrafvollzug unternommen.
Inzwischen existieren überwiegend offene Jugendstrafanstalten.
Geblieben aber sind die Probleme der Heranwachsenden, die mit dem Gesetz in Konflikt kommen; Probleme mit ihrer Familie, mit den Vollzugsbeamten. Und
geblieben ist auch die Frage: Was wird aus mir, wenn
ich entlassen bin?
Insofern sind Handlung und Aussage dieses Romans
nach wie vor aktuell.

7. Auflage
6. Auflage dieser Ausgabe

Für den Wilhelm Heyne Verlag genehmigte
und ungekürzte Taschenbuchausgabe
Copyright © 1988 bei Heinz G. Konsalik und Blanvalet Verlag GmbH
München
Printed in Germany 1995
Umschlagillustration: Bavaria/Nartsch
Umschlaggestaltung: Atelier Ingrid Schütz, München
Gesamtherstellung: Presse-Druck Augsburg

ISBN 3-453-06371-6

Wenn eine »Neue« kam, herrschte begreiflicherweise große Aufregung. Zwar wußte man die festgesetzten Tage — Dienstag und Freitag — der Einlieferung, aber es geschah nicht jede Woche und nicht einmal jeden Monat, daß der unscheinbare, grünlackierte Wagen über den Zufahrtsweg hüpfte und durch die mit Wasser gefüllten Schlaglöcher schlitterte.

»Heute kommt eine«, hatte die Oberaufseherin von Block II, Julie Spange, gesagt ... nicht laut, sondern ganz beiläufig, beim Blankputzen der Melkeimer, die glänzen mußten wie ein Spiegel. Und Käthe Wollop hatte über den Rand des Eimers hinweggesehen und zurückgefragt: »Wer denn?«

Sie hatte keine Antwort bekommen, Julie Spange war weitergegangen und überließ es dem geflüsterten Nachrichtendienst, die Neuigkeit zu verbreiten. Es war ein Freitag, morgens acht Uhr dreiundzwanzig. Ein grauer, nebelverhangener, kalter, feuchter Dezembertag. Von den Birken und Holunderbüschen, den Weiden und Krüppelkiefern tropfte die Nässe. Heide, Himmel und Moor waren eins, ein aufgequollener Sauerteig. Um elf Uhr würde also der kleine, grüne Wagen kommen, das kannte man schon. Er kam immer zwischen elf und halb zwölf, denn gegen sieben Uhr fuhr er vom Gefängnis weg und brauchte ungefähr vier Stunden von der Stadt bis zum Moor. Zum letztenmal war er vor vier Monaten gekommen und hatte eine ganz Vornehme gebracht. Vivian v. Rothen, Fabrikantentochter mit einem Jahr Jugendstrafe wegen Trunkenheit am Steuer, Fahren ohne Führerschein und fahrlässiger Tötung. Man hatte im Block II einen Monat gebraucht, bis aus Fräulein v. Rothen der Kumpel Vivi geworden war, ein schweres Stück Arbeit, das Hilde Marchinski — drei Jahre Jugendstrafe — mit den philosophischen Worten umriß: »Wer mit uns pennt, muß auch im Dreck liegen können . . . aber Dreck wärmt!«

Und nun kam eine »Neue«. Sie kam von draußen, aus der Freiheit, aus dem heißen Leben, aus der Sehnsucht durchwachter Nächte, aus den Armen eines Mannes, die jetzt zu wilden Träumen wurden. Für ein paar Stunden würde sie einen Hauch von Wirklichkeit mitbringen, sie würde erzählen und man würde fragen können . . . und es würde Streit geben, das wußte man im voraus, Streit mit der stämmigen Barbara vom Block I, die sich an jede Neueinlieferung heranmachte und sie fragte, ob sie ihre Freundin werden wolle. Sie stand sich gut mit der Küchenleiterin Emilie Gumpertz, und wer Barbaras Angebote annahm, konnte sicher sein, gut verpflegt zu werden.

Um elf Uhr — Zimmer 4 und 6 vom Block II hatte Stalldienst — hockte Hilde Marchinski auf einer Futterkrippe und sah durch das Fenster auf die im Nebel wie ein riesiger Regenwurm wirkende Chaussee.

»Alles tot«, sagte sie und kratzte sich am Oberschenkel. »Ist ja klar . . . bei der Suppe draußen brauchen die heute länger . . . Was wollen wir wetten, Kinder: Ist's eine von uns oder solch vornehmes Luder wie die Vivi?«

»Ich bin nicht vornehm!« rief Vivian aus einer Box. Sie schichtete vermistetes Stroh auf den Gang.

»Jetzt nicht mehr, nachdem wir dir den Hintern mit Mennige angestrichen haben!« Hilde Marchinski hielt sich am eisernen Fensterrahmen fest und sah seitlich hinaus. »Die Kronberg kommt mit dem Doktor Röhrig.« Sie lachte rauh und drehte das breite Gesicht zu den anderen, die unter ihr im Stroh standen und zu ihr hinaufstarrten. »Wie heißen Sie, bitte deutlich!« machte sie Sprechweise und Bewegungen des Anstaltsarztes Dr. Röhrig nach. »Welche Krankheiten hatten Sie? Masern, Röteln, Scharlach, Diphtherie, Tripper, Syphilis? Hatten Sie schon Verkehr?« Hilde Marchinski schob die Unterlippe vor. »Und was habe ich geantwortet, Kinder? ›Mit Ihnen, Herr Doktor, hätt' ich'n gern — !‹«

»Quatsch nicht so dusselig. Guck, ob das Auto kommt!« schrie Käthe Wollop. »Wenn es in'n Hof rollt — alle raus mit den Mistkarren. Und wenn der junge Wachtmeister wieder mitkommt, heb ich wieder 'n Rock hoch. Mein Gott, was ist der damals rot geworden!«

»Sie sind da!« Hilde Marchinski sprang von der Futterkrippe. »Ich hab die Nebellichter gesehen.«

»An die Mistkarren!« kommandierte Käthe Wollop.

Die Erregung wuchs, man sah es an den Augen, an den fahrigen Bewegungen der Hände, an dem Zittern der Lippen und dem Klopfen der Halsschlagader.

Eine »Neue« kam ... ein Hauch von Freiheit.

Das »Gut Wildmoor« war ein neu erbautes Experiment, das einige fortschrittliche Juristen durchgesetzt hatten. In langen Vorträgen, die von Beweisen und Zahlen untermauert waren, hatten sie nachgewiesen, daß der Jugendstrafvollzug in Deutschland überaltert sei, daß die Form der geschlossenen Strafanstalten mit verriegelten Türen, vergitterten Fenstern, halbstündlichem Spaziergang in einem engen Hof und Tütenkleben, Mattenflechten oder Kuvertieren von Versandhaus-Katalogen der unmodernen Ansicht entsprach, man müsse bestrafen und nicht bessern. Die neuen Kenntnisse von der Jugendpsychologie machten es notwendig, Anstalten zu schaffen, in denen eine Untat nicht als Strafe verbüßt wurde, sondern in denen in einem weltoffenen Geist der junge Mensch der Gemeinschaft wiedergewonnen wurde. Erziehung durch Arbeit, Besserung durch Vertrauen, Erkenntnis der eigenen Nützlichkeit durch Verantwortung ... so lauteten die Schlagworte, aus denen dann als Versuch mitten im Moor das Gut »Wildmoor« entstand, aus einem alten, verlassenen Nonnenkloster, das die Nonnen schon vor sechzig Jahren verlassen hatten, weil der Nachwuchs zu gering war.

Ein Jahr lang wurde umgebaut, neu gebaut, eingerichtet, von Kommissionen besichtigt, diskutiert, abgelehnt und zugestimmt, von Fantastereien geredet und vom Avantgardismus, bis schließlich — zögernd wie Behörden immer sind, wenn es sich um Neuland in ihren Kompetenzen handelt — an einem schönen Sommertage die ersten Mädchen nach Wildmoor kamen. Aus verschiedenen Gefängnissen, sorgfältig ausgewählt, wegen guter Führung abgestellt (was der Herr Pfarrer in jedem Fall befürworten und schriftlich beantragen mußte); Mädchen von 14 bis 21 Jahren, Gestrauchelte und Gerissene, kleine Diebinnen aus Abenteuerlust und perfekte Flittchen wie Käthe Wollop, in deren Akten schlicht Beischlafdiebstahl stand. Und noch jemand wurde nach Wildmoor versetzt, und man betrachtete es in Gefängnisfachkreisen als gerecht und zugleich als eine Ohrfeige: Regierungsrat Dr. Peter Schmidt übernahm die Leitung der offenen Jugendstrafanstalt Wildmoor. Jener Dr. Schmidt, der einer der glühendsten Befürworter der neuen Umerziehungstheorie gewesen war. »Jetzt kann er seine eigene Suppe auslöffeln«, sagte man in Kollegenkreisen hämisch. »Und — was gilt die Wette? — er verdirbt sich daran den Magen!«

An diesem nebeltrüben, feuchten Dezembertag stand Dr. Schmidt am Fenster seines großen Arbeitszimmers und sah hinaus auf die weißen, getünchten Gebäude seiner Strafanstalt. Zwei Dinge waren trotz aller neuen Ansichten übernommen worden ... Gitter vor den Fenstern und des

Nachts verriegelte Türen. Dafür stand aber tagsüber das große Einfahrtstor zum Innenhof offen, die Mädchen arbeiteten frei auf dem Gut, auf den Feldern, im Torfabbau des Moores oder als Gehilfinnen der Moorbäuerinnen, von denen sie abends abgeholt wurden. Nur zweimal in den eineinhalb Jahren war ein Fluchtversuch unternommen worden ... beide Mädchen waren nicht weit gekommen. Suchtrupps fanden sie erschöpft unter Holunderbüschen liegend. Das Moor hatte sie zermürbt, die Angst, fehlzutreten und grauenhaft im Morast zu ersticken. So waren sie ziellos herumgeirrt und weinten vor Freude, daß man sie entdeckt hatte und ins Gut Wildmoor zurückbrachte.

Dr. Schmidt sah auf seine Armbanduhr. Er war der Typ eines Gelehrten mit schütterem, blondem Haar, einer goldeingefaßten Brille auf einer kleinen Nase, einem länglichen Gesicht, wasserblauen Augen und einem schlanken Körper in einem korrekten Maßanzug von dezentem Graublau. Dazu trug er einfarbige Schlipse, allerdings in Kontrastfarben zum Anzug. Heute, bei Graublau, war die Krawatte weinrot.

Der Neuzugang, der in wenigen Minuten eintreffen mußte, machte ihm Sorgen, bevor das Mädchen überhaupt da war. Die Strafakte war mit der Post vorausgeschickt worden ... Bericht der Kriminalpolizei, Protokoll der Verhöre, Anklageschrift, Verhandlungsprotokoll, Strafzumessung, Begründung des Urteils, Sachverständigenurteile von zwei Psychiatern, eine Befürwortung des Gefängnisgeistlichen ... es war eben alles da. Ein vollkommener Mensch in Form einer dreiundsechzigseitigen Akte. Blauer Deckel, schwarze Tuschenschrift, eine Registraturnummer. Ein Schicksal auf amtlichen Blättern.

Dr. Schmidt hatte die Akte genau studiert. Bevor er die Mädchen, die zu ihm überwiesen wurden, selbst sah, versuchte er immer, sich ein Bild von diesem Menschen zu machen, der einen Schritt abseits getan hatte und sich nun bemühen wollte, auf die normale Straße zurückzukehren. Meistens war es ihm gelungen, die Mädchen richtig einzuschätzen. Die Mehrfachtäter — wie es so schön im Juristendeutsch heißt — oder die einmalig Gestolperten, die Berufsflittchen oder die von der Umwelt Verdorbenen ... sie alle hatten vor ihm gestanden, und er hatte zu ihnen gesagt: »So ... Sie haben nun einen großen Schritt in die Freiheit getan! Jeder Tag, den Sie hier verleben, ist ein Baustein Ihres ferneren Lebens. Mit dem Tag Ihrer Ankunft bereiten wir Ihre Entlassung vor ... Ich wünsche Ihnen das Glück, ein guter Mensch zu werden.«

Das war pathetisch, zugegeben, aber es wirkte immer. Die einen weinten danach, die anderen sahen ihn verblüfft an, nur wenige grinsten, und in ihren Augen las man ihren Gedanken: »So ein doofer Hund.« Das änderte sich spätestens nach einem Monat. Vier Wochen — das hatte Dr. Schmidt herausgefunden — war die sogenannte Karenzzeit. In ihr geschahen die absonderlichsten Dinge. Dann war es Dr. Schmidt, der väterlich mit den Mädchen sprach, der sich um sie kümmerte, der mit ihnen hinaus ins Moor fuhr oder — im Frühjahr, im Sommer und im Herbst — mit allen Insassen einen »Betriebsausflug« unternahm, der mit einem Würstchenessen endete.

Es klopfte. Dr. Schmidt drehte sich vom Fenster ab und rief »Herein!« Der Anstaltsarzt Dr. Röhrig kam herein und ging mit ausgestreckter Hand dem Regierungsrat entgegen.

»Du hast mich rufen lassen, Peter?« Dr. Röhrig war ein noch junger Mann. Er hatte mit Schmidt zusammen in Würzburg und Köln studiert und hatte in Stavenhagen eine Landarztpraxis aufgemacht. Als die offene Strafanstalt Wildmoor gegründet wurde, war es selbstverständlich, daß Dr. Schmidt seinen Freund als Vertragsarzt vorschlug. Das Ministerium willigte ein, denn die Kosten für einen ständigen Anstaltsarzt waren somit einzusparen. »Ist etwas Besonderes?«

»Ein Zugang.« Dr. Schmidt schlug den blauen Aktendeckel auf. »Monika Busse, 18 Jahre alt. Ein Jahr Jugendstrafe wegen Beihilfe zum Diebstahl und Hehlerei. Kommt aus einem soliden Haus. Vater ein kleiner Fuhrunternehmer, bieder und grundehrlich. Er begreift bis heute nicht, daß seine Tochter ins Gefängnis mußte. Nach allem, was ich gelesen habe, ist sie in diese Sache hineingeschlittert. Immer das alte Lied: Umwelteinflüsse, schlecher Umgang, eine gewisse Hörigkeit, die sich dann bildet, Gutgläubigkeit ... die Jugend, die Freiheit mit Freiwild verwechselt.«

»Also ein sogenannter 100%iger Besserungsfall.«

»Ja. Und deshalb lege ich Monika auch zu Hilde Marchinski und Käthe Wollop ins Zimmer.«

»Unmöglich!« Dr. Röhrig hob wie abwehrend beide Hände. »Das geht schief.«

»Es darf nicht schiefgehen. Zwei schwere ›Damen‹ in Gemeinschaft mit einem Mädchen, das sich wirklich anstrengt, das hinter ihr Liegende zu vergessen.«

»Nach dem Gesetz der Farbenlehre deckt schwarz mehr als weiß! Die beiden Kanonen werden den kleinen Hasen einfach umschießen.«

»Oder nicht! Es wird schwer für Monika Busse werden, das weiß ich. Und selbst wenn es ihr nicht gelingt, die Marchinski und die Wollop zu beeinflussen, wird sie sehen, vor welchem Niedergang sie sich retten kann.«

»Du bist ein unheilbarer Idealist!« Dr. Röhrig nahm eine Zigarette aus einem Emaillekasten und zündete sie mit nervösen Fingern an. »Wenn du nur aufhören wolltest, bei jedem Menschen an den guten Kern zu glauben!«

»Jeder Mensch ist gut!« sagte Dr. Schmidt laut.

»Und das sagt ein Gefängnisleiter!«

»Vielleicht, weil wir die Menschen besser kennen als

11

andere. Wir sehen sie nackt, seelisch völlig entblößt ...
nicht, wenn sie uns den Zerknirschten vorspielen, darauf
falle ich nicht mehr herein, sondern dann, wenn sie sich
unbeobachtet glauben, wenn sie am Fenster stehen und in
die Weite des Moores schauen, wenn sie auf den Moorka-
nälen fahren, in den flachen Booten, den Rutschern, und
die Sonne geht unter, das Moor wird blutrot, Bleßhühner
steigen auf und Hasen huschen durch das Heidekraut ...
dann sollte man ihre Gesichter sehen, diese weiten Augen,
die Tränen und die Sehnsucht, dieses Leben wieder zu
bekommen. Ich habe bisher 170 Mädchen entlassen können — «

»Und wieviel sind rückfällig geworden?«

»Neun.«

»Gratuliere, Peter. Was sagt deine Aufsichtsbehörde?«

»Nichts. Sie ist eine Behörde. Dort sind Erfolge selbstverständlich, vor allem, wenn man Geld investiert hat. Im
Gegenteil ... man sagt, daß die Zahl Neun sehr hoch
sei ...« Dr. Schmidt schüttelte den Kopf, als Dr. Röhrig
etwas sagen wollte. Er trat wieder ans Fenster und sah
hinaus in das von Nebelschwaden umschleierte Moor. »Ich
weiß, ich weiß, ich sollte da auf den Tisch hauen! Aber
hat's einen Sinn, Ewald? Ich bin froh, daß man mich dieses
Experiment überhaupt machen läßt. Vielleicht wird man in
hundert Jahren diesen Strafvollzug überall eingeführt haben, vielleicht auch nicht ... ich für meinen Teil sehe, daß
man junge Menschen leiten kann, wenn man ihre jungen,
noch unvollkommenen Seelen erkennt. Sie können Ton in
unseren Händen sein, aus dem man gute Menschen formt.«

»Und an alles das glaubst du felsenfest?«

»Ja.«

»Prost Mahlzeit!« Dr. Röhrig setzte sich auf das Leder-
sofa. Es stand an der Rückwand des großen Raumes. »Es
ist eigentlich eine rührende Erkenntnis, daß unsere harte

Zeit noch solche Idealgestalten wie einen Dr. Schmidt hervorbringen kann.«

Dr. Schmidt trat schnell vom Fenster zurück. »Sie sind da.«

Dr. Röhrig sprang auf und trat ebenfalls ans Fenster. Über die Schulter seines Freundes sah er hinaus auf den großen Innenhof. Aus dem Stall I rollten in diesem Augenblick vier volle Mistkarren in Richtung auf den Misthaufen. Acht Mädchen in blauen Kleidern, derben Schuhen, langen, blauen Schürzen und verblichenen, ehemals blauen Kopftüchern marschierten über das Kopfsteinpflaster des Hofes. Vier schoben die Karren, vier trugen Mistgabeln auf der Schulter. Der grüne Wagen hatte vor der Aufnahme gehalten. Oberaufseherin Julie Spange und Hedwig Kronberg vom Block I kamen aus dem Haus und stellten sich neben der noch geschlossenen Wagentür auf. Der Fahrer stieg aus und grüßte. Er trug eine grüne Uniform, war jung und hoch gewachsen.

»Da ist er wieder!« sagte Käthe Wollop zufrieden. »Dem laß ich nachher die Augen aus'n Kopp fallen.« Sie stakte ihre Mistgabel in die Karre, schob das Kopftuch zurück und nestelte am Oberteil ihres Kleides.

»Käthe, laß den Blödsinn.« Hilde Marchinski stellte die Karre ab. »Was haste von vier Tagen Strafzelle?«

Auch der zweite Beamte, amtlich die Begleitperson, stieg aus. Er klappte den Sitz um und wirkte energisch, wie es einem Gefängniswachtmeister zusteht. »Nun komm schon!« sagte er zur Verstärkung seines Willens.

Aus dem grünen Wagen stieg ein schlankes, schüchternes Mädchen. Es hatte die langen blonden Haare hochgesteckt und nicht bedeckt. Unter einem Trenchcoatmantel trug sie einen grünrot gemusterten Schottenrock und einen weißen Pullover mit Rollkragen. Ihr folgte eine Beamtin, ein ältliches Mädchen mit einem Spitzmausgesicht.

»Bewacht wie ein Schwerverbrecher«, sagte Dr. Schmidt sarkastisch. »Und hier darf sie frei herumlaufen . . .«

»Sie trägt keine Gefängniskleidung?« fragte Dr. Röhrig erstaunt.

»Das Urteil ist nach einer Berufung erst gestern rechtskräftig geworden. Außerdem kommen die Mädchen mit ihren eigenen Sachen zu uns, die sie dann auf der Kammer abgeben und gegen die Arbeitskleidung eintauschen. Nur die schon alten Semester, die aus den Gefängnissen zur Bewährung hierherkommen, tragen Anstaltskleidung.«

Die Beamtin war mit Monika Busse im Haus verschwunden. Die acht Mädchen standen am Misthaufen und sahen hinüber zu dem grünen Wagen und den beiden Wachtmeistern, die sich eine Zigarette anzündeten.

»Was findet ihr?« sagte Hilde Marchinski. »Die Neue sieht doof aus, was? Brav wie 'n Stiefmütterchen.«

»Guck dir den Jungen an.« Käthe Wollop stieß Vivian v. Rothen in die Seite. »Der muß sich an seiner Zigarette festhalten. Paßt mal auf, wie der 'ne Hitzewelle kriegt.«

Sie löste sich aus der Zusammenballung der acht blauen Körper und trat zwei Schritte vor. Dann schob sie ein Bein vor, hob mit einem Ruck den langen Rock bis zum Nabel und machte eine ordinäre, eindeutige Handbewegung. Der junge Wachtmeister drehte sich schroff um und stierte betroffen die Wand des Blocks I empor.

»Dein Schäfchen«, sagte Dr. Röhrig spöttisch und klopfte Dr. Schmidt auf die Schulter. »Genau das wollte ich dir noch sagen, als uns die Ankunft des Wagens unterbrach: Ob in deiner offenen Anstalt oder im normalen Knast . . . an einem scheitert aller Idealismus und läßt dein pädagogisches Gebäude zusammenbrechen . . . und das ist die Explosion der Hormone! Daran scheitert jeder Strafvollzug . . . und wenn man ihnen pfundweise Soda ins Essen streut . . .«

Die Beamtin kam wieder aus dem Haus und stieg nach einem Blick auf die acht Mädchen am Misthaufen wieder in den grünen Wagen. Ihre Aufgabe war erfüllt. Monika Busse war abgeliefert. Sie stand jetzt in der Aufnahme und wurde in den Rhythmus von Wildmoor eingegliedert. Aufnahme der Personalien (obwohl sie bekannt und aktenkundig waren), Abgabe der eigenen Kleidung, heißes Bad, Ausgabe der Anstaltskleidung, Registrierung der abgegebenen Wertsachen und Beglaubigung durch Unterschrift, ärztliche Untersuchung, Vorstellung bei dem Herrn Direktor, Zuweisung des Bettes, Mittagessen, erste Bekanntschaft mit der Arbeit ... und der erste Tag würde vorüber sein, der erste von 365 Tagen in Wildmoor.

Aus der Waschküche kam langsam ein hochgewachsenes, gut genährtes, kräftiges Mädchen. Es schwitzte, wischte sich mit dem Handrücken den Schweiß aus den Augen und sah hinüber zu dem grünen Wagen, der gerade anfuhr und auf dem Innenhof zur Ausfahrt wendete. Dann blickte es hinüber zu den anderen acht Mädchen, ein breites Grinsen überzog das schöne Gesicht, es wandte sich wieder um und ging mit schwingenden, breiten Hüften zurück in die Waschküche.

»Schon ist sie da, die Barbara, die alte Sau!« sagte Hilde Marchinski und ballte die Faust. »Und die Gumpertz, das dicke Schwein, hockt bestimmt am Fenster und massiert sich die Schenkel. Wetten, ob sie die Neue bekommt?«

»Es ist zum Kotzen!« sagte Vivian v. Rothen. »Man sollte es dem Direktor melden.«

»Und dann? Dann kommt 'ne andere, die macht's genauso! Und ohne Sonderverpflegung — «

Sie leerten ihre Mistkarren aus und fuhren zurück zum Stall. Noch bevor sie am Eingang waren, rief Julie Spange über den Hof. »Käthe zum Herrn Direktor!«

»Auf Wiedersehen in vier Tagen!« sagte Hilde Marchinski. »Bist doch ein dummes Luder! Was haste nun von deinem Striptease? Wasser, Brot und 'ne Holzpritsche!«

Langsam kam Käthe Wollop über den Hof zum Hauptgebäude. Julie Spange schüttelte ihren dicken, runden Kopf. Das Wollkleid saß ihr prall um die füllige, aber nicht unschön wirkende Figur. Auch das war eine Anordnung Dr. Schmidts: Die Beamtinnen auf Gut Wildmoor trugen keine Uniform wie in den Gefängnissen, sondern normale Kleidung. Sie waren keine Aufseherinnen, sondern »Heimmütter«.

»Der Herr Direktor ist wütend!« sagte sie. »Was ist denn schon wieder los?«

»Nichts.« Käthe Wollop hob schnippisch die Schultern. »Ich habe nur 'was gelüftet —«

In der Diele begegnete sie Dr. Röhrig, der zu seinem Ordinationszimmer ging, das neben der Aufnahme und dem Bad lag. Hier war auch das Krankenrevier mit einer Schwester. Auf sie konnte nicht verzichtet werden, denn bei 43 Mädchen ist immer jemand krank und braucht Pflege.

»Sie sind mir ja ein schönes Früchtchen!« sagte er und blieb stehen. Käthe Wollop drückte die Brüste heraus und lächelte breit.

»Sie als Arzt dürfte so 'was doch nicht reizen . . .«

Dr. Röhrig wölbte die Unterlippe vor und neigte etwas den Kopf zur Seite. »Wie alt sind Sie noch mal?«

»Siebzehn —«

»Was soll aus Ihnen bloß einmal werden?«

»Was weiß ich? Vielleicht ne Nutte! Da kann man Geld machen.«

»Wenn ich Ihr Vater wäre . . .«

»Meinen Vater kenn ich nicht. Und meine Mutter steht jeden Abend auf'n Neumarkt, Ecke Apostelnstraße. Die ist so bekannt, daß die Schupos weggucken. Die haben nämlich Sondertarife —«

Dr. Röhrig verzichtete auf eine weitere Unterhaltung. Er wandte sich ab und ging schnell davon. Hinter seinem Rücken hörte er das Lachen Käthe Wollops, ein ordinäres, gemeines Lachen, das nach Bett und Sattheit klang.

Monika Busse stand vor dem breiten Schreibtisch Dr. Schmidts. Mittelgroß, blaß, mit gefalteten Händen, die langen, blonden Haare lose über die blaue Anstaltskleidung. Sie hat schöne, blaue Augen, dachte der Regierungsrat. Gute Augen. In ihnen fehlt der herausfordernde Blick, den viele hatten, wenn sie hier vor mir standen, und auch die schleimige Demut fehlt, mit der manche glauben, sich Wohlwollen erkaufen zu können. Sie steht da in einer Ergebenheit und sieht mich an mit der deutlichen Erwartung, daß sie jetzt eine Rede hören wird. Und genau das stimmt.

Dr. Schmidt räusperte sich und beugte sich etwas im Sitzen vor.

»Wir können uns große Worte sparen, Monika. Ich kenne deine Akten und ich weiß, daß du ehrlich bereust. Wenn du dich gut führst, wirst du kein Jahr — wie das Urteil lautet — hierbleiben. Ich werde dafür sorgen, daß ein Teil der Umerziehung — « er vermied deutlich das Wort Strafe — »erlassen wird. Du wirst hier merkwürdige Kameradinnen kennenlernen ... denk immer daran, daß du dein eigenes Leben leben mußt und dir die anderen nicht helfen, wenn es dir dreckig geht. Aber denk auch daran, daß es wichtig ist, ein Gefühl der Gemeinschaft zu haben, so schwer es manchmal fällt. Verstehst du es?«

»Ja, Herr Direktor.«

Ihre Stimme ist klangvoll, ruhig und beherrscht, dachte Dr. Schmidt. Er erinnerte sich noch einmal, was er in ihren Akten gelesen hatte. Zehn Einbrüche, bei denen sie Schmiere stand und auch eine Werkzeugtasche trug. Wegbringen der Beute mit dem elterlichen Kleintransporter. Verkauf der gestohlenen Ware auf Märkten. Es war unwahrscheinlich, wenn man in diese Augen blickte und dieses Gesicht ansah, das ein alter italienischer Meister gemalt haben könnte.

»Sie haben alles bekommen, was Sie brauchen?« Monika Busses Blick wurde fragend. Warum jetzt weitersprechen in der Sie-Form, sagte dieser Blick. Habe ich mit diesem Ja etwas falsch gemacht? Dr. Schmidt merkte die innere Abwehr und räusperte sich wieder.

»Brauchst du noch etwas?«

»Nein, Herr Direktor.«

»Du wirst im Zimmer 4, Block II schlafen. Deine Heimmutter ist Fräulein Julie Spange.«

»Ich kenne sie bereits, Herr Direktor.«

»Du liegst in einem Zimmer mit einer Hilde Marchinski und einer Käthe Wollop. Das sind zwei böse Mädchen. Ich lege dich zu ihnen, weil ich glaube, daß du sie ein wenig zu deinen Freundinnen machen kannst.«

»Das glaube ich nicht, Herr Direktor.«

»Und warum nicht?«

»Ich ... ich ...« Ihre Stimme schwankte plötzlich und wurde kindlich. »Ich habe meinen Eltern solche Sorgen gemacht. Ich möchte dieses eine Jahr verbüßen. Und ich möchte zur Besinnung kommen. Ich weiß bis heute nicht, warum ich das alles getan habe ...«

»Du wirst viel Zeit haben, über alles nachzudenken, Monika.« Er streckte ihr die Hand entgegen. »Auf gute Zusammenarbeit – «

»Zusammenarbeit ...?«

»Aber ja! Du bist jetzt eines der Moormädchen. Und wir alle sind eine große Familie, in der jeder seine Aufgabe hat. Einer ist auf den anderen angewiesen ... und wenn einer ausfällt, ist es der Schaden aller.«

»Auf eine gute Zusammenarbeit, Herr Direktor.«

Sie drückte die dargebotene Hand. Es war ein fester

Druck, was Dr. Schmidt mit Erstaunen feststellte. Auf ein Klingelzeichen holte Julie Spange sie ab und führte sie zum Block II. Nachdenklich sah ihnen der Regierungsrat vom Fenster aus nach. Morgen wird man ihr die Haare kurz schneiden, dachte er. Das wird ihr weh tun, seelisch weh ... aber es ist Bestimmung. Und übermorgen wird sie ihre Außenstelle zugewiesen bekommen, die »Pflegeeltern« über Tage. Er setzte sich wieder, griff nach einem Schnellhefter und überflog die Aufstellung der Moorbauern, die sich als Patenstelle erboten hatten. Ein Klopfen an der Tür schreckte ihn auf.

»Ja?«

Emilie Gumpertz kam herein. Sie lächelte etwas einfältig und spielte nervös mit ihren Fingern.

»Herr Regierungsrat, bitte zu verzeihen«, sagte sie mit einer öligen Stimme, die zu ertragen eine bestimmte Nervenstärke voraussetzte. »Aber ich habe den Neuzugang zufällig gesehen ... Was ich schon immer sagen wollte ... Ich könnte in der Küche noch eine Hilfe gebrauchen ...« Sie hob die Hände, halb bittend, halb sich selbst abwehrend. »Natürlich nur, wenn der Herr Regierungsrat nicht schon eine Arbeitseinteilung getroffen hat.«

»Das habe ich noch nicht.« Dr. Schmidt klappte den Schnellhefter mit den Patennamen zu. »Ich werde es mir überlegen, Frau Gumpertz —«

Sie saß auf ihrem Bett, ließ die Beine baumeln und sah auf ihre im Schoß gefalteten Hände. Es war ein richtiges, weiß lackiertes Bett, mit einer Roßhaarmatratze, einem Sprungfederrahmen, mit weißem Bettlaken, einem weißbezogenen Kissen und zwei weißen, dicken Wolldecken. Das Zimmer war geräumig und hatte ein großes Fenster mit einem herrlichen Blick über einen Birkenwald und einen Kanal, der mit schwarzem Wasser gefüllt schien. Ein Boot schaukelte darauf, mit eingezogenen Rudern. Hinter dem Kanal dehnte sich das Moor aus, harmlos wie eine Heide aussehend, tückisch und schweigsam, besetzt mit zerzausten Holunderbüschen und traurigen, knorrigen Weiden. Irgendwo stießen Himmel und Erde zusammen ... man sah es jetzt nicht, die Vereinigung war vollkommen.

Die Gitter vor dem großen Fenster störten nicht. Die Weite hinter ihm kam ins Zimmer, wenn man hinaussah, ja, es war mehr ein Gefühl der Geborgenheit hinter diesen Gittern, als das Empfinden, abgesperrt zu sein. Welch ein Vergleich zu dem kleinen, oben unter der Decke klebenden Fenster im Gefängnis, zu der an die Wand klappbaren Pritsche, dem wackeligen Tisch und dem Schemel, auf dem man sich den Steißknochen wund saß. Und der Kübel fehlte, jener Eimer mit Deckel, aus dem der Geruch der Kloake kroch und den man jeden Morgen vor sich hertragen mußte, um ihn im Klosett zu entleeren und auszuspülen.

Hier war alles licht, sauber, freundlich. Weißlackierte Schränke, ein großer Tisch mit Rohrgeflechtstühlen, Bilder an den Wänden, Buntfotos deutscher Landschaften, ein Boden aus blauem Linoleum, blank wie eine Eisbahn ... ein fast steriler Raum, der die Aufgabe hatte, die Bazillen der Gemeinheit abzutöten.

Noch zwei Betten standen im Zimmer, mit glattem Bettuch, militärisch gefalteten Decken und aufgeschüttelten Kissen. Auf die Bewohner dieser zwei Betten wartete Monika Busse. Sie mußten gleich kommen, die Mittagspause stand bevor, das Umziehen zum gemeinschaftlichen Essen im Speisesaal, das Abwaschen des Stallgeruchs nebenan im gekachelten Waschraum mit den zehn Becken und fünf Brausewannen.

Etwas nach vorn gesunken, bleich und im Tiefsten hilflos, saß Monika da und wartete. Sie hatte Angst und zwang sich, nicht von dieser Angst überspült zu werden.

Die erste, die hereinstürzte, war Hilde Marchinski. Sie rannte auf Monika zu, hielt ihr die Hand hin und baute sich breitbeinig vor sie auf.

»Ich bin Hilde!« rief sie. »Alles andere erzähl ich dir später. Wo kommst du her? Wie sieht's draußen aus? Los erzähl schon!«

»Was soll ich erzählen. Ich heiße Monika . . .«

»Von mir aus! Warum biste hier?«

»Diebstahl.«

»Ach, 'ne kleine Klemmsuse! Du, das sag ich dir — « Hilde Marchinski begann sich auszuziehen. Sie streifte die Stallkleidung ab, stieg aus dem blauen Leinen und baute sich nackt vor Monika Busse auf, die Hände in die Hüften gestützt, ein schönes, schlankes Mädchen mit fast weißer Haut, rotblonden Haaren, langen Beinen und einer festen, spitzen Brust. »Wenn du hier an unsere Sachen gehst . . . wir schlagen dich zum Krüppel, verstanden?! Das vorweg! Aber sonst kannste hier ganz schön 'was zur Seite schaffen. In der Küche, im Hühnerstall, in der Gärtnerei, im Stricksaal, in der Büglerei . . . nur in der Wäscherei nicht. Das ist 'ne Sauerei. Die waschen noch wie Urgroßmutter am Trog, und die Klamotten mußte schrubben und wringen. Aber da kommen nur die hin, die was ausgefressen haben. Was tuste denn gern?«

»Gern? Ich weiß nicht . . .« Monika sah hilflos auf das nackte Mädchen vor sich. Hilde Marchinski nahm aus dem Spind hinter ihrem Bett andere Unterwäsche und ein Handtuch. Nun kam auch Käthe Wollop herein und blieb an der Tür stehen.

»Ich bin Käthe — «

»Sie heißt Monika.« Hilde schlang das Handtuch um ihren schlanken Hals. »Ist 'ne Klemmsuse. Aber ich hab' ihr schon gesagt, daß bei uns nichts drin ist. Ich geh' mich waschen — «

Käthe Wollop begann sich ebenfalls auszuziehen, zunächst stumm, als sei Monika gar nicht im Zimmer. Sie war etwas fülliger als Hilde, kleiner und gedrungener und trotz ihrer erst siebzehn Jahre von einer deutlichen, fraulichen Reife. Auch sie nahm aus ihrem Spind andere Unterwäsche und ein Handtuch. Mit beiden Händen fuhr sie sich durch die kurzgeschnittenen braunen Haare und drehte sich zu Monika um.

»Wie lange hast du?«

»Ein Jahr.«

»Ich habe zwei! Eigentlich sind wir Kolleginnen. Ich habe auch geklaut, aber anders. Ich habe den Kerlen die Taschen leer gemacht, wenn sie schnarchend neben mir lagen, und dann — hui — war ich weg. Die haben wirklich geglaubt, ich würde mich für lumpige zwanzig Mark verkaufen!« Sie sah Monika Busse mit einem breiten, gemeinen Lächeln an. »Na, und du? Haste 'nen Freund?«

»Ja.«

»Wird weh tun, Moni, in der ersten Zeit. Bei mir war es so, daß ich die Stalltüren umklammert habe. Aber dann legt sich das. Und wenn's ganz schlimm ist, gehste zu der alten Gumpertz — «

»Wer ist denn das?« fragte Monika mit Ekel in der Stimme.

»Die Küchenleiterin und Chefin der Lehrküche von Wildmoor. Huch!« Käthe Wollop wiegte sich in den strammen Hüften. »Wirste noch alles kennenlernen, Moni! Das Wichtigste ist, nach außen wie ein Lamm zu sein ... dann kriegste einen Teil vom Knast erlassen. Und das beste Stück vom ganzen Bau ist der Direktor. Das ist ein feiner Kerl. Wer den ärgert, bekommt Bockkeile, hast du verstanden?«

Käthe Wollop tänzelte zur Tür. Ihr nackter, aufreizender Körper, zweifarbig, nämlich an den Schultern und den

Beinen braun und im Mittelstück rosaweiß, war wie eine Verkörperung der Sünde.

»Willst du mit uns aufs Außenkommando?« Käthe drehte sich noch einmal um.

»Ja. Was ist das?«

»Gärtnerei, Stall, Moorarbeiten, Torfstechen, Blumenzucht ... das ist schöner als Innendienst. Da kommt man raus und hat die Illusion, frei zu sein.«

»Wenn das möglich ist, Käthe.«

»Das machen wir möglich. Ich spreche mit der Spange. Und die trägt es als eigenen Wunsch dem Direktor vor. Sowas schaukeln wir hier schon.«

»Ist die Spange denn ... denn auch so ...«

»Aber nein!« Käthe lachte laut. »Im Gegenteil! Die hat'n Freund, und der klettert nachts bei ihr ins Zimmer. Und das wissen wir ... Na, Kleine? Ist das nicht 'n Grund zum Feiern ...?«

Nebenan rauschte das Wasser im Waschsaal, klatschten aus den Brausen die heißen Strahlen über die nackten Mädchenkörper, flatterte Lachen und Kreischen über die Flure und Gänge. Vivian v. Rothen sah schnell in das Zimmer, musterte wortlos Monika Busse und lief weiter zum Waschraum.

Ein Jahr, dachte Monika. Ein ganzes Jahr ... O Mutter, Mutter, warum habe ich das getan ... ich weiß es ja heute selbst nicht mehr ... ich kann es euch nicht erklären ... und wenn ich es euch erklären könnte, ihr würdet es nicht verstehen. Wer kann schon begreifen, wenn ich sage: Ich weiß nicht, warum ich es getan habe. Um so zu sein wie die anderen in unserem Club, weil ich Rolf liebte, weil ich zeigen wollte, daß ich nicht feig und ängstlich bin, wie mich die anderen spöttisch nannten, weil ich beweisen wollte, daß ich zu Rolf passe, kühn, mutig und kaltblütig ... weil ich ein Kindskopf war ... weil ... weil ... Wer wird das je begreifen ... O Mutter, Mutter ... ein ganzes Jahr —

Sie schlug die Hände vor die Augen und weinte.

So traf sie die Heimmutter Julie Spange an, die vor dem Mittagessen die Zeit des Waschens ausnutzte, eine Zimmerinspektion zu machen und einige schlecht gemachte Betten wieder einriß. Das gab jedesmal ein lautes Murren, aber da die ganze Stube kein Essen bekam, bis das Bett nicht richtig gemacht war, beeilte man sich gemeinsam, die peinliche Ordnung wieder herzustellen.

»Warum weinen Sie, Monika?« fragte sie und setzte sich neben sie auf die Bettkante. »Das läßt sich nun mal nicht ändern. Auch das schönste Gefängnis bleibt Gefängnis. Ich hörte, Sie wollen zum Außendienst?«

Monika nickte stumm. In ihrer Kehle drängte ein Schrei nach oben, und sie wußte, wenn sie jetzt den Mund öffnete, würde er herausstürzen, ein Schrei voller Qual und seelischer Zerrissenheit.

»Die Küche hat Sie auch schon angefordert.«

»Frau Gumpertz ...«

»Ja.«

»Da möchte ich nicht hin. Bitte, bitte ... ich möchte nicht dorthin.« Monika Busse umklammerte Julie Spanges Arme. In ihre Augen trat eine wilde Angst.

»Was haben Sie denn?« Die Heimmutter machte sich mit einem Ruck aus Monikas krallendem Griff los. »Kochen Sie nicht gern, oder was ist los?«

O Gott, laß mir etwas einfallen ... eine Lüge, eine Erklärung, ein paar Worte. Monika preßte die Fäuste aneinander. »Ich ... ich habe gesehen, wie jemand sich am kochenden Wasser verbrannte«, log sie und sah an Julie Spange vorbei. »Seitdem — «

»Schon gut! Welch zarte Seelen ihr auf einmal habt! Ich werde Sie zum Außendienst einteilen lassen. Zufrieden?«

»Ich ... ich danke Ihnen herzlich ...«

Julie Spange fuhr sich mit den Händen ordnend durch das Haar und über den Nackenknoten.

»Gehen Sie und waschen Sie sich das Gesicht. Ich habe es nicht gern, wenn eines meiner Mädchen verheult herumläuft. Bei mir braucht keiner unglücklich zu sein, wenn er sich in die Gemeinschaft eingliedert. Ihr seid hier, um richtig leben zu lernen ... und ich bin eure Freundin und Helferin. Ihr könnt mir alles anvertrauen.«

»Ja, Fräulein Spange.«

Langsam ging Monika Busse hinüber zum Waschraum. Ein Schwall nackter Mädchenkörper kam ihr entgegen, stieß sie zur Seite und verteilte sich auf die Zimmer. Vivian v. Rothen stand noch unter der Brause, ihr herrlicher weißer Körper drehte sich unter den dampfenden Strahlen. Sie hatte die Arme emporgereckt und spielte mit den Fingern im rauschenden Wasser. Hilde Marchinski stand nebenan an einem Becken und wusch sich. Ihr Blick war starr und gläsern, als empfinde sie dabei eine wilde Wollust.

Vivian v. Rothen trat einen Schritt vor. Das heiße Wasser perlte an ihr herunter, das schwarze Haar klebte um ihren schmalen Kopf. Sie machte die Andeutung eines Nickens und strich mit ihren Händen über den weißen Leib.

»Vivian v. Rothen«, sagte sie. Ihre Stimme klang, als sänge sie die Worte. »Ich glaube, wir werden uns gut verstehen. Ich wohne auf Zimmer 6. Ich lese gern und singe. Ich habe sogar eine Laute bekommen. Singst du auch?«

»Ja —«, sagte Monika verblüfft.

Neben ihr seufzte Hilde Marchinski. Sie spülte die Seife ab. »Wie ich den Willi vermisse«, sagte sie, und es war wie ein lautes Knirschen der Zähne.

In der Tür erschien Julie Spange. »Raus!« rief sie. »In zehn Minuten wird gegessen! Immer diese Bummelei!«

Monika Busse steckte den Kopf und die brennenden Augen in eines der Becken. Dann drehte sie den Hahn auf und ließ kaltes Wasser über Nacken, Haare und Gesicht laufen. Eiskaltes Wasser, das sie erzittern ließ.

Ein halber Tag ist um, dachte sie. Und 364 Tage werden folgen. Wie werden sie sein —?

Der Fuhrunternehmer Hans Busse wohnte in einem hohen Mietshaus in der Friedrichstraße 43. Seine Wohnung bestand aus vier Zimmern und Küche, die Einrichtung war bürgerlich-bieder, und was Erika Busse mit dem wenigen Geld, das ihr Mann ihr gab, an Gemütlichkeit schaffen konnte, hatte sie getan. Sie besaßen einen Fernsehapparat, eine Musiktruhe, eine Waschmaschine, eine Couchdecke, einen Kunstfaserteppich, eine Küchenmaschine und einen 150-Liter-Kühlschrank.

Vor sieben Jahren hatte sich Hans Busse selbständig gemacht. Vorher fuhr er bei einem Großunternehmer einen Lastzug von Hamburg bis Passau und von Köln bis Lübeck, hatte eine Million Straßenkilometer auf dem Buckel, die Goldmedaille für unfallfreies Fahren und war Schriftführer in der Ortsgruppe der Fernfahrergewerkschaft. In diesen Jahren des Straßenlebens hatte er wenig Zeit gehabt, sich um die Erziehung seiner einzigen Tochter Monika zu kümmern. Aber das war auch nicht nötig, denn Monika wuchs unter den Armen Erikas als ein braves, stilles, freundliches Mädchen auf, dessen Wunsch es war, einmal — wenn es Hans Busse zusammenfuhr — auf eine Kunstakademie zu gehen, um sich als Graphikerin ausbilden zu lassen. Sie war die beste Zeichnerin der Schule, und während andere Mädchen mit vierzehn Jahren an den Ecken standen und sich von siebzehnjährigen Burschen abknutschen ließen, hockte sie in ihrem Zimmer und malte. Blumen, Landschaften, Menschen ... mit einer zarten Linienführung, fast hingehaucht, der alten japanischen Malerei verwandt, die ein Hauch spinnwebenfeiner Schönheit ist.

Dann kam buchstäblich über Nacht das Glück zu den Busses. Hans Busse gewann im Lotto. Nicht im ersten Rang, sondern 32 000 Mark im zweiten Rang. Nach zwei durchsoffenen Nächten saß man dann um den viereckigen Wohnzimmertisch, wühlte in bunten Autoprospekten und Busse verkündete: »So, meine Lieben ... nun beginnt erst das Leben für uns! Papa macht sich selbständig. Ich kaufe mir einen Kleinlaster und mache Stadt-Schnelltransporte. Ihr sollt sehen ... in zwei, drei Jahren habe ich einen eigenen Lastzug laufen. Bin doch Fachmann darin, Leute!«

Pläne sind bei kleinen Leuten immer Illusionen. Nur wer schon genug Geld hat, kann erfolgreich planen. Das spürte auch Hans Busse. Wohl schlug er sich mit seinem Kleinlaster durch den Alltag, fuhr täglich zehn Stunden durch die Stadt, machte kleine Umzüge, bekam durch seine alte Freundschaft einen Vertrag mit der Güterabfertigung und machte Bahnspedition, fuhr dreimal in der Woche zur Markthalle und brachte Gemüse und Obst herum ... aber zu einem Lastzug reichte es nie. Die Busses waren froh, in gewissen Grenzen sorglos leben zu können. »Und ich bin mein eigener Herr, Erika!« sagte Hans Busse immer, wenn die Stimmung einmal trüb war. »Was das wert ist, kann man gar nicht bezahlen!«

Monika besuchte nicht die Kunstakademie. Dazu reichte es nicht bei Busse, und ein Stipendium bekam sie nicht, weil sie wohl begabt, aber verbindungslos war. So lernte sie Verkäuferin in einem Textilgeschäft, machte ihre Handlungsgehilfenprüfung mit der Note gut und lernte bei einem Tanzabend den Maler und Anstreicher Rolf Arberg kennen. Ein netter, hochaufgeschossener Mann, höflich und ein wenig gehemmt in Gegenwart von Mädchen, linkisch und auch beim Tanz nicht gerade gelenkig. Aber er besaß schöne Augen, und wenn er Monika stumm anblickte, atmete sie schneller und ein Kribbeln zog ihr vom Nacken über die Schulter bis zur Brust.

Vater und Mutter Busse sahen dieser Freundschaft nicht ablehnend zu. Ein Malermeister ist etwas Solides, dachten sie. Er gehört zu den immer aktuellen Berufen, denn Häuser müssen immer angestrichen werden, und niemand wohnt zwischen nackten Wänden.

So nahm die Entwicklung ihren Lauf, bis das schreckliche Erwachen kam. Vom Abendbrottisch wurde Monika Busse von zwei weiblichen Kriminalbeamten verhaftet. »Einbruch-Diebstahl und Hehlerei!« sagten sie.

Und Vater Busse schrie: »Das ist ein Irrtum! Monika ... sag doch, daß sie sich irren!«

Und Monika hatte auf den Kunstfaserteppich geblickt und leise geantwortet: »Es ist so Vater ... ich habe es getan ...«

Es war ein Augenblick, in dem für Hans Busse eine ganze Welt zusammenbrach. Er bekam einen Herzanfall und verließ nach zwei Wochen das Bett als alter, gebeugter Mann. Man sah ihm an, daß seine Seele verstümmelt worden war.

Der Prozeß, die Verurteilung, der letzte Besuch bei Monika in der Sprechzelle des Gefängnisses, die Berufungsverhandlung mit dem neuen, gleichlautenden Urteil ... das alles ließ er an sich vorbeiziehen wie einen billigen Film. »Sie ist nicht schlecht«, sagte er nur immer wieder. »Sie ist nicht schlecht. Ich kenne doch meine Monika. Glaubt mir doch, sie ist nicht schlecht — «

Bei der Berufungsverhandlung hatte in der Zuhörerbank auch ein junger Mann gesessen, der sich eifrig Notizen machte und kein Wort, das in diesen vier Stunden Verhandlung gesprochen wurde, versäumte. Einmal, als sich Monika zufällig umblickte, trafen sich ihre Blicke. Sie erkannten sich, und Monika hob müde die Hand, deutete einen Gruß an und senkte dann beschämt den Kopf.

Nun saß dieser junge Mann im Wohnzimmer Hans Busses am Tisch, trank ein Glas Bier, aß ein Brot mit Schweizer Käse und hatte seine Hand begütigend auf den Arm der schluchzenden Erika Busse gelegt.

»Ich sehe da einen Revisionsgrund«, sagte er. »Es ist zwar nur eine ganz vage Hoffnung, aber man soll auch den kleinsten Funken anblasen. Er kann zum Feuer werden. Das Gericht hat nämlich etwas unterlassen, und solche Unterlassungen sind immer ein Revisionsgrund ... wenn sie anerkannt werden. Ich will es versuchen.«

»Das können wir nie bezahlen, Herr Doktor.« Hans Busse umklammerte sein Bierglas. »Das kostet doch viel Geld, nicht wahr?«

»Als wenn ich von Ihnen Geld nähme, Herr Busse.« Dr. Jochen Spieß schüttelte den Kopf. »Wissen Sie noch, wie meine Eltern nebenan einzogen? Da haben Sie zwei Fuhren umsonst gemacht, weil Sie sahen, daß es uns nicht gerade rosig ging. Und ich habe als Schüler gearbeitet und mein Schulgeld verdient, und später als Student war ich Handlanger am Bau, Chemiearbeiter, Tiefbauarbeiter und zuletzt Baggerführer bei einer Ausschachtungsfirma. Ich weiß, was ein leeres Portemonnaie bedeutet, Vater Busse. Und meine junge Praxis als Rechtsanwalt ist auch meistens leer. Wer geht denn schon zu einem jungen Anwalt, der nichts vorzuweisen hat als den billigen Trost: Na, wollen wir's mal versuchen. Es wird schon klappen. Und es hat bisher meistens geklappt ... nur war es gerade soviel, daß ich nicht verhungerte.« Dr. Spieß nahm einen Schluck Bier. Erika Busse schüttete ihm sofort nach, damit er nicht das Gefühl habe, es sei nicht genug da.

»Ich habe der letzten Verhandlung beigewohnt. Ich kenne Monika seit sieben Jahren. Ich habe sie aufwachsen sehen und ich habe als Student — « Dr. Spieß lächelte vor sich hin — »einmal auf der Straße gestanden und ihr nachgeblick und gedacht: Wenn sie noch zwei Jahre älter ist, würde ich sie in den Arm nehmen . . .«

»Aber Herr Doktor — «, sagte Erika Busse und wurde rot. Hans Busse schnaufte nur laut und sah den Rechtsanwalt aus verschleierten Augen an. Auch das noch, dachte er. Sie hätte eine Frau Rechtsanwalt werden können. Jetzt hört man's. Und was tut sie? Sie zieht mit einem Maler los und klaut. Ist dieses Leben nicht wert, daß man sich einen Strick nimmt und auf den Dachboden geht?

»Das mußte ich Ihnen sagen. Ich habe es lange mit mir herumgetragen.« Dr. Spieß trank wieder, aber diesmal hastiger und mit unruhiger Hand. »Und nun will ich Monika herauspauken! Und es wird mir gelingen — «

»Aber wie? Wie? Sie hat doch gestanden!« Hans Busse hieb auf den Tisch. »Nicht einmal hat sie geleugnet! Das Mädel muß verrückt gewesen sein.«

»Ich glaube, da einen Plan zu haben.« Dr. Spieß starrte an die Wand. Dort hing in einem dunkelgrünen Lederrahmen ein Bild Monikas. Ein lachendes, offenes, schönes Gesicht mit flatternden, blonden Locken. Ein Bild voll Frühling und Lebensfreude. »Ich werde sie aus dem Gefängnis herausholen«, sagte er mit plötzlich harter Stimme. »Und wenn es auf Bewährung ist!« Er griff in die Tasche und holte ein Blatt Papier hervor. Hans Busse kannte dieses Formular bereits, er hatte es schon zweimal unterschrieben.

»Und wenn ich die Vollmacht unterschreibe . . . was tun Sie dann, Herr Doktor?«

»Dann fahre ich in den nächsten Tagen zur Jugendstrafanstalt Wildmoor und spreche mit dem Direktor.«

»Und . . . und Sie werden Monika sehen?« fragte Erika Busse leise.

»Vielleicht.«

»Dann bestellen Sie ihr bitte schöne Grüße.« Hans Busse würgte an den Worten und ärgerte sich, daß seine Augen wäßrig wurden. »Und sagen Sie ihr ... sie soll sich gut halten ... sie soll alles tun, was man von ihr verlangt ... sie soll brav sein ... nicht wahr ... Und sagen Sie ihr, daß ich ihr nicht böse bin ... ja?«

Mit zitternden Fingern unterschrieb Hans Busse die Vollmacht und trank dann schnell sein Bier, um mit ihm das heraufdrängende Weinen zu ertränken.

»Pfeifen-Willy« war das, was man einen Tangojüngling nennt oder einen Sonny-Boy. Er trug die schwarzen Haare im Bürstenschnitt, bevorzugte engste Hosen, Rollkragenpullover, Wildlederjacken, spitze, italienische Schuhe und trug eine goldene Madonna an einem dünnen Goldkettchen auf der mäßig behaarten Brust. Außerdem tanzte er jeden modernen Tanz, beherrschte das Teenager-Alphabet von steiler Zahn bis wüste Schaffe vollkommen, hatte eine Bude unter dem Dach, deren wichtigstes Requisit ein quietschfreies Bett war, nannte bei Nachfragen als Beruf »freischaffender Künstler« und ließ sich im übrigen von zwei Mädchen aushalten, von denen eine das Pech hatte, gegenwärtig in Wildmoor zu sitzen.

Für »Pfeifen-Willi« — sein Kosename rührte von der Shagpfeife her, die er selbst beim Liebesakte zwischen den Lippen behielt — war dies ein großer finanzieller Schlag. Hilde Marchinski fehlte ihm überall. Beim Ausbaldowern von lohnenden Objekten, beim Abkassieren am Morgen, als Lockvogel für verliebte alte Hähne und natürlich auch im Bett. Vor allem da vermißte er sie schmerzlich, denn Mädchen Nr. 2, das für ihn auf der Straße patrouillierte, war dick und ordinär und kam nur für die unteren Sozialklassen in Frage. Hilde aber war das, was man Klasse nennt. Sie hatte wirkliche Kavaliere, fuhr mit ihnen im

Luxuswagen herum, und wenn sie abrechnete, waren es immer blaue Scheine und kein Hartgeld wie bei Mary, dem fetten Luder.

Als Hilde in die Maschen der Justiz kam und zu einer Jugendstrafe auf unbekannte Dauer bis zu vier Jahren verurteilt wurde, saß Pfeifen-Willi geknickt im Zuschauerraum und beweinte still sein hartes Schicksal. Vier Jahre Hungerleben, hatte er gedacht. Und so schnell ist nicht an eine neue Puppe heranzukommen, von dem Format wie Hilde. Die sind alle in festen Händen, und so etwas wächst auch nicht so schnell nach. Es waren trübe Monate, denen er entgegenging, das sah er ein. Und alles nur, weil Hilde Marchinski bei einem Raubüberfall gefaßt wurde, gerade in dem Augenblick, als sie den Nachtwächter fesselte. Pfeifen-Willi gelang es, wie ein Schatten zu entweichen, und im Dunkel einer Haustürnische mußte er zusehen, wie man Hilde abführte, mit auf den Rücken gedrehten Armen, was Willi als ausgesprochen roh empfand.

Wer Hunger vor Augen hat und von der Charakterstärke eines Pfeifen-Willi ist, der macht in solchen Situationen Pläne, die nicht bloße Gedankenakrobatik sind. Vor allem, als er erfahren hatte, wo sich Hilde Marchinski befand, sah er einen Lichtstreifen am Horizont seines grauen Alltags. Das machte ihn wieder fröhlich und tatkräftig.

In der Nacht strich er scheinbar ziellos durch die Straßen. Aber das war durchaus nicht der Fall ... er suchte jemanden, nachdem er dreimal vergeblich in einer Wohnung gewartet hatte, die verdreckt und stinkig war und in der bestimmt niemand mehr seit einer Woche geschlafen hatte.

Endlich, nach vier Nächten, fand er sie.

Sie lehnte an einer Hauswand, sang mit rauher Stimme, rülpste ab und zu, spuckte auf das Pflaster und kratzte sich die Brüste wie ein verflohter Pavian. Als sie Pfeifen-Willi sah, grölte sie laut, winkte mit beiden Armen, aber sie wagte es nicht, sich von der Hauswand abzustoßen. Sie war ihr einziger Halt.

»Du versoffenes Luder!« sagte Willi als Begrüßung und schob ihre Hand weg, die nach seiner Hose griff. »Du säufst dich durch die Gemeinde, und deine Tochter ist im Gefängnis! Ich war dreimal bei dir — «

»Ick hab jetzt eenen festen Freund, Junge.« Lotte Marchinski hielt sich an Willis Schulter fest und sah ihn aus sich drehenden Augen an. »Een gentleman is er! Jibt mir fuffzig Mark, damit er mir den Hintern verhauen kann! Weiter nichts! Ist det 'n gentleman, wat?« Sie ließ sich wieder gegen die Wand sinken und legte den Zeigefinger an die Nase. »Wat willste denn? Hilde ist ab ... det is man gut. Kam mir immer in die Quere bei den feinen Herrn, hat's Geschäft versaut, und saufen konnte se ooch nich! Nun hab ick det Revier alleene ... Na und? Wat willste?«

»Ich werde Hilde herausholen!«

»Wat? Biste meschugge, Junge?!« Lotte Marchinski schien nüchterner zu werden. Sie fuhr sich mit beiden Händen in die brandrot gefärbten Haare und zerwühlte sie. »Du willst Hilde aus'n Jefängnis holen?«

»Das ist doch einfach. Sie arbeitet auf einem Außenkommando, im Moor, bei einem Moorbauern. Wenn ich mit 'nem Wagen komme und — «

»Nischts! Nischts!« schrie Lotte Marchinski. »Ick zeig dir an, du Luder! Da hat man mal Ruhe im Revier, und da kommt der Affe und holt se! Du, ick garantier dir: Ick saje der Polente, wat los ist! Laß se brummen — «

»Sie ist deine Tochter, du Aas!« schrie Pfeifen-Willi.

»Det is se. Aber ick weeß bis heute nich, wie ick se bekommen hab! Und sonst? War det Liebe zwischen uns? Mit Vierzehn hat se mir die Kerle schon varrückt gemacht. Mensch, hab ick die durchgehauen! Jeden Tag. Nennt man det Liebe?« Sie war wieder um einen Grad nüchterner geworden. Jetzt konnte sie schon frei stehen ohne die feste Mauer im Rücken. Sie faßte Willi an den Knöpfen seines Mantels und zog ihn einen Schritt näher zu sich heran. »Warum willste se denn rausholen? Gibt doch ooch noch andere Mä'chen . . .«

»Hilde hat mich immer unterstützt — «

»Unterstützt! Ha!« Lotte Marchinski brüllte vor Vergnügen. »Ausjehalten hat se dir! Und nun fehlt det Jeld.« Sie ließ den Mantelknopf los und wiegte den Kopf hin und her. »Laß se im Moor, Junge — «, sagte sie leiser. »Ich springe ein . . . aus Familiensinn, vastehste . . . Komm zu mir . . . ick bin erst 35 . . . det is 'n vulkanisches Alter . . .«

Pfeifen-Willi drehte sich herum und ging davon. Lotte Marchinski spuckte ihm nach und kratzte sich wieder die Brust.

»Da geht er, det vornehme Jüngelchen!« schrie sie ihm mit greller Stimme nach. »Und det sag ick dir . . . wennste se anbringst, verpfeif ick dir, so wahr ick Lotte heeße . . .«

Mit schnellen, weit ausgreifenden Schritten verließ Willi das ungastliche Viertel. Erst auf der Hauptstraße verlangsamte er seine Gangart, blieb im Schein der flimmernden Lichtreklamen stehen und zündete sich eine Zigarette an.

Sie ist eigentlich ein armes Schwein, die Hilde, dachte er. Keinen Vater, eine versoffene Mutter, als Kind schon mit den Männern . . . was hat sie denn auf der Welt, das muß man wirklich fragen? Und er gab sich auch gleich die Antwort auf diese Frage. Sie hat mich, dachte er. Und wie's auch ist, ich liebe sie . . . und ich hole sie raus aus dem Moor.

Er warf die Zigarette auf das Pflaster und zertrat sie.

Er kam sich ungeheuer mutig vor.

Zweimal im Monat durften Pakete und Päckchen empfangen werden. Das waren Tage, in denen es im großen Speisesaal still war. Die freie Welt kam ins Haus, ein Atem von draußen, ein sichtbarer, fühlbarer, eßbarer Gruß des Lebens, dem die Sehnsucht wachgelegener Nächte galt.

Die Pakete, die eintrafen, wurden vor der Ausgabe erst einer genauen Kontrolle unterzogen. Büchsen wurden in Gegenwart der Empfänger aufgeschnitten, Schachteln geöffnet, Gebäck größeren Formats durchgebrochen oder mit einer dünnen Stahlsonde abgetastet. Diese Vorsicht ließ sich nicht umgehen. Dr. Schmidt hatte schon die abenteuerlichsten Sendungen erlebt. Rauschgift in Marmelade, kleine Feilen in Zahnpastatuben, einmal sogar drei Dynamitpatronen als Einlage in Berliner Ballen. Und heimliche Mitteilungen, auf Fettpapier geschrieben oder in kleinen Metallhülsen ... fast bei jeder Sendung wurden sie entdeckt.

Im Dezember waren die Pakete besonders reichlich. Die Adventsonntage waren gekommen, Weihnachten stand vor der Tür, und so enthielten die Pakete bereits weihnachtliches Gebäck, Schokolade, Geschenke, Nüsse, Äpfel, Apfelsinen ... alles Dinge, in die man unerlaubte Beigaben verstecken konnte. In eine Walnuß zum Beispiel geht gut der Tabak für eine Zigarette.

Auch Hilde Marchinski hatte ein Paket bekommen. Es hatte die Kontrolle von Julie Spange und Hedwig Kronberg durchlaufen, war als Verwandtschaftspaket anerkannt worden — Absender Lotte Marchinski — und war Hilde ausgehändigt worden. Nun saß sie mit Monika Busse am Tisch und betrachtete nachdenklich die Tüte voller Zimtsterne, die neben anderen Dingen im Paket lag.

»Das Paket kommt von Willi ...«, flüsterte Hilde, ohne dabei die Lippen zu bewegen. »Und es sind zweierlei Sorten Zimtsterne, siehste das?«

Monika nickte. Sie hatte kein Paket bekommen, aber sie hatte auch keins erwartet. Ich bin nicht mehr ihre Tochter, dachte sie. Und sie haben recht. Ich habe ihnen zuviel angetan ...

In der Mittagspause biß Hilde vorsichtig in einen der Zimtsterne, die keinen Zuckerguß hatten. Das Gebäck bröckelte auseinander ... ein Stück Papier lag ihr zwischen den Zähnen, sie spuckte es in die Hand und legte es auf den Tisch. Es war ein kleiner Fetzen einer Landkarte, ein Stückchen Straße, eine Kreuzung, ein dünner, blauer Strich wie ein Bachlauf.

»Das ist 'n Ding!« sagte Käthe Wollop anerkennend. »Auf die Idee muß man kommen —«

Nacheinander zerbiß Hilde alle Zimtsterne ohne Zuckerguß. In jedem Plätzchen war ein Stück Landkarte. Während Hilde die Sterne aufknackte, legten Käthe und Vivian die Kartenstücke zusammen. Es war ein mühsames Puzzlespiel, bis alle Fetzen zusammenpaßten, aber dann lag vor ihnen eine kleine Karte mit Wegen, Flüssen, Kanälen und Dörfern.

»Unser Moor —«, sagte Vivian v. Rothen leise. »Er hat uns die Karte unseres Moors geschickt.« Sie sah in die großen Augen der anderen und nagte an der Unterlippe. Wer ... wer also weg will ... kann sich nicht mehr verlaufen ...«

Hilde Marchinski durchstöberte weiter das Paket. Aus einem harmlosen Stück Christstollen holte sie eine kleine Rolle Tesafilm. Willi hatte an alles gedacht. Mit Fetzen in der Hand kann man nichts anfangen ... jetzt war es möglich, die Karte stabil zusammenzukleben.

Stumm saßen die Mädchen um das Paket, den Haufen zerbissener Zimtsterne und den aneinandergelegten Kartenfetzen. Sie sahen sich schweigend an und dachten alle das gleiche.

»Willst ... willst du denn weg?« Monika Busse sprach die Frage aus, die jeder in sich trug.

»Ich weiß nicht.« Hilde Marchinski starrte auf die Karte. Von diesem Augenblick habe ich ein halbes Jahr geträumt, dachte sie. Ich habe im Moor gestanden und habe zum Horizont geblickt. Dort hinten liegt die Stadt ... nein, dort ... oder vielleicht dort ... Sie hatte es nicht gewußt ... überall war Heide, Moor, Birke, Holunder, Weide und Himmel, herrlicher Himmel, der mit der Erde zusammen- stieß. Nun wußte sie, wo die Stadt lag, sie sah den Weg, der in die Freiheit führte, den Kanal, den man hinabfahren konnte, die Straße, auf der sie so mancher Autofahrer mitnahm, wenn sie den Rock hochhob.

»Noch vor Weihnachten?« fragte Käthe Wollop rauh.

»Vielleicht — «

»Ich bleibe hier.« Monika Busse wandte sich ab und setzte sich auf ihr Bett. »Ob ich hier bin oder draußen ... es ist alles gleich. Wo soll ich denn hin?«

Es war der Tag, an dem Dr. Jochen Spieß um eine Sprecherlaubnis in der Jugendstrafanstalt Wildmoor nach- suchte und sie auch erhielt.

»Das Problem ist: Wo verstecken wir die Karte!« sagte Hilde Marchinski und klebte die beiden ersten Fetzen zu- sammen. »Kinder, denkt doch mal mit! Natürlich gibt's hier hundert Verstecke ... aber nichts ist sicher.«

»Was geschieht, wenn sie die Karte entdecken?« fragte Monika Busse. Käthe Wollop lachte über soviel Naivität.

»Zurück in'n Knast, mein Püppchen! Schluß ist's mit der sogenannten ›offenen Anstalt‹. Dann kommste wieder hin- ter Eisentüren ... na, du kennst die Buden ja auch.«

»Und warum werft ihr die Karte dann nicht weg?«

»Du, Hilde ... die Neue hat 'n Dachschaden.« Käthe Wollop riß ein paar Streifen Tesafilm ab und half, die Fetzen miteinander zu verbinden. Vivian v. Rothen saß zurückgelehnt auf Hildes Bett und sah an die Decke. Niemand beachtete sie, und so sahen sie nicht, wie es in ihrem Gesicht und hinter den Augen arbeitete, wie sich Gedanken überstürzten und Pläne geboren wurden. »Willste deine ganze Zeit hier absitzen?«

»Ja.«

»Wie kann man nur so doof sein!«

»Was habt ihr davon, wenn ihr weglauft?! Wenn man euch wieder einfängt, kommt ihr nie mehr nach Wildmoor, das wißt ihr. Und was wollt ihr draußen? Immer werdet ihr gejagt werden, immer sitzt euch die Angst im Nacken . . .«

»Aber nachts liege ick bei Willi im Bett . . . das ist mir das alles wert!« Hilde Marchinski tippte auf die Karte, ihr Gesicht war voller Entschlossenheit. »Ob Knast oder offene Anstalt — ich halt's nicht aus! Und mit der Gumpertz fange ich nicht an . . . Die haben alle gut reden von wegen Besserung und Umerziehung . . . Wer mal so weit unten ist wie ich, der stinkt immer aus der Haut, und wenn man sie noch so viel badet — «

»Das wird sie nie begreifen.« Käthe Wollop stieß Monika Busse in die Seite. »Geh, stell dich an die Tür und guck, ob die Spange kommt. Für scheue Rehlein ist hier kein Revier — «

»Ihr seid so gemein.« Monika Busse stand auf. Sie spürte, wie ihr Tränen in die Augen stiegen. Da biß sie auf die Lippen und versuchte, die Tränen zurückzudrängen. »Wildmoor ist viel zu schade für euch — «

Es war, als sei die Decke herabgestürzt. Auch Monika Busse erkannte es, kaum daß sie die Worte ausgesprochen hatte. Hilde Marchinskis Kopf zuckte nach vorn, Käthe Wollop drehte sich langsam und mit gefährlicher Kälte um. Dann sprangen sie auf und stürzten auf Monika wie zwei hungrige Raubtiere. Mit einem wilden Satz flüchtete Monika auf den Flur und ballte die Fäuste zur Abwehr.

»Ich schreie!« sagte sie zitternd. »Ich schreie wie am Spieß . . .«

»Komm ins Zimmer, du Feigling«, zischte Käthe Wollop.

»Du kannst nicht den ganzen Tag und auch die Nacht da stehen.« Hilde Marchinski wandte sich ab. »Komm, Käthe . . . wir haben Zeit —«

»Ich habe euch nichts getan«, keuchte Monika.

»Du bist ein widerliches Hurenbalg!« Käthe Wollop trat hinaus auf den Flur. Aber sie blieb einen Schritt vor Monika stehen und sah sie aus kalten, mitleidlosen Augen an. »Merk dir eins: Wenn du uns verpfeifst, wirst du als Krüppel weiterleben! Verstanden?!«

»Aber ich will euch doch nicht —« Monikas Stimme versagte vor Angst und Entsetzen.

»Du bist eine von uns . . . ob du willst oder nicht. Du hast genauso Dreck am Stecken wie wir. Von mir aus bessere dich, das ist deine Privatangelegenheit. Aber solange du mit uns zusammenlebst, hast du die Schnauze zu halten und das zu tun, was wir auch tun. Und wenn es absolut nicht geht, dann sieh und höre nichts — dann lassen auch wir dich in Ruhe.«

»Das . . . das will ich ja, Käthe.«

»Also gut! Komm wieder rein!«

»Nein.« Monika schüttelte wild den Kopf. »Ich habe Angst vor euch.«

»Ein Ganovenwort gilt mehr als das Ehrenwort eines Edelmannes — das solltest du wissen! Wir tun dir nichts . . . und die Bemerkung vorhin . . . ich hab's vergessen! Los, hilf mit, die Karte kleben —«

Zögernd kam Monika Busse wieder ins Zimmer. Hilde Marchinski saß schon wieder am Tisch und klebte. Vivian v. Rothen stand am Fenster und starrte hinaus über das Moor.

»Ich weiß ein Versteck«, sagte sie plötzlich. Hilde sah erstaunt auf.

»Oh, die Baronesse hat eine Idee.«

»Im Spülkasten vom Klosett.«

»Verrückt!« Käthe Wollop tippte an die Stirn. »Da weicht sie doch auf!«

»Man legt sie in einen Plastikbeutel.«

»Und woher nehmen wir den Beutel?«

»Ich habe von der letzten Abrechnung noch fünf Mark übrig.« Vivian v. Rothen faßte in die Tasche und legte das Geld auf den Tisch. »Für neun Mark bekommt man eine Garnitur Gesichtscreme, Gesichtswasser und Zahnpasta ... in einem Plastikbeutel. Es fehlen nur vier Mark — «

»Das ist wirklich eine Idee!« Hilde Marchinski sprang auf. »Aber die vier Mark. Ich hab nur noch eine.«

»Und ich zwei«, sagte Käthe Wollop. »Ich hab mir gestern erst Strümpfe gekauft ... für 'n Kirchgang ...«

»Fehlt eine Mark.« Sie sahen wie auf ein Kommando Monika Busse an. Aber sie zuckte ängstlich und bedauernd die Schultern.

»Ich habe gar nichts. Ich bin doch erst kurze Zeit hier ... ich habe noch keine Auszahlung bekommen. Das wißt ihr doch — «

»Du hast gar nichts? Nichts heimlich?« Käthe Wollop schien es nicht zu glauben. Monika hob beide Arme.

»Stellt mich auf den Kopf ... wenn ihr etwas findet, könnt ihr mich blau schlagen — «

»Laßt sie, sie hat wirklich nichts.« Vivian v. Rothen ging schnell aus dem Zimmer und kam nach wenigen Augenblicken mit einer Mark zurück. »Aus der heimlichen Sparbüchse.«

»Sieh an, dieses Luder!« rief Hilde Marchinski anerkennend. »Und wer holt die Kosmetik?«

»Monika. Bei der fällt's am wenigsten auf. Die hat noch nichts.« Käthe schob ihr das Geld über den Tisch zu. »Mach schnell — in einer halben Stunde ist die Kantine zu.

Und laß dir ja nichts anderes andrehen. Mit Plastikbeutel!«

»Noch eins!« Vivian v. Rothen hielt Monika am Rock fest, als sie hinauslaufen wollte, und drehte sich zu den anderen um. »Ich gebe das Geld nur, wenn ihr ab sofort Monika in Ruhe laßt!«

»Sieh an!« Käthe Wollop wölbte die Unterlippe vor. »Fängst wie die Gumpertz an, Vivi?«

Mit einem schnellen Griff nahm Vivian ihre sechs Mark vom Tisch und steckte sie ein. »Also dann nicht. Adio!«

»Halt!« Hilde Marchinski sprang an die Tür. »Vivi, sei kein Frosch! Du verstehst doch Spaß. Natürlich ist alles in Ordnung. Komm, gib die sechs Mark.«

»Und wie bekomme ich sie wieder?«

»Vom nächsten Abschlag ... in drei Raten.«

»Gut.« Vivian nahm die anderen drei Mark vom Tisch und winkte Monika, ihr zu folgen. »Ich geh mit bis vor die Kantine«, sagte sie. Und ihr seid fertig mit dem Kleben, wenn wir zurückkommen.«

Eine Weile gingen sie stumm nebeneinander her, über den Hof, zum Wirtschaftsgebäude, vorbei an den Ställen. Dort blieb Monika Busse stehen.

»Du, Vivi — «, sagte sie zögernd.

»Ja, Moni?«

»Warum tust du das?«

»Was?«

»Daß du mich beschützt ...«

»Du bist ein netter Kerl, Moni. Du kannst noch aus dem Dreck heraus, und ich will es auch. Wir müssen zusammenhalten, allein werden wir von den Marchinskis und Wollops aufgesaugt. Ich habe dich in den vergangenen Tagen beobachtet ... wollen wir Freundinnen sein?«

»Ja, Vivi.« Sie gaben sich die Hand wie zwei Verschwörer. Es war Monika, als fiele ein schwerer innerer Druck von ihr ab. Die Angst zerschmolz, ein Hauch von Geborgenheit wärmte sie mit diesem Händedruck.

»Und nun geh und hol den Beutel. Und wenn sie dich fragen, woher du das Geld hast ... ich hab's dir geliehen.«

Eine Stunde später wurde die Karte, sauber zusammengeklebt und zu einem kleinen Päckchen gefaltet, in den Beutel gesteckt und im Wasserspülkasten des Klosetts versenkt.

»Ein Glück, daß die noch keinen Druckspüler haben«, lachte Käthe Wollop, als sie an der Kette zog und sich keinerlei Behinderung zeigte. »Und welch ein Gefühl, hier zu sitzen und über sich den Weg in die Freiheit zu haben —«

An diesem Abend mußten sämtliche Zimtsterne gegessen werden, um die »Verpackungsspuren« zu vernichten. In der Nacht träumte Monika von zwei riesigen Händen, deren Haut in Fetzen herunterhing und mit einem Kartenbild tätowiert waren, und diese Hände kamen auf ihren Hals zu und würgten sie, und würgten ... würgten ... Mit einem Schrei fuhr sie hoch und saß im Bett, ein sich schüttelndes Bündel Angst, in dessen Ohren noch das Geheul nachklang.

Vor dem Fenster hing der Mond wie auf einem japanischen Gemälde. Er hatte einen weiten Hof, Kälte drang durch die Mauern, die Klarheit des Himmels war eisig und die Sterne wie zu Kristallen erstarrte Tropfen.

In den beiden anderen Betten schliefen Hilde und Käthe ihren festen Schlaf. Hilde Marchinski schnarchte ein wenig, Käthe Wollop hatte sich bloßgestrampelt. Ihre nackten Schenkel waren im Mondlicht wie versilbert.

Leise trat Monika an das Fenster und sah hinaus. Das Moor war weiß, vereist, gestorben. Wie im Eis erstarrte Gestalten hoben sich die Wacholderbüsche und Weiden ab, bizarre Gebilde mit hunderten flehend ausgestreckten Armen und Fingern.

»Mutter — «, sagte Monika leise. »Mutter ... warum schreibst du nicht ...«

Sie lehnte den Kopf gegen die eisige Scheibe und weinte leise.

Regierungsrat Dr. Schmidt war es gewohnt, mit Anwälten zu sprechen. Es gehörte zu seinem Tageslauf, aber er koppelte alle Gespräche, die sich meist um Strafverkürzung oder Revisionen drehten, mit einer kleinen Propaganda für seine Erfindung »Wildmoor«. Wer konnte ihm das übelnehmen? Die alten Anwälte hörten sich seine Theorien geduldig an, sahen das Gut mit kritischen Augen und sagten dann meistens: »Lieber Herr Regierungsrat ... hier möchte ich auch mal ein Jahr absitzen. Das täte meinen Nerven gut. So wohltuend habe ich's ja nicht im Urlaub ... selbst da kommt mir die Post nach.«

Aus diesen Äußerungen entnahm Dr. Schmidt das völlige Unverständnis der älteren Juristen, gestrauchelte Jugendliche nicht zu bestrafen, sondern zu erziehen. Selbst die Anwälte der Wildmoor-Insassen schüttelten nach der Besichtigung den Kopf und meinten: »Verstehen Sie, daß mein Mandant hier raus will? So gut wie hier hat er's draußen nie gehabt. Man sollte ihm sagen, daß er sich ein Jahr Sanatorium eingehandelt hat.«

Dr. Schmidt antwortete auf solche Reaktionen verständlicherweise nicht. Man kann den pädagogischen Wert einer offenen Anstalt erkennen oder nicht ... ihn bis ins Detail zu erklären, war sinnlos. Wer kein Gefühl für Psychologie hat, wird es nie durch Vorträge lernen. Um so mehr freute sich Dr. Schmidt, wenn junge Anwälte nach Wildmoor kamen. Hier fand er ein anderes Vermögen, Neuheiten zu erkennen und über sie zu diskutieren. Zwar fand er auch hier Mißtrauen und Bedenken gegen diesen milden Strafvollzug, aber die neue Generation der Anwälte war in einem Zeitalter aufgewachsen, das das Chaos zweier Kriege als Ballast mit sich trug und die Menschen ins Extrem veränderte. Sie sahen in der wachsenden Jugendkriminalität vor allem die Auswirkungen dieser Nachkriegsjahre, das Fehlen von Elternhaus, die »Nestwärme«, wie es ein Mediziner einmal nannte, die soziale Umschichtung und den Einfluß unkontrollierbar übernommenen Fremdtums. Der Gangster wurde zum Held, der Betrüger zum schlauen Kerl, die Dirne zur flotten Biene, das Bordell zum Spielplatz. Es war eine Vergiftung der Hirne, und es nützte hier nichts, zu bestrafen, sondern es ging darum, durch Beispiele zu belehren und einen anderen, besseren Weg aufzuzeigen.

So etwas war stets der Endpunkt aller Aussprachen. Dr. Schmidt wußte, daß es nur Theorie war ... die Jahre, die Wildmoor noch bevorstanden, mußten die Richtigkeit beweisen — oder sie verneinen. In der kurzen Zeit, in der Gut Wildmoor bestand, war es unmöglich, schon von Erfolg oder Mißerfolg zu sprechen.

Dr. Schmidt hatte deshalb sofort zugesagt, als Dr. Spieß bei ihm anfragte. Er hatte die Akten Monika Busse herausgelegt, hatte sich bei Julie Spange nach dem bisherigen Verlauf der Erziehung erkundigt und fand in Monika Busse ein Musterbeispiel seiner Idee: Ein Mädchen aus gut bürgerlichem Hause, das gestrauchelt war und nun zur Besinnung kam und sich selbst nicht mehr verstand.

Die Begrüßung zwischen Dr. Schmidt und Dr. Spieß war kurz und herzlich. Sie tranken eine Kanne Kaffee miteinander, die ein Hausmädchen in dunkelgrauem Kleid und weißer Halbschürze servierte. Dr. Spieß sah dem Mädchen verblüfft nach, als es das Zimmer wieder verließ. Dr. Schmidt nickte.

»Auch eines meiner Pflegekinder«, lachte er auf die stumme Frage des Anwaltes.

»Nicht möglich — «

»Ich kann Ihnen die Akte zeigen. Johanna Meltzig. 19 Jahre, 2 Jahre Jugendstrafe wegen Raubüberfall. Sie hatte die todsichere Masche, sich an die Autobahn zu stellen, den Rock hochzuheben und mitzufahren. Im Waldstück eines Rastplatzes, wenn der Kavalier zärtlich wurde, holte sie aus ihrer Handtasche einen Schlagring und — paff — bekam der Liebestolle eine ziemlich schmerzhafte Liebkosung. Den Ohnmächtigen raubte sie dann aus, stellte sich wieder an die Autobahn und ließ sich vom Tatort wegfahren. Die Polizei hat zwei Jahre gebraucht, um sie zu bekommen.«

»Also mit 17 hat sie schon angefangen ...«

»Stimmt. Im Gefängnis war sie aufsässig und später voll passiven Widerstand. Gegen alle Argumente der Behörden habe ich sie nach Wildmoor geholt, sozusagen auf eigene Verantwortung. — Sie sehen, was aus ihr geworden ist.«

»Erstaunlich — wenn es kein gutes Schauspiel ist.«

»Das dachte ich auch. In einem halben Jahr ist ihre Strafe um ... sie will freiwillig hier bleiben. ›Ich habe nie gewußt, daß man so schön leben kann‹, sagte sie einmal. ›Draußen geht es ja doch wieder los ...‹. Wenn sie das Glück hat, einen guten Mann zu heiraten und Kinder zu bekommen, wird sie einmal eine musterhafte brave Frau sein.«

Dr. Spieß sah hinaus auf den großen Innenhof. Vier Mädchen schoben einen großen, gepreßten Strohballen auf einer Spezialkarre von der Scheune zu den Ställen. Sie trugen Kopftücher und lachten laut, als eine von ihnen auf dem Eis ausrutschte und auf die Knie fiel. Dr. Schmidt beugte sich vor und betrachtete ebenfalls das fröhliche Bild.

»Da ist ja Ihre Monika Busse dabei — «, sagte er plötzlich.

»Nein —.«

»Doch. Die rechte, hintere. Die jetzt den Karren weg-drückt.«

»Ich hätte sie nicht wiedererkannt. Sie lacht ja ...«

»Warum soll sie nicht lachen? Ein fröhliches Herz ist der beste Nährboden.« Dr. Schmidt öffnete das Fenster und beugte sich hinaus. »Monika!« rief er in den Hof. »Kommen Sie bitte zu mir —«

»Jawohl, Herr Direktor.« Monika Busse blieb stehen und zog an ihrem Kopftuch. »Ich werde mich erst umziehen —«

»Kommen Sie so, wie Sie sind.«

»Aber im Stallzeug —«

»Das macht nichts.«

»Es stinkt.«

»Ich weiß, wie Kühe riechen. Kommen Sie!«

Er schloß das Fenster und zog die Gardine vor. Dr. Spieß beobachtete von der Seite Monika Busse. Die anderen Mädchen sprachen mit ihr und schielten zum Fenster hinauf.

»Jetzt raten sie, was los ist«, sagte er.

»Und da sie alle ein schlechtes Gewissen haben, bekommt sie Verhaltensmaßregeln.«

»Sie wissen, daß sie ein schlechtes Gewissen haben?«

»Aber ja. Denken wir an unsere Jugend. Wir hatten immer etwas angestellt, und wenn man uns rief, ging's uns wie den Hunden ... wir ließen die Ohren hängen und hoben im voraus um Verzeihung das Pfötchen. Die Mädels sind nicht anders ... aber das sind Dinge, die ich nicht sehen will. Ein bißchen Versteckspielen würzt das Leben —«

Es klopfte zaghaft. Dr. Schmidt winkte und Dr. Spieß setzte sich so, daß er Monika beim Eintritt sehen konnte, sie ihn aber nicht sofort bemerkte.

»Ja. Herein!«

Monika Busse kam herein. Sie hatte das Kopftuch abgenommen und drehte es nervös zwischen den Fingern. Die
letzten Worte Hilde Marchinskis gingen ihr durch den
Kopf. »Wenn er dich fragt, was du mit dem Plastikbeutel
gemacht hast, so stell dich ganz doof. Und wenn er weiter
bohrt, sagste einfach, du weißt von nichts. Der Beutel war
weg ...«

»Kommen Sie näher, Monika«, sagte Dr. Schmidt
freundlich. Er übersah ihre Nervosität und brannte sich
eine Zigarette an. »Wir haben Besuch. Sehen Sie mal dorthin —«

Monikas Kopf flog herum. Vater, dachte sie. Oder Mutter. Ihr Herz setzte einen Schlag lang aus, ihr Gesicht
wurde bleich, blutleer. Aber in dem Sessel saß nur ein
junger, schlanker Mann, der sich jetzt erhob und auf sie
zukam.

»Du —«, sagte sie stockend. »Jochen ... Oh, Verzeihung ... Herr Dr. Spieß ...«

»Wenn du es willst, kannst du ruhig Jochen zu mir sagen.«

Monika Busse senkte den Kopf und wandte sich ab.
»Aber ... ich möchte es nicht ... Ich ... ich ...« Sie
drückte das zerknüllte Kopftuch an das Gesicht und weinte
laut. Dr. Schmidt sah Dr. Spieß ausgesprochen entgeistert
an.

»Sie kennen sich?«

»Ja. Wir sind Nachbarskinder.« Dr. Spieß wußte nicht,
ob er zu Monika treten sollte, um sie zu trösten oder ob es
besser war, nichts zu tun. Im gegenwärtigen Zeitpunkt war
sie seine Mandantin, weiter nichts. Persönliche Gefühle
hatten zu schweigen. »Während des Studiums und später
in der Referendarzeit habe ich sie etwas aus den Augen
verloren. Leider ... vielleicht wäre vieles anders gekommen.«

»Warum schreibt Mutter nicht — ?« schluchzte Monika. Sie wischte sich die Tränen vom Gesicht und bemühte sich, Haltung zu bewahren.

»Ich soll dir herzliche Grüße von ihr bestellen. Auch von Vater ... Darum bin ich hier. Sie haben mich gebeten, mich um dich zu kümmern. Ich habe mir die Akten geben lassen und glaube, einen Revisionsgrund gefunden zu haben.«

»Nein!« sagte Monika fest. Dr. Spieß und Dr. Schmidt sahen sich verblüfft an.

»Was heißt ›Nein‹?« fragte Dr. Schmidt.

»Ich will keinen neuen Prozeß.«

»Und warum nicht?«

»Ich will für das, was ich getan habe, auch büßen. Und es gefällt mir gut hier — «

»Das ist sehr dramatisch, liebe Monika, das sagt sich schön: Ich will büßen!« Dr. Spieß nahm Monikas Hände, zog sie zu einem Sessel und drückte sie hinein. »Setz dich erst mal.« Er wandte sich zu Dr. Schmidt um, der etwas säuerlich lächelte. »Es ist doch erlaubt?«

»Eigentlich nicht. So weit geht das Wort ›offen‹ im Strafvollzug nicht. Aber bitte, lieber Doktor ... drücken wir mal ein Auge zu ... weil Sie Nachbarskinder sind.«

»Ich danke Ihnen, Herr Regierungsrat.« Es war eine so große Sympathie zwischen ihnen, daß es keiner weiteren Worte bedurfte. Monika Busse hockte auf dem Sesselrand, die Hände im Schoß gefaltet und stierte auf den roten Teppich vor sich.

Dr. Spieß setzte sich ihr gegenüber. »Nun erzähl mal, wie alles war.«

»Es steht alles in den Akten ...«

»Ich würde mich bemühen, eine andere Sprache zu nehmen ...«, sagte Dr. Schmidt tadelnd. Dr. Spieß schüttelte leicht den Kopf und beugte sich vor.

»Was in den Akten steht, habe ich alles gelesen. Aber ich glaube es nicht.«

»Sie können es glauben! Ich habe Schmiere gestanden, ich habe mit Vaters Wagen die gestohlene Ware weggebracht, ich habe sie verkauft und ich habe Gelegenheiten ausspioniert, wo man neue Einbrüche machen könnte — «

»Und warum?«

Monika Busse schwieg. Dr. Spieß spürte einen körperlichen Schmerz, als er das aussprechen mußte, was nötig war. Es ergriff ihn mehr, als er gedacht hatte.

»Die Triebfeder war Rolf Arberg, nicht wahr?«

»In den Akten — «

»Himmel nochmal, hör mit den Akten auf, Monika! Ich will von *dir* wissen, was los war. Rolf Arberg hat dich gezwungen, das zu tun, nicht wahr?«

»Wie kann man einen Menschen zwingen, so etwas zu tun«, warf Dr. Schmidt ein. »Da muß doch ein Grund zur Erpressung vorhanden gewesen sein!«

»Genau das ist in der Verhandlung nicht zur Sprache gekommen.« Dr. Spieß holte aus seiner Brieftasche einige Notizen. »Monika hat vor Gericht einfach gestanden. Das genügte. Der damalige Anwalt plädierte auf Milde ... weiter geschah nichts. Aber hier gibt es Hintergründe, und zwar rein psychologischer und — wenn man so will — auch biologischer Art. Sprich jetzt einmal offen, Moni ...«

Bei der Erwähnung ihres Kosenamens warf Monika Busse den Kopf hoch. Ihr Blick war voller Qual und dem Flehen, nicht zu fragen. Dr. Spieß biß sich auf die Unterlippe. Es muß sein, dachte er. Man muß hart sein, auch wenn es einem selbst weh tut.

»Rolf Arberg war dein erster Mann ...« sagte er plötzlich mit heiserer Stimme. Monikas Kopf zuckte zur Seite. Ihr Schweigen war Antwort genug. Dr. Spieß fühlte einen heißen Stich in der Herzgegend. Ein unbändiger Haß gegen den ihm unbekannten Arberg stieg in ihm hoch. Seine Macht über Monika mußte so groß gewesen sein, daß sie selbst in der Hauptverhandlung über alles geschwiegen und ihn gedeckt hatte.

»Warum sagst du nichts?« fragte Dr. Spieß stockend. »Es stimmt doch.«

»Ja.«

Diese Bestätigung war wie ein Hammerschlag. Dr. Schmidt sah mit Verwunderung, wie das Gesicht des Anwaltes kantig und hölzern wurde. So ist das also, dachte er. Es war wie ein Erschrecken.

»Und das hat er ausgenutzt«, fragte Dr. Spieß weiter.

»Ja.«

»Du ... du hast ihn wirklich geliebt ... Und er hat gedroht, daß er von dir weggehen würde, wenn du nicht alles tust, was er will ... Und davor hattest du Angst, du hast an die große Liebe geglaubt, du konntest dir nicht denken, daß Rolf jemals von dir weggehen würde, der Gedanke daran allein war eine Qual —«

Monika Busse schwieg wieder. Sie hatte sich abgewandt, den Kopf auf die Sessellehne gelegt und die Faust gegen die Zähne gepreßt.

»Du brauchst nur Ja oder Nein zu sagen, Moni ...« sagte Dr. Spieß heiser. »Wir wollen gar keine Erklärungen von dir. Wir wissen auch so, wie es wirklich gewesen ist.«

»Ja —«, sagte Monika Busse leise.

»Er hat immer gedroht, dich zu verlassen.«

»Ja.«

»Und wenn du getan hast, was er wollte, hat er dich als ›Belohnung‹ geliebt —«

Monika nickte stumm. Sie schämte sich und sank immer mehr in sich zusammen. Dr. Schmidt räusperte sich und ging im Zimmer hin und her. Immer das alte Lied, dachte er dabei. Hörigkeit durch sexuelles Erleben, Absterben jeglicher Vernunft und Moral, weil diese jungen Menschen einfach mit ihren noch unausgegorenen Gefühlen nicht fertig werden. Hier sollte man kein Strafgesetzbuch anwenden, sondern ein Lehrbuch über Psychologie und Pubertätsstörungen. Erschreckend war nur das Ausmaß dieser jugendlichen Unfertigkeit.

»Noch Fragen, Doktor?« sagte er, als der Anwalt lange Zeit schwieg. Dr. Spieß schüttelte den Kopf.

»Vorerst nicht — «, sagte er leise, als mache ihm das Sprechen ungeheure Mühe.

»Dann können Sie wieder gehen, Monika.«

Monika Busse erhob sich. Einen Augenblick stand sie vor Dr. Spieß und sah ihn aus ihren großen, blauen, vom Weinen geröteten Augen flehend an. Dann wandte sie sich ruckartig ab und ging zur Tür. Dort aber blieb sie wieder stehen und sah sich um.

»Sie werden Mutter und Vater sehen . . .?«

»Ja, Moni.«

»Grüßen Sie sie bitte . . .« Mehr konnte sie nicht sagen. Sie preßte das Kopftuch wieder gegen den Mund, als müsse sie einen Schrei unterdrücken, riß die Tür auf und lief hinaus. Es war eine Flucht vor dem Zusammenbruch. Unten, in der Eingangsdiele des Hauses, lehnte sie sich gegen die Wand und preßte das Gesicht an die Tapete. Sie weinte haltlos und hieb mit den Fäusten gegen die Mauer. So traf sie Julie Spange, die aus der Verwaltung kam und hinüber zu den Ställen wollte, um zu sehen, ob das Stroh richtig verteilt worden war. Ohne zu fragen, nahm sie Monika in den Arm und führte sie in ihr Zimmer.

»Heul dich aus«, sagte sie. »Bis zum Mittagessen wird's vorbei sein.«

Dann ließ sie Monika allein.

Dr. Schmidt saß hinter seinem Schreibtisch und blätterte in der Akte Busse. Dr. Spieß ging mit schnellen. Schritten vor dem Tisch hin und her und rauchte hastig eine Zigarette.

»Gut«, sagte Dr. Schmidt. »Wir haben nun eine Aussage von ihr über die Hintergründe. Aber das ist kein Revisionsgrund. Damit kommen Sie nicht zu einer Wiederaufnahme des Verfahrens.«

»Ich weiß, Herr Regierungsrat.« Dr. Spieß zerdrückte die Zigarette. »Aber ich habe einen Verfahrensfehler entdeckt. Ein Strohhalm, an den ich mich klammere, und ich weiß von Kollegen, daß sie damit immer Erfolg hatten.«

»Und das wäre?«

»Bei dem Zeugen Mahnert, einem der Käufer der gestohlenen Waren, der angeblich völlig ahnungslos war, hat der Richter die Zeugenbelehrung über den Eid unterlassen . . .«

Dr. Schmidt klappte die Akte Busse zu. »Sie sind gefährlicher, als Sie aussehen, Doktor!«

Dr. Spieß hob die Schulter und lächelte schwach.

»Ich werde alles tun, um Monika freizubekommen. Und ich weiß . . . ich schaffe es auch!«

Dreimal wöchentlich war Unterricht.

Zu diesem Zweck kam aus Stevenhagen eine Berufsschullehrerin nach Gut Wildmoor. Der Speisesaal verwandelte sich dann in ein großes Schulzimmer, die Tische wurden zusammengerückt zu langen Reihen, eine breite Tafel stand an der Stirnseite des Saales, der Spieltisch des Tischtennis' diente als Pult und Demonstrationsfläche. Frau Erna Wangenbach, die Lehrerin, gab sich alle Mühe, diesen schweren Unterricht so spannend und anschaulich wie möglich zu gestalten. Sie brachte in der Naturkunde ausgestopfte Tiere mit, Pflanzen und Mikroskope, in der Gesundheitslehre Modelle von Ohren und Augen und große Karten über Blutkreislauf, Verdauung und Knochenbau. Einmal war es vorgekommen, daß das Bild über die Muskeln des Menschen unanständig umgezeichnet worden war ... Dr. Schmidt hatte nie herausbekommen, wer es gewesen war, aber die Drohung, statt des Unterrichtes zwei Stunden zum Torfstechen hinauszufahren, hatte gewirkt. Fünfzig Mädchen von 16 bis 21 Jahren saßen brav hinter dem Tisch und bemühten sich, zu lernen.

Der Stundenplan war genau festgelegt. Es gab Deutsch, Rechnen, Gemeinschaftskunde, Geschichte, Gesundheitslehre und Turnen. Dazu kamen zwei sogenannte »Freistunden«, in denen in einem Werkraum gebastelt wurde. Zur Zeit waren dort zehn Mädchen dabei, Kulissen zu bemalen. Eine Laienspielschar unter Leitung von Frau Wangenbach und der Heimmutter von Block II, Hedwig Kronberg, probte ein Weihnachtsmärchen ein. Abends erklangen daher im Speisesaal Weihnachtslieder und Engelchöre, und auf einem Podium verwandelten sich die »schweren Mädchen« in Sternkinder, in Rotkäppchen und Schneewittchen, in die Sieben Zwerge und den schönen Prinzen, in Petrus mit dem Himmelsschlüssel und in die Erzengel.

In der Schneiderei von Wildmoor nähten unterdessen zehn Mädchen die Kostüme. Dr. Schmidt selbst hatte sie entworfen, auch die Bühnenbilder stammten von ihm. Es sollte ein ganz großer Abend werden. Als Ehrengäste wurden der Landgerichtspräsident, der Oberstaatsanwalt, zwei Herren aus dem Justizministerium und eine Reihe Journalisten erwartet.

Ein Weihnachtsmärchen, gespielt von jugendlichen Dirnen und Diebinnen. Gleichzeitig aber sollte es auch eine unübersehbare Demonstration von der Richtigkeit der Schmidtschen Reformgedanken werden.

Krach hatte es bei der Besetzung des Spieles nur einmal gegeben, und das ausgerechnet bei der Rolle der Maria, die am Schluß als Apotheose auftritt ... eine im Hintergrund angeleuchtete Krippe mit der Heiligen Familie, umgeben von den singenden Engeln, die »O du fröhliche, o du selige, Gnaden bringende Weihnachtszeit ...« jubelten.

»Die Maria kann nur spielen, wer mütterliche Gefühle kennt!« rief ein stämmiges Mädchen aus Block II. »Und die kenn ich ... ich habe schon zwei Kinder — «

»Den Joseph möchte ick sehn, der an dir drangeht!« schrie Hilde Marchinski zurück.

Julie Spange verhinderte eine Keilerei, indem sie Hilde und das Mädchen aus Block II kurzerhand in die Strafzellen einsperren ließ. Dort blieben sie zwei Tage bei Wasser und Brot ... als sie herauskamen, war die Besetzung entschieden. Ein Mädchen mit naturblondem Haar spielte die Maria. Ein zierliches Persönchen mit einem wirklich süßen und naiven Gesicht. Im Gegensatz dazu stand die Strafakte. Sie reichte vom Herumtreiben bis zum Beischlafdiebstahl. Es war der typische Fall eines Mädchens ohne Elternhaus. Der Vater war im Krieg gefallen, die Mutter hatte einen neuen Mann geheiratet, der die Stieftochter durch die Wohnung prügelte.

Erna Wangenbach hatte für diesen Unterrichtstag ein besonders schönes Anschauungsobjekt mitgebracht: Ober- und Unterkiefer eines Menschen. Sie wollte das Gebiß besprechen.

Still, die Hände auf den Tischen, saßen die Mädchen in erstaunlicher Bravheit im Speisesaal. Vor ihnen, auf dem grünen Tischtennis-Tisch, stand der menschliche Schädel. Pünktlich wie immer begann der Unterricht mit der Begrüßung durch Frau Wangenbach.

»Guten Tag, Mädchen!« sagte sie laut.

Und die Mädchen im Moor antworteten im Chore: »Guten Tag, Frau Wangenbach ...«

»Wir wollen heute das Gebiß besprechen.« Frau Wangenbach legte die Hand auf den Schädel. Aus dem Hintergrund sagte eine Stimme:

»Au, das drückt aber —«

Frau Wangenbach überhörte diesen Einruf. Jeder Tag, den sie auf Gut Wildmoor verbringen mußte, bedeutete für sie eine Angststunde vorher. Es kostete sie immer eine Überwindung, fünfzig Mädchen gegenüberzutreten, von denen sie wußte, daß nur wenige den Nutzen dieses Unterrichtes einsahen und nur so viel Teilnahme heuchelten, daß sie nicht übel auffielen. Manchmal spürte sie einen unheimlichen, unangreifbaren stillen Widerstand. Dann bemühte sie sich, besonders herzlich zu sein, aber oft lief es ihr kalt über den Rücken, wenn sie in die Augen blickte, die oft spöttisch zu ihr hinaufsahen, und wenn sie dabei denken mußte: Du hast gestohlen . . . du hast einen Mann niedergeschlagen . . . du warst ein Gangsterliebchen . . . du hast dein Kind im Mutterleib getötet . . . du bist eine Hure . . . du eine Landstreicherin . . . eine Kaufhausdiebin . . . eine Blutschänderin . . .

Sie nahm Unter- und Oberkiefer auseinander und legte sie nebeneinander. »Au Backe!« rief wieder jemand; im Saale gluckste es leise, Füße scharrten unruhig über den Plastikboden.

»Hilde Marchinski, kommen Sie einmal nach vorn«, sagte Frau Wangenbach milde.

Hilde drängte sich durch die Reihen und kam an den Tischtennis-Tisch.

»Ja?«

»Sie sollen mir helfen. Nehmen Sie mal den Unterkiefer und den Oberkiefer und halten Sie beide hoch. So ist es gut. Nun, was fällt Ihnen beim ersten Blick auf, Hilde?«

Hilde Marchinski hatte die beiden Teile hoch emporgereckt und sah nun auf die beiden Zahnreihen. Sie dachte nach, legte den Kopf schief und schüttelte ihn dann. Doch plötzlich erhellte sich ihr Gesicht. Sie zog die Arme an und hielt die Zahnreihen waagerecht vor sich hin.

»Natürlich«, sagte sie laut. »Ich hab's! Man kann sich damit selbst in den Hintern beißen!«

Der Speisesaal gellte von wieherndem Gelächter. Die Mädchen trampelten mit den Füßen und trommelten mit den Fäusten auf die Tische. Frau Wangenbach war bleich geworden, aber sie schrie nicht ... sie wartete, bis der Lärm abebbte und nahm die Zahnreihen Hilde aus der Hand.

»Wie zurückgeblieben ihr alle seid«, sagte sie wegwerfend. »Über einen so uralten Witz zu lachen — «

Mit wütender Miene ging Hilde Marchinski zu ihrem Platz zurück. Sie war geschlagen worden. Sie sah es an den spöttischen Blicken der anderen. Ich werde mich rächen, dachte sie. Nachher, bei den Proben zum Weihnachtsmärchen. Zum erstenmal werden wir die Kostüme anhaben, und ich werde hinfallen und mir das Kleid zerreißen.

Die besten Schülerinnen waren Vivian v. Rothen und Monika Busse. Bei Vivian war es keine Besonderheit ... sie hatte die mittlere Reife auf einem Lyzeum gemacht, und was Frau Wangenbach lehrte, war für sie nicht einmal eine Auffrischung ihres Schulwissens, sondern ein Mitspielen und der offen gezeigte Triumph den anderen gegenüber: Seht, ich weiß es! Was seid ihr schon? Kleine Flittchen, am Rand der Analphabeten. Große Schnauzen und winzige Hirne. Es war die einzige Gelegenheit, einen sozialen Unterschied aufzuzeigen. Die anderen Mädchen spürten es, und manchmal war es blanker Haß, der aus ihren Blicken flog, wenn Vivian v. Rothen souverän die Landkarte erklärte oder einen kleinen geschichtlichen Vortrag hielt.

Um so erstaunlicher war es, daß Hilde und Käthe einen Schutzwall um sie bildeten, wenn die anderen Mädchen körperliche Rache an Vivian nehmen wollten. Auch hier war es die Klugheit Vivis gewesen, die sie schützte. Sie hatte sich zur Vertrauten gemacht, sie wußte alle Tricks und heimlichen Sünden, sie war eingeweiht in alles, was auf Flur B geschah. Man hatte keine Angst vor ihr, aber man ließ auch nicht die Möglichkeit aufkommen, sie ängstlich und damit mitteilungsfreudig werden zu lassen.

Nach dem Unterricht, der von diesem Zwischenspiel ab normal verlief, teilten sich die Gruppen. Die einen gingen in die Nähstube, die anderen in den Werkraum, neun Mädchen übten auf Blockflöten, Gitarren, Mandolinen und zwei Geigen die Märchenmusik, zwanzig Mädchen blieben im Speisesaal zurück. Sie waren die Schauspieler von Wildmoor.

Um diese Stunde bekam Regierungsrat Dr. Schmidt unverhofften Besuch. Eine Kommission unter Führung von Ministerialdirektor Bernhard Fugger stieg auf dem Innenhof aus und wurde von Julie Spange mit Mißtrauen empfangen.

»Was ist denn das?« fragte Ministerialdirektor Fugger und blickte sich um. »Eine offene Einfahrt ... kein Wachhaus, keine Kontrolle — «

»Wir sind eben eine offene Anstalt.«

»Ich glaube, hier legt man das Wort zu genau aus! Na, wir werden sehen. Regierungsrat Dr. Schmidt da?«

»Ja. Wenn Sie mir folgen wollen.«

»Das wollen wir.« Fugger sah sich noch einmal um. Aus der Küche drang lautes Lachen und Singen. Die Fenster waren offen ... man sah einige weißgekleidete Mädchen, wie sie nach einer Melodie im Radio sich drehten und mitsangen. »Was ist denn das!« rief Fugger fassungslos.

»Die Küche, Herr Ministerialrat.«

»Und die Mädchen?«

»Jugendsträflinge.«

»Das ist doch wohl die Höhe! Radio! Und tanzen tun sie!«

»Musik wirkte auf junge Menschen noch nie lähmend«,

sagte Julie Spange giftig. »Es sei denn, man spielt Motetten — «

»Und das läßt man hier ohne Strafe zu?!«

»Es wird sogar gewünscht. Wenn die Mädchen *nicht* singen würden, ginge ich hinein und würde fragen: Ist 'was los? So ist alles in Ordnung.«

Ministerialrat Fugger drehte sich konsterniert zu den beiden anderen Herren um. »Verstehen Sie das, meine Herren? Ich komme da nicht mehr mit, ehrlich gesagt. Das ist hier ja ein Sanatorium — «

»Im gewissen Sinne.« Julie Spange riß die Tür zum Verwaltungsgebäude auf. »Man heilt hier kranke, junge Seelen — «

»Ich habe da eine andere Ansicht von Strafvollzug! Kommen Sie, meine Herren! Mir scheint, wir sind gerade zur rechten Zeit gekommen. Radio in der Küche! Was haben Sie sonst noch?!«

Julie Spange atmete tief auf. »Alles, was Sie sich denken können, Herr Rat: Vorträge, Sprachkurse, Filmvorführungen, Unterricht, eine Bücherei, Zeitschriften, Gesellschaftsspiele, Sport — von der Leichtathletik bis zum Tischtennis und Minigolf — und natürlich Fernsehen — «

»Natürlich!« Ministerialrat Fugger hatte einen roten Kopf bekommen. »Meine Herren, ein guter Rat: Wir bringen jemanden um! So gut wie im Kittchen haben wir's ja nicht zu Hause.«

»Leider sind Sie über 21 Jahre, Herr Rat«, sagte Julie Spange mit Genuß. »Es dürfte schwerfallen, Sie als Minderjährigen zu bewerten — «

Ohne Antwort, aber geladen mit Wut bis zum Gaumen, stürmte Fugger die Treppe zum Anstaltsleiter-Zimmer hinauf. Dr. Schmidt kam ihm auf dem Flur entgegen. Man sah ihm an, daß er nicht zu einer Besprechung, sondern in einen Kampf schritt.

Was innerhalb zwei Stunden bei Dr. Schmidt gesprochen wurde, erfuhr man nie. Die Herren vom Ministerium besichtigten darauf die gesamte Anstalt und nahmen an der Probe zu dem Weihnachtsmärchen teil. Ihre einzige gute, aber indirekte Tat war, daß sie den Racheplan Hilde Marchinskis verhinderten und das Kostüm nicht zerrissen wurde. Es war so wie immer, wenn Besichtigungen von Wildmoor stattfanden: Die Mädchen waren ein Muster an Sittsamkeit und Arbeitsfreude. Für ihren Dr. Schmidt gingen sie durchs Feuer, und das hieß zuerst: einen guten Eindruck machen.

Nach der Besichtigung tranken die Herren Kaffee, und wieder servierte das nette Mädchen mit der weißen Schürze, die »Hyäne der Autobahn«, wie die Zeitungen damals schrieben, als ihr Prozeß zum Tagesgespräch wurde. Ministerialrat Fugger war stiller geworden. Er lobte nichts, er hielt mit Anerkennungen zurück ... er kämpfte innerlich mit seiner bisherigen Anschauung, daß ein Verbrecher, auch wenn er jugendlich war, hart bestraft werden mußte. Was er hier sah, schlug allen bisherigen juristischen Traditionen ins Gesicht.

Emilie Gumpertz, die Köchin, wartete am Ausgang des Speisesaales, als die Proben zu Ende waren. Sie hatte es bisher vermieden, mit Monika Busse zu sprechen, nachdem ihr Antrag, sie für die Küche zu bekommen, von Dr. Schmidt abgelehnt worden war. Aber sie hatte Monika immer beobachtet ... wenn sie über den Hof ging, wenn sie vom Stall zur Scheune mußte, wenn sie Außendienst hatte und die Wege sauber hielt, wenn sie im Speisesaal aß oder mit Vivian v. Rothen Tischtennis oder Halma spielte. Es war ein gieriges Beobachten, ein lustvolles Genießen des Anblicks und ein Schwelgen in Wünschen, wie es ein Liebhaber nicht stärker empfinden konnte. Nun war sie in eine innere Erregung geraten, die die Schranke der Beherrschung einriß. Zugute kam ihr, daß Monika Busse die letzte war, die den Speisesaal verließ. Sie trug über den Armen einen Berg Kostüme, die sie in die Schneiderei zurückbringen sollte.

»Einen Augenblick —«, sagte Emilie Gumpertz und hielt Monika am Arm fest. Ihr dickes, rundes Gesicht glänzte. Schon die Berührung des Armes war ein Lustgefühl.

»Was wollen Sie?« fragte Monika steif und befreite sich mit einem Ruck von dem saugenden Griff.

»Du siehst so blaß aus ... ich habe das schon seit einiger Zeit bemerkt ... Du solltest mehr essen ... und besser essen.« Emilie Gumpertz lachte leise, mit einem girrenden Unterton, der aus ihrem Mund irgendwie komisch klang.

»Ich werde satt, danke.« Monika preßte die Kostüme an sich. Sie sah sich um, aber sie war allein. Der Speisesaal lag leer hinter ihr. In einer Stunde erst kamen die Mädchen vom Tischdienst und räumten ihn wieder um fürs Abendessen.

»Natürlich wirst du satt«, sagte Emilie Gumpertz eindringlich. »Auch von Kartoffeln wird man satt. Aber Braten schmeckt besser, und Schlagsahne mit Vanillezucker ist noch besser ... Du hast es nicht nötig, so blaß auszusehen —«

»Bitte lassen Sie mich gehen«, sagte Monika laut.

»Du hast doch nachher eine Freistunde —«

»Ja.«

»Dann komm in mein Zimmer. Ich habe Waffeln gebakken.«

»Warum fragen Sie nicht die anderen Mädchen?«

»Das sind ausgekochte Luder! Du bist anders ... das habe ich gleich gesehen. Und du tust mir leid ...« Emilie Gumpertz wollte ihr über die Haare streicheln, aber Monika wich zwei Schritte zurück, als kämen Flammen auf sie zu. »Ich will mich ein wenig um dich kümmern ...«

»Ich brauche Ihre Hilfe nicht!«

»Ein Jahr, mein Mädchen, ist lang — «

Das war eine versteckte Drohung. Monika Busse verstand sie und sah sich wieder hilfesuchend um. Aber niemand kam; wie eine hungrige, fette Spinne stand Emilie Gumpertz vor ihr.

»Überleg es dir«, sagte sie eindringlich. »Und es hat gar keinen Zweck, mit den anderen darüber zu sprechen. Es gibt nur Ungelegenheiten ...«

»Ich verstehe«, antwortete Monika gepreßt. »Lassen Sie mich jetzt gehen — «

»Also bis nachher.« Emilie Gumpertz gab den Weg frei. Mit einem fetten Lächeln sah sie Monika nach, als diese fortrannte zur Schneiderei.

Schöne Beine hat sie, dachte sie. Wirklich schöne Beine. Und blondes Haar. Ich liebe blond ...

Sie seufzte und ging zurück in die Küche.

Käthe Wollop mußte ihren Strafdienst antreten.

Den Ausschlag gab eine Meldung von Dr. Röhrig. Er berichtete Dr. Schmidt, daß Käthe Wollop bei ihm im Krankenrevier erschienen sei und sich ohne Aufforderung nackt ausgezogen habe. Dann habe sie sich auf den Schreibtisch gesetzt und gesagt: »Doktor — wenn ich jetzt schreie und sage, Sie hätten was von mir gewollt, sind Sie dran! Verhöre, Untersuchungen, Berichte ... und hängen bleibt immer etwas! Tun Sie's deshalb lieber freiwillig ...«

Dr. Röhrig hatte daraufhin Käthe Wollop eine Ohrfeige gegeben und den Vorfall sofort protokolliert. Es gab dann weiterhin keine Diskussionen mehr. Dr. Schmidt verhängte acht Tage erschwerten Arrest.

Durchaus nicht geknickt klemmte sich Käthe Wollop eine Decke unter den Arm und folgte Julie Spange hinab in den Keller, wo die Arrestzellen lagen.

»Was hast du nun davon?« sagte Julie Spange, als sie die Tür aufschloß. Ein schmaler Raum lag dahinter mit einem Fenster an der Decke, einer harten Holzpritsche und dem obligaten Eimer mit Deckel in der Ecke. Sonst war der Raum kahl und leer. Wer hier hereinkam, mußte in spätestens drei Tagen vor Langeweile vergehen. »In die Papiere kommt's auch!«

»Wenn schon – « Käthe Wollop warf die Decke auf die Holzpritsche. Sie setzte sich und ließ die Beine pendeln.

»Acht Tage Wasser und Brot – «

»Das glaub ich nicht.« Sie lächelte Julie Spange mit einer gefährlichen Freundlichkeit an. Die Heimmutter hob die Augenbrauen.

»Wieso nicht? Wer soll dir anderes Essen bringen?«

»Sie – «

»Das ist doch Unsinn, was du redest.«

»Meinen Sie?« Käthe Wollop tippte mit den Schuhspitzen spielerisch auf den Steinboden. Sie ließ eine erwartungsvolle Stille nach diesem Satz und schnalzte dann mit der Zunge. »Sie werden mir jeden Abend ein warmes Essen bringen.«

»Nein!« sagte Julie Spange laut und voll Erstaunen.

»Doch!« Käthe Wollops Kopf fuhr herum. Ihre Augen waren hart und mitleidlos. »Ich weiß, daß Sie zweimal in der Woche einen Mann durch Ihr Fenster klettern lassen ...«

Einen Augenblick erstarrte Julie Spange in entsetzter Sprachlosigkeit. Es bedurfte keiner langen Gedanken, um zu wissen, was diese Drohung bedeutete. Das bedingungslose Ausgeliefertsein, das in einem Gefängnis – auch wenn es eine »offene Anstalt« war – gleichbedeutend mit einem moralischen Tod war, lähmte sie fast.

»Das ... das ist nicht wahr – «, sagte sie leise. »Du gemeines Luder ... ich werde es dem Chef melden.«

Käthe Wollop lehnte sich gegen die Zellenwand und lächelte breit. »Tun Sie das! Auch Hilde hat's gesehen. Ich kann Ihnen sogar beschreiben, wie er aussieht: groß, blond, jung ... wir haben alle nicht begriffen, daß so 'n junger Mann sich an so ein dickes Weib wie Sie hängt —«

Julie Spange hob die Hand. Ihren Körper durchzitterte ohnmächtige Wut, die von einer panischen Angst genährt wurde.

»Schlagen Sie doch!« sagte Käthe Wollop zynisch. »Sie wissen ... das gibt einen dicken Prozeß wegen Gefängnis-insassen-Mißhandlung! In Celle war so ein Fall. Die Wacht-meisterin wurde zwangspensioniert! Schlagen Sie nur —«

»Man sollte dich umbringen —«, keuchte Julie Spange.

»Also wie ist es: Bekomme ich mein warmes Essen?« Käthe Wollop genoß in vollen Zügen die Hilflosigkeit der Heimmutter. Sie ließ die Beine pendeln, spitzte die Lippen und pfiff einen Schlager. Mit den Fingern trommelte sie dabei auf das Bettgestell.

»Nein!« schrie Julie Spange in letzter Auflehnung.

»Das ist dumm. Man wird hier ja förmlich zu Gemein-heiten gezwungen. Und verhindern, daß ich den Direktor spreche, können Sie nicht! Und wenn Sie's können ... dann stell ich mich krank und sage es dem Arzt! Und einen Arzt können Sie mir nicht verweigern. Nach der Gefäng-nisordnung habe ich Anspruch auf —«

»Du bekommst dein Essen«, sagte Julie Spange matt. »Auch wenn du unrecht hast. Mit solchem Dreck wie dich soll man sich nicht beschmutzen ...«

Käthe Wollop war weit davon entfernt, das als Belei-digung anzusehen. Sie war im Gegenteil zufrieden. Mit zu-sammengekniffenen Augen beobachtete sie Julie Spange, die mit bebenden Fingern den richtigen Schlüssel für die Zelle am Schlüsselbund suchte.

»Nervös?« fragte Käthe Wollop mitleidig.

»Das werde ich dir nie vergessen!«

»Hoffentlich. Ich habe noch eineinhalb Jahre hier abzureißen ... Sonderbehandlung ab sofort erwünscht — «

»Du kannst mich nicht erpressen!« Die Heimmutter hatte den richtigen Schlüssel gefunden und steckte ihn ins Schloß. »Es gibt auch andere Wege, mit dir fertig zu werden.«

»Darauf bin ich höllisch gespannt.« Käthe lachte hell. »Bange machen gilt nicht ...« Sie hüpfte von der Holzpritsche und kam auf Julie Spange zu. Ganz nahe war ihr Gesicht, und ihr Atem war von einer katzenhaften, leisen Gefährlichkeit. »Du wirst mir deinen Schatz einmal ausleihen müssen, Heimmütterchen — «, sagte sie gedehnt. »Wann, das sag ich dir noch. Der Junge soll mal etwas anderes kennenlernen als ranzigen Speck ...«

Wortlos, vor Wut zitternd, mit hellrotem Kopf, warf Julie Spange die Zellentür zu und schloß klirrend ab. Durch die Tür gellte das triumphierende Lachen Käthe Wollops hinter ihr her, und sie hörte es noch, als sie den Kellergang abschloß und nach oben stieg. Ein Lachen, von dem sie wußte, daß sie ihm nicht mehr entrinnen würde, es sei denn durch die Aufgabe dessen, was ihr zur Lebensaufgabe geworden war.

Am gleichen Abend ereignete sich ein geheimnisvoller Vorgang auf dem Flur von der Küche zum Vorratsschuppen. Auf diesem kleinen Stück wurde die Köchin Emilie Gumpertz von einem plötzlich auftauchenden Schatten niedergeschlagen und gewürgt. Der Überfall geschah so plötzlich, daß sie an keine Gegenwehr mehr denken konnte ... röchelnd fiel sie in die Knie, fühlte, wie ihr die Augen aus den Höhlen quollen, und in der Todesangst, im Bewußtsein, zu ersticken, riß sie den Mund weit auf und schrie mit der letzten Luft, die die krallenden Finger noch durchließen. Dann verlor sie die Besinnung.

Die feiste Barbara, der bisherige Liebling der Gumpertz, fand sie sterbend auf dem Boden liegend, als sie sich wunderte, wie lange die Köchin im Vorratsschuppen blieb und ihr nachging. Mit einem wilden Gekreisch alarmierte Barbara die ganze Anstalt. Schreckensbleich erschien Hedwig Kronberg, die Heimmutter II, ohne anzuklopfen bei Dr. Schmidt im Zimmer.

»Herr Regierungsrat —«, keuchte sie. »Herr —« Sie lehnte sich gegen die Wand und strich sich die grauen Haare aus der Stirn. »Ein Mordversuch ... an Frau Gumpertz ... ein ...« Es war so ungeheuerlich, daß sie nicht weitersprechen konnte, sondern Dr. Schmidt mit weiten Augen anstarrte.

Dr. Schmidt schnellte hoch. »Das ist doch wohl nicht möglich!« rief er. »Um Gottes willen ... das darf doch nicht wahr sein —«

Die Konsequenzen, die sich aus diesem Vorfall ergeben würden, waren Dr. Schmidt sofort klar. Schließung der offenen Anstalt, Auflösung aller Institutionen, die er mühsam aufgebaut hatte, Spott und Triumphgeschrei seiner Gegner, Verlegung der Mädchen zurück in die normalen Gefängnisse ... der Zusammenbruch eines Werkes, an dem Dr. Schmidt sein ganzes Herz und seinen feurigen Idealismus gehängt hatte.

Man hatte Emilie Gumpertz auf das Untersuchungsbett des Krankenzimmers gelegt, als Dr. Schmidt erschien. Vor der Tür jammerte Barbara und raufte sich die Haare, auf dem Hof standen die Mädchen zusammen und starrten zum Verwaltungsgebäude.

»Da hat einer Rache an der alten Sau genommen«, sagte Hilde Marchinski ruhig. »Hoffentlich ist sie hinüber!«

Niemand antwortete, aber in den Augen der Mädchen lag kein Mitleid, kein Erstaunen, keine Überraschung ... sie sahen auf das Gebäude und das Fenster des Krankenzimmers mit dem stumpfen Blick von Fischen, und wenn es eine Regung gab, dann war es Haß oder innere Freude. Es war eine Zusammenballung von Todeswunsch, eine Welle von Kälte, hervorströmend unter blonden, braunen, schwarzen und roten Haaren, und aus Gesichtern schreiend, denen noch der Glanz und die Weichheit des Kindlichen anhafteten.

Julie Spange sah die Sinnlosigkeit ein, diese zusammengeballten Gruppen der Mädchen auseinanderzutreiben. Für eine Stunde war die Ordnung zerbrochen. Es war ein stiller Aufstand ... aber nicht der Gegnerschaft, sondern der einmütigen Erwartung. Es nutzte deshalb nichts, daß Julie Spange schrie: »Auf die Zimmer! Stillbeschäftigung! Los, auf die Zimmer!« Die Mädchengruppen blieben stehen oder schoben sich noch mehr zusammen, Fäusten gleich, die sich schlossen.

Im Untersuchungszimmer brauchte Dr. Schmidt nur einen Blick, um die Tatsache des Mordversuches festzustellen. Um den dicken Hals der Köchin Gumpertz zeichneten sich klar die Würgemale ab, waren Hautstellen von Fingernägeln weggerissen, hatten Nagelkuppen sich wie Klammern ins Fleisch gepreßt. Das Gesicht war bläulich und aufgedunsen, die Zunge hing bläulich über den Zähnen und Lippen ... die kleine Revierschwester hatte das Kleid der Köchin aufgerissen und massierte ihre fleischige, über den Stoff wie ein aufgehender Hefeteig quellende Brust.

»Sie lebt noch ...«, keuchte sie, als Dr. Schmidt an das Bett trat. »Dr. Röhrig ist verständigt ... er kommt sofort — «

Erschüttert setzte sich Dr. Schmidt auf einen Schemel neben die Besinnungslose. Er sprach kein Wort, nur ab und zu schüttelte er den Kopf, als wolle und könne er nicht begreifen, daß so etwas in seiner mustergültigen Anstalt geschehen war. Julie Spange und Hedwig Kronberg standen wie Türme neben ihm und warteten auf eine Regung ihres Chefs.

»Weiß man, wie es geschehen ist?« fragte er endlich.

»Nein. Barbara fand sie im Gang zum Schuppen.«

»Barbara soll kommen!«

Das noch immer hysterisch weinende Mädchen wurde hereingeführt. Als sie den nackten Oberkörper der Köchin sah, die Würgemale am Hals, die blaue Zunge in dem gedunsenen Gesicht, kreischte sie wieder auf und verfiel in wilde Zuckungen. Ihr stämmiger Körper wand sich wie unter Peitschenhieben. Dr. Schmidt starrte das Mädchen mit einer Mischung von Erstaunen und unerklärbarer innerer Abwehr an.

»Ruhe!« brüllte er plötzlich. Es war wie ein Faustschlag. Barbaras Mund blieb offen, aber die Zuckungen erstarben. Dafür rann der Schweiß in dicken Tropfen über ihr Gesicht, als stehe sie in einem überheißen Saunaraum.

»Du hast sie gefunden?«

»Ja — «, stammelte Barbara.

»Und du hast keinen anderen gesehen?«

»Nein — .«

»Du kannst dir auch nicht denken, wer es gewesen war?«

»Nein.«

Dr. Schmidt wandte sich zu Julie Spange und Hedwig Kronberg. »Hatte Frau Gumpertz Feinde unter den Mädchen? Halten Sie es für möglich, daß eines der Mädchen ... oder kann es jemand von draußen gewesen sein, der von Frau Gumpertz bei einem Diebstahl im Magazin überrascht wurde?«

»Unmöglich. Er hätte dazu ins Küchenhaus kommen müssen. Das aber kann jeder sehen.« Frau Kronberg drückte die Finger aneinander, daß man sie knacken hörte. »Es muß eines unserer Mädchen gewesen sein.«

Dr. Schmidt schwieg. Der Gedanke, daß es ein Fremder

gewesen sein konnte, war aus der Angst um sein Lebenswerk geboren worden. Er wußte selbst, daß es unmöglich sein konnte, aber er hatte in seiner Verzweiflung gehofft, daß man seinen Gedanken aufgreifen könnte.

Er wurde in seinem Sinnieren vom Eintritt Dr. Röhrigs unterbrochen. Ohne zu fragen, schob der Arzt die Krankenschwester zur Seite und injizierte aus einer vorbereiteten Spritze ein Kreislaufmittel in die Vene der Köchin. Dann hörte er die Herztöne ab, fühlte den Puls und sah sich darauf um.

»Bitte, lassen Sie mich mit der Verletzten allein«, sagte er laut. »Sie, Herr Direktor, können bleiben.« Er wartete, bis alle das Krankenzimmer verlassen hatten. Mit ernster Miene rollte er die Gummischläuche seines Membranstethoskopes zusammen und steckte es in die Rocktasche. Das blasse, verzweifelte Gesicht Dr. Schmidts empfand er wie einen persönlichen, körperlichen Schmerz. »Was nun?« fragte er leise. Dr. Schmidt blickte zu ihm auf.

»Du kannst dir denken, was das für mich bedeutet«, sagte er stockend. »Wenn das publik wird ... in Fachkreisen, in der Presse ...«

»Wieso: ›wenn‹? Du mußt doch Meldung machen, nicht wahr?« Dr. Röhrig ahnte eine neue, in den Folgen weit schlimmere Komplikation. »Du kannst das doch nicht verschweigen, Peter. Du mußt sofort die Polizei einschalten, die Mordkommission — «

»Unmöglich!« Dr. Schmidt erhob sich seufzend. »Wenn du wüßtest — «

»Ich ahne diesen Rattenschwanz, der folgt! Kommissionen, Dispute, Ausschüsse, Gutachten, Schließung von Wildmoor ...« Dr. Röhrig beobachtete Emilie Gumpertz. Ihr flacher Atem, vorhin kaum wahrnehmbar, wurde lauter und regelmäßiger. Der flatternde, mit größter Mühe tastbare Puls, schlug kräftiger. Sie kam ins Leben zurück.

Dr. Röhrig betastete vorsichtig die Kehle und den Knorpel des Kehlkopfes. Die würgende Hand war nicht so stark gewesen, diesen Kehlkopf einzudrücken, was den sofortigen Tod zur Folge gehabt hätte. Es war also eine nicht kräftige Hand gewesen, eine Mädchenhand, die zum erstenmal um einen Hals gelegen hatte.

Als er sich aufrichtete, sah er Dr. Schmidt am Fenster stehen, mit vorgezogenen Schultern, das Bild eines inneren Zusammenbruchs.

»Du *mußt* die Polizei rufen, Peter«, sagte Dr. Röhrig eindringlich. »Ich bin kein Jurist ... aber was du tun willst, ist so etwas wie das Verschweigen oder Unterdrücken einer Straftat! Es sollte ein Mord sein! Nur die robuste Natur der Gumpertz verhinderte diese Tragödie ...«

»Es ist schon mehr als eine Tragödie.« Die Stimme Dr. Schmidts war rauh vor Erregung. »Unter diesen Mädchen ist ein Außenseiter ... noch weiß ich nicht, wer es ist. Aber soll wegen dieses Außenseiters ganz Wildmoor geopfert werden?«

»Das glaube ich nicht. Es war eine persönliche Rache. Ich habe dieses dumpfe Gefühl — «

»Frau Gumpertz wird auf eine Untersuchung drängen! Willst du ihr sagen, daß sie den Mund halten soll? Willst du dich in die Hand dieser Frau liefern, die dir zu jeder Stunde, die ihr recht ist, den Glorienschein des Vollzugs-Reformators abdrehen kann?«

»Man wird die Täterin nie finden«, sagte Dr. Schmidt dumpf. »Ob die Mordkommission alles aufnimmt oder ob ich nachforsche ... wir werden uns am Schweigen der anderen und an der Motivlosigkeit oder der Unkenntnis des Motivs die Schädel einrennen. Da ist es besser, ich laufe allein gegen diese Mauer, als daß dieser Fall zu einem Musterbeispiel wird, daß offene Anstalten doch ein Unding sind.«

»Das ist ungesetzlich, was du tust, Peter.«

»Ich weiß. Aber ich will Wildmoor retten. Ich *weiß*, daß dieser Mordversuch an Frau Gumpertz nichts mit Charakter oder Nichtcharakter meiner Mädchen zu tun hat.«

»Eine merkwürdige Einstellung.« Dr. Röhrig schob die Augenlider der Köchin hoch. Der Augapfel war noch etwas verdreht, aber er zuckte, als Dr. Röhrig ihn leicht mit der Fingerkuppe berührte. Die Reflexe kehrten zurück, der linke Fuß begann zu zittern und sich zusammenzuziehen, als trete er nach jemanden im Unterbewußtsein. »Es bleibt doch ein Mordversuch! Du als Jurist — «

»Ich weiß! Ich weiß! Aber ich will die Untersuchung zunächst ganz allein führen. Wenn ich nicht weiterkomme — «

». . . wird es zu spät sein, noch Spuren zu finden«, vollendete Dr. Röhrig den Satz. »Auch für dich und eine Rechtfertigung wird es zu spät sein.«

»Ja.« Dr. Schmidt drehte sich um. Sein Gesicht wirkte fahl und eingefallen. »Ich bin dann auch bereit, die Konsequenzen zu ziehen. Bis dahin aber kämpfe ich um Wildmoor wie eine Löwin um ihr Junges! Und ich weiß, daß kein Wort nach draußen dringt . . . weder von den Beamtinnen noch von den Mädchen. Diese Tat hier« — er zeigte auf die langsam erwachende Emilie Gumpertz — »hat etwas vollbracht, was ich nie geglaubt hätte: eine verschworene Gemeinschaft. Jeder weiß jetzt, was ihn erwartet, wenn Wildmoor aufgelöst wird, jeder erkennt jetzt, was er zu verlieren hat . . . und ich weiß auch, daß eines Tages die Täterin hier vor mir steht, von den anderen wie ein Wild gehetzt — «

»Sie kommt zu sich«, unterbrach Dr. Röhrig seinen Freund.

Emilie Gumpertz seufzte tief auf. Es war ein köstliches Luftholen, das folgte, ein tiefer, tiefer Atemzug, der neue

Luft in die Lungen sog und den Körper endgültig dem Bewußtsein zurückgab. Die Köchin schlug die Augen auf ... einen Augenblick war es, als besänne sie sich ... dann zuckte sie hoch, setzte sich, raffte das Kleid über der Brust zusammen, stierte um sich, begriff nicht, wo sie sich befand, und stieß einen dumpfen Schrei aus. Gleichzeitig trat sie um sich in einer wilden Abwehr. Erst, als Dr. Röhrig sie kräftig rüttelte, beruhigte sie sich und sank in sich zusammen. Die Verkrampfung löste sich in einem heftigen Weinen, und es war seltsam anzusehen, wie die aufgedunsene, häßliche Frau auf dem Untersuchungsbett saß und sich ihr nackter, schwammiger Oberkörper im Schluchzen zusammenzog und wieder vorschnellte.

Dr. Röhrig und Dr. Schmidt warteten, bis sie sich etwas beruhigt hatte. Dann, als Emilie Gumpertz ihr Kleid wieder zugeknöpft hatte und etwas wie Scham ihr Gesicht färbte, überfiel sie Dr. Schmidt mit einer brutalen Frage.

»Das Mädchen hat alles gestanden! Was haben Sie dazu zu sagen?« rief er.

Und er erlebte die größte Verblüffung seines bisherigen Lebens. Emilie Gumpertz glitt vom Untersuchungsbett und fuhr sich ordnend durch die Haare.

»Welches Mädchen, Herr Rat?« fragte sie zurück. Dabei verkniff sich ihr Mund und wurde schmal und starr.

»Die Täterin!«

»Wieso Täterin?«

»Die einen Mord auf Sie plante!« schrie Dr. Schmidt in heller Erregung. Emilie Gumpertz schüttelte langsam den Kopf.

»Mord? Was reden Sie da, Herr Rat? Ich ging mit einer Wäscheleine zum Schuppen, stolperte, die Leine verfing sich irgendwo, und ich muß so unglücklich gefallen sein, daß ich mich fast erwürgte ...«

Dr. Röhrig starrte Dr. Schmidt stumm mit großen ratlosen Augen an. »Das ist doch gelogen!« sagte er endlich heiser.

»Nein!«

»Man hat keine Leine gefunden, als man Sie aufhob.«

»Nicht? Das ist merkwürdig! Dann ist sie geklaut. Die Mädchen klauen wie die Raben, vor allem so was.«

»Und die Nägelmale an Ihrem Hals?« schrie jetzt Dr. Röhrig in höchster Erregung. »Die blutigen Eindrücke?« Eine Leine gibt eine andere Würgespur, und wenn sie verletzt, dann schabt sie Haut ab. Aber in Ihrem Hals sind deutlich Nägel eingedrückt — «

»Da müssen Sie sich irren, Herr Doktor.« Emilie Gumpertz legte beide Hände um ihren dicken Hals und bedeckte die Würgemale. »Auch Ärzte können sich irren, nicht wahr?«

»Sie behaupten also, nicht überfallen worden zu sein?!« fragte Dr. Schmidt leise.

Emilie Gumpertz zögerte nicht eine Sekunde mit der Antwort. »Nein!« sagte sie fest. »Davon kann gar keine Rede sein. Nur schade, daß die schöne Wäscheleine weg ist. Eine richtige, gute Hanfleine, Herr Rat, noch ganz neu ...«

»Und das ist Ihre letzte Aussage?«

»Ja ... Es war ein Unfall.« Emilie Gumpertz atmete ein paarmal tief durch. Wer die Not von wegbleibender Luft kennengelernt hat, weiß jeden tiefen Atemzug zu schätzen als die köstlichste aller Lebensfunktionen. »Lassen Sie bitte die Leine suchen, Herr Rat ... die Mächen könnten damit Dummheiten machen — «

»Es ist gut.« Dr. Schmidt wandte sich ab und trat wieder ans Fenster. Dr. Röhrig winkte der Köchin zu.

»Sie haben vorerst drei Tage Bettruhe, bis Sie sich erholt haben ...«

»Aber nein, Herr Doktor! Das geht nicht. Die Küche,

und die Mädchen ohne Leitung . . . ausgeschlossen.« Emilie Gumpertz versuchte ein sonniges Lächeln. »Ich bin doch wieder wohlauf. Der Schreck nur, wissen Sie, und die Angst, jetzt haste dich selbst aufgehängt . . . das hat mich umgeworfen! Es ist ja nun alles wieder gut — «

»Wie Sie wollen, Frau Gumpertz.« Dr. Röhrig hob resignierend die Schultern. »Auf Ihre Verantwortung. Aber wenn Sie irgend etwas spüren, kommen Sie sofort ins Revier!«

»Das tue ich.« Die Köchin hielt dem Arzt die Hand entgegen, eine dicke Hand mit wurstähnlichen Fingern. »Ich danke Ihnen, Herr Doktor — «

Mit einer unterdrückten Überwindung nahm Dr. Röhrig die Hand und drückte sie schnell. Es war ihm, als presse er einen glitschigen Schwamm aus. Emilie Gumpertz verließ schnell das Zimmer. Draußen wartete Barbara auf sie. Dr. Schmidt und Dr. Röhrig sahen ihr vom Fenster nach, wie sie hinüber zur Küche ging . . . gestützt auf die Schulter der stämmigen Barbara, vorbei an den Knäueln der im Hof wartenden Mädchen, die ihr stumm nachsahen . . . eine enttäuschte, erstarrte Masse Vergeltung.

»Kannst du das verstehen?« fragte Dr. Schmidt. »Diese dicke Lüge im Angesicht des Todes? Wen will sie decken? Warum lügt sie? Ich bin vor den Kopf geschlagen — «

»Ich bewundere deine Gabe, solche Dinge zu ahnen.« Dr. Röhrig wandte sich vom Fenster ab. Emilie Gumpertz war durch die haßstarrende Gasse der Mädchen in der Küche verschwunden. »Hier wäre die Mordkommission wirklich falsch gewesen — ja sogar sinnlos. Aber eines bleibt: Es gibt eine Täterin . . . und die Gumpertz ahnt, wer es ist . . . und schweigt. Dieses Warum kann ich dir nicht erklären.«

»Ich werde es erfahren! Ratten gibt es überall . . . und ich glaube, ich bin einer dicken Ratte auf der Spur.« Dr.

Schmidt schlug mit der Faust in die linke Hand. Etwas wie Freude überkam ihn. Die Wolken waren an Wildmoor vorbeigezogen.

Am nächsten Tag fand ein Mädchen beim Häckselholen in der Scheune die verschwundene Wäscheleine. Sie war hinter einem Sack versteckt, sauber zusammengerollt. Triumphierend legte Emilie Gumpertz die Leine vor Dr. Schmidt auf den Tisch.

»Hier, Herr Rat — nun habe ich Ruhe. Die schöne Leine ist wieder da.«

Dr. Schmidt antwortete nicht. Er schob den Strick an die Köchin zurück und nickte bloß. Zufrieden verließ die Gumpertz das Chefzimmer. Der mysteriöse Fall war nach außen hin abgeschlossen.

Zwei Tage später saßen Monika Busse und Vivian v. Rothen zusammen auf Vivis Bett und stopften Strümpfe. Im Nebenzimmer saßen Hilde und Käthe vor dem Radio und hörten Operettenmusik. Ein Tenor sang. Komm in die Gondel —

Monika legte plötzlich ihren Strumpf in den Schoß und sah Vivian v. Rothen an. Sie hatte den Kopf mit den schwarzen Haaren tief über ihre Stopfarbeit gebeugt.

»Das hättest du nicht tun dürfen meinetwegen — «, sagte Monika langsam. »Ich hätte mich auch so gewehrt — «

Mit einem Ruck sprang Vivian auf und ging schnell aus dem Zimmer. Ihr halb gestopfter Strumpf hatte sich im Kleid verhakt und schleifte hinter ihr her.

Sie merkte es gar nicht . . .

Die Villa des Fabrikanten Holger v. Rothen lag außerhalb der Stadt in einem Parkgelände und stieß an einen großen Golfplatz. Es war der teuerste Boden der Stadt, und wenn v. Rothen sich auf einem solchen Grundstück eine solche Villa bauen konnte, bewies das, daß die »Vereinigten Textilwerke« mit einem guten Gewinn arbeiteten und reiche Geschäftsjahre aufweisen konnten.

Kurz vor Weihnachten fuhr die breite, geschwungene Auffahrt ein weißer Reisewagen hinauf, vorbei an den mit Tannenreisern abgedeckten Rosenrabatten und den schlanken Säulenzypressen, die den Weg zur Villa wie riesige Pfeiler einrahmten, Pfeiler, auf denen der Himmel ruhte.

Der Butler, der auf das Klingelzeichen schon das elektrische Tor der Einfahrt geöffnet hatte, erwartete unter dem breiten Vordach des Einganges den Wagen und trat mit einer knappen Verbeugung heran, als er hielt. Er öffnete die Tür und lächelte das unverbindliche Lächeln aller Herrschaftsdiener.

»Guten Tag, gnädige Frau — «, sagte er und half einer großen, schlanken, äußerst attraktiven Frau aus dem Wagen. Sie dankte durch ein Kopfnicken, schob den Chiffonschal, den sie um den Kopf gebunden hatte, auf die Schulter zurück und schüttelte die tizianrot gefärbten Locken. Sie trug einen weißen Ledermantel mit Ozelotkragen und Ärmelstulpen aus dem gleichen Pelz. Die langen, schlanken Beine staken in kniehohen, weichen braunen Stiefeln.

»Guten Tag, Harry«, sagte die elegante Dame. »Sie sehen kein Jahr älter aus ... Wie machen Sie denn das bloß?«

»Das ruhige Leben, gnädige Frau.« Der Butler lächelte mokant und zurückhaltend. »Wir leben ganz ruhig — «

Die Dame zog die ausrasierten und nachgezogenen Augenbrauen hoch, aber sie verzichtete auf weitere Worte. Das war eine Frechheit, dachte sie. Eine deutliche Anspielung ... aber Harry kann sie so elegant dahersagen, daß es schwerfällt, sich darüber aufzuregen. Nur dieses Grinsen kann einen wütend machen, diese Maske der Biederkeit und Zurückhaltung, hinter der sich das Wissen um alle Dinge, die in diesem Hause geschehen, versteckt.

»Ist mein gewesener Mann da?« fragte sie, das Wort gewesen deutlich betonend.

»Jawohl, gnädige Frau. Er erwartet Sie im Salon.«

Helena v. Rothen ging dem Butler Harry voraus in die große Halle der Villa und winkte ab, als ein bereitstehendes Stubenmädchen ihr den Mantel abnehmen wollte.

»Danke, nicht nötig —«, sagte sie knapp. Sie sah sich kurz um. Nichts hat sich verändert, dachte sie. Wann stand ich zum letztenmal hier? Vor vier Jahren. Ja ... nach einem Hausball war es, ich verabschiedete die Gäste, und der letzte der ging, war Eberhard Roggen. Er küßte mir die Hand, und in diesem Augenblick sagte Holger von der Tür der Bibliothek her: »Warum legen Sie sich solchen Zwang auf, Herr Roggen? Sie begnügen sich ja sonst nicht mit dem Handrücken meiner Frau —« Was dann folgte, war eine Kette von Verhandlungen, ein zähes Ringen um Erbfolge und Abfindung und um den Wortlaut einer sogenannten Kavaliersscheidung, vor allem aber ein Abwenden allen Aufsehens oder eines gesellschaftlichen Skandals.

Vor vier Jahren. Damals war sie hier weggefahren ohne Abschied. Holger hatte Vivian in ein Kinderheim gebracht, damit sie die Häßlichkeiten elterlicher Auseinandersetzungen nicht miterlebte. So hatte sie auch Vivian nicht mehr gesehen und war weggegangen wie eine Fremde, wütend, mit Haß geladen, das Gefühl in sich, eine tragische Person zu sein, die den Mut hatte, aus einem goldenen Käfig auszubrechen. Später, schon ein Jahr nachher, als sich Eberhard Roggen von ihr trennte und mit einer Tennispartnerin nach Amerika fuhr, hatte sie diesen Irrtum eingesehen. Aber es gab kein Zurück mehr ... für Holger nicht, weil es sein Stolz nicht zuließ, eine weggelaufene Frau wieder aufzunehmen, auch wenn sie die Mutter seiner einzigen Tochter war, für Helena nicht, die die Scham der Reue nicht ertragen konnte. Daß sie jetzt zurückkam, für ein paar Minuten nur, hatte einen anderen Grund. Es sollte keine Rückkehr sein, nicht einmal der Versuch einer Annäherung. Es sollte vielmehr ein Triumph sein, eine Befriedigung, kränken zu können, eine Anklage, die zum kleinen Teil ihrer Rache werden würde.

»Der Salon ist die linke Tür, gnädige Frau . . .«, sagte der Butler höflich. Helena v. Rothen zog die schönen, blaßlila getönten Lippen hoch.

»Ich kenne mich noch aus, Harry. Danke.«

»Darf ich einen Portwein servieren?«

»Bitte. Sie haben ein gutes Gedächtnis.«

Mit schnellen, kleinen Schritten, in der ihre ganze innere Nervosität lagen, ging sie zum Salon und riß etwas zu stürmisch die Tür auf.

Holger v. Rothen, ein großer, massiger Mann mit weißen Haaren, sprang aus dem Sessel auf. Er stieß dabei an den indischen, kleinen Teetisch. Die Tasse klirrte leise. Es war der einzige Laut im Raum, als sie sich gegenüberstanden und stumm ansahen. Holger von Rothen war es, der das peinliche Schweigen brach.

»Möchtest du den Mantel nicht ablegen?«

»Nein, danke. Ich bleibe nur ganz kurz. Harry wird mir ein Glas Portwein bringen, und länger, als bis dieses Glas getrunken ist, bleibe ich nicht.«

»Das ist ein relativer Zeitbegriff, meine Liebe.«

»Keine Sorge — ich halte dich nicht unnütz auf.« Sie setzte sich, knöpfte den Mantel an den oberen zwei Knöpfen auf und lehnte sich zurück.

Er ist älter geworden, dachte sie. Vor vier Jahren war er graumeliert, jetzt ist er schlohweiß. Aber es steht ihm gut zu dem braungebrannten Gesicht. Sicherlich war er wieder in Pontresina. Mit einer eiligen Handbewegung fuhr sie sich durch die roten Locken und strich sie an den Ohren zurück.

Holger v. Rothen sah sie kühl an. Als sie wegging, hatte sie blonde Haare, dachte er. Jetzt sind sie rot. Sie sieht aus wie eine Schaufensterpuppe, von einer ebenmäßigen, fabrikvollkommenen Schönheit, ein Retortenmensch.

»Es geht um Vivian«, sagte Helena plötzlich. Es sollte wie ein Peitschenschlag klingen, aber Holger v. Rothen hob nur eine Augenbraue.

»Woher dieses Interesse?« fragte er kalt.

»Sie ist schließlich meine Tochter.«

»Biologisch ja.«

»Fangen wir nicht an, uns mit Wortspielen aufzuhalten. Ich habe erfahren, daß Vivian im Gefängnis sitzt.« Ihre Stimme begann zu zittern und verlor den forschen Klang. Holger v. Rothen neigte den Kopf etwas zur Seite und betrachtete seine ehemalige Frau. Sie war immer eine gute Schauspielerin, dachte er bitter. Sie konnte Liebe vorspielen und dabei an andere denken, sie war zärtlich, und wenn sie die Augen schloß, redete sie sich ein, es sei der Mann ihrer Heimlichkeiten, der sie im Arm hielt.

»Ja.« Holger v. Rothens Stimme war hart. »Sie sitzt!«

»Unerhört!«

Helena nestelte in ihrer Manteltasche. v. Rothen verzog den Mund zu einem leichten Lächeln.

»Laß bitte das Taschentuch, wo es ist. Tränen sind ein edles Material ... man sollte sie dort vergießen, wo sie Ausdruck echter Freude oder echten Leides sind —«

»Du bist von einem gemeinen Sarkasmus —«

»Was willst du von Vivian wissen? Woher weißt du überhaupt, daß sie im Gefängnis ist? In der Presse stand nichts darüber ...«

»Bekannte, die ich in Nizza traf, erzählten es mir. Ich wäre vor dieser Schande fast gestorben! Meine Tochter ein Sträfling — War das nicht zu verhindern?«

»Nein. Auch der beste Anwalt kann nichts mehr machen, wenn ein 17jähriges Mädchen ohne Führerschein und mit 1,9 pro Mille Alkohol im Blut den Wagen ihres Freundes fährt und dabei eine Frau über die Straße gegen einen Baum schleudert —«

»Tot —«, fragte Helena tonlos.

»Ja. Dazu noch Fahrerflucht. Ich war zu dieser Zeit in Rom ...« Holger v. Rothen sah auf seine Hände. »Es wäre vielleicht nicht geschehen, wenn Vivian eine Mutter gehabt hätte, die sich um sie kümmert und die wirklich Mutter ist und nicht nur eine Modepuppe und das Spielkätzchen reicher Nichtstuer —«

»Bitte —« Helena v. Rothen stand abrupt auf. Der Butler Harry kam herein, auf einem Tablett ein funkelndes, geschliffenes venezianisches Glas und eine Flasche Portwein. »Dieser Ton dürfte nicht richtig sein.« Sie wartete, bis sich Harry wieder entfernt hatte und schüttete sich das Glas halb voll. »Ich werde Vivian zu mir nehmen —«

»Ach —«, sagte v. Rothen mit eisigem Lächeln.

»Sobald sie aus ... aus dem Gefängnis heraus ist. Ich habe mich erkundigt ... man wird ihr einen Teil der Strafzeit schenken, wenn sie sich gut führt. Und dann kommt sie zu mir.«

»Nein!«

»Doch! Du hast bewiesen, daß du unfähig bist, ein Kind zu erziehen und zu beaufsichtigen ...«

»Und ich bezweifle, ob die Erziehung deiner Umgebung die richtige ist. Vivian soll eine Frau werden, keine Hure.«

Helena v. Rothen zog die Schultern hoch. Ihre kalten, blauen Augen flimmerten vor Wut. »Man sollte dich umbringen!« sagte sie heiser.

»Dieses Schicksal gedenke ich dir angedeihen zu lassen, wenn du Vivian entführen solltest.«

»Du drohst mir also?«

»Ja.«

»Du haßt mich.«

»Nein. Viel schlimmer — ich verachte dich.«

»Du hast nicht verhindern können, daß Vivian jetzt als Verbrecherin gilt!« schrie Helena v. Rothen.

»Ich war ahnungslos. Ich gebe es zu. Ich glaubte an Vivian, wie ich einmal an dich geglaubt hatte. Aber auch bei Vivian trat einer jener Männer ins Leben, die in deinem Leben immer die größte Rolle gespielt haben ... ein Blender, ein Sohn reicher Eltern, ein Lackaffe, dessen einzige Leistung es ist, Geld auszugeben und immer potent zu sein. Sigi Plattner heißt der Jüngling, sein Vater hat eine Maschinenfabrik. Ich habe diesen schönen Sigi zu fassen bekommen ... sein Vater hat darauf verzichtet, mich zu verklagen noch die Krankenhauskosten von mir zu verlangen. Aber da war es schon geschehen ... und der einzige Vorwurf, der mich trifft, ist die elende Tatsache, daß ich zu gutgläubig war, zu verliebt in mein Kind, zu vernarrt, um zu erkennen, was hinter meinem Rücken geschah. Es war eine Neuauflage meiner Dummheit, die mit dir begann. Das allein ist meine Schuld ... meine gutmütige Dummheit, daß man einem Menschen, den man liebt, auch vertrauen könnte.« Holger v. Rothen legte die Hände auf den Rücken und warf den Kopf zurück. »Das wäre es! Ich glaube, das ist genau die Zeit gewesen, in der man ein Glas Portwein austrinken kann.«

»Also ein eleganter Hinausschmiß!«

»Nur eine rechnerische Feststellung.«

Helena trank das halbe Glas mit einem langen Schluck leer. Ihre Hand zitterte heftig, als sie das Glas an die Lippen hielt. Aus ihrer herrlichen Rache war eine Niederlage geworden, aus dem Triumph neue Beschämung. Das machte sie wütend und unbeherrscht.

»Nicht einmal einen Gnadenweg hast du versucht!« schrie sie. »Ich habe mich erkundigt!«

»Das stimmt! Vivian soll die volle Zeit absitzen!«

»Du Sadist!«

Holger v. Rothen wandte sich ab und ging zu einem kleinen Intarsienschreibtisch. Helena hob die linke Hand und setzte das Glas mit einem Knall auf die Tischplatte zurück.

»Du brauchst nicht nach Harry zu schellen ... ich gehe schon! *Hier* bist du der Herr, der große Rothen ... aber außerhalb deiner weißen Mauern bist du nicht mehr als alle anderen. Ich werde Vivian besuchen — «

»Nein.«

»Ich habe das gleiche Recht als Mutter, wie du als Vater.«

»Ich werde Vivian nicht besuchen.«

»Weil sich der große Herr schämt, in eine Zelle zu treten und seine Tochter in Gefängniskleidung zu sehen! Ich schäme mich nicht!« Ihre Stimme wurde schrill. »Ich bin ihre Mutter! Ich werde sie an mich drücken, meine kleine Vivi ...«

»Diese plötzliche Mutterliebe ist ekelhaft!« sagte v. Rothen mit Abscheu. »Sie ist breiig wie Morast. Was bezweckst du denn eigentlich mit diesem widerlichen Theater?«

»Ich will Vivian haben!«

»Nein!«

»Wir werden sehen — «

Sie knöpfte den Mantel zu, stellte den Ozelotkragen hoch, als friere sie in dem warmen Zimmer und verließ mit stampfenden Schritten den Salon. Die Tür warf sie hinter sich zu und blitzte den Butler an, der in der Halle auf sie wartete.

»Die Bulldogge!« sagte sie gehässig. »Los ... bellen Sie doch, Harry!«

»Ich wünsche der gnädigen Frau eine gute Weiterfahrt«,

sagte Harry höflich mit einer kleinen Verneigung. »Die Straßen sind schneeglatt — «

»Wie diskret Sie den Wunsch ausdrücken, daß ich verunglücken soll.« Helena v. Rothen schob das Chiffontuch wieder über ihr rotes Haar. »Es wird ein unerfüllter Wunsch bleiben, Harry — «

Stumm begleitete der Butler sie wieder bis zum Wagen, riß die Tür auf, schlug sie hinter ihr zu und blieb unter dem Vordach stehen, bis sie gewendet hatte und die Auffahrt wieder hinunterfuhr.

»Das war die gnädige Frau?« fragte das Stubenmädchen in der Halle, als Harry zurückkam. Sie war erst ein Jahr im Haus.

»Ja — «

»Eine schöne Frau.«

»Ich leihe Ihnen nachher ein Buch, Lisa.« Der Butler zupfte an seiner silbergrauen Krawatte. »Sie werden darin lesen, daß immer schon die schönsten Hexen die gefährlichsten waren . . .«

Pfeifen-Willi hatte sich — der Not gehorchend, nicht dem eigenen Trieb — nach langem Zögern doch entschlossen, in das Familienunternehmen der Marchinski einzusteigen und als Zuhälter von Hildes Mutter, der viermal in der Woche besoffenen Lotte Marchinski, seine Pflicht zu tun. Er übernahm das Amt aus der Erwägung heraus, daß Hilde mindestens noch zwei Jahre in Wildmoor bleiben würde, wenn sie nicht Gebrauch von der Karte in den Zimtsternen machte. Zwei Jahre durch ehrliche Arbeit zu überbrücken, war für Willi wie Schmierseife-Essen. Der bequemere, wenn auch ästhetisch nicht in seinem Sinne liegende Weg war da immer noch die Betreuung Lotte Marchinskis, die nichts weiter verlangte, als daß man sie auszog, wenn sie besoffen nach Hause kam, ihr den Kopf hielt, wenn sie in den Spülstein kotzte und sie ab und zu — bei Anwandlungen ehrlicher Zärtlichkeit oder naturbedingter Triebhaftigkeit — mit dem zufriedenstellte, was sie in ihrem Beruf nicht verschenken konnte.

Auch das verrichtete Pfeifen-Willi gewissenhaft, wenn auch mit zusammengebissenen Zähnen. Er war eben ein Ästhet, trotz allem, und es reizte ihn zum Erbrechen, wenn der fuseldunstige Atem Lottes zu ihm emporstieg und von ihm verlangt wurde, die schon welken Lippen zu küssen. Immerhin verdiente Lotte monatlich im Durchschnitt bis zu netto 1500 DM, deren Verwaltung in den Händen Pfeifen-Willis lag. Das war eine überzeugende Einnahme, die einige persönliche Opfer wert war.

»Wenn det Aas aus'n Knast kommt«, sagte Lotte manchmal voll mütterlicher Liebe, »dann wird's lustig. Ick jeb dir ja nicht wieder her, Willi! Det is ja man klar, wat? Und wennste jehst ... ick bring euch in'n Jrube mit E-605! Det kannste jlooben — «

Das waren Situationen, die Willi mannhaft überstand, indem er Lotte mit seiner Männlichkeit überzeugte, daß er Hilde quasi vergessen habe und nichts über eine gewisse Reife gehe. Seelisch allerdings litt er darunter, saß oft auf einem Barhocker in einer Kneipe am Tresen, soff Kümmel und Mollen und philosophierte darüber, daß er eigentlich zu Höherem geboren sei, bei seiner Intelligenz, aber das Schicksal ihn betrog und zum Zuhälter werden ließ. Zudem mit einer Mieze, deren Schweiß sogar noch nach Alkohol stank.

Nach den Feiertagen, das hatte er sich vorgenommen, fuhr er nach Wildmoor. Oder vielmehr ... wenn es Frühling wurde und die Birken ihre Kätzchen im Wind schaukelten und die Weiden mit weißen Knospen aufsprangen. Dann war es nicht mehr so kalt draußen, wenn man stundenlang warten mußte, und es flüchtete sich besser als über

Schnee und Eis. Bis dahin hieß es, durchzuhalten und das schwere Los zu ertragen. Auch blieb die Hoffnung, daß man Lotte irgendwann einmal erwürgte oder daß sie einen Herzschlag bekam, denn zweimal hatte Pfeifen-Willi nur forschungshalber festgestellt, daß Lottes alkoholverseuchter Körper längeren Ekstasen nicht mehr gewachsen war.

Der brave Fuhrunternehmer Hans Busse hatte dagegen andere Sorgen. Dr. Jochen Spieß bemühte sich, Material für eine frühzeitige Entlassung Monikas zu sammeln, vielleicht sogar für eine Wiederaufnahme, die mehr Grund bot als eine unterlassene Zeugenbelehrung. Dazu machte er Jagd auf den ehemaligen Freund Monikas, den forschen Rolf Arberg, der nach dem Prozeß das Zimmer gewechselt hatte und beim Einwohnermeldeamt nicht mehr geführt wurde. Er hatte sich abgemeldet, aber in dem neuen, angegebenen Wohnort war er nie eingetroffen. Er lebte also noch in der Stadt, illegal, auf einer Bude in den tausend dumpfen Häusern mit drei Hinterhöfen. Ihn zu finden, war eine Aufgabe, vergleichbar der Entdeckung jenes Hundes, der in der Auslage des Kaufmanns Jean Köster den Blumenkohl begossen hatte.

Vater Hans Busse hatte das Glück, Rolf Arberg auf einer seiner Eiltransportfahrten durch die Stadt zu sehen. Es war der große Zufall, der von jeher die Hilfe der Kriminalisten ist und um den jeder Kriminalbeamte heimlich betet. Langsam fuhr Hans Busse hinter dem schicken Rolf Arberg her, sah, daß er ein großes Mietshaus betrat, wartete eine Stunde davor und war überzeugt, daß er hier wohnte, als er nicht wieder herauskam. Mit einem Tempo, das der Aufschrift seines Wagens »Eildienst« alle Ehre machte, fuhr er zu Dr. Spieß und meldete seine Entdeckung.

»Nehm Se sich 'n Knarre mit, Herr Doktor«, sagte Busse treuherzig. »Der Junge sah so wohlhabend aus ... det bedeutet bei denen immer, det se gefährlich sind!«

Dr. Spieß beruhigte Hans Busse und fuhr in die bezeichnete Straße. Eine Waffe nahm er nicht mit ... die Zeit, in der er Studentenmeister im Judo gewesen war, lag noch nicht lange zurück. Es gab Griffe, die man nie vergaß.

Rolf Arberg saß gerade gemütlich vor einem Fernsehgerät und erfreute sich an einer Schlagerparade, als er hinter sich einen naturwidrigen Luftzug verspürte, der über seinen Nacken strich. Er fuhr herum und sah einen Mann im Zimmer stehen, der gerade mit der Hacke des rechten Beines die Tür wieder zustieß.

»Was wollen Sie denn hier?!« schrie Rolf Arberg. »Wie kommen Sie überhaupt hier herein?! Wenn Sie näher kommen, brülle ich — !«

»Die Türen sind mit recht altmodischen Schlössern ausgestattet«, sagte Dr. Spieß freundlich. »Ich hätte mir an Ihrer Stelle längst ein Sicherheitsschloß eingebaut. Die kleine Investition würde sich lohnen.«

»Was wollen Sie von mir? Wer sind Sie überhaupt?« keuchte Arberg. Schweiß stand auf seiner Stirn, die Angst schrie aus seinen Augen. Welch ein erbärmlicher Wicht, dachte Dr. Spieß bitter. Und einen solchen Elendsknoten hat Monika geliebt, hat ihm ihre Mädchenhaftigkeit gegeben, ist an ihm zur Verbrecherin geworden. Eine ungeheure Wut stieg in ihm hoch, es zuckte ihm in den Fäusten, einfach ohne weitere Worte in dieses verzerrte Gesicht zu schlagen, es zu deformieren, die pomadigen Haare auszureißen und diesen nach Juchten duftenden Körper zu zertrümmern.

»Sie wohnen hier unangemeldet unter falschem Namen«, sagte Dr. Spieß mit mühsamer Beherrschung.

»Ach ... Sie sind vom Meldeamt? Oder Kripo, was?« Die Angst aus dem Gesicht Arbergs glitt weg ... er grinste breit und steckte die Hände in die Hosentaschen. Aufreizend stand er da, selbstsicher und mit kaltem Zynismus.

»Bitte, nehmen Sie mich mit! Sie werden keine lange Freude an mir haben ... außer diesem kleinen Fisch können Sie nichts nachweisen —«

»Vielleicht doch. Da ist eine gewisse Monika Busse.«

»Ach die?« Arberg machte eine gemeine, wegwerfende Handbewegung. »Was wollen Sie? Die hat gestanden und brummt jetzt! Hat sie etwa widerrufen? Und das glauben Sie? Seid ihr naiv auf dem Präsidium. Die will sich doch nur rächen oder wichtig machen, die kleine Hinterhof-Nutte ...«

Dr. Spieß senkte schweratmend den Kopf. »Was ist sie? Wiederholen Sie den Ausdruck noch einmal.«

»Weil er so schön ist?« Arberg lachte laut. »Bitte schön: Hinterhof-Nutte —«

Im gleichen Augenblick kam er sich vor wie in einer aus der Halterung losgerissenen Schaukel. Er segelte durch die Luft, drehte sich im Schweben, schien völlig schwerelos zu werden, sah den Fußboden näherkommen und spürte noch, wie er mit dem Kopf auftraf und es in seiner Hirnschale knackste. Dann rauschte es in seinen Ohren, er sah einen flammenden Tanz von bunten Kreisen, schüttelte sich und setzte sich dann auf, umgeben von einem Schwindel, durch den er sein Zimmer sah, als wiege es sich leicht in einem kreisenden Nebel.

»Das war Nummer eins«, hörte er eine Stimme. »Die zweite Turnübung folgt gleich, wenn du nicht zu singen beginnst. Hast du begriffen, mein Junge?!«

Rolf Arberg begriff schnell. Er gehörte zu den Männern, die Situationen ohne große Rückfrage klar erkennen. Er blieb auf dem Fußboden sitzen und starrte Dr. Spieß erwartungsvoll und lauernd an.

»Was ist denn?« fragte er keuchend.

»Das Spielchen, das wir jetzt miteinander spielen, ist außerhalb aller Gesetze. Ich weiß, daß man so etwas nicht tut ... aber es bleibt mir keine Möglichkeit, mir aus dem Katalog der erlaubten Dinge das richtige auszusuchen. Es wäre bei dir auch sinnlos! Wenn wir miteinander klarkommen, pennst du drei Jahre Knast ab ... darüber kommst du schon weg und bekommst außerdem neue Geschäftsverbindungen im Kahn ... einigen wir uns nicht, gibt es keinen Schönheitschirurgen, der aus dir wieder ein Gesicht machen kann. Verstanden?«

»Sie reden ja klar genug. Was wollen Sie überhaupt?«

»Die Wahrheit über Monika Busse.«

»Ach!« Rolf Arberg legte den Kopf zur Seite. Unter seiner Hirnschale hämmerte es. »Ich habe doch schon gesagt, daß es da —«

»Lassen wir die Nummer zwei abfahren, mein Junge.« Dr. Spieß trat näher. Arberg zog die Beine an. Sein Gesicht wurde fahl vor Angst.

»Warten Sie! Was haben Sie davon, wenn ich etwas sage?« schrie er heiser. »Vor Gericht werde ich erzählen, wie Sie das herausgeholt haben, und dann —«

»Irrtum, mein Junge. Sieh mal hier —« Dr. Spieß öffnete seine Aktentasche, die er auf den Boden gestellt hatte und holte aus ihr ein kleines Transistor-Tonbandgerät. Arberg hob die Augenbrauen. Man sah, daß er überlegte, wie er aus dieser Situation herauskommen könnte. Aufstehen, sagte er sich. Das ist das erste. Wenn man steht, hat man eine andere Perspektive zu den Dingen. Von unten ist alles groß und man selbst ein Wurm. Er schob ein Bein unter das Gesäß. Dr. Spieß winkte ab.

»Bleib sitzen, mein Junge. Daß bei dir manchmal die Anziehungskraft der Erde versagt, hast du gesehen. Oder willst du wieder fliegen?«

»Sie sind ein ganz gemeiner Hund!« brüllte Arberg.

»Mag sein.« Dr. Spieß nahm das Mikrofon in die linke Hand und stellte das Tonbandgerät neben den Fernsehapparat. Er schaltete kurz ein, nahm ein paar Takte der Schlagermusik auf, schaltete das Fernsehgerät ab und sagte ins Mikrofon: »Das waren ein paar Takte der Fernsehsendung ›Schlagermagazin‹. Wir haben jetzt den 18. Dezember, abends 20.45 Uhr. Ich stehe hier in einem Zimmer des Hauses Bormeisterstraße 19, vierter Stock, rechts.« Er stellte das Tonband ab und sah hinunter auf Rolf Arberg. »Sie werden jetzt gleich alle Fragen, die ich Ihnen stelle, wahrheitsgemäß beantworten«, sagte Dr. Spieß. Daß er plötzlich Sie sagte, bewies Arberg, wie ernst und amtlich es wurde. »Und Sie werden vorher sprechen: Ich mache diese Aussagen freiwillig, ohne Zwang, aus dem Gefühl der Schuld heraus . . .«

»Sehe ich so blöd aus?« schrie Arberg.

»Du wirst überhaupt kein Aussehen mehr haben, mein Junge, wenn du nichts sagst.«

»Und was soll das alles?«

»Das erkläre ich dir, wenn's vorbei ist. Also . . . fangen wir an?«

»Nein!«

»Gut!« Dr. Spieß legte das Mikrofon aus der Hand. »Hast du schon mal einen Menschen an der Decke kleben sehen? Er sieht dann wie eine riesige Wanze aus. Wollen wir's mal ausprobieren — «

»Halt!« brüllte Arberg. »Stellen Sie Ihren Kasten an.« Er hielt sich den Kopf mit beiden Händen fest und seufzte laut. »Was soll ich sagen? Wie war das noch mal?«

»Ich mache diese Aussagen freiwillig — «

Dr. Spieß drückte auf den Auslöseknopf, das Tonband lief. Und Rolf Arberg sprach laut und mit zitternden Augen den Satz nach.

»Ich mache diese Aussagen freiwillig . . .«

»Ich habe eine sehr schöne Beschäftigung für dich«, sagte Regierungsrat Dr. Schmidt und spielte mit einem Bleistift auf der Schreibunterlage. »Es ist eine Vertrauenssache, und ich weiß, daß du sie nicht ausnutzt.«

»Ich danke Ihnen, Herr Direktor«, antwortete Monika Busse, wie es üblich war. Man hatte sie aus dem Stall weggerufen zur Direktion, und zuerst hatte sie eine panische Angst gehabt, daß man etwas über Vivian und die Köchin Gumpertz erfahren habe. Aber die Freundlichkeit, mit der sie Dr. Schmidt begrüßte, ließ nicht darauf schließen, daß es eine peinliche Untersuchung werden würde.

»Die Frau des Bauern Heckroth ist krank. Sie muß liegen und das kurz vor Weihnachten. Und nun steht der Moorbauer allein da, mit vier Kindern. Du sollst auf den Hof gehen und ihm helfen. Mit anderen Worten: Du bekommst Urlaub auf Ehrenwort. Begreifst du das? Ich habe soviel Vertrauen, daß ich dich ohne Aufsicht dorthin lasse.« Dr. Schmidt sah an Monika Busse vorbei aus dem Fenster. »Du kannst natürlich flüchten ... ganz einfach ist das. Der Bauer Heckroth wohnt nahe bei der Landstraße. Du brauchst nur auf die Straße zu gehen und einem Auto zu winken ... so einfach ist das! Und trotzdem lasse ich dich dorthin gehen ... weil ich weiß, daß du mich nicht enttäuschst.«

»Bestimmt nicht, Herr Direktor«, sagte Monika leise.

»Ehrenwort?«

»Ehrenwort, Herr Direktor.«

»Wenn du doch auskneifst ... du weißt, was das bedeutet. Wildmoor wird geschlossen, deine Kameradinnen kommen wieder in normale Strafanstalten, ich werde auch bestraft ...«

»Ich werde nie weglaufen, Herr Direktor.« Monika Busse fühlte ihr Herz wild klopfen. Ich werde am Rande der Freiheit stehen, dachte sie. Ich werde frei sein wie alle anderen ... und trotzdem gefesselt. Und er vertraut mir. Das machte sie stolz und wehmütig zugleich. »Ich weiß, wie dankbar ich Ihnen sein muß, Herr Direktor«, sagte sie kaum hörbar.

»Gut, Monika. Dann pack deine Sachen. Der Bauer holt dich in einer Stunde ab ...«

Die Aufregung im Block war riesengroß, als man den Sondereinsatz Monikas erfuhr. »So ein Schwein!« rief Hilde Marchinski. »Allein mit 'nem Mann! Kinder ... da lief ich auch nicht weg ... aber den Bauern müßtet ihr hinterher zur Kur schicken!«

»Urlaub auf Ehrenwort.« Vivian v. Rothen saß auf ihrem Bett und starrte vor sich hin. »Ich wüßte, was ich tät — «

»Du würdest abhauen, was?«

»Ja. Und wiederkommen! Nur mit meinen Eltern wollte ich reden ... und ich würde ihnen sagen, daß ich sie hasse, hasse, hasse ... sie und ihr Geld und ihre Jagd nach dem Geld und ihr Leben, in dem sie nie Zeit haben und an dem wir zugrunde gehen aus Langeweile und ekelhafter Leere ... Und dann käme ich zurück.«

»Und was wirst du tun?« fragte Hilde Marchinski und stubste Monika an.

»Ich werde arbeiten — «

»Wirklich, sie ist ein Musterkind!«

Alle halfen ihr, einen kleinen Koffer packen. Pünktlich nach einer Stunde fuhr ein alter, klappriger Wagen in den Hof. Der Moorbauer Fiedje Heckroth stieg aus und sprach mit Hedwig Kronberg.

»Da ist er!« rief Hilde, die aus dem Fenster des Flures hing. »Kinder, der ist noch gar nicht so alt! Das wär 'ne Stelle für mich — «

Es dauerte noch eine halbe Stunde, bis Monika in den Wagen stieg und mit Heckroth wegfuhr. Die Mädchen winkten aus den Fenstern, und sie winkte zaghaft zurück. Dann wandte sie sich um und sah auf das weggleitende Gut Wildmoor, auf die Birkengruppen, die kahlen Weiden, die Säulen des Wacholders, überzogen von gefrorenem Reif.

»Bei uns ist nicht alles so modern wie dort«, sagte Fiedje Heckroth. »Wir waschen sogar noch mit der Hand und am Brett — «

»Das ist doch gleich . . .« Monika lehnte sich zurück und sah gegen die alte, verschmutzte, fleckige Dachbespannung. Aber frei bin ich, dachte sie. Frei! Und allein. Ich kann weinen, ohne daß mich jemand auslacht, ich kann nachdenken, ohne daß man mich anstößt und ruft: Sie träumt schon wieder. Ich kann wieder ich sein . . .

So fuhren sie dem alten Moorhof entgegen. Das erste, was Monika von ihm sah, war ein gewaltiges, niedergezogenes Dach, mit verwittertem, braungrauem Stroh bedeckt.

Fiedje Heckroth hielt seinen alten, klappernden Wagen an und streckte den Arm aus.

»Das ist er, der Hof«, sagte er und wischte sich über den Mund, als habe er zu nasse Lippen. Es war aber nur eine Bewegung der Verlegenheit; er mußte etwas sagen und wußte nicht, wie man es ausdrücken sollte.

Als er sich mit Dr. Schmidt in Verbindung gesetzt hatte wegen einer Hilfe im Haushalt, da hatte er eine andere Vorstellung von den Mädchen gehabt, die in der offenen Strafanstalt »Wildmoor« ihre Verfehlungen abbüßten. Ab und zu hatte er sie gesehen im Moor, beim Torfstechen, beim Holzsammeln, beim Umgraben der zum Wildmoor gehörenden Felder . . . blaue Leinenkleider trugen sie mit langen Röcken, derben Schuhen und verblichenen Kopftüchern um die kurz geschnittenen Haare. Und ab und zu hörte er es aus der Nachbarschaft flüstern, welche »Früchtchen« sich darunter befanden. »Abschaum, sag ich euch!« hatte die alte Barbara geflucht, die als Kräutersammlerin ein paarmal ganz in der Nähe der Mädchen nach Salbei gesucht hatte. »Huren sind es, allemal! Daß man so etwas herumlaufen läßt! Früher steckte man sie hinter Gitter wie wilde Tiere ... oh, waren das noch Zeiten! Aber jetzt ... man sieht ja, wo's hinführt. Ein Mord nach'n anderen ... Es ist ja ein Luxus, Verbrecher zu sein — «

Nun hatte Fiedje einen anderen Eindruck gewonnen, als er selbst in Wildmoor war. Und das Mädchen, das man ihm mitgegeben hatte, das nun neben ihm saß und auf das große, niedergezogene Strohdach starrte, war alles andere als eine Hure oder eine Verbrecherin, wie sie die alte Barbara geschildert hatte. Die Hände im Schoß gefaltet, saß sie neben Fiedje mit großen, blauen Augen, Kinderaugen, in deren Winkeln die Tränen standen. Wenn man sie ansah, hatte man das Gefühl, man müsse sie in den Arm nehmen, hin und her wiegen und immer wieder sagen: Nicht traurig sein ... nicht traurig sein ... wir alle lieben dich doch ...

Für Fiedje Heckroth war diese Situation nicht nur ungewohnt, sondern so etwas wie ein unlösbares Problem, das von ihm nun eine Lösung forderte. Er strich sich wieder mit dem Handrücken über den Mund und bemühte sich, an dem blonden Kopf Monikas vorbeizusehen, hinaus ins vereiste Moor.

»Bevor wir weiterfahren«, sagte er mit schwerer Zunge und langgedehnt, als seien die Worte aus Gummi, »muß ich Ihnen noch etwas sagen.«

»Bitte — «

Fiedje Heckroth räusperte sich. »Meine Frau ... wissen Sie, wenn man immer nur auf dem Lande lebt, und wenn man so von allen Seiten hört ... keiner weiß ja genaues, aber alle sprechen darüber ... also ... meine Frau war eigentlich dagegen, daß ich ...« Er schwieg und kratzte sich intensiv am Haaransatz.

»Ich weiß«, sagte Monika Busse leise. »Wir sind für die anderen Verbrecher — «

»Das möchte ich nicht so hart sagen.« Heckroth suchte wieder nach Worten. Daß er nicht die fand, die er suchte, machte ihn wütend auf sich selbst. »Immerhin sind auch Sie nicht unschuldig in Wildmoor — «

»Nein. Ich bin wegen Diebstahl und Hehlerei hier.«

»Um Gottes willen — das dürfen Sie meiner Frau nie sagen!«

»Dann ... dann ist es vielleicht besser, wenn wir wieder umkehren, ja?« Es klang kläglich, aber man hörte dennoch das Endgültige aus den Worten heraus. Fiedje schüttelte den Kopf.

»Nein! Nein! Ich ... ich wollte Ihnen nur sagen, wie es bei mir zu Hause ist ... damit Sie sich nicht wundern ... Sie sollen das wissen, bevor Sie eintreten ... Es werden die Nachbarn kommen, und die alte Barbara ... es ... es wird nicht leicht für Sie sein ...«

»Das weiß ich.«

»Meine Frau ist eine liebe Frau — «

»Sicherlich.«

»Sie dürfen ihr nicht übelnehmen, wenn sie zuerst mißtrauisch ist ...«

»Das ist ihr gutes Recht. Wenn eine verurteilte Diebin ins Haus kommt ... ich würde mich auch dagegen wehren.«

Fiedje Heckroth atmete hörbar auf. »Es ist gut, daß Sie so vernünftig sind. Fahren wir weiter. Sie werden sehen: In ein paar Wochen ist alles anders. Da fühlen Sie sich bei uns wie zu Hause — «

Er ließ den Wagen wieder anspringen und rumpelte über den gefrorenen, löcherigen Weg zum Moorhof. Zwei struppige Hunde sprangen ihnen aus der Toreinfahrt kläffend entgegen, ein Mädchen von neun Jahren, in einem langen

Schaffellmantel, der bis zur Erde reichte, trat aus dem Stall und winkte mit beiden Armen.

»Das ist Irma, die Älteste!« sagte Heckroth stolz. »Sie kann schon fast den ganzen Haushalt. Bei uns ist es wie bei Robinson ... wir müssen alle alles können!«

Wenig später stand Monika Busse vor dem Bett der Moorbäuerin. Im kleinen Kreiskrankenhaus von Stavenhagen hatte man ihr den Blinddarm herausgenommen, aber da sie zu früh wieder aufgestanden war, um schnell entlassen zu werden, hatte sich die Narbe entzündet, war aufgeplatzt und näßte. Nun mußte sie — und das gerade kurz vor Weihnachten — mindestens noch zwei Wochen fest liegen.

Elga Heckroth sah das Mädchen aus dem »Wildmoor« eine Weile stumm und mit abtastenden Blicken an. Es war eine lautlose Ansprache: So also siehst du aus! Anders, als ich es gedacht habe. Viel zu gut, zu jung, zu zerbrechlich und hilflos. Die Männer mögen so etwas, weißt du das? Sie fühlen sich stark, wenn sie den Beschützer spielen können. Ich warne dich! Ich habe vier Kinder mit diesem Mann, und es wird sicher sein, daß im nächsten Jahr das fünfte kommt. Die Januar- und Februar-Nächte sind kalt und stürmisch im Moor, der Wind heult in die Schornsteine hinein und bläst die Öfen aus. Dann ist es kalt im ganzen Haus, besonders im Schlafzimmer, man kriecht zusammen, um sich zu wärmen. Und dann zittert man nicht nur vor Frost. — Ich warne dich, Mädchen ... laß mir den Fiedje in Ruhe mit deinen Madonnenaugen, deinen blonden Locken und dem zierlichen Körper wie aus Marzipan. Ich warne dich —

»Sie ist die beste von der ganzen Anstalt — «, sagte Fiedje ungeschickt, nur um das lastende Schweigen zu brechen. »Der Herr Regierungsrat sagte mir, daß Fräulein Monika Busse — «

»Fräulein — « Elga Heckroth zog die Oberlippe etwas empor. »Wie alt bist du?«

»Achtzehn, Frau Heckroth.«

»Hast du überhaupt schon mal gearbeitet? Ich meine, mit deinen Händen, nicht mit deinem Körper!«

Monika Busse senkte den Kopf. Fiedje Heckroth wurde rot und klopfte mit einem Holzscheit unruhig auf den eisernen Ofen. Elga sah zu ihm hinüber, mit einem bösen Lächeln, wie es nur Frauen können, denen Eifersucht und Angst einen unerschöpflichen Reichtum an Gemeinheit bescheren.

»Regt es dich auf, Fiedje?« fragte sie spitz.

»Monika ist hier, um dir zu helfen — «, sagte er laut.

»Habe ich sie gerufen?«

»Sie hat den besten Willen — «

»Das glaube ich!«

»Du wirst dich ausruhen können.«

Elga Heckroth gab darauf keine Antwort. Sie musterte wieder das stumme Mädchen und bemerkte, daß es leise weinte. Sie weint, dachte sie verblüfft. Wirklich, sie weint. Jedes andere Mädchen wäre frech geworden, vor allem die Mädchen, die so sind, wie die alte Barbara sie geschildert hat. Sie wären trotzig geworden, gemein, ausfällig, und man hätte einen guten Grund gehabt, sie wegzuschicken wegen Aufsässigkeit. Aber man kann kein Mädchen wegschicken, weil es weint, weint wie ein kleines Kind, das man ungerecht geschlagen hat.

Sie sah zu Fiedje hinüber, der am Ofen stand, das Holzscheit in der Faust, und gegen die Wand starrte mit kantigen, durch die Haut sichtbaren Backenknochen.

»Sie kann schon die Wäsche waschen«, sagte sie weniger scharf.

»Ja.«

»Zeig ihr, wo alles ist.«

»Ja.«

»Weißt du, wie man wäscht?« Monika hob den Kopf. Ich hasse sie, dachte sie in diesem Augenblick. Mein Gott, wie ich sie hasse! Morgen werde ich hier wieder weggehen. Lieber in einer der Zellen im Keller, als einen Tag unter diesen Blicken und diesen Worten, die mich auspeitschen, als sei ich eine nackte Hexe, die man in Stücke schlagen darf. »Weißt du, welche Wäsche man kocht und welche nicht?«

»Ja — «, antwortete Monika Busse mühsam.

»Wir werden ja sehen — «

Es war wie das Hinaustreten in eine eiskalte, klare Luft, als sie mit dem Bauern Fiedje das Schlafzimmer verlassen hatte. An der Tür zur Waschküche, die neben dem Kälberstall lag, blieb er stehen und rang die Hände ineinander.

»Sie dürfen es ihr nicht übelnehmen, Monika«, sagte er dumpf. »Sie wissen ja ... die Nachbarn, die alte Barbara, und was man so alles hört ... wir hier im Moor sind ein bißchen komisch ... bei uns ist das Leben so natürlich, wie es die Natur um uns herum ist. Im Frühling blüht es, im Sommer reift es, im Herbst erntet man und im Winter schläft die Erde ... und so halten wir es auch, wir Menschen. Für uns seid ihr eine andere Welt, die wir nicht kennen wollen — «

Monika Busse nickte und legte die Hand auf Heckroths Arm, als sei sie es, die ihn trösten müsse.

»Es ist schon gut ...«, sagte sie leise. »Zeigen Sie mir die Waschküche ... ich will versuchen, alles so gut zu machen, daß Ihre Frau mit mir zufrieden ist — «

Bis in die Abenddämmerung hinein stand sie am Waschtrog und wusch. Es war ein Berg Wäsche, den sie vorfand, und er mußte nach alter Art gekocht werden, in einem riesigen Kupferkessel mit gemauerter Ummantelung, in dem die Wäschestücke in der kochenden Lauge schwammen und mit einem hölzernen Knüppel bewegt werden mußten. Dann hob sie die Bettbezüge und Laken einzeln aus der Lauge, trug sie dampfend zu einer großen Zinkwanne, in der das Waschbrett stand, matt glänzend mit seiner gerillten Reibefläche. Vier Stunden lang schabte sie die Wäsche über das Waschbrett, spülte sie in zwei Holzbottichen klar, immer und immer wieder, bis das Wasser sich nicht mehr trübte. Ihre Hände wurden rot und quollen auf, die Haut zersprang an einigen Stellen und die Lauge drang beißend ins rohe Fleisch. In den blonden Haaren setzte sich der Waschdunst fest, sie klebten um den Kopf und trieften vor Nässe ... aber es gab kein Ausruhen, noch weniger ein Ausweichen ... der nächste Kessel voll, Anheizen, Reisig und Torf in die Feuerung, Seifenpulver hinein, aufkochen lassen, rühren ... rühren ... rühren ... zurück zur Wanne, schaben, kneten, schlagen, bürsten ... hinüber zum Bottich, hinein in die Spüle ... zurück zum Kessel, umrühren ... zur Wanne, schaben, bürsten ... mit den Händen hinein in die heiße, beißende Lauge, den Mund weit auf beim Atmen und doch kaum Luft bekommend, nur Dunst, Laugenqualm, heißes Brodeln ... vier Stunden lang ...

Als sie den letzten Kessel Wäsche in die Wanne schleppte, sah sie durch den heißen Nebel die Gestalt Elga Heckroths in der Tür stehen. Sie hatte einen langen Bademantel an und starrte sie aus großen, ungläubigen Augen an. Mit beiden Händen hielt sie sich am Türrahmen fest, es war unbegreiflich, woher sie die Kraft genommen hatte, bis hierher zu kommen.

»Wo — wo ist der Bauer?« fragte sie. Es war mehr ein Röcheln. Monika Busse ließ die Wäsche zurück in die kochende Lauge fallen und sprang zur Tür. Sie konnte mit ihren nassen, glitschigen Händen zufassen, bevor Elga Heckroth in die Knie sank und den Kopf gegen die Wand drückte. Sie war nicht schwer, die Bäuerin, sie hing an

Monikas Schulter, umklammerte sie und ließ sich durch den Flur zurückschleifen ins Schlafzimmer. Dort legte Monika sie ins Bett und deckte die Schweratmende zu. Dabei sah sie, wie Elga Heckroth beide Hände auf die Bauchnarbe preßte und das Gesicht sich im Schmerz entstellte.

»Der Bauer ist im Stall — «, sagte Monika und setzte sich auf die Bettkante. »Und Sie sind eine dumme Frau — «

Elga Heckroth warf den Kopf auf die Seite und atmete schwer. Dann, nach einem Seufzer, schob sie ihre blasse, verarbeitete, rauhe Hand über die Bettdecke und tastete nach Monikas Fingern.

»Sag nichts dem Bauern ...« Ihre Nägel krallten sich in Monikas Handballen. »Und sei nicht mehr böse ... komm, bleib bei mir sitzen ...«

In der Waschküche blieb ein Kessel mit Handtüchern ungewaschen.

Weihnachten kam so plötzlich für Monika Busse, daß sie ehrlich erstaunt war, als Fiedje Heckroth im Wohnzimmer mit dem Aufstellen und Schmücken des Weihnachtsbaumes begann.

»Heute ist Heiliger Abend!« sagte er und hängte die Kugeln und das Lametta um die Zweige. »Wenn du willst, kannst du heute abend mit nach Stavenhagen kommen und in die Kirche gehen — «

»Als ... als Strafgefangene?«

Monika Busse hakte die Aufhänger in die Ösen der Kugeln und reichte sie Fiedje an. Ihre Hände zitterten dabei, und ein paarmal mußte sie nachgreifen, damit die Kugeln ihr nicht auf den Boden fielen.

Weihnachten, dachte sie. Zu Hause roch es nach Pfeffernüssen und Braten, und wir Kinder standen in der Küche und warteten auf die Teigreste, die wir roh lieber aßen als gebacken. Vater schmückte auch den Baum ... nur ging es nicht so lautlos zu wie hier ... Immer fehlten entweder die Aufhänger oder die Kerzenhalter, der Baum stand schief, der Stamm war zu dick für den Ständer und mußte mit dem Küchenbeil zugehauen werden, was wiederum den Teppich verschmutzte, der gerade beim Hausputz auf dem Hof über der Stange geklopft worden war. Zweimal war Vater mit dem Baum umgefallen, weil sein Turmbau — Tisch/Stuhl — ins Schwanken geriet, einmal brannte der Baum bei der ersten Kerzenprobe und zweimal nadelte er fast restlos ab, als man ihn aus dem Keller holte, weil der Händler einen alten Baum verkauft hatte und keinen frisch geschlagenen ... und alles umgab dieser köstliche Duft aus Spekulatius und Braten, grünen Klößen und Rotkraut mit Äpfeln.

Weihnachten.

Kein Päckchen war gekommen ... kein Brief ... nicht einmal eine Karte. Man hatte sie nicht vergessen, sondern sie war ausgestoßen worden. Sie konnte ihn vor sich sehen, den kleinen, polternden Hans Busse: »Nein, nichts! Gar nichts! Für sie gibt es kein Weihnachten! Sie soll wissen, daß es eine Strafe ist! Wenn jemand von euch schreibt ... ich sage euch: Ich montiere den Baum wieder ab! Habt ihr verstanden?« Und sie hatten alle genickt, selbst Mutter, trotzdem sie eigentlich aufbegehren wollte.

»Heute abend gibt es ein Huhn im Topf!« sagte Fiedje Heckroth. Er setzte die flimmernde Spitze mit den drei Glöcklein auf den Baum, die Krönung des Schmuckes. »Nach der Kirche wird bei uns gegessen ... meine Frau wird kochen. Sie fühlt sich wieder besser.«

»Ich weiß. Wir haben heute morgen den ersten Gang durchs Haus gemacht.«

Heckroth ordnete einige Lamettastreifen, die völlig richtig hingen.

»Du hast uns viel genutzt, Monika — «, sagte er leise.

»Ich ... ich fühle mich in den wenigen Tagen auch schon wie zu Hause ...«

Zu Hause, dachte sie. Da haben sie mich abgeschrieben. Ich habe kein Zuhause mehr ... nur ein kleines Zimmer unter dem hohen, alten Strohdach, zu dem man über eine steile Stiege kommt, ohne Geländer, fast wie eine Leiter. Und wenn es windstill ist, hört man nebenan die Mäuse im Stroh rascheln und ihr helles Quieken, wenn die Katze sie jagt.

»Du wirst für die Kirche ein Kleid von meiner Frau anziehen«, sagte Fiedje Heckroth und kletterte von der Leiter. Monika Busse schüttelte heftig den Kopf.

»Das ist nicht erlaubt. Wir dürfen die Anstaltskleidung nicht ablegen.«

»Es weiß ja keiner! Elga hat das Kleid schon herausgesucht. Sie hat es getragen, als sie siebzehn Jahre alt war ... es müßte dir passen.«

»Das ist völlig unmöglich! Man wird mich sofort nach Wildmoor zurückholen —«

»Aber es weiß ja keiner! Um die gleiche Zeit, wo in Stavenhagen die Weihnachtsmesse ist, wird in Wildmoor auch Gottesdienst gehalten. Es wird niemand aus der Anstalt in Stavenhagen sein.«

»Und wenn doch?«

»Ich nehme es auf mich!«

Eine Stunde später fuhren sie über die verschneite Moorstraße nach Stavenhagen. Elga Heckroth saß am Herd und kochte. Was früher an grundlosem Haß und Eifersucht in ihr gewesen war, hatte sich gewandelt in Mitleid und einer mütterlichen Fürsorglichkeit. Sie hatte das Kleid Monikas noch am Vorabend geändert, im Bett sitzend und mit der immer wieder durch ihren Körper ziehenden Schwäche kämpfend. Die alte Barbara, die Gewürze für die Bäckerei herumtrug, hatte nicht mehr mit ihren Sprüchen ankommen können. »Ein ganz raffiniertes Früchtchen!« hatte die

Alte gewispert. »Die Engelsköpfchen sind die schlimmsten — « Dann war sie gegangen, knurrend wie ein getretener Hund über soviel Unvernunft im Hause Fiedjes.

Die Kirche war schon gefüllt mit singenden Menschen, als Heckroth mit seinen vier Kindern und Monika Busse sich hinten in das Seitenschiff stellte. Plötzlich faßte Monikas Hand hart in Heckroths Arm.

»Da steht er ... der Direktor ...« Ihr kleines, schmales Gesicht war fahlblaß vor Angst. »Jetzt sieht er zu uns herüber ... jetzt hat er mich erkannt ...«

Fiedje Heckroth suchte in der dichtgedrängten Menge der Singenden nach Regierungsrat Schmidt. Als er ihn gefunden hatte, ließ er die Kinder und Monika stehen und drängte sich durch die Gläubigen zu ihm durch. Er achtete nicht auf das leise Schimpfen, wenn er jemandem auf die Schuhe trat, nicht auf den strafenden Blick des Küsters, der an der Treppe zur Orgelempore Wache hielt, daß niemand anderes als der Kirchenchor den oberen Teil der Kirche betrat.

»Herr Direktor — «, sagte Fiedje leise hinter Dr. Schmidt und beugte sich vor. Dr. Schmidt wandte den Kopf zur Seite und lächelte den Bauern an.

»Sagen Sie nichts, Herr Heckroth ... ich habe ja gar nichts gesehen — «

»Das Mädchen hat es nicht gewollt, Herr Direktor. Es hat sich immer wieder gewehrt ... aber wir hatten Mitleid mit ihr. Kein Brief, kein Paket, nicht eine Karte von zu Hause ... da haben wir gedacht, wenn wir sie mit in die Kirche nehmen ...«

»Es freut mich, daß Sie so für Monika Busse sorgen.«

»Aber die Vorschriften, Herr Direktor — «

»Wenn man sie bricht, um zu Gott zu gehen ... mein lieber Heckroth, halten Sie uns Beamte nicht für total verkalkt — «

»Ich . . . ich danke Ihnen, Herr Direktor.« Fiedje Heckroth wischte sich wieder über den Mund. »Was singen wir denn?« flüsterte er an Schmidts Ohr.

»Lied 394 . . . jetzt kommt die vierte Strophe.«

»Danke — «

Heckroth bahnte sich den Weg zurück zum Seitenschiff und legte Monika den Arm um die Schulter wie ein Vater seiner ältesten Tochter.

»Es ist alles gut — «, sagte er und nickte dabei ein paarmal. »Er sieht offiziell nichts.« Seine Brust hob sich, er schlug das Gesangbuch auf und suchte das Lied 394. »Und nun kann es Weihnachten werden — «, meinte er, holte tief Luft und begann, in die vierte Strophe einzufallen, laut, mit einer etwas krähenden Stimme, aber gläubig und herrlich leicht vor Freude.

Über Kirche, Moor und Heide fiel der Schnee. Die Nacht wurde lautlos und die Unendlichkeit vollkommen.

Weihnachten.

Pfeifen-Willi saß auf dem Bett und grollte. Draußen läuteten die Glocken, im Radio spielte man Weihnachtslieder, und Lotte Marchinski saß mit langhingestreckten Beinen im Sessel, lallte und war besoffen.

»Weihnachten!« schrie sie plötzlich und tat dabei einen fetten Rülpser, »det macht mir imma melancholisch! Keener holt mir, keener zahlt auch nur 'nen Groschen . . . alle sind se wie die Heeligen, selbst de Stammkunden, die sitzen unterm Baum und singen Halleluja! Nee, ick besauf mir weiter — «

Pfeifen-Willi schwieg. Er hatte es satt. Nicht arbeiten und doch leben, das ist zwar ein schönes Leben, frei nach Schiller: Ein freies Leben führen wir . . . aber an der Seite von Lottes welkem Körper und nachts angehaucht von ihrem säuerlichen Atem, der manchmal wie Verwesung stank, hatte er entdeckt, daß es besser sei, ab und zu 'was zu tun und nach der ihm angeborenen Ästhetik zu leben, als weiterhin sich von Lottes magerem Hurenlohn aushalten zu lassen.

Auch ihn machte Weihnachten melancholisch. Weihnachten ist der Tag, an dem man Kindheitserinnerungen aufwärmt, und oft ist das eine Speise, an der man herumwürgt, weil sich einem die Kehle zuschnürt bei dem Erkennen, was einmal war und was man im Laufe der Jahre geworden war. Auch Willi war einmal ein netter Junge gewesen, der an den Weihnachtsmann geglaubt hatte und mit hellen Augen in die Kerzen starrte. Nun hockte er auf einem ungemachten, zerwühlten, dreckigen, stinkenden Bett, hatte Ekel in der Kehle und vor sich den Anblick der halbnackten, besoffenen Lotte Marchinski, die immer noch darüber klagte, daß am Heiligen Abend die Männer ausblieben.

»Halt die Fresse, Drecksau!« sagte Willi leidenschaftslos. Dann stand er von seinem Bett auf, machte zwei Schritte und knallte zwei Ohrfeigen an die Backen Lottes. Sie nahm es ihm nicht übel, sie grunzte nur, starrte ihn aus wäßrigen, stieren Augen an, hob die Hand und winkte mit krummen Fingern.

»Gib mir noch 'n Kümmel, Süßer —«

Bevor Pfeifen-Willi mit einem unanständigen Satz antworten konnte, fiel sie aus dem Sessel und lag auf dem Teppich. Ein Häufchen Kleider, Knochen, Haut und fahles Fleisch.

Pfeifen-Willi zögerte. Es ist schon ein großer Schritt, wenn man vom Nichtstun zur Arbeit überwechselt. Er erkannte es mit einem kalten Schrecken, aber der Anblick Lottes auf dem Teppich und die Gewißheit, daß sie nachher wieder zu ihm ins Bett kroch, überwanden alle unangenehmen Gedanken an Arbeit.

Er packte seinen Koffer, rasierte sich noch einmal, suchte im Kleiderschrank, unter der Wäsche Lotte Marchinskis, nach deren Ersparnissen, fand 300 DM, war mit ihnen zufrieden und verließ auf Zehenspitzen die Wohnung, als sei er gerade von einer Bescherung gekommen.

Dann stand er auf der Straße, wußte nicht wohin, ob rechts oder links, entschied sich für links, weil dort der nächste Weg zur Luisenstraße war, in der in Nr. 67 Marianne wohnte, ein Mädchen, das einmal zu ihm gesagt hatte: Zu mir kannste immer kommen, auch bei Vollmond! Das wollte er nun versuchen, obwohl nicht Vollmond war sondern Weihnachten.

Dieser Gedanke beschäftigte sein aufgeregtes Innere. Ich werde mich ihr zu Weihnachten schenken, dachte er zufrieden. Und nach den Feiertagen fahre ich hinaus ins Moor. Ich muß Hilde einfach wiedersehen ... es ist doch merkwürdig, daß es auch in der Liebe Traditionen gibt —

Weihnachten.

Um den gedeckten Tisch saß die Familie Busse und versuchte, zu essen. Es gab wie immer Schweinebraten mit grünen Klößen, es roch wieder nach Pfeffernüssen und Zimtgebäck, der Baum stand glitzernd in der Ecke neben dem Büffet, aber das waren nur Äußerlichkeiten, die Weihnachten anzeigten. In den Herzen der Busses, die um den runden Tisch hockten, war es leer, finster und kalt. Damit es keinen leeren Stuhl am Tisch gab, hatte Hans Busse einen der Eßstühle weggestellt ... aber es nutzte nichts ... der leere Fleck am Tisch blieb, und während sie einige kleine Stückchen Fleisch und einen Happen Klöße im Munde drehten und kaum schlucken konnten, flackerten die Kerzen und spielte das Radio den Hymnus der Stillen Nacht.

Hans Busse schob plötzlich seinen Teller zurück, sprang

auf und drehte das Radio ab. Die plötzliche Stille war noch drückender als der Weihnachtsgesang ... das Knistern der Kerzen und der Geruch des Zimtgebäckes ergaben zusammen eine Last, die die Busses kaum noch auf dem Herzen tragen konnten.

»Man müßte sich besaufen können!« sagte Hans Busse dumpf. »Besaufen, bis man umfällt und diese verdammten Tage verschläft!«

Erika Busse sah auf ihre verarbeiteten Hände. Sie umklammerten den Teller, als sei er ein Rettungsring, an dem sie über einen tobenden Ozean schwamm.

»Keine Karte ... kein Päckchen — «, sagte sie leise.

»Ich will davon nichts mehr hören!« schrie Busse. »Seit Wochen höre ich nichts anderes! Sie soll wissen, daß sie bestraft wird — «

»Aber in Wirklichkeit werden wir alle bestraft damit.«

»Wir haben es verdient! Wir haben alle nicht so auf Monika aufgepaßt, wie es sein sollte! Wir alle sind schuldig! Jawohl, schuldig!« Busse wandte sich zur Wand. Der Anblick des geschmückten Tannenbaumes reizte ihn, auf ihn zuzustürzen und die Kugeln, das Lametta, den ganzen Behang abzureißen, den Baum zu nehmen und aus dem Fenster zu werfen; eine wilde Zerstörungswut kam über ihn, wenn er den Glanz sah, die kleinen Tische mit den eingepackten Geschenken, die niemand berühren würde, die keine Freude schufen, keinen Dank, nur immer wieder neue Tränen und die immer wieder gleichen Gedanken: Was macht jetzt Monika? Hat sie auch einen Tannenbaum? Sitzt sie jetzt am Fenster und starrt hinaus in das vereiste Moor, in eine Nacht voll Kälte und Feindschaft, ein junger, über das Leben gestolperter Mensch, der in dieser Stunde das ganze Grauen erfaßt, was es heißt, ausgestoßen zu sein?

»Blast die Kerzen aus!« sagte Busse heiser. »Ich bitte

euch ... blast sie aus ... oder ich werfe den Baum aus dem Fenster ...«

Später saßen sie alle im Dunkeln am Fenster und sahen hinunter auf die Straße. Gegenüber, rechts und links, überall an den Häusern leuchteten die Fenster, sah man die brennenden Bäume, hörte man durch die geschlossenen Fenster den Gesang, Kinderlachen, frohe Stimmen, sah lustige Menschen, die miteinander anstießen, sah eine Frau, die sich im Zimmer drehte, in einem neuen Pelzmantel, den sie an sich drückte ... und darunter die stille, ausgestorbene Straße, schmutziger, weggefegter Schnee, nasser Asphalt, der die Straßenlampen reflektierte, einige einsame Autos, wie verirrte Leuchtkäfer ... und dann wieder Stille unter einem grauschwarzen Himmel.

Die Busses saßen bis um Mitternacht am Fenster und sprachen kein Wort. Ihr einziges Lebenszeichen war ein glühender Punkt, der ab und zu heller wurde und einen Teil von Hans Busses Gesicht in ein rotes Schimmern hob. Aber man kann nicht eine Zigarre nach der anderen rauchen, und so erlosch auch dieser Funken. Als die Glocken die Mitternacht einläuteten, standen die Busses auf und gingen stumm ins Bett. Doch bevor sie einschliefen, tastete Erika noch einmal zur Hand ihres Mannes.

»Ob ... ob sie jetzt auch schläft ...?« fragte sie mit leiser, zitternder Stimme.

Hans Busse antwortete nicht. Er konnte es nicht ... er hatte das Gesicht in das Kissen gedrückt und weinte lautlos.

Weihnachten.

In der Villa Holger v. Rothens servierte der Diener den Truthahn.

Es geschah alles in der feierlichen Lautlosigkeit, in der im Hause v. Rothens dieses Traditionsessen von jeher stattfand. Neben dem offenen Marmorkamin ragte der Weihnachtsbaum bis zur Decke, nicht mit bunten Kugeln geschmückt, nicht mit silbernem oder goldenem Lametta behangen, nicht mit einer Glöckchenspitze gekrönt, kein Baum, vor dem man steht und langgezogen sagt: »Oh ... wie schöööön ...« und in Wahrheit denkt: ein bißchen Kitsch ist's ja doch ... Hier war es eine riesige Fichte, die vom Parkettboden bis unter die gewölbte Decke ragte, wild aus dem Wald herausgehauen, so, wie die Natur sie wachsen ließ, wie die Winde sie zerzausten, wie Eis, Schnee, Sonne und Regen sie verbogen ... ein Baum voll Kraft und Auflehnung gegen die Elemente, mit breit ausladenden Zweigen und trotzigen, dicken Nadeln. Auf sie hatte der Diener die Kerzen gesetzt, selbstgezogene, braune Bienenwachskerzen. Das war alles. Ein wilder Baum mit Bienenwachs. Er war von jeher Anlaß gewesen, daß am Heiligen Abend die Stimmung im Hause v. Rothens auf den Gefrierpunkt sank. Helena v. Rothen hatte — als es an das Aufstellen des Baumes ging — immer ihren Mann einen Barbaren genannt. Sie kam mit Kugeln an, von rosa bis giftgrün, mit Engelshaar, mit Glasketten, mit tanzenden Wachsengeln, mit Schneeballen aus Watte. »Das Kind soll Freude haben, nicht du!« hieß es dann immer. Und die Antwort war immer die gleiche: »Auch Kinder sollen von klein auf das Gefühl für Echtheit und für Kitsch bekommen!«

So ergab es sich, daß es — solange Helena v. Rothen noch im Hause war — zwei Weihnachtsbäume aufgestellt wurden ... die mächtige, trutzige Fichte im Kaminzimmer und der bunte, glitzernde, überladene Tannenbaum im Boudoir Helenas, ein Bäumchen wie aus französischem Marzipan. Vivian pendelte deshalb von Zimmer zu Zimmer ... im Boudoir lachte sie über die in der aufsteigenden heißen Luft der Kerzen sich drehenden Engel aus silbernem

Blech ... im Kaminzimmer stand sie klein und fast ehr-
fürchtig vor dem Boten aus dem wilden Wald und sog den
süßen Duft der Bienenwachskerzen in sich. Und sie fühlte
damals schon, daß hier zwei Welten aufeinandertrafen, die
sich nie finden konnten.

An diesem Heiligen Abend gab es nur den einen Riesen-
baum im Hause v. Rothen. Und es gab einen langen, mit
schimmernder Damastdecke geschmückten Tisch, an dessen Kopf ein alter, einsamer Mann saß, sich von seinem
Diener bedienen ließ, ein Stückchen Truthahn nahm, ein
Kleckschen Preiselbeergelee, einen kleinen Kartoffelkloß,
eine halbe Kelle Soße ... die Kerzen knisterten in den
wilden Zweigen, es roch nach angesengten Tannenna-
deln ... und der alte Mann mit dem weißhaarigen Gelehr-
tenkopf spielte in dieser Stunde vor, was es heißt, Haltung
zu bewahren und jeder Lebenslage gerecht zu werden.

Er aß ... trank ein Glas Bordeauxwein ... er schlürfte
als Nachtisch ein Täßchen Mokka ... er saß am Kamin,
fast unter den ausladenden Zweigen seines Riesenbaumes,
und rauchte eine lange Havanna ... und das alles in
völliger Lautlosigkeit, wie in einem Totenhaus, in dem zur
Geisterstunde die Leichname neues Leben erhalten.

Was Holger v. Rothen in diesen einsamen Stunden dach-
te, war nichts anderes als das, was der Fuhrunternehmer
Hans Busse mit seinen polternden Worten herausschrie.
Nur hatte er keinen, dem er es zuschreien konnte ...
Helena v. Rothen feierte ihr Weihnachten im exklusivsten
Soire-Club in Monte Carlo, wo in diesem Augenblick ein
Weihnachtsmann die Bescherung vornahm ... ein üppig
gewachsenes Mädchen im Bikini, dessen Gesicht mit lan-
gem weißen Bart und einer roten Zipfelmütze andeuten
sollte, daß es sich um Weihnachten handelte.

Man amüsierte sich köstlich über diesen Weihnachtsmann und äußerte den Wunsch, als einzige Maskierung

nur den weißen Bart übrigzulassen. Mit Rücksicht auf den Charakter des Festes wurde unter großem Bedauern dieser Wunsch abgelehnt.

Da sitzt man nun, dachte Holger v. Rothen und zog an seiner Zigarre, während der Diener ein Glas Portwein einschenkte. Man hat ein Schloß, man hat Fabriken, man hat Millionen, man hat die Güter der Erde vor sich liegen und kann sie sich leisten ... und was hat man wirklich?

Die Einsamkeit.

Wie wenig lohnt es sich, den Schätzen des Lebens nachzujagen ... wem man es erzählt, der wird es nicht glauben. Wer alles hat, wird er denken, der kann gut reden und melancholisch sein. Selbst diese Melancholie trägt Kapital, denn ununterbrochen arbeiten ja die anderen für ihn, ob er fröhlich ist oder sich im dummen Weltschmerz gefällt. Das Geld fließt weiter, wenn man erst die richtige Quelle aufgebohrt hat.

»Haben Sie Nachricht?« fragte er plötzlich in die Stille hinein. Der Diener zuckte zusammen.

»Nein, Herr v. Rothen.«

»Kein Brief?«

»Nichts.«

»Sie können es mir jetzt ruhig sagen, auch wenn ich Ihnen verboten habe, Post meiner Tochter vorzulegen.«

»Es ist nichts gekommen, Herr v. Rothen.«

»Und Sie?«

»Was ich, Herr v. Rothen?« Der Diener trat einen Schritt zurück aus dem Kerzenschimmer in das Halbdunkel. v. Rothen winkte.

»Kommen Sie näher, mein Lieber. Weichen Sie nicht ins Dunkel aus. Sie haben Vivian geschrieben, nicht wahr ...?«

»Herr v. Rothen – « Der Diener kam zurück in das Licht. Sein Gesicht war gerötet und verlegen.

»Keine Ausflüchte! Sie haben!«

»Ja. Nur eine Karte . . .«

»Wieder gelogen . . . Sie haben ein Paket geschickt.«

»Ich – «

»Ich weiß es ja, mein Lieber. Als ob ich Sie nicht durch und durch kennen würde!«

Er wandte sich ab, starrte in sein Portweinglas und rauchte stumm weiter. Der Diener verließ leise das Kaminzimmer. In der Halle setzte er die Flasche an den Mund und nahm einen tiefen Schluck. Dann ging er in die Küche, wo die Köchin am gedeckten Tisch auf ihn wartete. Ein großes Stück Truthahnbrust lag auf seinem Teller.

»Ich kann nichts essen«, sagte er dumpf. »Daß du überhaupt einen Bissen hinunterbekommst! Wenn ich mir das vorstelle . . . jetzt, mitten im Moor . . . und sie sitzt da und weint . . . und nur, weil wir nicht aufgepaßt haben . . . wir alle nicht . . . der Alte nicht . . . und du und ich auch nicht! Sie ist doch noch ein Kind – «

Das Kind hockte unterdessen mit Hilde Marchinski und der aus der Strafzelle entlassenen Käthe Wollop auf dem Zimmer und probierte das Geschenk der Anstalt Wildmoor an.

Auch das war eine Neuerung, die Dr. Schmidt als Versuch eingeführt hatte. Während es sonst in den Gefängnissen zu Weihnachten einen Gottesdienst, einen Weihnachtsbaum im Gemeinschaftsraum, besseres Essen und die Ausgabe der zensierten Verwandtenpakete gab – in ganz großen Häusern spielten die Sträflinge sogar ein Weihnachtsmärchen oder ein Krippenspiel – hatte Dr. Schmidt eine andere Idee, wie man den Tag der Liebe begehen könnte. Von dem Arbeitslohn der Mädchen hatte er mit deren Einwilligung 10 % einbehalten; sie kamen auf ein Konto, wurden gespart und verzinst. Vor Weihnachten kaufte er dann für jedes seiner Mädchen ein passendes Geschenk . . . zusammen mit Hedwig Kronberg fuhr er in die

Stadt und stöberte in den Kaufhäusern von Tisch zu Tisch, von Auslage zu Auslage, von Sonderangebot zu Sonderangebot, bis er seine lange Liste abgekauft hatte und zwei Verkäuferinnen die Pakete zu seinem Wagen schleppten.

Von diesem Experiment war nichts bekannt geworden. Während der Bescherung saßen die Mädchen im großen Speisesaal mit gefalteten Händen brav und still an den Tischreihen, sahen auf die Bühne, auf der das Weihnachtsmärchen abrollte, bei dem Käthe Wollop den Josef spielte und zur Freude der Zuschauerinnen immer wieder während des Spieles kontrollierte, ob der Hosenlatz auch geschlossen war ... und die »Heimmütter« Julie Spange und Hedwig Kronberg standen an den Säulen und wunderten sich, wie sittsam selbst die schweren Mädchen waren, hinter deren Namen auf der Kartei in rot das Zeichen V stand, was soviel wie Versuch hieß. Mädchen, an deren Besserung selbst ein Idealist wie Dr. Schmidt nicht glauben konnte.

Dann kam die Bescherung. Vom Büstenhalter bis zum Lockenwickler war alles vorhanden. Nach einer anfänglichen Stille der Verblüffung hallte der Speisesaal von Stimmengewirr, Lachen und Witzen wider, die ersten Umtausche wurden angeboten: Hüftgürtel gegen drei Schlüpfer, ein Paar Wollstrümpfe gegen eine geblümte Schürze — und dann marschierten die Mädchen an Dr. Schmidt vorbei, machten einen Knicks und bedankten sich.

Nach der Feier, auf den Zimmern, begann das Anprobieren und das Kommentieren. Käthe Wollop hatte einen Pullover erhalten. Sie zog ihn über den nackten Körper, ging auf Zehenspitzen in Ermangelung hochhackiger Schuhe herum und ließ unter dem Pullover ihre Brüste wippen.

»So war's, Kinder. Wenn mich so die Kerle sahen ... vor allem die alten, grauhaarigen Böcke ... dann liefen sie hinter mir her wie die Katzen hinterm Baldrian! Und

Augen machten die ... groß und glänzend wie Schaukel-
pferde — «

Hilde Marchinskis Geschenk war ein Hüftgürtel. Dazu
hatte sie ein Paar Perlonstrümpfe bekommen. Auf dem
Etikett stand: tropic-tabak. Sie saß vor den beiden Geschenken und war ganz still und versonnen. Der Wider-
sinn, im Moor diesen Gürtel zu tragen und an diesem Gürtel die dünnen Strümpfe, kam ihr voll zum Bewußtsein. Es
war einer der stillen psychologischen Schläge, die Dr.
Schmidt austeilte und die ab und zu auch mitten ins Herz
trafen. Mit diesen Strümpfen war ein winziges Stück Freiheit zu Hilde Marchinski gekommen ... die Freiheit, von
der sie drei Jahre ausgeschlossen war.

Vivian v. Rothen war die glückliche Empfängerin einer
Schürze, bedruckt mit einer strahlenden Sonne und zwei
Dattelpalmen.

»Ich werde die Schürze ›Sehnsucht nach St. Tropez‹
nennen!« rief Vivian und sprang auf den Tisch.

Bis tief in die Nacht hinein brannten in den Zimmern der
beiden Blocks die Lichter, hörte man die jungen Stimmen
durch die kalte Nacht. Niemand drehte um zehn Uhr die
Lampen aus, auch die Heimmütter kontrollierten nicht
mehr, ob alles im Bett lag.

Es war Weihnachten.

Das Fest der Freude und der Liebe.

Dr. Schmidt war nach Stavenhagen in die Kirche gefahren. Der Weihnachtsgottesdienst in Wildmoor fand erst am
ersten Feiertag statt.

In den Zimmern wurden die Plätzchen gegessen. Dazu
gab es heißen Tee.

Nur eine Einsame gab es an diesem Abend auf Wildmoor. Sie saß allein in ihrem Zimmer, dick, schwammig,
traurig, mit verheulten Augen und sah aus dem Fenster
hinaus in den Schnee.

Um Emilie Gumpertz kümmerte sich niemand. Nach dem Mordanschlag wurde sie gemieden wie eine Aussätzige. Sogar ihre Favoritin hatte sie verlassen, nachdem sie auf ihrem Bett einen Zettel fand: Du bist die nächste.

Nun weinte sie, als sei sie eine Witwe, trug sich mit dem Gedanken, wegzugehen oder jetzt gerade zu bleiben und zu zeigen, wer die Stärkere ist.

Weihnachten.

Friede auf Erden.

Und den Menschen ein Wohlgefallen.

Amen.

Auf ihrem Bett lag Hilde Marchinski, das dünne Strumpfpaket fest an die Brust gepreßt.

Sie träumte von der Freiheit —

Nach den Feiertagen ging das Leben weiter, vielleicht ein wenig langsamer zunächst, denn auf den Herzen lag noch immer der dumpfe Druck von Erinnerung und Gegenwart.

Monika Busse blieb bei dem Moorbauern Fiedje Heckroth.

Gleich nach Weihnachten war er nach Wildmoor gefahren und hatte Dr. Schmidt fast flehend gebeten, Monika noch bei ihm zu lassen.

»Sie erholt sich so schwer, meine Frau«, hatte er geheuchelt. »Immer hat sie noch Schmerzen im Bauch, und schlapp ist sie, so schlapp, Herr Regierungsrat ... gestern rutschte ihr die kleine Kaffeekanne einfach aus den Fingern ... so schlapp ist sie ...«

Dr. Schmidt hatte weise gelächelt und den Aufenthalt verlängert. Um allem vorzubeugen, sagte er beim Abschied zu Fiedje Heckroth:

»Wenn das Eis weg ist, muß umgepflügt werden, dann kommt das Düngen, das Säen, das Ernten, der Garten muß bearbeitet werden, der Torf muß gestochen werden für den

Winter ... und dann das Gemüse! Zum Markt muß gefahren werden, und der Moorkahn kann ja auch nicht verrotten ... alles in allem: So ein Jahr ist schnell um, nicht wahr, Herr Heckroth ...?«

Fiedje verstand sofort. Er grinste, drehte seine Mütze zwischen den Händen, sagte: »Danke schön, Herr Regierungsrat! Ein Wunder, daß so etwas wie Sie ein Beamter ist —« und verließ wie ein fröhlicher Junge die offene Strafanstalt.

Gleich nach den Feiertagen machte sich auch Pfeifen-Willi auf, um Hilde Marchinski zu besuchen. Sein Weihnachtsgeschenk hatte er bei Marianne nicht abliefern können ... obwohl sie ihm angetragen hatte, er könne sie auch bei Vollmond besuchen, fand er Weihnachten die Liegestatt bereits besetzt und mußte sich mit einem Sofa begnügen, sehr zum Mißvergnügen des Jünglings, der dadurch zur Mäßigung verurteilt wurde. Willi besann sich darauf, daß er einmal ein guter Boxer gewesen war, beschäftigte den anderen Feiertagssüchtigen mit Haken und Schwingern und später mit Augenkühlen und verließ nach drei verhältnismäßig unruhigen Tagen die Stadt in Richtung Norden. Lotte Marchinski hatte er am zweiten Feiertag an der Straßenecke gesehen, aufgetakelt, aber sehr blaß. Sie nahm es sich sehr zu Herzen, nicht, daß Willi gegangen war, sondern daß er die 300 DM hatte mitgehen heißen. »Dem brech ick die Jräten wie 'nem Bückling!« hatte sie am nächsten Morgen geschrien. »Mir zu beklauen ... wo ick ihn fast jesäugt habe!«

Willi machte einen weiten Bogen um die Gegend, und er atmete erst auf, als er im Zug saß und der Heide entgegenratterte.

Er kam in Stavenhagen an bei Schneesturm, der ihn fast wieder in die kleine Bahnhofshalle zurückgeweht hätte. In einer kleinen Pension mit Metzgerei stieg er ab, fluchte auf seinem Zimmer über das Mistwetter und sinnierte dann, wie man an Hilde herankommen könne. Er war eigentlich ohne Plan gefahren, nur mit dem Gedanken: es muß doch möglich sein, sie zu sehen. Nur waren die Möglichkeiten begrenzt, wenn man nur noch 227,73 DM in der Tasche hat und nicht weiß, wie und wo und wann man wieder neues Geld dazu verdienen würde.

Zunächst mietete Willi ein Auto. Es gab in Stavenhagen einen Schmied, der so etwas tat ... das hatte er von den Metzgersleuten schnell erfahren. Er hinterlegte 100 DM als Sicherheit, stieg dann in das alte Fahrzeug und rumpelte über die vereiste Straße nach Gut Wildmoor.

Nach einer Fahrt von etwa zwanzig Minuten stand er in einem Birkenwald, und die Straße endete im Unterholz. Verwundert stieg Willi aus, stapfte durch den Schnee, sah, daß der Weg wirklich aufhörte und kein umgestürzter Baum ihn bloß versperrte, kehrte zu seinem Wagen zurück und studierte seine Autokarte.

Die Richtung war richtig ... und doch mußte er sich verfahren haben. Die Provinzialstraße machte einen leichten Bogen nach Süden, er aber war immer geradeaus gefahren. Auch diese Straße war auf der Karte eingezeichnet, doch war sie nur ein dünner Strich, der im Moor endete ... ein Moorweg, den die Bauern benutzten, um Holz in den verstreuten Wäldern und Büschen zu schlagen.

Pfeifen-Willi spürte, wie es ihm heiß wurde. Er ahnte, daß er mitten im Moor stand, daß es nur den Weg zurück gab, die dünne Spur seiner Reifen, die er rückwärts setzen mußte, weil er nicht wußte, wie breit der Pfad war und wo unter der glatten, weißen Schneedecke der Sumpf begann.

Vorsichtig manövrierte er den Wagen ein Stück zurück. Er blieb genau in der Spur, aber seine Hände um dem Steuerrad zitterten, Schweiß stand ihm auf der Stirn, und die bleierne Angst saß ihm in den Knien.

Daß es wieder zu schneien begann, versetzte ihn in Panik. In dicken, dichten Flocken rieselte es vom grauen Himmel, und es dauerte nur wenige Minuten, bis die Reifenspuren zugedeckt waren und hinter ihm nur eine glatte, weiße Fläche war, ein konturloses Feld, eingerahmt von Birken und Wacholderbüschen. Es gab keine Andeutung eines Weges mehr, keine Markierung, nichts als eine riesige weiße Fläche.

Willi stellte den Motor ab. »Mist! So ein Mist!« Es war ihm klar: wenn ihn hier kein Bauer entdeckte, war er verloren. Unmöglich, allein den Weg zu finden. Er sah auf seine Uhr. Zwei. Bis zum Abend war es lange Zeit. Bis dahin würde jemand kommen ...

Es hatte aufgehört zu schneien. Dafür kam Wind auf und blies Schnee wie feinen Nebel über das Moor.

Willi hockte hinter dem Steuerrad und hupte ... hupte ... hupte. Aber es war, als pralle jeder Ton gegen Watte. Er reichte im Schneewind nicht weiter als bis zum letzten Baum der Birkengruppe.

Als es dunkel wurde, packte Willi die Angst. Die Kälte drang durch seinen dicken Wintermantel.

Wegzulaufen wagte er nicht. Nicht einen Schritt vom Auto weg! Da wo er stand war fester Boden. Ob es ihn noch einen Schritt weiter links oder rechts gab, war ungewiß. So kroch er wieder in den Wagen, stellte die Scheinwerfer an und hupte.

Mein Gott, dachte er. Jemand muß mich doch hören oder sehen. Ich stehe doch nicht am Ende der Welt!

In der Nacht schneite es erneut. Der alte Wagen wurde zu einem Schneehügel, unkenntlich zwischen den Birken und Hollunderbüschen.

Willi hatte die Scheinwerfer ausgedreht und auch das sinnlose Hupen eingestellt, um die Batterie zu schonen. Statt dessen ließ er den Motor laufen, gab Gas im Leerlauf und schaltete die Heizung ein. So wurde es leidlich warm in seinem unbequemen Gefängnis, und es würde so bleiben, denn vor der Abfahrt hatte er vollgetankt, was für 500 km Fahrt ausreichte.

In dieser langen Nacht — er wagte nicht zu schlafen, damit der Motor nicht ausging — hatte er Zeit genug, über das Unternehmen nachzudenken, das so schmählich im Schnee erstickte. Und je weiter die Nacht voranschritt und der Schnee ihn zudeckte, um so sinnloser erschien es ihm, was vorher wie ein Spaziergang aussah: Hilde sehen, sprechen und mitnehmen ... Man sagt das so leicht: Mädchen, komm, geh mit ... wir hauen ab, und irgendwo verstecken wir uns und warten ab, bis die Luft rein ist.

Wo sollte man sich verstecken?

Wovon sollten sie leben?

An alle Polizeidienststellen würde die Fahndung weitergegeben werden, nirgendwo würde es Ruhe geben, immer würden sie auf der Flucht sein. Das Leben gehetzter Wölfe, vogelfrei für jeden, der sie erkannte. Nur im Ausland würde es Ruhe geben ... aber wie kommt man über die Grenze ohne Paß und Ausweis? Hilde Marchinskis Papiere lagen bei den Strafakten ... und jedes Land würde sie ausweisen, wenn eine polizeiliche Kontrolle das Fehlen aller Ausweise feststellte.

Natürlich gab es die Möglichkeit, falsche Papiere zu bekommen. Willi kannte die Quellen, aus denen die besten Pässe hervorkamen, nicht unterscheidbar von den echten. Aber ein solches Papier kostete Geld, viel Geld. Um Geld zu bekommen, mußte man arbeiten oder ein krummes Ding drehen. Und beides waren Anstrengungen, denen sich Willi nicht aussetzen wollte, so lieb er Hilde Marchinski hatte und so sehnsuchtsvoll sein Herz bei den Gedanken an sie klopfte.

Das alles waren Tatsachen, die Willi jetzt in Ruhe über-

117

denken konnte. Je eingehender er sich aber mit diesen Gedanken beschäftigte, um so unruhiger wurde er innerlich. Er erkannte, daß er ein riesengroßes Rindvieh gewesen war, als er voll Kummer und Trotz die Stadt verließ, um sich in dieses Abenteuer einzulassen. Ich bin eben ein impulsiver Mensch, dachte Willi und tat sich selbst leid. Wenn mein Blut schäumt, werde ich unlogisch. Um so heilender ist diese Abkühlung hier ... man bekommt klare Gedanken und sieht die Dinge nüchterner.

So gegen drei Uhr nachts wurde er unbekämpfbar müde. Er ertappte sich dabei, daß er einnickte und dann sein Fuß vom Gaspedal rutschte. Wohl drehte der warme Motor weiter, aber ohne Gas und mit Motorhitze würde die Heizung bald erkalten.

»Was soll's?!« sagte Willi laut, brach den Deckel des Handschuhkastens ab und klemmte mit ihm das Gaspedal fest. Dann legte er sich über die beiden Vordersitze, wikkelte den Mantel dicht um sich, zog die Beine so weit wie möglich an und schlief ein. Er träumte sogar, so warm und den Umständen entsprechend angenehm war es ... nur der Traum war es nicht. Er träumte von Lotte Marchinski. Sie stand an der Ecke, pöbelte die Männer an und rief über die belebte Straße: »Bubis — ick brauche dreihundert Emmchen ... die hat er mir jeklaut, det faule Aas von Willi —«

Willi grunzte im Schlaf und kroch noch mehr in sich zusammen. Um ehrlich zu sein: Er hatte Angst, jemals wieder mit Lotte Marchinski zusammenzukommen.

So fand ihn am Morgen Fiedje Heckroth ... einen schlafenden jungen Mann in einem völlig zugeschneiten Auto. Er war auf dem Wege nach Wildmoor und hielt seinen Wagen erstaunt an, weil aus der Birkengruppe im Sumpf Qualm aus einem Schneehaufen tuckerte. Vorsichtig war er daraufhin über den schmalen Pfad gefahren, immer wieder den Kopf schüttelnd, wie es möglich war, daß ein Fremder überhaupt soweit ins Moor gekommen war, ohne zu wissen, daß dieser oder jener Birkenstamm die Begrenzung bildete und der große Busch eine Biegung markierte. Die Provinzialstraße war der einzige Weg, der sicher war ... was links und rechts von ihr lag, war nur den Moorbauern bekannt oder den Vermessungstechnikern in Stavenhagen, die über genaue Moorkarten verfügten.

»Wer sind denn Sie?« fragte Fiedje Heckroth, als er die eingefrorene Wagentür aufgerüttelt hatte. Willi war von dem Schwanken der Karosserie erwacht ... entsetzt, aufschnellend, im ersten Moment dachte er, daß der Wagen im Moor versank.

»Sie schickt der Himmel!« sagte er heiser, als er das menschliche Gesicht in der Tür erkannte. »Das ist ja ein Sauland ...«

»Was machen Sie denn hier? Mitten im Moor?« fragte Fiedje.

Willi stieg aus und veranstaltete einige Kniebeugen, um die Steifheit aus seinen Gliedern zu bekommen. Da er gerettet war und keine Gefahr mehr bestand, flüchtete er wieder in seine Frechheit und grinste den Moorbauern breit an.

»Ich suche Frösche! Wissen Sie ... zum Schwangerschaftsfrühnachweis – «

Fiedje Heckroth schwieg. Er ging um den eingeschneiten Wagen herum, strich das Nummernschild frei und las die örtliche Zulassung. Willi winkte mit großer Gebärde ab.

»Ist geliehen, jawoll ... Wollte wirklich nur 'ne Mondscheinfahrt machen. Aber das hier ist ja kein Land ... das ist ja ein breitgewalzter Mist ...«

»Das Land ist schön ... wenn man es kennt ...«

»Eben!«

»Es ist nichts für grüne Jungs ...«

»Oha!« Willi schlug den Kragen hoch und stampfte mit

den Füßen. Es war kalt, der Morgen kroch fahl über das verschneite Moor, ein Himmel ohne Horizont, ein Land, das ins Grenzenlose wegschwamm. »Wären Sie nicht mein Lebensretter, lägen Sie jetzt auf der Nase!« Er wollte noch mehr sagen, aber dann besann er sich, daß er ja nach Wildmoor gekommen war, um mit Hilde Kontakt aufzunehmen. Er lehnte sich an den Wagen, wiegte den Kopf hin und her und lächelte den verschlossenen Fiedje an. »Nix für ungut, Mann! Man muß sich beriechen ... Sie wohnen hier?«

»Ja.«

»Und Sie kennen alle in der Gegend?«

»Ja.« Fiedje sah Pfeifen-Willi mit verstecktem Interesse an. »Suchen Sie jemanden?«

»Nee. Aber nun werden Sie mir det ooch nich glauben: ick schreib 'n Buch über das Moor ...«

»Sie?«

»Ja, icke! Wundert Sie det?« Willi suchte in seiner Manteltasche nach Zigaretten. Er fand eine zerknüllte Schachtel, zog zwei Zigaretten heraus, richtete sie durch Kneten gerade und hielt eine Fiedje hin. Der Moorbauer übersah das Angebot, Willi steckte die Zigarette schulterzuckend in die Schachtel zurück.

»Ick möchte Sie bitten, mir det Moor zu zeigen und zu erklären ...«

»Keine Zeit ...«, sagte Fiedje voller Ablehnung.

»Für hundertfünfzig Mark, Mann!«

»Nein.«

»Dreihundert –«

Fiedje Heckroth gab keine Antwort. Er rechnete. Wie lange muß ein armer Moorbauer arbeiten, bis er dreihundert Mark frei in der Hand hat? Und dreihundert Mark zusätzlich, jetzt, wo das Kind kam, das war die komplette Babywäsche, und einen schönen, gebrauchten Wagen konnte er auch kaufen, so einen mit hohen Rädern, wie sie jetzt modern waren. Elga schwärmte schon immer davon ... »Wenn wir noch ein Lütjes bekommen, Fiedje ... so einen schönen hohen Wagen möcht ich haben, nöch?« Das war jetzt möglich, auf einmal, wie ein Geschenk des Himmels, und nur dafür, daß man einem leicht Irren das Moor erklärte. War es einfacher zu verdienen? Fiedje schwankte.

»Vierhundert Piepen, Mann!« sagte Willi freigebig. Er konnte es sagen, denn er dachte nie daran, dieses Geld zu zahlen, einfach darum nicht, weil er es gar nicht besaß. Fiedje Heckroth nickte. Plötzlich glühten seine Ohrläppchen vor Erregung. Vierhundert Mark ... Elga würde weinen vor Freude, wenn er damit herausrückte.

»Gut. Ich zeige Ihnen das Moor —«, sagte er langsam. »Wo wohnen Sie?«

»Noch in Stavenhagen. Bei Metzger Behrens. Und das Auto ist vom Schmied.« Er griff in die Seitentasche seines Anzuges und drückte Fiedje schweren Herzens einen Zwanzigmarkschein in die Hand. »Als Anzahlung, mein Lieber. Wenn ich zu Ihnen umziehen könnte, wär's mir recht. Immer hin und zurück nach Stavenhagen, det wird langweilig. Sie wohnen doch hier im Moor?«

»Mitten drin, ja.«

»Wundervoll. Diese Romantik!« Pfeifen-Willi drehte auf. Rockhoch-Lotte hatte einmal gesagt: Willi, wennste nicht Lude geworen wärst ... ick sähe dir jarantiert uff der Bühne. Bejabung haste für drei ... Auch jetzt spielte Willi auf allen Registern und breitete die Arme aus. »Mann, meine erste Erregung ... aba nun sehe ick klar ... das Moor ist wundervoll! Diese Stille, diese Weite, dieses Unendliche — Man muß es lieben ...«

»Man muß es hassen ..«, sagte Fiedje dumpf.

Willi riß die Augen auf. »Jetzt kenn ick mir nich mehr

aus. Ich denke ... Quatsch!« Er winkte ab. »Wie kommt die Karre aus'n Sumpf?«

»Fahren Sie ganz langsam rückwärts. Meter um Meter. Ich winke, wie Sie einschlagen müssen.« Fiedje trat hinter das Auto und schüttelte den Kopf. »Sie haben ein unwahrscheinliches Glück ...«

Willi wurde stiller. Er trat vorsichtig neben Heckroth.

»Wieso?«

»Sehen Sie hier ...« Fiedje streckte den Fuß aus und trat auf den Schnee. Er gab nach wie Pudding. »Zehn Zentimeter weiter nach rechts ... niemand hätte Sie mehr gefunden. Sie und das Auto wären einfach verschollen ... vermißt ...«

Willi schwieg. Er war blaß geworden und kaute an der Unterlippe. »Kommen Sie«, sagte er nach einer ganzen Weile Stille. »Lassen Sie uns raus aus dem Teufelszeug ... Daß Sie hier jeden festen Boden kennen ...?«

»Ich bin hier aufgewachsen.«

Natürlich, dachte Willi. Ich kenne jeden Hinterhof, er kennt jeden Fußbreit Moorboden. Und in 'nem richtigen Hinterhof kann man auch versinken ... da ist es genauso sumpfig wie hier ... moralisch gesehen ...

Nach einer Stunde schrittweisen Fahrens stand der Wagen endlich auf der festen Provinzialstraße. Willi schwitzte, als entsteige er einem Dampfbad ... die Angst, die jeder nach hinten gekrochene Meter hervorrief, hatte ihn fast verbrannt. Nun stand er auf der Straße, rauchte wieder eine Zigarette, inhalierte gierig den Rauch und spürte, wie seine Knie und Armbeugen vor entspannter Erregung zitterten.

»Sie ... Sie meinen, ich könnte bei Ihnen wohnen?« fragte er heiser.

»Ja.« Fiedje Heckroth nickte. »Wir haben eine Kammer. Allerdings unterm Dach ... ohne Wasser und ohne Ofen ...«

»Das macht nichts.« Willi rieb die klammen Hände aneinander. »Als Student habe ich auch so eine Bude gehabt.«

»Sie haben studiert?« fragte Fiedje. Ein Hauch von Hoch-
achtung wehte ihn an. Willi nickte gütig.

»Ja. Schwere Jahre, Mann. Vollwaise, mußte alles selbst
verdienen, war froh, daß ich mit dem Hintern auf 'ner
Matratze liegen konnte ...«

Die Weiber hab' ich studiert, dachte er. Und weich
gelegen habe ick immer ... nur bei Mimmi nicht, die hatte
so spitze Beckenknochen. Schwamm drüber ... Er seufzte
in Erinnerung an seine anstrengenden Studienjahre und
warf die Zigarettenkippe in den Schnee. Fiedje kratzte sich
den Kopf. Er war ehrlich verlegen.

»Sie müssen entschuldigen ... von vorhin ... wo ich Sie
grüner Junge genannt habe ... Aber ich wußte ja nicht ...
Sie sahen gar nicht wie ein Studierter aus — «

»Man muß den Geist im Hirn und nicht auf der Haut tragen!« Willi fand, daß diese Formulierung trefflich gelungen
war. Er sah, daß sie auch Eindruck auf den Moorbauern
machte. »Fahren wir also, guter Mann — wie heißen Sie
überhaupt?«

»Fiedje ...«

»Also denn man los, Fiedje! Und wenn's geht, strolchen
wir heute noch durchs Moor.«

Langsam fuhren sie durch das Moor zu dem Hof Heckroths. Willi hielt sich genau in der Spur seines Vorder-
mannes ... er hatte einen höllischen Respekt vor der sanften
und glatten Schneefläche, die seitlich von ihm lag und aussah, als könne man auf ihr Skifahren üben.

Hilde, wat tue ick alles für dich, dachte Willi und wischte
sich ein paarmal müde über die Augen. Wenn alles jelingt,
ziehen wir nach Köln ... in eener Woche sind wir wieda in
Schale, und nach zwee Wochen blüht det Jeschäft. Is eijent-
lich een jeniales Jeschäft ... Imker mit eener Biene ...

Die versprochenen vierhundert Mark, von denen zwanzig bereits in seinem Besitz waren, hatten Fiedje Heckroth eine Verpflichtung vergessen lassen. Regierungsrat Dr. Schmidt hatte ihn bei der Abstellung Monika Busses unterschreiben lassen, daß er keine Fremden auf seinen Hof lassen dürfe und sich verpflichte, keinerlei Kontakte zwischen Monika Busse und der Umwelt zuzulassen. Jeder Besuch mußte sofort gemeldet werden.

»Sie haften für das Mädchen!« hatte Dr. Schmidt eindringlich gemahnt. »Natürlich ich in erster Linie ... wenn also etwas passiert, sind nicht nur Sie, sondern auch ich dran! Ich vertraue Ihnen völlig, Herr Heckroth.«

An diese Unterhaltung dachte Fiedje, als er das Dach seiner Moorkate aus dem Schneedunst auftauchen sah. Er wußte, daß man den Gast bei einer Meldung schnellstens entfernen würde oder Monika Busse sofort abholte ... beides war nicht gut für Fiedje, denn auf der einen Seite winkten 400 DM, auf der anderen Seite brauchte Elga die Hilfe des Mädchens. Also schwieg man besser, dachte Fiedje. Hier ist Schweigen wirklich Gold, im wahrsten Sinne. Und außerdem ist er ein Studierter ... ein ehrlicher, kluger Mann, der nicht in die Gruppe der Verdächtigen eingestuft werden kann. In zwei, drei Tagen ist er wieder weg, niemand wird etwas wissen, aber Elga hat vierhundert Mark! Und ihren hochrädrigen Kinderwagen.

Das erste, was Pfeifen-Willi in dem großen, dunklen Zimmer der Kate sah, war ein Mädchen, das alte, kupferne Kellen polierte. Sie hingen als Zierde über dem aus rohen Steinen gemauerten Kamin, der längst nicht mehr brannte, weil seine Züge eingefallen waren, der aber Auskunft gab, wie alt der Hof der Heckroths war. Willi blieb artig an der Tür stehen und grüßte.

»Das ist Monika ...«, sagte Fiedje zurückhaltend. »Unsere Hilfe im Haushalt.«

»Gott zum Gruße!« sagte Willi und öffnete den Mantel.

»Guten Tag.« Monika sah verwundert auf. Der junge Mann, der da ins Haus gekommen war, erzeugte bei ihr schon beim ersten Anblick einen Widerwillen. Das knochige Gesicht mit den langen Haaren darüber, der abtastende Blick, die bewußte Nonchalance der Bewegungen, das süffisante Lächeln in den Mundwinkeln ... sie kannte das alles aus der Zeit, in der sie mit Rolf Arberg und seinen sogenannten Freunden durch die Kellerlokale gezogen war, ein »steiler Goldzahn«, wie man sie nannte, in engen Hosen und weiten Pullovern. Es war eine Zeit, die Monika vergessen wollte ... für immer vergessen, weil sie ein Irrtum vom Leben gewesen war.

Pfeifen-Willi spürte die Abwehr Monikas mit dem Instinkt eines immer lauernden Raubtieres. Ein Püppchen, dachte er, als er den Mantel auszog und über die Lehne des ihm am nächsten stehenden Stuhles warf. Das ist kein Moorpflänzchen, so etwas wächst nicht auf schwammigem Grund ... die kommt aus der Stadt, so wahr die Lotte Marchinski eine Nutte ist! Er grinste Monika wieder an, setzte sich auf die Eckbank und dehnte sich wohlig. Es war warm in der großen Stube, in einem dicken, runden Eisenofen prasselten Holzscheite und gepreßte Torfballen, das Ofenrohr flimmerte, als beginne es zu glühen ... es war eine herrliche Geborgenheit im Vergleich zu dem verschneiten, nebeligen Moor, über das der Morgen kroch, als erfröre auch er und mit ihm die Sonne, die niemand sah.

Fiedje Heckroth ging schnell hinüber zu seiner Frau und in den Stall, um die Kühe auszumelken. Vorher aber stellte er noch mit einer einladenden Geste ein hohes Glas und eine Flasche Schnaps auf den Tisch vor Willi hin.

»Sie kennen die Gegend hier?« fragte Willi, als er mit Monika allein war. Er roch dabei an der Flasche, entdeckte, daß es reiner Korn war, und goß sich ein.

»Nein.« Monika hing eine der blankgeputzten Kupferkellen an den Nagel über den alten Kamin.

»Fremd hier?«

»Ja.«

»Aus der Stadt?«

»Was geht Sie das an?«

»Vielleicht allerhand. Ich komme nämlich auch aus der Stadt. Aus Berlin. Das heißt, dort bin ich geboren. Jetzt lebe ich in Hamburg. 'n Berliner in Hamburg ... det is wie 'n Chinese bei 'n Kaffern ... finden Sie nicht auch?«

»Ich würde Sie da eher für den Kaffer halten — «, sagte Monika grob. Pfeifen-Willi verdaute diese Bemerkung eine Sekunde lang, dann lachte er laut auf.

»Det is jut! Kind, du hast Schnauze! Du jefällst mir.«

»Das ist völlig einseitig, mein Herr.«

»Herr hat noch keener zu mir jesagt.« Willi kippte den Schnaps hinunter und hustete ein paarmal. Hell wie Wasser, aber scharf wie die rote Minna, dachte er. »Wie kommen Sie denn hierher?«

Er sagte wieder Sie, ein Beweis, daß Monika ihm imponierte.

»Mit der Bahn.«

»Und jerade in dieses Nest? Ins Moor?«

»Die einen lieben Heringe mit Erdbeeren, die anderen Kartoffeln mit Zimtsoße ...«

Pfeifen-Willi war begeistert. Er klatschte in die Hände, schüttete sich einen neuen Korn ein und zog den Schlips etwas herunter, denn nun merkte er, wie heiß es war. Für jemanden, der auftaut, ist die Hitze doppelt groß, wenn er sie zu spüren beginnt.

»Ich suche jemanden«, sagte er. Plötzlich glaubte er, Mut zeigen zu müssen. Man kann sich vertun, dachte er. Aber dieses Mädchen weiß mehr, als es sagt. Verdammt, man hat so 'was in der Nase, das ist ein Naturgeruch wie bei den

Hunden, die in den Wind schnuppern und sofort die Richtung zur heißen Hündin haben ... »Ich glaube, Sie können mir helfen.«

»Nein.«

»Doch!« Willi beugte sich vor. »Hier in der Nähe muß doch Wildmoor liegen ...«

Monika Busse umklammerte den großen kupfernen Schöpflöffel, den sie gerade putzte. Unter den vorgefallenen blonden Haaren sah sie Willi prüfend und kritisch an.

»Ja — «, antwortete sie gedehnt.

»Eine sogenannnte ›offene Strafanstalt‹ für Mädchen, nicht wahr?«

»Ja — «

»Und da suche ich jemanden.«

»Ein Mädchen.«

»Sie sind ein ausgesprochen kluges Kind.«

»Wen denn?«

Willi hielt den Atem an. »Kennen Sie denn welche aus der Anstalt?« fragte er. Er hörte, daß seine Stimme plötzlich belegt war.

»Einige — «

»Auch eine Hilde Marchinski ...?«

»Dann sind Sie also der Willi ...?«

»Da jubelt der Hund in der Pfanne!« Willi sprang auf. »Mädchen ... woher kennst du mich ...?« Er rannte auf Monika zu. Sie hob den langen Stiel des Schöpflöffels und streckte ihn ihm entgegen wie eine abwehrbereite Lanze. Willi blieb stehen, die Nerven in seinen Gliedmaßen begannen zu flimmern. Er hätte tanzen können, so elektrisch durchzuckte es ihn.

»Mensch, blonder Engel ... kennst du Hilde? Was macht sie? Wie geht es ihr? Nun tu schon den albernen Stiel weg!«

»Nein! Setzen Sie sich wieder hinter den Tisch — «

»Mädchen — «

»Setzen!«

Gehorsam ging Willi zum Tisch zurück, setzte sich und kippte das Glas Korn in den Mund. Dann starrte er Monika an, und in einem Anfall logischen Denkens erkannte er, daß dieses Mädchen dort etwas mit Wildmoor zu tun haben mußte, daß es vielleicht selbst aus der Anstalt kam, abgestellt zum Außendienst wegen guter Führung. So etwas gab es ... Willi hatte es von einigen Knastbrüdern gehört, die dieses Ziel nie erreicht hatten, weil sie mit Kassibern oder Kalfaktorenbestechungen aufgefallen waren.

»Wie lange?« fragte er deshalb gerade heraus.

Monikas Kopf flog herum. Ihre Augen sprühten offene Abwehr.

»Was heißt das?«

»Mädchen, mach einem alten Kumpel nichts vor. Du kannst 'nen Neger blaß machen, aber nicht mich! Wie lange haste bekommen?«

Monika biß sich auf die Lippen. »Ein Jahr«, sagte sie leise.

»Kleener Fisch also, wat? Ima jut jeführt, in der Kirche mit 'n Pastor jeheult, Halleluja gezwitschert ... und dann det Drückkommando. Jratuliere, Puppe!« Willi fühlte sich wieder zu Hause. Er nahm noch einen an die Brust, der Kornbrand wärmte den letzten Kälterest aus ihm weg, und das Bewußtsein, am Ziel zu sein, war so schön, daß er nach dem letzten Schluck sich nicht zurückhalten konnte und rülpste. Die Vertrautheit Gleichgesinnter lag wie ein Geruch im Raum.

»Und nu zu Hilde. Wat macht se?«

»Sie arbeitet im Stall.«

»Hilde! Im Stall? Ick lach mir 'n Loch ins Hemd! Mit ihre zarten Fingerchen ... nur melken, det schafft se. Melken konnt se schon immer.« Willi lehnte sich genüßlich zurück. O Hilde, dachte er erinnerungsschwer. Weeßte noch ... unsere Bude unterm Dach, fast hundert Mark haste jede Nacht jemacht, een Leben war det, sag ick! Bis der Blödsinn mit den Raubüberfällen kam. Die blöde Masche vom Josef. Det war'n Fehler, da mitzumachen ... wär'n wir beim Horizontalen jeblieben, 'nen weißen Sportwagen hätten wir jetzt —

»Denkt se noch an mir?« fragte er, ehrlich ergriffen.

»Ja.«

»Hat se die Karte bekommen?«

»Ja.«

»Ja! Ja! Ja! Kannste nich mehr sagen?«

»Nein.«

»Kann man Hilde mal sehen?«

»Vielleicht ...«

»Wie denn?«

Monika Busse dachte an Hilde Marchinski und an die Erzählungen über Willi. Wie es auch gewesen sein mochte, wie tief Hilde auch gesunken war, wie unrettbar für die normale Gesellschaft sie auch war ... es blieb immer ein Rätsel, wie sie einen Menschen wie Willi lieben konnte. Ehrlich lieben, das war es. Sie hatte für ihn auf der Straße gearbeitet, er hatte sie ausgenommen, geschlagen, beschimpft, er hatte gefaulenzt und am Morgen ihr Portemonnaie durchgezählt, er hatte sie Drecksau und Hurenaas genannt ... aber dann lagen sie wieder zusammen in einem Bett, und es war alles vorbei, alles anders, friedlich und schön, so schön, daß man alles vergaß, worum man sich Minuten vorher noch umbringen konnte. Ein Rätsel, wirklich ... der Mensch ist ein Wundertier ...

An diesem Morgen erfuhr Willi, wie er Hilde Marchinski gefahrlos sehen und vielleicht sogar sprechen konnte.

Einmal in der Woche zog ein Kommando aus Wildmoor hinaus, um Reisig zu suchen. Aus ihm wurden in den langen Winterabenden Reisigbesen gebunden, die später auf dem Markt oder an einen Großhändler verkauft wurden. Von

dem Erlös wurde dann zweimal im Jahr die Kantine auf-
gefüllt, der kleine Anstaltsladen unter Aufsicht von Julie
Spange, in dem es Bonbons, Lockenwickler und Toilettseife
zu kaufen gab, Schokolade und Haarnetze.

Es war möglich, daß auch Hilde Marchinski zu einem
dieser Reisigkommandos gehörte ... irgendwo im Wald
konnte sich dann die Gelegenheit ergeben, daß Willi und
Hilde sich sprachen.

»Und wann ist das immer?« fragte Willi atemlos.

»Jeden Donnerstag.«

»Also morgen?«

Er griff wieder zur Flasche und trank.

Morgen, dachte er. Morgen werde ich Hilde wiedersehen.
Verdammt, man muß sich zusammennehmen, daß man
nicht losheult wie ein junger Hund ...

Der Staatsanwalt war nicht gerade in bester Laune, als Dr.
Jochen Spieß es mit Hilfe einer 80-Pfennig-Zigarre erreichte,
daß der Inspektor im Vorzimmer ihn anmeldete und der
Anwalt des Staates, der im Namen des Volkes seine Ankla-
gen erhebt, ihn hereinbat. Vorausgegangen war eine Aussprache mit dem Oberstaatsanwalt, der sehr kalt gemeint
hatte, in letzter Zeit zeige sich eine erschreckende Müdigkeit
in der Staatsanwaltschaft, die sich durch merkwürdige
Milde tarne. Ein Vorwurf, nach dem jeder Staatsanwalt eine
gelbliche Gänsehaut bekommt.

»Mein lieber Doktor —«, sagte deshalb der Staatsanwalt,
als Dr. Spieß sich gesetzt hatte und aus der Aktentasche
seinen kleinen Tonbandkoffer holte und auf den Tisch
stellte. »Sie wissen, daß das kein Beweismittel ist ...«

»In diesem Falle doch.«

Der Staatsanwalt seufzte leise und betrachtete mißtrauisch das Tonbandgerät. Dr. Spieß klappte es auf, ließ die
Spule zurücklaufen, drückte die Taste auf Wiedergabe, hob

aber noch nicht die Sperre auf. Es war vorher noch etwas zu sagen.

»Sie wissen, warum ich komme?«

»Nein. Ich habe einen Koffer voll Prozesse . . .«

»Sache Busse. Beihilfe zum Diebstahl und Hehlerei.«

»Steht wann zur Verhandlung?«

»Ist schon abgeurteilt. Ein Jahr Jugendgefängnis, abgestellt nach Wildmoor . . .«

»Was wollen Sie mehr? Wildmoor?« Der Staatsanwalt drückte das Kinn an. »Das sind doch Mädchen.«

»Ja.«

»Busse? Busse? Ich erinnere mich. Vater ein angesehener Transportunternehmer. Komischer Fall war das. Das Weibsstück nahm alle Schuld auf sich. Ich konnte gar nicht anders, als sie verknacken zu lassen. Störrisch war sie — «

»Hörig, Herr Staatsanwalt. Einem Manne hörig, der ihr erster Mann war, ihr erstes frauliches Erlebnis . . . und den deckte sie.«

»Soll ich schluchzen, Doktor? Sie bringen es, als verkauften Sie einen Heimatroman. Das Resl vom Marterkreuz . . . Bitte, seien Sie sachlich, ich habe wenig Zeit.« Der Staatsanwalt klopfte mit einem Bleistift gegen einen Aktendeckel. »Sagen Sie bloß nicht, daß Sie mit einem Wiederaufnahmeantrag kommen — «

»Eben dies«, sagte Dr. Spieß fröhlich und unbekümmert.

»Warum müßt ihr Anwälte immer Gebühren für faule Sachen schinden? Ein Jahr ist schnell rum, in Wildmoor ist Ihre Klientin fast wie zur Kur . . . wollen Sie den ganzen Mist wieder aufrollen auf die Gefahr hin, daß das Urteil bestätigt wird?«

»Monika Busse ist unschuldig!«

»Sie hat gestanden!« Der Staatsanwalt verzog das von einigen Mensurnarben zerhackte Gesicht. »Was wollen wir mehr?«

»Sie nicht, das ist mir klar. Ein geständiger Täter ... das Ideal eines Staatsanwalts!« Dr. Spieß legte beide Hände wie schützend über das abspielbereite Tonband. »Es soll genug Fälle geben in der Justizgeschichte, daß Täter ein Geständnis abgaben und sie waren es doch nicht.«

»Schizophrene — «

»Nein! Menschen, die irgendeinen Grund hatten, Falsches zu gestehen ...«

»Dann sollen sie für ihre eigene Dummheit büßen!«

»Nennen Sie Liebe eine Dummheit?«

»In diesem Falle — ja!«

»Ich habe den Beweis, daß Monika Busse das Opfer einer Hörigkeit geworden ist! Jeder Psychologe kann Ihnen sagen ...«

Der Staatsanwalt hob abwehrend die Hand und fächelte sie dann auf und ab, als scheuche er Insekten von seinem Kopfe weg.

»Psychologen! Wenn ich das Wort schon höre, bekomme ich allergischen Ausschlag! Psychiater, Mediziner ... lieber Doktor: Die machen aus einem Massenmörder einen Verdrängungskomplex! Ich höre es jeden Tag. Der arme Täter, der tragische Mörder, der fehlgeleitete Gangster, das liebe, liebe zerstörte Seelchen, das nicht anders kann, als Kinder umzubringen ... Gehen Sie mir weg damit.«

»Ich habe die Beweise!«

»Beweise. Da drin?!« Der Staatsanwalt tippte auf das Tonbandgerät.

»Ja. Die Aussage des Rolf Arberg, jenes Mannes, dem Monika Busse hörig war und den sie deckte. Darf ich Ihnen das Geständnis vorspielen?«

»Wenn es Ihnen Vergnügen macht ... bitte.« Der Staatsanwalt lehnte sich zurück und lächelte mokant. Die jungen Anwälte, dachte er. Feurig wie einjährige Hengste, immer vorweg mit Ideen, immer im Idealglauben an die Gerechtigkeit . . . wenn sie einmal fünfzig Jahre sein werden, sitzen auch sie behäbig im Sessel, werden von der blinden Justitia sprechen, über Recht philosophieren, weil Recht keine Tatsache, sondern eben eine Philosophie ist, werden Gebühren kassieren und im übrigen einen gesellschaftlichen Kontakt mit Staatsanwaltschaft und Richterschaft üben. Das ist erträglicher als die Jagd nach dem Recht, eine Jagd, auf der man eher ein Einhorn schießen könnte.

Dr. Spieß drückte den Sperrknopf. Flotte Tanzmusik füllte das kahle Gerichtszimmer. Der Staatsanwalt hob die Brauen.

»Was ist denn das? Falsches Band, lieber Doktor? Lassen Sie an . . . das ist mir lieber . . .«

»Eine Ouvertüre, Herr Staatsanwalt. Als ich die Aufnahme machte, lief im Radio das Schlagermagazin. Um die Authentizität zu dokumentieren — Uhrzeit und Musik sind jetzt für jeden nachforschbar und zu belegen — habe ich diese Musik mit aufgenommen. Bitte, hören Sie weiter — «

Die Musik brach ab. Man hörte das Knacken eines Schalters.

»Ich habe jetzt das Fernsehen ausgeschaltet . . .« sagte Dr. Spieß schnell. Dann, laut und klar, eine Stimme . . . die Stimme des jungen Anwaltes, unverkennbar für jeden.

»Das waren ein paar Takte der Fernsehsendung ›Schlagermagazin‹. Wir haben jetzt den 18. Dezember, abends 20.40 Uhr. Ich stehe hier in einem Zimmer des Hauses Bormeisterstraße 19, vierter Stock, rechts. Vor mir sitzt Herr Rolf Arberg, und er wird gleich aussagen. Jetzt spricht er selbst . . .«

Eine kurze Stille. Dann eine andere Stimme, etwas gepreßt, aber deutlich und ohne merkliches Zögern:

». . . Ich mache diese Aussagen freiwillig und ohne Zwang, aus dem Gefühl der Schuld heraus, die ich auf mich geladen habe. Es geht um die Rehabilitierung von Fräulein

133

Monika Busse, die mich in ihrem Prozeß deckte. Ich will jetzt die Wahrheit sagen, die volle Wahrheit ...«

Das Tonband lief. Der Staatsanwalt hörte aufmerksam zu ... er achtete nicht darauf, daß eine halbe Stunde verging und daß er zu seinem Inspektor gesagt hatte: »Länger als zehn Minuten nicht ... dann kommen Sie rein und rufen mich zum Ersten Staatsanwalt.« Das war ein guter Trick, zumal der Erste Staatsanwalt in Urlaub war. Als nun der Inspektor zur Tür hereinschaute, winkte der Staatsanwalt energisch ab. Er hatte kein Interesse mehr für amtliche Notlügen.

Mit einem leisen Zischen hörte das Tonband auf. Dr. Spieß hatte es nicht unterbrochen oder kommentiert ... es war klar genug, was er mit Rolf Arberg aufgenommen hatte. Der Staatsanwalt schwieg eine Weile, dann putzte er sich die Nase.

»Wenn das stimmt, ist das ein dicker Hund«, sagte er rauh.

»Es stimmt!«

»Weil's da gesprochen wurde? Nein, lieber Doktor, solche Dinge kann man schneiden. Sie wissen, daß Tonbänder als Beweismittel nicht zugelassen sind, nur, wenn sie in Gegenwart amtlicher Personen, also Polizei, Kriminalpolizei, Staatsanwaltschaft aufgenommen worden sind. Das ist hier nicht der Fall ... also sagen wir zunächst: Die Sache stinkt. Immerhin *kann* es stimmen.« Der Staatsanwalt erhob sich. »Sie haben mich überzeugt. Kommen Sie ... wir suchen diesen Rolf Arberg einmal auf.«

Im Hause Bormeisterstraße 19, vierter Stock, rechts, wohnte ein Kunstschlosser Krause, als Dr. Spieß und der Staatsanwalt dort klingelten. Sein Ausweis stimmte. Erich Krause.

»Und wo ist Herr Arberg?« rief Dr. Spieß.

»Kenne ich nicht. Wer hier vorher wohnte? Weiß ich

nicht.« Erich Krause hob die Schultern. »Ich hab das Zimmer durch einen Vermittler.«

»Und wie lange wohnen Sie hier?«

»Seit zehn Tagen ...«

»Danke.«

Auf der Treppe blieb der Staatsanwalt stehen und ließ Dr. Spieß auf eine Höhe mit sich kommen. Der junge Anwalt sah bleich und verstört aus.

»Warum sind Sie nicht eher zu mir gekommen, Doktor?« fragte der Staatsanwalt leise. Mitleid schwang deutlich in seiner Stimme.

»Sie waren doch bis vorgestern in Urlaub ... Ihr Urlaubsvertreter hatte keine Zeit ...«

»Ein schöner Mist ...« Der Staatsanwalt knöpfte seinen Pelzpaletot zu. »Wissen Sie, was Sie jetzt können, Doktor?« Er wartete die Antwort nicht ab, sondern nickte mehrmals. »Genau das können Sie, Doktor ... Sie können Ihr Tonband wegwerfen — «

Das Reisigkommando rückte pünktlich wie immer auch an diesem Donnerstag aus. Es war morgens um 9 Uhr, die Sonne schien über das verschneite Moor und blendete. Ein herrlicher Wintertag. Und Hilde Marchinski war auch dabei.

Vorweg marschierte Hedwig Kronberg vom Block 1. Für sie war ein solcher Ausmarsch immer ein Ausflug in die frische Luft, eine Erholung, ein Auffüllen der Lungen mit Ozon. Da die Sonne schien und die Mädchen fröhlich gestimmt waren, der Schnee glitzerte und es nachher eine Schneeballschlacht geben würde, getreu der Theorie von »Wildmoor«, daß Freude ein Baustein der freien Persönlichkeit ist, ließ Hedwig Kronberg ein Lied anstimmen.

Zehn helle Mädchenstimmen jubelten in den sonnigen Morgen.

»Früh morgens, wenn die Hähne kräh'n . . .«

Pfeifen-Willi, der in einem Waldstück hockte, aus dem erfahrungsgemäß das Reisig geholt wurde, hörte den Gesang schon von weitem. Er verkroch sich ins Unterholz wie ein müder Hase und sah der kleinen dunklen Kolonne entgegen, die um die Waldecke bog und singend heranmarschierte. Unverkennbar war die große und füllige Gestalt Hedwig Kronbergs . . . in ihren Fußstapfen gingen die anderen, sie walzte einen Pfad durch den Schnee, den Kopf in den Nacken gelegt, hinaufblickend in den schönen blauen Winterhimmel. So sah sie nicht die einzelne Fußspur, die bereits in den Wald führte, und auch die Mädchen achteten nicht darauf.

Willis suchender Blick glitt die Reihen der dunklen Gestalten ab. Alle trugen lange warme Kleider, alle Kopftücher, alle dicke, derbe Schuhe und Wollstrümpfe . . . sie sahen eigentlich alle wie Zwillingsschwestern aus. Dann erkannte er Hilde Marchinski — sie marschierte in der vierten Reihe und trug einen Sack über der Schulter. Ihr rotes Haar quoll unter dem Kopftuch hervor, und es war eigentlich nur dieses Haar, das Willi sie erkennen ließ. Solche Haare hat nur die Hilde, dachte er, und sein Herz schlug heftig. Er preßte sich in die dichten Büsche und verhielt sich völlig bewegungslos.

Hedwig Kronberg hielt an. Das Ziel war erreicht, das Sammeln von Reisig konnte beginnen. Eine weitere Aufsicht war nicht nötig, rund um den Wald lag der Sumpf, ein natürlicher Wall, über den es keinen Steg gab. Die Mädchen wußten es; außerdem bestand die Reisigkolonne nur aus solchen Mädchen, denen nie der Gedanke gekommen wäre, aus der Sicherheit von Wildmoor wegzulaufen.

Pfeifen-Willi wartete, bis sich die Mädchen verteilt hatten. ›Was mach ich, wenn Hilde entgegengesetzt sucht‹, dachte er. ›Was mach ich überhaupt, wenn mich ein anderes

Mädchen entdeckt?‹ Er musterte die Gestalt in den Kopftüchern und fand heraus, daß niemand ihn verraten würde,
sondern daß es im Gegenteil schwer werden würde, sich der
explodierenden Zärtlichkeit zu erwehren. Er seufzte wieder
und beobachtete mit jagendem Puls, wie Hilde auf sein
Waldstück zuging, den Sack durch den Schnee hinter sich
herziehend. Sie hat sich nicht verändert, dachte er. Sie ist
schön wie die Sünde selbst ... daß so etwas eine solche
Mutter haben kann wie die Lotte, das ist einfach unver-
ständlich!

Als Hilde Marchinski auf der Höhe seines Busches war,
versuchte es Willi mit einem leisen »Psst! Psst!« Da sie es
nicht hörte, denn die Mädchen sangen noch immer, steckte
er die Finger zwischen die Zähne und stieß einen Pfiff aus,
der einmal als Zeichen gegolten hatte, wenn Hilde beim
Kassieren Schwierigkeiten hatte. Dann tauchte jedesmal
Willi auf, zeigte dem Kunden seinen Schlagring, und es
hatte bisher keinen gegeben, der dieses Argument nicht
überzeugend fand.

Hilde blieb mitten im Schnee stehen, als sie den kurzen
Pfiff hörte. Es war, als hielte sie ein Magnet im Schnee fest
... sie hob den Kopf, witterte, sah sich rundum und legte
die rechte Hand auf die Brust.

Willi grinste. Den kennt se noch, dachte er zufrieden. Er
pfiff noch einmal und raschelte im Gebüsch. Hildes Kopf
flog herum.

»Willi – «, sagte sie tonlos.

»Hier ...« Willi bog schnell die Zweige auseinander und
ließ sie dann wieder zusammenschnellen. Hilde sah sich zu
Hedwig Kronberg um. Die Hausmutter 1 saß auf einem
Baumstumpf in der Sonne und genoß den schönen Morgen.

»Komm her ...«, sagte Willi halblaut. Hilde senkte den
Kopf und kam langsam auf das Versteck zu.

»Du bist verrückt, Willi ... was soll das?«

Sie blieb vor dem dichten Gebüsch stehen und legte den Sack über die Zweige.

»Ich mußte dich sehen, Kleines. Ich hab's nich ausjehalten. Ick will mit dir abhauen . . .«

»Blödsinn . . .«

»Nach Köln.«

»Und wenn se mich schnappen, wat dann? Nee, ich mache meine Zeit ab.«

»Drei Jahre? Biste meschugge?!«

»Bei guter Führung wird die Hälfte erlassen auf Bewährung.«

»Mensch, Hilde . . . achtzehn Monate im Moor! Ohne mir . . . det hältste doch nich aus. Ick weeß doch, wieste uff die Männer stehst . . .«

»Halt's Maul!« sagte Hilde grob. Sie atmete heftig. Was sie immer geträumt hatte, was in den Nächten wollüstig über sie herfiel . . . nun war es Wirklichkeit. Willi war da. Sie spürte, wie es in ihr heiß wurde, wie sie die Kälte des Wintermorgens nicht mehr wahrnahm, sondern nur eine Glut, die von den Zehen bis zu der Kopfhaut reichte. Sie atmete ein paarmal tief durch und ballte die Fäuste vor innerer Erregung.

»Ich geh nich mit . . .«, sagte sie hart. »Und wenn ich rauskomme, lebe ich anständig . . .«

»Du jrüne Neune!« Willi pochte gegen den Sack, der vor ihm hing. »Nu sag bloß, dich haben se jebessert.«

»Genau das!«

»Und ick?«

»Du mußt dich auch umstellen.«

»Vielleicht uf's Boulettenbraten?!«

»Das wäre gar kein schlechter Beruf.«

»Komm her, Hilde . .«, sagte Willi zärtlich. »Komm in'n Busch . . . ick muß dir küssen . . .«

»Das fällt auf, Willi.«

»Nur 'ne Minute. Anpacken will ick dir, dir drücken ...
wenn ick dir sajen könnte, wie ick mir jesehnt habe ...«

Hilde Marchinski sah sich um. Hedwig Kronberg las in
einem Buch, die anderen Mädchen bündelten Zweige. Sie
ließ den Sack über den Busch hängen, schlüpfte seitlich in
die Zweige und fiel in die offenen Arme Willis.

Dann war eine Zeitlang gar nichts. Sie küßten sich
stumm, drückten sich aneinander, fühlten jeder den anderen, sahen sich aus glänzenden, hungrigen Augen an und
versanken dann wieder in einem langen Kuß, der mehr
Sehnsüchte aufriß, als daß die Glut gestillt wurde.

»Komm mit ...«, keuchte Willi. »Ick warte heute nacht
vor der Anstalt.«

»Nein.« Hilde zog das Kopftuch wieder über ihre roten
Locken. »Hab Jeduld, Willi.«

»Jeduld! Jeduld! Ick komm mir vor wie'n ausjesetztes
Waisenkind! Wat soll ick ohne dir?!«

»Was haste denn bisher gemacht?«

Es war eine Frage, die Willi immer gefürchtet hatte. Sie
mußte kommen, es gab gar keine Möglichkeit, sie zu umgehen. Für diesen Fall hatte er auch bereits eine Reihe Antworten auswendig gelernt. Sie klangen ehrlich und vor
allem möglich.

»Ick hab jearbeitet«, sagte Willi und streichelte Hildes
Beine.

»Wo denn?«

»Uff'n Bau. Als Maurer.«

»Du —?«

»Wat denkste denn!«

»Zeig mal her!«

»Wat denn?«

»Deine Hände — «

Willi zögerte. ›Mist‹, dachte er erschrocken. ›Daran hab ick
nun wieder nich gedacht. Auf was die Weiber alles kom-

139

men.‹ Er steckte die Hände in die Manteltaschen und lächelte Hilde süß an.

»Püppchen, sei lieb. Weeßte ... uff'n modernen Bau, da gibt's Aufzüge, und ...«

»Die Hände her — «, sagte Hilde grob.

»Bitte — « Beleidigt streckte Willi seine zarten, weichen Hände hin. Hilde drehte die Handflächen nach oben und nickte. Sie hatte nichts anderes erwartet.

»Maurer! Ohne Schwielen. Hände, glatt wie'n Kinderpopo. Soll ich dir sagen, waste jemacht hast?!«

»Püppchen ...« Willi lächelte verlegen. »Unser Wiedersehen ...«

»Wer hat dich ausgehalten? Mary? Die blonde Mimi? Oder die Hexe von Angela? Los, raus mit der Sprache ... wo haste gepennt?!«

»Ein Gentleman schweigt — «

In diesem Augenblick knallte es. Hilde Marchinski hatte ausgeholt, und ganz schnell, ganz trocken bumste die Ohrfeige an Willis Kopf. Da er in Hockstellung vor Hilde saß, fiel er von dem Schlag um und setzte sich in den Schnee. Die Zweige schnellten um ihn herum und peitschten ihm mehrmals ins Gesicht.

»Du bist doch ein Saustück, Willi«, sagte sie ruhig. Eine große Ernüchterung war über sie gekommen. Sie staunte selbst darüber, wie kalt sie auf den Mann sehen konnte, dem in den vergangenen Monaten alle wirren Träume gegolten hatten. »Hau ab und laß mich in Ruhe ...«

»Hilde.« Willi richtete sich auf und wollte nach ihr greifen. Sie schlug ihm auf die Hand, ihre graugrünen Augen waren plötzlich hart und gefährlich. Augen einer gereizten Wildkatze. Willi kannte diesen Blick ... es war besser, jetzt nichts mehr zu sagen. »Ick liebe dir doch ...«, sagte er fast kläglich.

»Arbeite erst!«

»Wat haste dir verändert, Hilde . . .«

»Gott sei Dank! Und nun geh ick Holz sammeln . . .«

»Noch 'n Kuß.«

»Gut, weil du es bist.«

Sie beugte sich zu Willi hinunter, küßte ihn auf die zitternden Lippen und trat dann aus dem Gebüsch wieder auf die Waldschneise. Willi zupfte an dem Sack, der über den Zweigen hing.

»Soll det ein Abschied sein?«

»Ja. Ich muß 'was tun. Sonst fällt es auf.«

»Ick komm aba wieder.«

»Wenn du kannst. Aber dann zeig mir, daß du Arbeit hast . . .«

Hilde Marchinski nahm den Sack von dem Gebüsch und wandte sich dem Wald zu. Die anderen Mädchen hatten schon einige Reisigbündel zusammengetragen. Hedwig Kronberg war in ihren Roman vertieft. Das Schicksal einer armen Gräfin war auch zu traurig, man mußte einfach mitfühlen.

»Hilde — «, sagte Willi bittend.

»Auf Wiedersehen.«

»Bleib . . .«

»Ich muß 'was tun . . .«

Sie ging in den Wald. Verzweifelt stieß Willi zweimal seinen Pfiff aus. Hedwig Kronberg sah verwundert auf. Das war ein neuer Ton. Sie erhob sich von dem Baumstumpf und überblickte die arbeitende Kolonne. Willi kroch in sich zusammen wie ein Igel und hielt den Atem an. Er sah Hilde im Unterholz suchen, ruhig, ohne sichtbare Zeichen von Erregung. Sie ist anders geworden, dachte er erschrocken. Sie ist ganz anders geworden. Früher hätte sie nach nichts mehr gefragt . . . da wäre sie bei mir im Busch geblieben, und wenn draußen die Welt kopfgestanden hätte.

Fast eine Stunde hockte Willi in seinem Gebüsch, fror

erbärmlich, sah Hilde greifbar nahe vor sich und konnte sie nicht fassen. Er fluchte auf sein Schicksal und auf die Weiber, er nahm sich vor, Hilde zu vergessen, aber dann sah er wieder ihre roten Haare unter dem Kopftuch, ihre schöne Gestalt, die Erinnerung an heiße Umarmungen zerfleischte ihn, er steckte Schnee in den Mund, weil seine Lippen trocken wurden, er war in einem Zustand von unerträglicher Qual und nicht explosionsfähiger Wut ... und so hockte er in seinem Versteck, bis die Mädchenkolonne wieder abmarschierte, singend und fröhlich, das Reisig in den Säcken über den Rücken tragend. Vorweg Hedwig Kronberg, ein wandernder Turm. Die Sonne war richtig warm, der Schnee leuchtete bläulich.

»Das Wandern ist des Müllers Lust — «, sangen sie.

Auch in Wildmoor gab es Stunden, in denen man spürte, wie schön das Leben ist.

Willi kroch aus seinem Busch und schüttelte sich. Er war steif gefroren und zitterte vor angestautem Frost.

Nicht einmal hatte sich Hilde Marchinski umgesehen, als sie abmarschierte. Nicht einmal!

»Weiber!« sagte Willi laut. Dann brüllte er, trat gegen den Busch, und es tat ihm gut, daß er brüllen konnte und die Einsamkeit seine Stimme aufsaugte. Das Brüllen befreite und gab ihm seine verlorene Stärke zurück.

»Weiber!!« schrie er.

Dann trottete er zum Hofe Fiedje Heckroths zurück. Für ihn schien die Sonne nicht ... der herrliche Tag war für ihn blind.

Arbeiten, dachte er kummervoll. Wie kann man so ein unangenehmes Wort so herrisch-fordernd aussprechen —

Regierungsrat Dr. Schmidt sah ein wenig zurückhaltend auf die elegante Dame, die vor ihm im Besuchersessel saß und die dünnbestrumpften Beine übereinandergeschlagen hatte.

Sie trug hohe Fellstiefelchen, einen roten Wollrock, darüber einen dicken Weißfuchsmantel und eine Pelzkappe aus rotem Fuchs. Das schmale, stark geschminkte Gesicht war von dem Wechsel aus der Kälte des Tages in die Wärme des Amtszimmers gerötet und sah bei aller kosmetischen Unterstützung doch noch interessant und eigenwillig aus.

Sie wußte es. Sie kannte ihre Wirkung auf Männer, und nun versuchte sie, die Männlichkeit in dem Beamten Dr. Schmidt zu wecken, indem sie die Beine etwas wippen ließ und in den Glanz ihrer großen Augen etwas Traurigkeit und Flehen legte. Ein Riesenhäschen mit der Gefährlichkeit einer Schlange.

Dr. Schmidt ordnete seine Akten auf dem Schreibtisch, obgleich sie richtig lagen. Männer beschäftigen sich gern unnütz, wenn sie gegenüber einer schönen Frau in die Verteidigung gedrängt werden. Man nennt das Zeit gewinnen, sich sammeln, sich auf die verbriefte Stärke des Mannes zu konzentrieren, die beim ersten Anlauf der Weiblichkeit bereits weich geworden war. Man zieht sich gewissermaßen in die zweite Stellungslinie zurück.

»Ich weiß nicht, Frau von Rothen«, sagte Dr. Schmidt, nachdem die Akten richtig lagen, »ob es klug ist, hier noch etwas zu unternehmen ...«

»Aber ich bin doch ihre Mama ...«

Helena v. Rothen sagte nicht Mutter, sie sagte Mama. Es klang so herrlich hilflos, so kindlich, daß selbst versteinerte Herzen wieder zu schlagen anfingen. Dabei warf sie einen Blick auf Dr. Schmidt, der andeutete: Gleich weine ich. Und dann will ich den Mann mal sehen, der nicht die letzten Möglichkeiten seiner Kavalierspflicht ausschöpft.

»Natürlich sind Sie Vivians Mutter.« Dr. Schmidt versuchte ein beruhigendes Lächeln. »Aber Sie haben es selbst von der Heimmutter gehört: Ihre Tochter weigert sich, mit Ihnen zu sprechen.«

»Das Kind ist verstört. Überwältigt von meinem Besuch. Man kann das verstehen. Die Psyche eines jungen Mädchens in einer solchen Umgebung leidet doch. Vivian war immer ein zartes Kind. Nur mein Mann hat es nie erkannt. Überhaupt mein Mann ...« Helena v. Rothen winkte lässig ab. »Wäre das Kind bei mir geblieben, würde es jetzt nicht hier vegetieren ...«

Dr. Schmidt wurde verschlossen. »Ihrer Tochter geht es gut hier! Sie fühlt sich wohl.«

»Hier?«

»Erstaunlich, aber wahr.«

»Das arme Kind.« Helena v. Rothen holte ein Spitzentaschentuch aus dem Pelz. Durch das Amtszimmer zog ein Hauch von Maiglöckchen. »Es ist ein Opfer unserer zerrütteten Familie.« Helena tupfte gegen die getuschten Augen, ganz vorsichtig, damit sie nichts verschmierte. Man kann Erschütterung auch diskret ausdrücken. »Mein Mann ist ein Bär ... ein Arbeitstier. Immer nur seine Fabriken, immer nur Zahlen, Konferenzen, Sitzungen, Verträge ... kein Familienleben mehr ... Es war nachher unerträglich. Schließlich bin ich ja eine Frau —«

Dr. Schmidt bezweifelte es nicht im geringsten. Aber er schwieg. Er kannte die Verhältnisse im Hause v. Rothen. Helena sah den Regierungsrat aus flimmernden Augen an.

»Wenn ich Vivian sehen könnte ... von weitem ... wenn ich sie rufe ... sie kommt bestimmt ...«

»Das geht leider nicht. Wir haben Ihre Tochter ins Besuchszimmer gebeten ... sie weigert sich. Ihre Antwort war ganz klar: Ich will meine Mutter nicht sehen! Ich will niemanden sehen!«

»Und sie war immer ein so geselliges Kind. Sie sehen daraus, wie zerstört ihre Psyche ist.« Helena v. Rothen ließ ihre Stimme zittern. Das Timbre wurde dunkler, glitt hinüber in Moll. »Wenn Sie es noch einmal versuchen, Herr Regierungsrat. Wenn Sie ihr sagen, wie schmerzvoll ihre Mama auf sie wartet ...«

Dr. Schmidt sah aus dem Fenster. Im Hof brummte ein Wagen. Ein großes, schwarzes Auto war hereingefahren, ein Chauffeur sprang heraus, riß die hintere Tür auf. Ein großer, weißhaariger Herr stieg langsam aus, sah sich um, dehnte sich und sprach mit dem Chauffeur. Dr. Schmidt lächelte grausam, er konnte nicht anders.

»Das ist interessant«, sagte er und erhob sich, ging zum Fenster und zog die Gardine zur Seite. »Ein Familientreffen! Eben ist Ihr Gatte gekommen ...«

»Wer?« Helena v. Rothen sprang entsetzt auf.

»Ihr Gatte —«

»Mein ...« Helena raffte den Pelz vor der Brust zusammen, als könne er sie schützen. »Um Gottes willen.«

Regierungsrat Dr. Schmidt trat vom Fenster zurück. Helena v. Rothen war blaß geworden, nur am Hals zeigten sich rötliche, hektische Streifen. Sie war in einer maßlosen Aufregung und zupfte aus dem wertvollen Pelz ganze Haarbüschel.

»Darf Ihr Gatte Sie hier nicht sehen?« fragte Dr. Schmidt ruhig. Helena schüttelte wild den Kopf.

»Bitte, lassen Sie ihn aufhalten. Gibt es einen anderen Weg aus Ihrem Zimmer, auf dem ich ihm nicht begegnen kann?«

»Leider nicht, gnädige Frau.«

»Er ist mir nachgefahren!«

»Das entzieht sich meiner Kenntnis.«

»Bitte, vermeiden Sie allen Skandal —«

»Das hier ist ein Amtszimmer!« Dr. Schmidt sah erwartungsvoll auf die Tür. Auf dem Flur hörte er die Stimme von Julie Spange und eine sonore Männerstimme. Er kannte Holger v. Rothen nur von einem einzigen Besuch hier, bei dem er seine Tochter Vivian nicht gesprochen hatte, sondern sich nur erkundigen wollte, wie sie sich in Wildmoor einfügte. In seiner Erinnerung war der Fabrikant v. Rothen ein bedächtiger, vornehmer Herr, der sehr unter dem Ausrutscher seiner Tochter litt und sich Vorwürfe wegen mangelnder Aufsicht machte, eine Tatsache, die Dr. Schmidt damals bejaht hatte.

Die Tür des Wartezimmers klappte, Julie Spange klopfte an die Tür.

»Ich weiß schon«, sagte Dr. Schmidt, als sie den Besuch melden wollte. »Ich lasse bitten — «

»Herr Regierungsrat — « Helena v. Rothen wich bis zum Fenster zurück. »Ich flehe Sie an, diese Begegnung zu verhindern . . .«

»Ich bin ein Mensch, der Klarheiten liebt.« Doktor Schmidt sagte es höflich, aber bestimmt. »Ihre Tochter Vivian weigert sich, Sie, ihre Mutter, zu sprechen . . . nun kommt auch noch der Vater, und mir scheint, daß hier außerhalb der Anstalt Dinge geschehen, die schon im Interesse Vivians zu klären sind.«

»Ich finde, das übersteigt Ihre Kompetenzen, Herr Regierungsrat!«

»Vielleicht . . . nein sicherlich . . .«

Dr. Schmidt wurde einer weiteren Auseinandersetzung enthoben. Holger v. Rothen kam ins Zimmer. Er warf einen kurzen Blick auf seine Frau, wandte sich dann ab und begrüßte Dr. Schmidt mit der Andeutung einer Verbeugung.

»v. Rothen — «

»Ich glaube, wir kennen uns.« Dr. Schmidt zeigte auf einen der Sessel, v. Rothen schüttelte den Kopf.

»Wenn ich stehen bleiben dürfte — «

»Aber bitte.«

»Ich hatte eigentlich nicht vorgehabt, wieder Ihre Strafanstalt zu betreten, bis zu dem Zeitpunkt, an dem Vivian entlassen wird. Da ich aber erfuhr, daß meine geschiedene Frau . . .«

»Du hast mir nachspioniert ...«, zischte Helena v. Rothen.

»Ich habe ein Büro beauftragt, das alle Dinge, die mit Vivian zusammenhängen, sofort an mich meldet. Also auch deine Reise hierher — «

»Da sehen Sie es, Herr Regierungsrat, da sehen Sie es. Er läßt mich beschatten!« rief Helena v. Rothen mit schriller, gut hochgeschraubter Stimme.

Holger v. Rothen achtete nicht auf die Anwürfe seiner Frau. Er zeigte eine bewundernswürdige Beherrschung und strich sich nur nervös über die weißen Haare. Es war die einzige Geste, die seine verborgene Erregung verriet.

»Hat meine Frau mit Vivian gesprochen?« fragte er leise.

Dr. Schmidt schüttelte den Kopf. »Nein.«

»Dann bin ich früh genug gekommen.«

»Ich muß Sie in dieser Hinsicht enttäuschen. Ihre Gattin ist schon seit drei Stunden hier.« Dr. Schmidt setzte sich. »Ihre Tochter verweigert aber einen Besuch.«

»Bravo!«

»Sehen Sie, welch ein infamer Mensch er ist?« schrie Helena. Alle Tünche fiel von ihr ab, alle gesellschaftliche Form, alle Hemmung. Sie stampfte mit den Füßen auf und riß wieder an ihrem Pelz. »Sein Raffen nach Geld hat uns alle ins Unglück gestürzt! Sein Kind hat er vernachlässigt, mich, an nichts hat er gedacht als nur an Geldsammeln ... Geldsammeln.«

»Dieses Leben hat dir ausnehmend gut gefallen. Wenn eine Frau so gut gestellt ist, sich arme Freunde leisten zu können — «

»Bitte, Herr v. Rothen.« Dr. Schmidt hob die Hand. Der Fabrikant nickte.

»Verzeihen Sie, Herr Regierungsrat. Es soll hier keine schmutzige Wäsche gewaschen werden ... ich bin einen Augenblick entgleist ...«

»Immer der vornehme Herr!« rief Helena. »Was willst du überhaupt hier? Habe ich kein Recht, meine Tochter zu sehen?«

»Nein!« sagte v. Rothen fest.

»Ich bin die Mutter!«

»Du hast sie geboren ... das war aber auch die einzige Tat! Dann wurde sie zur Amme gegeben, später dem Kindermädchen, dann den Freundinnen ... nur wenn sie gezeigt wurde, als kleines Modepüppchen, dann wurden ein paar Worte gespielter mütterlicher Wärme herbeigesucht ...« Holger v. Rothen setzte sich nun doch und umklammerte nervös die Tischplatte. »Meine Tochter hat es strikt abgelehnt, mit ihr zu sprechen?«

»Ja.« Dr. Schmidt wartete auf das, was kommen mußte. Es war der nächste Satz, den v. Rothen sprach.

»Darf ich eine Sprecherlaubnis haben?«

»Selbstverständlich.«

»Dich will sie auch nicht sehen!« schrie Helena.

»Wäre es möglich, meine Frau zu entfernen?« fragte v. Rothen ruhig. Helena schoß vom Fenster weg auf ihn zu.

»Du gemeiner Kerl«, rief sie. »Du hochgezüchteter Ehrenmann! Du ... du ...«

Dr. Schmidt unterbrach sie. Er war aufgestanden und neben sie getreten. Um sie aus ihrer Wut zu reißen, faßte er ihren Arm und schüttelte ihn leicht.

»Mißhandeln Sie mich nicht!« schrie Helena und riß sich los. »Ich sehe schon, daß hier alles unter einer Decke steckt! Wieviel tausend Mark hat mein Mann denn für Ihr Wildmoor gestiftet?!«

Dr. Schmidt antwortete nicht darauf. Auch Helena v. Rothen erkannte, daß sie zu weit gegangen war. Bleich und zitternd sah sie, wie Dr. Schmidt auf einen Klingelknopf drückte. Sie wußte, was das bedeutete.

»Ich gehe auch so ...«, sagte sie gepreßt. »Aber glauben

Sie nicht, daß es klanglos ist. Ich weiß, daß es in Ihrer Macht lag, Vivian zu bewegen, mit mir zu sprechen ... Sie wollten es nur nicht! Ich werde also den Weg in die Öffentlichkeit beschreiten! Ich werde die Presse für Ihre merkwürdige Anstalt interessieren — «

An Julie Spange vorbei, die die Tür aufriß, ging sie hocherhobenen Hauptes hinaus. Jetzt habe ich ihn geschlagen, diesen bornierten Regierungsrat, dachte sie dabei. Presse ... das ist ein Zauberwort. Davor werden alle Beamten klein. Ein einziger Artikel in einer Zeitung ... er wird ihm die Nachtruhe rauben!

Holger v. Rothen stand oben am Fenster und wartete, bis Helena in ihren Wagen gestiegen und aus dem Tor von Wildmoor gefahren war.

»Sie ist weg ... endlich ...«, sagte er mit einem Aufatmen. »Sie haben nun erlebt, wie hysterisch sie ist ...«

»Ja«, antwortete Dr. Schmidt ehrlich. »Nur die Drohung mit der Presse gefällt mir nicht.«

»Leeres Gewäsch.«

»Oder nicht. Frauen in diesem Stadium des angeblichen Verkanntseins sind zu den absurdesten Handlungen fähig.«

v. Rothen winkte ab. »Fürchten Sie die Presse, Herr Regierungsrat?«

»Ich nicht! Aber ich habe vorgesetzte Behörden — «

»Was haben denn die damit zu tun?«

»Wildmoor ist eine Versuchsanstalt ... gewissermaßen außerhalb des Strafvollzugsgesetzes. Man kennt schon eine Reihe sogenannter ›offener Anstalten‹ ... aber in der Form wie Wildmoor ist sie einmalig. Sie ist meine Idee, mein ureigenstes Kind! Ich habe es gegen ungeheure Widerstände durchgesetzt, daß man Jugendliche, die gestrauchelt sind, nicht als Verbrecher, sondern als Fehlgeleitete betrachtet und an ihren guten Kern appelliert, und zwar in einer fast freiheitlichen Umgebung.« Dr. Schmidt seufzte und bot v.

Rothen aus einer Kiste eine Zigarre an. »Ich habe Feinde genug, die mich als Spinner betrachten und nur auf einen solchen Presseartikel warten, wie ihn Ihre Frau loslassen will ...«

»Ich darf Ihnen zusichern, daß ich voll und ganz zu Ihnen stehe — «

»Danke, Herr v. Rothen. Aber es wird dann nichts mehr nützen. Der Gesetzgeber ist frei von Gefühlen ... er richtet sich nur nach dem strafrechtlichen Nutzen.«

»Und der wäre?«

»Auflösung von Wildmoor und Überführung der Mädchen in ein normales Jugendgefängnis, das sich von einem normalen Frauengefängnis nur durch den Namen ›Jugend‹ unterscheidet ...«

»Unmöglich!« Holger v. Rothen brannte mit bebenden Fingern seine Zigarre an. »Ich werde alles versuchen, dies zu verhindern.«

»Wie wollen Sie das erreichen?«

v. Rothen sah ernst den ersten Qualmringen seiner Zigarre nach.

»Helena ist ein Luxusgeschöpf — «, sagte er langsam. »Der Klang von Geld oder die Zahl auf einem Scheck sind für sie die überzeugendsten Argumente — «

Vivian stand groß, schlank, mit von der Kälte etwas gerötetem Gesicht ihrem Vater gegenüber. Sie trug noch die Stallkleidung ... blauer Rock, blaue Bluse, darüber eine buntgeblümte Schürze, um ihr Haar ein Kopftuch. Nur die derben Schuhe hatte sie gewechselt ... sie trug die normalen Winterschnürschuhe.

Holger v. Rothen strich sich wieder mit zitternder Hand über seine weißen Haare. Die Minuten des Wartens, bis Vivian in Begleitung ihrer Heimmutter Hedwig Kronberg kam, hatten ihm mehr Nerven als stundenlange Verhandlungen gekostet. Vor allem war es völlig unsicher gewesen, ob Vivian nicht auch ihren Vater ablehnte ... v. Rothen hatte diese Möglichkeit in Erwägung gezogen. Sie hätte ihn um Jahre gealtert ... das wußte er.

Nun stand sie vor ihm, etwas trotzig, etwas stolz, lauernd und abweisend, und doch in den Augen die große, stumme Bitte: Vater, sei gut zu mir —

»Guten ... guten Tag, Vivi ...«, sagte v. Rothen leise.

»Guten Tag, Vater.«

»Gut siehst du aus — «

»Mir geht es auch gut ...«

»Das freut mich, mein Kind.«

Das Gespräch versandete. Dr. Schmidt hatte Hedwig Kronberg zugewunken, das Zimmer zu verlassen. Er selbst zögerte, ob er auch gehen sollte. Der Besuch eines Strafgefangenen muß in Gegenwart einer Aufsichtsperson stattfinden, das war Vorschrift. Damit sollte verhindert werden, daß Briefe oder Werkzeuge oder sonstige unerlaubte Dinge in die Anstalt geschmuggelt wurden oder Kassiber hinaus aus der Anstalt wanderten. Holger v. Rothen ahnte den Konflikt in Dr. Schmidt und wandte sich ihm zu.

»Ich habe keine Feile bei mir«, sagte er krampfhaft fröhlich. »Und Nachrichten vom Schiel-Emil bringe ich auch nicht ...«

Dr. Schmidt nickte und verließ wortlos das Zimmer.

Holger v. Rothen zeigte auf einen der Sessel.

»Setz dich, Vivi ...«

»Danke, Vater. Ich komme aus dem Stall ... da stinken die Kleider ...«

»Ja, natürlich ...«, v. Rothen strich sich wieder über die Haare. »Wenn du dich gut führst, ist im Herbst alles vorbei ... vielleicht auch schon früher, durch eine Bewährungszeit ... Dr. Bratke wird rechtzeitig einen diesbezüglichen Antrag stellen ...«

»Das soll er sich sparen, Vater.«

v. Rothen sah seine Tochter verständnislos an. »Aber warum denn?«

»Ich will nicht.« Vivians hübsches Gesicht zeigte die Starrheit einer unberechenbaren Abwehr. Holger von Rothen beugte sich vor. Es kostete ihn unmenschliche Beherrschung, nicht aufzuspringen und Vivian an sich zu reißen. Das einzige, was ihn zurückhielt, dies zu tun, war die Furcht, sie könnte ihn zurückstoßen, ihren Vater von sich weisen. Es wäre einem völligen Zusammenbruch v. Rothens gleichgekommen.

»Wir sollten uns jetzt schon über dein weiteres Leben unterhalten, Vivi.«

»Darüber bin ich mir im klaren, Vater.«

»Das ist schön, mein Kind. Aber zunächst fahren wir nach Capri und erholen uns zwei Monate von Wildmoor. Dann sollst du endlich dein Rennpferd bekommen ... ich habe da einen Zweijährigen, einen feurigen Rappen, in Aussicht. Er verspricht, einmal Derbysieger zu werden! Und dann wirst du mich immer begleiten, wohin ich auch fahre ... wir wollen uns die ganze Welt ansehen — « v. Rothens Augen glänzten vor innerer Freude. »Na, Vivi, was sagst du dazu?«

Vivian hatte den Kopf gesenkt. Unter dem verblichenen Kopftuch quollen die hochgesteckten Haare hervor. Sie hielt die Hände vor sich an der Schürze gefaltet und schwieg eine Zeitlang. Dann hob sie den Kopf, und in ihren Augen lag deutlich die Kraft zu dem, was sie sagen wollte.

»Nein, Vater.«

»Du willst kein Rennpferd mehr?!«

»Ich komme nicht mehr nach Hause ...«

»Vivi!« Holger v. Rothen sprang entsetzt auf. Vivian wich zurück an den Schreibtisch Dr. Schmidts und streckte beide Hände aus.

»Bitte, Vater ...«

»Ich werde alles tun, damit du dieses Jahr vergißt.«

»Ich will es ja nicht vergessen. Nie! Ich will nicht mehr in deine Welt zurück ...«

»Was ... was willst du denn?« fragte v. Rothen tonlos. Er spürte, wie sein Herz rasend schlug und ihm die Luft ausblieb. Nicht aufregen, hatte der Arzt gesagt. Sie haben eine Coronardurchblutungsstörung. Jede übermäßige Erregung kann eine Katastrophe werden.

Er stützte sich auf die Sessellehne und rang nach Luft.

»Wo ... wohin willst du denn?« fragte er mühsam, jedes Wort herausstoßend, weil er das Gefühl hatte, es klebe am Gaumen fest.

»Ich gehe mit Monika ...«

»Wer ist Monika?«

»Auch ein Mädchen, das geglaubt hat, im Leben etwas zu verpassen. Monika dürfte mit mir entlassen werden. Ich gehe mit ihr und werde arbeiten.«

»Arbeiten? Was denn?«

»Ich mache hier eine Nählehre mit ... Wenn ich aus Wildmoor entlassen bin, setze ich sie fort, mache meine Prüfung und werde Schneiderin. — Du findest das merkwürdig?«

»Ja.«

»Warum bin ich so geworden, wie ich jetzt bin? Weil ich keinen Lebensinhalt hatte, weil ich nichts, gar nichts hatte, das mich ausfüllte. Nur immer Partys, Tennis, Segeln, Sommerreisen, Winterreisen, Flirts, neue Modelle, sämtliche Jazzplatten, alle neuen Tänze ... ist das eine Welt?! Wenn ich sie jetzt aus der Entfernung sehe, finde ich sie zum Kotzen! Jawohl — zum Kotzen! Das ist ein Ausdruck, den ich hier gelernt habe. Und ich habe hier noch mehr gelernt ... ich kann jetzt echten Dreck von vergoldetem Dreck unterscheiden ... und die Welt, die du mir versprichst und in die du mich wieder zurückführen willst, ist vergoldeter Dreck ...!«

Holger v. Rothen senkte den Kopf. Er war viel zu erschüttert, um wütend auf seine Tochter zu sein. Ihre Worte waren keine Anklage mehr, sondern eine Abrechnung, und zwar eine endgültige. Nach dieser Aussprache, das ahnte er jetzt, würde er ganz allein sein. Vivian würde ihren eigenen Weg gehen, und das Millionenvermögen der Rothens war nicht stark genug, sie zu halten ... So kann man eine Tochter verlieren, dachte v. Rothen, weil man sie zu sehr liebte und verwöhnte. Wir haben alles falsch gemacht, alles ... und nun ist es zu spät.

Vivian sah auf das weiße Haar ihres Vaters. Sie fühlte Mitleid mit dem alten Mann, der jetzt wirklich wie ein armseliger Greis aussah und dasaß, die Hände zwischen den Knien, als sei er ein Bettler, der auf seine Suppe wartet.

»Kannst du das nicht verstehen, Vater ...?« sagte sie leise.

»Doch, mein Kind, doch —« Es klang nicht überzeugend.

»Wirst du mich jetzt öfter besuchen?«

»Willst du das denn?«

»Ja, Vater.«

»Und deine Mutter willst du nicht sehen?«

Vivian warf den Kopf in den Nacken. »Nein!« sagte sie hart. »Sie ist aus der Welt, die ich hassen lernte. Sie wird sich nie ändern. Sie hat dich verlassen und betrogen ... ich weiß es jetzt. Ich hasse sie —«

Die Tür klappte hinter ihnen. Dr. Schmidt kam zurück. Bei aller Großzügigkeit kam er nicht umhin, den Zeitplan von Wildmoor einzuhalten. Vivians Sprecherlaubnis war längst abgelaufen. Der Stalldienst mußte jetzt den Block 1 putzen, die unteren Flure und Wirtschaftsräume, während die anderen Mädchen für ihre Zimmer und Flure verantwortlich waren.

Holger v. Rothen erhob sich. Man sah, wie schwer es ihm fiel. Wie Blei lag die Hoffnungslosigkeit in seinen Adern.

»Auf Wiedersehen, Vater —«, sagte Vivian leise. Plötzlich schwankte ihre so beherrschte Stimme.

»Auf Wiedersehen, Vivi ...«

Sie standen sich gegenüber, sahen sich groß an, und jeder wartete auf den anderen. Der Vater war es, der zaghaft seine Hand ausstreckte und einen Schritt vortrat. Vivian stürzte in seine Arme und drückte den Kopf an seine Schulter. Sie weinte, das Kopftuch war heruntergerutscht, die Haare flossen über den zuckenden Kopf, aus den leinernen Kleidern strömte der Geruch von Kuhmist und saurer Milch. v. Rothen streichelte sie und war glücklich. Nun war sie wieder das kleine Kind, das Schutz bei seinem Vater suchte, das sich an ihn klammerte und sich geborgen fühlte.

Aber die Illusion war kurz. Mit einem Ruck löste sich Vivian wieder aus seinen Armen, wischte sich die Tränen aus den Augen und band das Kopftuch fest.

»Verzeih, Vater ...«, sagte sie. »Auf Wiedersehen.«

Sie drehte sich um und ging aus dem Zimmer. v. Rothen wollte ihr nach, er streckte beide Hände aus. »Kind —«, rief er ... Dr. Schmidt hielt ihn am Arm fest.

v. Rothen senkte den Kopf. Er spürte wieder, wie sein Herz jagte und sich die Kehle zusammenschnürte. Wofür lebe ich eigentlich? dachte er. Wofür habe ich die Fabriken aufgebaut, bin ich in der Welt herumgejagt, habe ich ein Millionenvermögen gesammelt, habe eine schloßartige Villa gebaut, einen Park, habe Häuser am Lago Maggiore und an der Costa Brava, auf Mallorca und Ibiza? Für wen das alles? Doch nur für Vivian, nur für sie ... ich selbst bin ein alter Mann, ich brauche das alles nicht mehr. Für mich reicht ein Liegestuhl unter einem schattigen Busch und später eine Grube von 2 qm Größe. Ich habe mein Kind zu meinem eigenen Engel erhoben ... was ist mir nun davon geblieben? Ich habe mich durch meine blinde Liebe selbst vernichtet.

Die Stimme Dr. Schmidts riß ihn aus den niederdrückenden Gedanken.

»Herr v. Rothen —«

»Ja.« Er sah auf. Seine Augen waren leer. Uralt.

»Es klingt vielleicht dumm und plump ... aber ich möchte Ihnen sagen, daß ich froh bin, daß Vivian eine solche Wandlung durchgemacht hat. Wildmoor hat sie erzogen.«

»Sie ist völlig anders.«

»Das sollte Sie nicht niederdrücken, sondern froh machen. Wenn Vivian Wildmoor im nächsten Jahr verläßt, war dieses Jahr nicht eine Strafe, sondern eine Lehre. Damit ist das Ziel bei ihr erreicht worden, was ich mit meiner Anstalt setzen will: Die Heranbildung eines vollgültigen Menschen.«

»Ich habe also versagt?«

»Alle Eltern der Mädchen, die jetzt in Wildmoor sind, haben mehr oder minder versagt. Die Basis der Jugendkriminalität ist ein mangelndes Elternhaus. Man spricht in Psychologenkreisen so oft von der ›Nestwärme‹, die ein Kind braucht ... so lächerlich dieses Wort gemacht wird, so bitterernst und wahr ist es. Was den Kindern in unserem Wirtschaftswundergarten fehlt, ist die Wärme, die Geborgenheit im Schoß der Familie. Was nennt man denn heute noch Familie? Vater und Mutter arbeiten, um die Raten bezahlen zu können für das Fernsehgerät, den Stereo-Musikschrank, die Waschmaschine, die Geschirrspülmaschine, das Auto, den echten Perserteppich, das Teak-Zimmer, die Rundcouch-Garnitur, die Sommerreise an die Riviera oder Adria ... die Kinder wärmen sich mittags das vorgekochte Essen auf, sind sich selbst bis zum Abend überlassen ... und dann sitzen sie alle um den Fernseher, starren auf die Mattscheibe, fallen hinterher ins Bett ... und um fünf Uhr klingelt wieder der Wecker, denn Vater und Mutter müssen zur Schicht ... Tag für Tag ... Ist das eine Familie?! Kann man es den Kindern übelnehmen, wenn sie im Pubertätsalter ausbrechen, wenn sie ›groß‹ sein wollen und dabei stolpern? Dann allerdings beginnt die sogenannte Gesellschaft, deren Opfer diese Kinder sind, zu schreien und anzuklagen, anstatt sich selbst den Spiegel vorzuhalten! Nicht die Kinder sind entgleist, sondern die Erwachsenen!«

Holger v. Rothen nickte, als Dr. Schmidt schwieg.

»Danke«, sagte er schwach. »Das war eine moderne Kapuzinerpredigt! Nur fürchte ich, daß sie wenig Erfolg haben wird, auch wenn Sie sie den Millionen ins Gesicht schreien. Eine pralle Lohntüte ist wichtiger als Moral ... die menschliche Gesellschaft macht eine Umschichtung zum Materialismus durch, und es geht rasend schnell. Sie und ich ... wir halten das nicht auf! Eines Tages werden wir von dieser ›neuen Zeit‹ gefressen werden ... aber auch das will man nicht wissen. Man verdient, man verdient sogar viel ... was gibt es Schöneres, als sich die Welt kaufen zu können?! Wenn auch auf Abzahlung ...« v. Rothen zog seinen Mantel an. »Lieber Herr Regierungsrat, Sie sehen, ich rede schon wie Sie, obgleich ich zur ›anderen Seite‹ gehöre, zu den Totengräbern, die Konjunktur mit Sicherheit verwechseln. Ich weiß, daß Sie recht haben ... aber wer ändert es?!«

»Die Kinder aber sind die Opfer!«

v. Rothen gab Dr. Schmidt die Hand, eine schlaffe, kalte Greisenhand. In ihm war nur noch Resignation ... seine Welt, die einmal Vivian hieß, war nicht mehr. Eine andere Welt aber hatte er nicht.

»Haben Sie schon erlebt, daß die Unschuldigen nicht die Opfer wurden?« sagte er müde. »Es liegt im Wesen der menschlichen Gesellschaft, stets die Ahnungslosen zu opfern. Nennen Sie mir eine Schöpfung Gottes, die gemeiner ist als der Mensch — «

Noch lange saß Dr. Schmidt hinter seinem Schreibtisch und dachte nach, als v. Rothen gegangen war. Die Worte Dr. Röhrigs, seines ärztlichen Freundes, kamen ihm wieder zum Bewußtsein: »Du bist ein heilloser Idealist! Eines Tages wirst du einsehen, daß ein Rufer in der Wüste mehr Echo hat als du . . .«

Er mochte recht haben . . . aber ist nicht das leiseste Echo einer schwachen Stimme schon wichtig — ?

Der Frühling kam.

Der Schnee schmolz über dem Moor, der braune Boden kam in großen Flecken aus der Schneedecke hervor, die Birken zogen Saft, Winde bogen die Büsche zur Erde, die Wolken jagten greifbar tief über das ebene Land.

Von Helena v. Rothen war ein Artikel in der Presse noch nicht erschienen. Dr. Spieß suchte noch immer Rolf Arberg. Sein Wiederaufnahmeantrag war, wie erwartet, abgelehnt worden, weil das Tonband nicht als Beweismittel zugelassen wurde. Die Familie Busse rückte daher noch enger zusammen. »Gut, soll sie sitzen«, sagte Vater Hans Busse. »Im Winter ist sie wieder da! Aber dann nehme ich sie an die Kandare. Nicht einen Schritt macht die mehr allein!« Dr. Spieß verzichtete darauf, zunächst zu sagen, daß auch dieses völlig falsch sei. Bis zum Winter ist noch eine lange Zeit, dachte er. Da ändert sich vielleicht manches.

Pfeifen-Willi war in die Stadt zurückgekehrt, allerdings in ein Außenviertel, weil die Innenstadt von Lotte Marchinski und ihren Genossinnen beherrscht wurde. Willi wollte es nicht darauf ankommen lassen, in ihr Blickfeld zu kommen . . . sein Leben war aufregend genug, seitdem er in einer Molkerei Arbeit angenommen hatte. Er mußte Milchkannen schleppen und große Aluminiumkörbe mit Quark-Paketen verladen. Abends saß er dann erschöpft in seinem kleinen Dachzimmer, starrte auf die Dächer und Fernsehantennen der Nebenhäuser und bedauerte sich. Vor allem der Mangel an Frauen drückte ihn nieder. Die drei Mädchen, die er kennengelernt hatte, stellten für einen Besuch in Willis Zimmer die Bedingung, daß er sie heiraten müsse. Vor soviel Moral kapitulierte er und verzichtete auf weitere Überredungsmanöver. Wo war die schöne Zeit hin, da er bis 11 Uhr im Bett liegen konnte und Hilde schon unterwegs war, die »Privatkundschaft« zu besuchen. Kam sie mittags nach Hause, legte sie fünfzig oder hundert Mark auf den Tisch, und man konnte piekfein essen gehen, schlief am Nachmittag, um für die Nacht frisch zu sein, denn bei Dunkelheit wurde ja der Laden geöffnet. Kinder, war das ein Leben! Und jetzt schleppte er Milchkannen und alles war im besten Sinne des Wortes nur Quark!

Monika Busse war noch immer bei Fiedje Heckroth. Elga, die Bäuerin, hatte sich sehr mühsam von der Blinddarmoperation erholt ... und kaum, daß sie wieder auf den Beinen war und auf dem Hof anpacken konnte, fühlte sie, daß sie schwanger war. Sie nahm es klaglos hin als ein Naturereignis, das man nicht abwenden konnte. Nur Fiedje mußte wieder zu Regierungsrat Schmidt, drehte seine Kappe in den Fingern und bat darum, Monika weiter auf dem Moorhof zu lassen. Sie war unentbehrlich geworden.

»Richtige Freundinnen sind sie geworden, Elga und Monika«, sagte er in seiner schwerfälligen Art. »Wenn man bedenkt, was das heißt ... wo Elga doch immer so gegen die Mädchen von Wildmoor war. Verbrecherinnen, hat sie sie immer genannt. Und nun ... richtige Freundinnen, Herr Doktor. Und ich kenne das ... ab dem 4. Monat muß meine Frau sich ausruhen. Schonung, sagt Dr. Röhrig. Da können wir Monika nicht missen ...«

Dr. Schmidt genehmigte den weiteren Aufenthalt Monika

Busses bei Fiedje Heckroth. Er tat sogar ein übriges: Er nahm sich vor, auch Vivian v. Rothen zur Landarbeitshilfe bei Heckroth abzustellen, sobald die Schneeschmelze vorbei war und die Außenarbeit wieder begann.

Eines Tages war es dann so weit ... ein warmer Wind kam von Westen her und fegte das Moor von den letzten Schneefetzen blank. Plötzlich zeigten die Birken grüne Spitzen, die Weiden waren weiß und gelb betupft ... die ersten Lerchen flatterten in den blauen Himmel.

In Wildmoor begann eine hektische Arbeits- und Sauberkeitswut. Es kam zu keinen Vorfällen, zu keinerlei kleinen Reibereien mehr, selbst Emilie Gumpertz wurde nicht mehr geärgert. Alles verhielt sich so brav wie möglich ... aus den oft eigenwilligen Mädchen wurden sanfte, samtäugige Geschöpfe: Die Einteilung stand bevor ... die Einteilung, wer in den Außendienst durfte und wer im Innendienst des Gutes blieb.

Der Außendienst war schwer. Es ging hinein in das Moor, wo Torf gestochen wurde oder Gräben gezogen wurden, um nasse Moorstücke zu entwässern und trockenzulegen. Es war eine reine Männerarbeit, und Dr. Schmidt hatte sich zuerst geweigert, seine Mädchen dazu herzugeben. Als aber ein Versuchskommando begeistert war von dieser Arbeit, hatte er zögernd zugestimmt, die kräftigsten Mädchen dazu abzustellen. Jeden Morgen wurden sie dann von dem zuständigen Bauern abgeholt und abends wieder zurück zum Gut gebracht ... den ganzen Tag aber waren sie frei, zwar umgeben vom tückischen Moor, unmöglich, auszubrechen, und doch in dem glücklichen Gefühl, nicht in einer Anstalt zu sein, sich bewegen zu können, wie man wollte und — hatte man einen guten Bauern erwischt — auch faulenzen zu können. Die Mädchen vom Außendienst kamen im Herbst braungebrannt zurück, fröhlich und gesund ... Vier waren sogar nach ihrer Entlassung im Moor geblieben und hatten

Knechte geheiratet, eine sogar einen Hoferben. Es war lange Zeit die Sensation von Stavenhagen gewesen, bis man sich an die neue Bäuerin gewöhnt hatte und der Hoferbe nicht mehr von den anderen geschnitten wurde.

Die einzige, die Sorgen machte, war Hilde Marchinski. Mit Beginn des Frühlings wurde sie unruhig. Es war, als sei sie ein Baum, der den Winter über geschlafen hatte und nun beginnt, auszutreiben und bis in das letzte Geäst gährenden Saft zu pressen.

Äußerlich sah man es ihr nicht an ... aber abends und oft auch nachts saß sie am Fenster und starrte hinaus ins Moor. Käthe Wollop, erfahren in solchen Dingen, faßte es in die Worte zusammen: »Die Hilde kriegt 'nen Männerkoller. Paßt auf ... die fällt noch 'mal den Chef an ...«

»Dusselige Ziege!« Das war die einzige Antwort Hildes. Sie war nicht überzeugend. Ganz schlimm wurde es, als durch eine Indiskretion die Liste der Mädchen bekannt wurde, die Dr. Schmidt für den Außendienst vorgesehen hatte. Emilie Gumpertz war die Informationsquelle. Sie mußte bei der Neueinteilung auch gehört werden, da sie fünf Mädchen für die Küche brauchte. Über eine ihrer Favoritinnen kam die Liste in den Block 1. Hilde Marchinski war nicht unter den Namen genannt.

Sie nahm es still, wortlos, mit steinernem Gesicht auf. In der Nacht aber kletterte sie auf den Klositz und holte aus dem Wasserspülkasten des Klosetts den Plastikbeutel mit der Moorkarte heraus.

Die guten Vorsätze waren von dem inneren Drang nach Leben und Liebe weggeschwemmt. Der Trieb war stärker geworden als die Vernunft und der Wille, nicht mehr in den Sumpf des Lebens zurückzukehren. Wie ein Tier, das aus dem Winterschlaf erwacht, drängte sie ins Freie. Sie konnte nicht dagegen an ... es war ihre Natur, und die drängende Kraft in ihr war so gewaltig, daß sie es einstellte, immer wieder zu sagen: Du darfst nicht! Sei stark! Sei stark! — Es war sinnlos.

In einer Nacht überraschte Käthe Wollop sie, wie sie die Karte studierte und einen Weg einzeichnete.

»Ich geh mit — «, sagte sie. »Ich habe es auch satt, das sanfte Häschen zu spielen. Ist doch alles Quatsch ... als ob die uns bessern könnten, wenn sie uns im Stall arbeiten lassen! Und die Schulungsstunden bei der Wangenbach. Geschichte, Naturkunde, Bürgerkunde, Rechnen, Biologie. Ist doch alles Käse! Wichtiger ist, zu wissen, wie man 'nen Mann rumkriegen kann, statt dreißig fünfzig Mark zu zahlen! Das kann die Wangenbach nicht ... aber das brauchen wir, was, Hilde?«

»Ich geh allein«, sagte Hilde Marchinski und faltete die Karte zusammen. Käthe Wollops Augen wurden schmal.

»Hildchen, mach keinen Quatsch ...«, sagte sie.

»Allein geht es besser. Zu zweien fallen wir auf. Vor allem als Anhalter!«

»Du bist ein ganz egoistisches Biest ...«

Hilde versteckte die Karte wieder im Wasserspülkasten. »Du kannst mich ja verpfeifen — «

»Und wenn ich es tue?«

»Dann mach dein Testament.«

Das klang ganz leidenschaftslos, fast wie ein Witz, aber in den Kreisen Käthe Wollops wußte man, wie ernst solche leichthin gesprochenen Worte waren.

Die beiden Mädchen sahen sich an ... eine plötzliche Feindschaft war zwischen ihnen, die unauslöschbar schien.

»Du wirst nicht ohne mich abhauen ...«, sagte Käthe Wollop leise. »Ich bleibe dir auf den Fersen ... Ohne deine Karte sind wir aufgeschmissen ... du wirst mich mitnehmen müssen, ob du willst oder nicht.«

»Das wird sich zeigen ...«

Sie gingen zurück in ihr Zimmer und legten sich in ihr

Bett. Der Drang nach Freiheit war so stark in ihnen, daß jede die andere hätte umbringen können, um den Weg hinaus frei zu bekommen.

Sie schliefen in dieser Nacht nicht mehr, sie bewachten sich gegenseitig. Und sie wußten, daß es so jetzt jede Nacht sein würde, immer auf der Lauer, zerfressen vom Mißtrauen, zwei Raubtiere, die darauf warteten, ihren Käfig aufsprengen zu können.

Die Liste des Außendienstes war endgültig. Ein paar Namen wurden noch hin und her geschoben, Emilie Gumpertz kämpfte wie eine Löwenmutter um ein Mädchen Erna, ein dralles Ding, das erst seit vier Wochen in Wildmoor war und zwei Jahre wegen versuchten Mordes an ihrem Geliebten bekommen hatte. Erna war neunzehn Jahre alt, kräftig gebaut, bereute ihre Tat wirklich und war der Köchin Emilie Gumpertz sofort bei der Einlieferung aufgefallen. Nach langen Verhandlungen bekam sie Erna wirklich für die Küche frei, zum Kesselschrubben, wie sie sagte, wozu man kräftige Arme haben müsse. So blieb Erna also im Innendienst, und Emilie Gumpertz entwickelte ihren ganzen mütterlichen Charme, um zunächst das Vertrauen des Mädchens zu erringen und die anfängliche Haftpsychose zu verdrängen.

Eines Morgens standen die Moorbauern nebeneinander im Hof von Wildmoor, aufgereiht wie eine kleine Kompanie zum Morgenappell. Käthe Wollop, für die der Außendienst sowieso illusorisch war, stand an der Stalltür und nagte an der Unterlippe. Drei junge Bauern waren dabei, stämmige Kerle mit prallen Schenkeln in den Leinenhosen. Sie sahen nicht zu Käthe hin, denn Regierungsrat Dr. Schmidt hatte vor einer halben Stunde seine Belehrung abgeschlossen und eindringlich gesagt: »Meine Herren ... ich wiederhole: Die Mädchen sind Strafgefangene. Sie haften dafür, daß nichts geschieht. Wenn Sie eines oder mehrere dieser Mädchen mitnehmen, stehen Sie immer mit einem Bein selbst im Gefängnis! Bei der geringsten Vernachlässigung Ihrer Aufsichtspflicht machen Sie sich strafbar. Überlegen Sie sich also gut, was Sie tun. Auch ich stehe mit einem Bein im Knast ... das hier ist ein Experiment, für das ich allein verantwortlich zeichne. Ich kenne meine Mädchen, ich weiß, daß die, die gleich mit Ihnen gehen, besserungsfähig und besserungswillig sind, daß sie nicht ausreißen, daß sie fleißig sind. Aber es gibt immer schwarze Schafe, und man sieht einem Menschen auch nur immer vor den Kopf, nie hinein!«

Nun fing es gleich an, bevor überhaupt die Verteilung stattfand. Käthe Wollop wandte den Kopf zurück und rief in den Stall hinein.

»Hilde, komm mal raus ... da stehn drei verfrühte Maibäume ...« Dann stellte sie sich aufreizend an den Türpfosten, drückte die Brüste heraus und pfiff.

Hilde Marchinski kam nicht, sie schüttete Heu in die Futterkrippen. Dagegen stand Dr. Schmidt am Fenster seines Zimmers und winkte Hedwig Kronberg heran.

»Wer ist das?«

»Käthe Wollop, Herr Regierungsrat.«

»Schwierig?«

»Gar kein Ausdruck, Sie erinnern sich ... vor Weihnachten hatte sie Dunkelhaft.«

Dr. Schmidt nickte. »Wir werden sie zurückschicken müssen. Das scheint ein Fall zu sein, an dem Erziehungsmethoden Verschwendung sind. Wie alt?«

»Gerade achtzehn.«

»Ich werde mir die Akte nachher vornehmen. Halten Sie diese Wollop bereit, damit ich sie sprechen kann.«

Eine halbe Stunde später war der große Innenhof wieder leer. Eine ungewohnte Stille lag über Gut Wildmoor. Vierunddreißig Mädchen waren draußen im Moor, fuhren mit den flachen Moorkähnen über die schmalen Wasserstraßen in die Einsamkeit und kamen sich doch vor, als gehöre die Welt wieder ihnen. Eine andere Gruppe rollte auf hochrädrigen Karren über das weite Land ... es war, als führen sie direkt in den Himmel, denn das Braungrün des Moores und das lichte Blau des Himmels flossen zusammen.

Auch Fiedje Heckroth hatte einen neuen Gast abgeholt. Er hatte Monika Busse nichts davon gesagt. Auch Vivian v. Rothen wußte nicht, wohin es ging. Sie hatte den Bauern, der sie abholte, zwar schon mal gesehen, aber sie konnte sich nicht mehr erinnern, in welchem Zusammenhang.

»Mach's gut, Vivi«, sagte Käthe Wollop, als Vivian abholbereit war. »Wenn ich an deiner Stelle wäre ... Kinder, würde ich Geld machen! Die Kerle würden Schlange stehen!«

Vivian v. Rothen ließ Käthe Wollop stehen und ging wortlos aus dem Zimmer.

»Die feine Prinzessin!« schrie Käthe hinter ihr her »Du bist genauso eine Hure wie wir ...«

Nach einer schönen Fahrt sah Vivian das niedrige, große Strohdach auftauchen. Wie damals Monika Busse hatte sie das Gefühl, in eine neue Heimat zu kommen, wieder ein Zuhause zu haben, geborgen zu sein.

»Ich freue mich ...«, sagte sie zu Fiedje Heckroth. Der Moorbauer nickte und schielte zu Vivian hin. Was er schon immer fragen wollte, den ganzen Weg über, brach jetzt aus ihm heraus.

»Sie sind irgendwie anders wie die anderen ...« Fiedje schluckte und suchte nach Worten. »Sie ... wie soll ich sagen ...«

»Ich sehe nicht wie eine Verbrecherin aus ..«

»Genau.« Fiedje atmete auf. »Was ist denn Ihr Vater?«

»Millionär — «

»Was?« Das Auto blieb stehen. Fiedje hatte vor Schreck auf die Bremse getreten. Vivian fiel nach vorn gegen die Scheibe und rieb sich die Stirn.

»Was?« wiederholte Fiedje entgeistert.

»Mein Vater hat mehrere Fabriken. Ist das so schlimm?«

»Und Sie — «

»Ja, ich . . .«

»Trotz der Millionen?«

»Wegen der Millionen.«

»Das versteh ich nicht.«

»Es ist auch schwer für den, der kein Geld hat. Sie leben glücklicher als mein Vater.«

»Ich?«

»Ja, Sie. Sind Sie nicht zufrieden?«

»Ja, das schon — «

»Sehen Sie, wie glücklich Sie sind! In unseren Kreisen ist man nie zufrieden.«

»Ein bißchen Geld täte mir aber gut.«

»Ein bißchen . . . das ist es. Bei uns heißt es nicht, ein bißchen, sondern viel . . . immer mehr . . . Und jeder betrügt jeden . . .«

»Ich bin auch betrogen worden. Im Winter. Ein Mann versprach mir vierhundert Mark, wenn ich ihm das Moor zeige. Bekommen habe ich zwanzig Mark, und der Kerl war am nächsten Morgen weg! Mit dem Auto des Schmieds. Das haben sie vier Tage später auf dem Weg nach Hamburg gefunden. Und dabei hatte sich Elga schon so auf den neuen Kinderwagen gefreut . . . wissen Sie, so einen modernen, hohen . . .«

Vivian nickte. Er soll ihn haben, dachte sie. Ich werde es an Vater schreiben. Er soll den besten Kinderwagen haben, den es gibt.

Dann fuhren sie vor dem Haus vor. An der Tür stand

ein Mädchen und winkte. Vivian warf beide Arme in die Höhe.

»Monika!« schrie sie. »Monika!«

Noch während des Fahrens riß sie die Tür auf und sprang aus dem Wagen. Sie liefen sich entgegen und fielen sich in die Arme.

»Vivi — «

»Monika — «

Sie küßten sich wie Schwestern und gingen Arm in Arm ins Haus. Elga stand an der Scheunentür und nahm Fiedje den Korb ab. Er war vorher in Stavenhagen gewesen und hatte eingekauft.

»Das also ist sie?« sagte sie nachdenklich. »Irgendwie gefällt sie mir nicht — «

»Das hast du bei Monika zuerst auch gesagt.«

»Sie ist anders als Monika.«

»Ihr Vater ist Millionär«, sagte Fiedje so stolz, als sei er es selbst.

»Ich habe ein ungutes Gefühl.« Elga zog die Schürze über den prallen Leib. Es wurde ihr schon schwer, länger zu stehen. Sie schonte sich auch, nur die Hühner füttern, das machte sie selbst. »Kannst du sie nicht gegen eine andere umtauschen, Fiedje?«

»Aber warum denn? Sie sind doch Freundinnen.«

Elga schwieg. Warten wir ab, dachte sie. Mein Gefühl hat mich noch nie getäuscht.

Nach dem Abendmelken trug Käthe Wollop ihren Eimer nebenan in die Milchkammer und goß ihn in dem großen Sammelkessel aus. Als sie ihn abstellte, wurde sie plötzlich herumgerissen und gegen die Wand gestoßen. Hilde Marchinski stand vor ihr, drückte sie gegen die Mauer und umklammerte mit einer Hand ihren Hals.

»Du Saustück ...«, zischte sie. Ihre graugrünen Augen

funkelten wie bei einer Wildkatze. »Du Misthure ... gib die Karte her ...« Dabei drückte sie zu. Käthe Wollop bekam keine Luft, warf die Arme hoch und wollte um Hilfe schreien.

»Schrei nur!« sagte Hilde gepreßt. »Solange ich dich halte, kriegst du keinen Ton raus! Wo ist die Karte?«

»Welche Karte?« röchelte Käthe. Die Augen traten ihr aus den Höhlen. Sie hieb auf Hilde ein, aber diese hielt sie weiter umklammert und steckte die Faustschläge ein, als spüre sie sie gar nicht.

»Die Moorkarte, du Aas!«

»Im Klo —«

»Dort ist sie nicht!«

»Was?!«

»Du hast sie geklaut!«

»Nein!«

»Doch!«

»Ich schwöre dir, Hilde ...«

Hilde Marchinski lockerte den Würgegriff. Käthe Wollop sank an die Wand zurück und faßte sich an die Kehle. Sie atmete ein paarmal tief durch und schluckte krampfhaft. Hilde stand vor ihr lauernd, nach vorn gebeugt, bereit, wieder zuzuspringen.

»... die Karte ist weg?« fragte Käthe heiser. »Das ist doch nicht wahr ...«

»Sieh nach. Mit dem Plastikbeutel. Fort! Und nur du allein hast gewußt, wo ich sie versteckt habe. Du allein!« Hilde streckte wieder die Hände vor. »Gib sie her, sag ich ... oder ich bringe dich um ...«

Käthe Wollop hob entsetzt beide Arme. »Ich habe sie nicht!« schrie sie. »Ich schwöre dir ... ich habe sie nicht! Glaub mir doch, Hilde — Was sollte ich denn damit?«

»Abhauen ... heimlich ... ohne mich ...«

»Nein! Nein!«

Hilde Marchinski griff wieder zu und drückte Käthe Wollop an die Wand.

»Du lügst!« sagte sie kalt. »Ich weiß, daß du keine Nacht richtig schläfst, daß du mir nachschleichst . . .«

»Das stimmt! Ich habe dir damals gesagt, daß ich wie ein Schatten sein werde. Entweder wir zusammen . . . oder keine!« Käthe Wollop stieß Hilde zurück. Nach dem ersten Schrecken spürte sie jetzt die Kraft zur Gegenwehr. »Ich habe deine Mistkarte nicht!« schrie sie. »Wo soll ich sie denn verstecken?«

Hilde Marchinskis Gesicht wurde fahl. Sie ließ die Arme sinken und lehnte sich gegen den großen Sammelkessel.

»Aber sie ist weg. Ich habe vorhin nachgesehen. Hast du mit jemandem darüber gesprochen, wo sie versteckt war?«

»Mit niemandem.«

Hilde Marchinski nagte an der Oberlippe. Ihre graugrünen Augen wurden dunkel.

»Vivian . . .?« fragte sie langsam.

»Unmöglich.«

»Warum?«

»Die ist zu brav dazu! Die will doch nicht weg! Was soll die mit der Karte? Das ist ganz ausgeschlossen.«

»Wußte Vivi, daß ich die Karte im Klo versteckt habe?«

»Von mir nicht.«

»Aber es ist möglich?«

»Wenn sie dich beobachtet hat — « Käthe Wollop hob ruckartig den Kopf. »Natürlich wußte sie, daß du sie im Spülbecken versteckt hast. Sie war doch dabei, als wir die Karte aus den Zimtsternen holten und zusammenklebten. Und Monika auch.«

»Monika ist schon längst weg . . . aber Vivian ist vorgestern zum Außendienst. Und in der Nacht vorher habe ich noch nachgesehen . . . da war die Karte noch da — «

Die beiden Mädchen sahen sich an, noch kritisch, ungläubig, mißtrauisch. Sie konnten es nicht glauben, was plötzlich als Tatsache vor ihnen stand.

»Also Vivian —«, sagte Käthe Wollop heiser. »Da kommst du nicht mehr ran. Die bleibt bei ihrem Bauern bis zum Sommer . . .«

»Wer sagt das?«

»Die Kronberg. Sie hat es der Gumpertz gesagt.«

Hilde Marchinski schwieg verbissen. Das sanfte Millionärspüppchen, dachte sie. Mit den Rehaugen und den feinen Manieren. Die Gehacktes nur mit der Gabel ißt und Klöße nicht zerschneidet, sondern aufreißt. Die sich Geld spart, um in der Kantine Perlonstrümpfe zu kaufen und auf uns Proletarier herabblickt wie auf einen krabbelnden Mistkäfer.

»Der zerschlage ich die schöne Fresse, bis nichts mehr übrigbleibt«, sagte Hilde voller Haß.

»Dazu mußt du sie erst hier haben . . .«

»Ich hole sie mir!«

»Im Moor?«

»Am Ende der Welt, wenn's sein muß. Die kennt die Hilde Marchinski nicht. Ich habe einmal geglaubt, daß es einen Sinn hätte, anders zu werden, anständig . . .«

»Du — und anders?« Käthe lachte leise.

»Laß das blöde Meckern!« Hilde Marchinski schüttelte die roten Haare. »Wirklich, ich wollte anders werden, ich hatte es satt, immer nur in der Gosse zu leben, nichts anderes zu sein als eine menschliche Kakerlake . . . Aber wie sind die anderen, he? Die, an deren Vorbild wir uns aufrichten sollen? Sind die anders? Die gleichen gemeinen Fressen, nur besser geschminkt und besser riechend. Und gemeiner, viel gemeiner. Bei uns sieht man . . . die kommt aus 'nem Hurenhaus . . . bei den anderen sieht man nur die engelhafte Lügenfassade, und dahinter ist Dreck, Müll,

Mist!« Hilde Marchinski ballte die Fäuste. »Ich hole mir die Karte wieder.«

»Verrückt. Wie denn?«

»Das wirste sehen. Nicht alle, die auf 'ner Hilfsschule waren, sind deshalb Idioten —«

Nach dem Abendessen ließ sich Hilde Marchinski bei Regierungsrat Dr. Schmidt melden. Sie bestand bei Hedwig Kronberg darauf, ihn selbst zu sprechen. »Es heißt, der Direktor ist immer für uns da, zu jeder Tageszeit ... Ich möchte ihn jetzt sprechen ...«

»Wenn es nicht wichtig ist, fliegst du raus.«

»Es *ist* wichtig.«

Dr. Schmidt ließ Hilde kommen, von seinen »Sorgenkindern« war sie die verschlossenste und gefährlichste. Sie war eines der wenigen Mädchen im Moor, die drei Jahre Jugendgefängnis hatte.

»Was gibt's?« fragte er burschikos, als Hilde vor ihm stand. Das Mädchen knetete die Finger ineinander, es scheute sich zu sprechen, es wurde rot und verlegen. Hilde Marchinski spielte diese Rolle vorzüglich, auch Dr. Schmidt hatte keinen Argwohn.

»Ich weiß nicht, wie ich Ihnen das erklären soll, Herr Direktor.«

»Was ist so wichtig?«

»Sie wissen, daß wir alle zu Ihnen Vertrauen haben, Herr Direktor. Ich hätte es ja auch Frau Kronberg sagen können, aber da habe ich Angst, daß sie mich nicht versteht.«

»Heraus mit der Sprache. Was ist los?«

»Sie haben doch Verständnis für ein Ehrenwort ...«

»Ehrenwort?« Dr. Schmidt war ehrlich verblüfft. »Wem hast du ein Ehrenwort gegeben?«

»Vivian v. Rothen.«

»Ach —«

»Ja. Sie hat ein Bild versteckt ... im Stall ... hinter der Futterkiste. Das Foto von ihrem Reitpferd, das sie so liebt. Ich habe mein Ehrenwort gegeben, sie nicht zu verraten ...«

»Und warum verrätst du sie nun doch?«

»Das ist kein Verrat, Herr Direktor ... ich wollte Sie um etwas bitten.« Hilde Marchinski holte tief Atem. »Ich weiß, wie sehr Vivi an diesem Bild hängt. Als sie nun zum Außendienst mußte, ging das so schnell, daß sie es nicht einpacken konnte. Ich weiß aber auch, daß sie traurig ist, wenn sie ohne den Pferdekopf ist. Sie wissen doch, daß manche Menschen so sind ... sie klammern sich an solche kleinen Dinge. Wenn ... wenn ich morgen mit dem Außendienst ausnahmsweise raus drüfte und ihr das Bild bringen könnte ... ich kann mittags ja wieder zurückgebracht werden ... dann würde sich Vivi sehr freuen. Sie ist ein ganz komischer Mensch, Herr Direktor ... wir kennen sie ja alle genau ... das Pferd ist ihr ein und alles ... sie sitzt bestimmt herum und weint, weil das Bild nicht bei ihr ist — «

Hilde Marchinski hielt den Blick gesenkt. Es sah aus, als leide sie mit und begänne auch gleich zu weinen. Dr. Schmidt brauchte eine Zeit, um seine Verwunderung zu überwinden. Er hatte die merkwürdigste Bitte in seiner Laufbahn gehört. In den Jahren seiner Gefängnispraxis war viel an ihn herangetragen worden, unmögliche Bitten, die die Häftlinge mit ungeheurem Wortschwall vortrugen und begründeten ... das hier war einmalig und in seiner Kindlichkeit fast grotesk.

Er war geneigt, ›nein‹ zu sagen und Hilde Marchinski wegzuschicken. Aber dann sprach in ihm der Psychologe und Idealist. Gerade bei Vivian v. Rothen waren solche kleinen Dinge wichtig. Da er nun wußte, wie leer sie ihre eigene Welt sah, konnte das Foto eines Pferdekopfes alles für sie bedeuten, eine Freude, die ihr allein gehörte und an der sie sich aufrichtete. Mit einem ›nein‹ konnte man hier vieles zerstören ... auch wenn es ein logisches ›nein‹ war von der Nüchternheit des Strafvollzugsbeamten aus. Das aber war es, was Dr. Schmidt mit Wildmoor abschaffen wollte ... »Wir sind nicht nur Vollstrecker einer Strafe«, hatte er einmal gesagt, »sondern Erzieher neuer Menschen! Da muß man oft unorthodox handeln, denn ein Leben ist keine mathematische Gleichung ...«

Die Bewährung dieser Ansicht war nun da ... hier stand ein Mädchen und sprach für ein anderes Mädchen eine Bitte aus, die völlig aus dem Rahmen des Bisherigen fiel.

Dr. Schmidt stand hinter seinem Schreibtisch auf und kam auf Hilde zu.

»Zeig mir mal das Bild«, sagte er.

»Es ist noch im Stall.«

»Dann gehen wir in den Stall.«

Hilde Marchinski nickte und atmete auf.

Hinter der Futterkrippe zog sie wirklich das Foto eines Pferdes hervor. Es war kein Abzug, sondern eine aus einer Illustrierten herausgerissene Seite. Dr. Schmidt schüttelte den Kopf.

»Da stimmt doch was nicht. Das ist doch aus einer Zeitschrift.«

»Vivi sagte, das sei ihr Pferd ...« Hilde hob die Schultern. »Mehr weiß ich auch nicht.«

»Und das vermißt sie ... dieses Bild?«

»Ja. Es ist kein Abend vergangen, an dem sie es nicht hinter der Futterkrippe hervorgeholt hat und zu ihm ›Gute Nacht, Pharao‹ gesagt hat.«

»Wie heißt das Pferd?«

»Pharao. Pferde haben doch oft so komische Namen.«

Das alles klang naiv und glaubwürdig. Außerdem sagte es Hilde Marchinski mit solch kindlicher Gläubigkeit, daß

Dr. Schmidt überzeugt wurde, Vivian v. Rothen habe ihr leeres Herz mit diesem Pferdebild auszufüllen versucht. Wer kennt sich in der Seele eines Menschen aus?

»Gut«, sagte Dr. Schmidt und gab das Bild an Hilde zurück. »Du gehst morgen mit dem Kommando hinaus und bringst das Bild hin. Ich werde mit einem der Bauern sprechen, daß er dich hinführt.«

»Danke, Herr Direktor.« Hilde machte einen tiefen Knicks. »Vivi wird sich ja so freuen — «

Im Zimmer wartete schon Käthe Wollop mit roten Bakken, als Hilde endlich zurückkam in den Block 1.

»Nun, was ist?« rief sie, als Hilde sich auf ihr Bett setzte. »Rausgeflogen biste, was?«

»Ich bin morgen bei ihr . . .«, sagte Hilde Marchinski ruhig und zog sich die Schuhe aus. »Um acht Uhr hat das Aas kein Gesicht mehr . . .«

Käthe Wollop starrte sie an wie ein Gespenst. Ihr Mund klappte auf und zu, ehe sie einen Ton herausbrachte.

»Ist . . . ist das wahr?«

»Ja.« Hilde zog das Kleid über ihren Kopf und streifte die Unterwäsche von ihrer weißen Haut. »Ich werde hingebracht . . .«

Käthe Wollop schluckte vor Erregung. »Mensch, du bist ein Genie . . .«, sagte sie dumpf. »Vor dir muß man wirklich Angst haben — «

Das Glück ist immer auf der Seite der Falschen, sagt ein pessimistisches Sprichwort. Daß es aber auch auf der Seite des Richtigen sein konnte, erfuhr der Spediteur Hans Busse.

Es hatte eine ganze Zeit gebraucht, bis das an sich schon kleine Geschäft der Busses wieder in Schwung kam und die Auftraggeber in Hans Busse nur noch den biederen, in Unglück geratenen Vater sahen und nicht den Erzeuger eines

Gangsterliebchens. Während des Prozesses und auch hinterher lag der kleine Transporter fast still in der Garage. Die Hauptkunden Busses, die Gemüsehändler, denen er aus der Markthalle jeden Morgen die Salate und Kohlköpfe, die Tomatenkisten und Apfelsinenbretter brachte, gingen zur Konkurrenz und zahlten sogar mehr, nur um mit Busse nichts zu tun zu haben. Langsam setzte sich dann die Ansicht durch, daß ja auch Hans Busse ein Opfer sei und er, wie so mancher Vater, von der modernen Jugend einfach überrollt worden war. »Armer Kerl«, hieß es dann, und er durfte wieder zur Markthalle fahren und Umzüge machen. Von seiner Tochter Monika sprach er nie.

Auch im Familienkreis wurde tunlichst vermieden, sich an die große Tochter zu erinnern. Sie war verreist ... auf diese Version hatte man sich geeinigt. Daß Mutter Erika Busse nachts oft im Bett saß und weinte, nahm Vater Busse zwar wahr, aber er stellte sich schlafend, um nicht auch sein verborgenes weiches Gemüt zu offenbaren. Ganz still wurde es um Monika, als Dr. Spieß mit der Hiobsbotschaft kam, daß ein Wiederaufnahmeantrag abgelehnt sei. Man mußte diesen Rolf Arberg finden und vorführen ... an ihm allein hing eine Rehabilitierung Monikas, soweit ihre Taten nicht Folgen ihrer eigenen menschlichen Schwäche gewesen waren.

An einem diesigen Aprilmorgen machte Hans Busse einen Umzug. Es war ein kleiner Auftrag ... zwei Zimmer aus einer Hinterhauswohnung umtransportieren in eine Zweizimmerwohnung in einem anderen Hinterhaus, drei Häuserblocks weiter. »Der Hof ist größer«, sagte der umzugsfreudige Mieter und strahlte. »Mehr Luft, mehr Licht ... ich spare im Jahr etwa hundert Stunden elektrisches Licht ein! Ist das nichts?« Dann sah er Hans Busse an, blickte auf den Kleinlaster und nickte. »Mehr als vierzig Mark kann ich nicht bezahlen. Wenn Sie's dafür machen wollen? Ist ja auch nur drei Ecken rum.«

Die armseligen Möbel und Kisten und Kartons mit Geschirr und Wäsche waren schnell verladen. Beim Hinunterschleppen des Herdes half ein Nachbar, ein junger Mann mit blonden Haaren und einem Kinnbart. Er trug eine große, in dunkles Horn eingefaßte Brille und war höflich und sehr schweigsam.

»Ein Musikstudent«, sagte der umziehende Mieter zu Busse, der den jungen Mann nachdenklich musterte.

»Studiert dirigieren. Einmal kam ich zu ihm ins Zimmer, er hatte mein Klopfen nicht gehört ... was denken Sie ... da stand er vor dem Radio und dirigierte eine Oper. Ein netter, ruhiger Mensch.«

Hans Busse nickte zerstreut. Trotz der Brille und des Kinnbartes kam ihm das Gesicht irgendwie bekannt vor. Ich muß ihn schon irgendwo gesehen haben, dachte er. Mein Gott, man trifft ja so viele Leute ... in der Markthalle, bei den Händlern, bei den Fahrten, man sieht so viele Gesichter ... Aber warum erinnere ich mich gerade an dieses Gesicht ...?

Als der Umzug beendet war, kehrte Busse in die alte Wohnung zurück. Ein unbestimmbarer Drang zwang ihn, sich noch einmal mit dem Musikstudenten zu unterhalten. »Woher kennen wir uns?« — mehr wollte er nicht fragen.

Die Hauswirtin, bei der der Musikstudent zur Untermiete wohnte, öffnete auf das Schellen Busses.

»Ich möchte den Herrn Studenten sprechen«, sagte er und trat in den Flur der Wohnung. »Er hat beim Umzug so kräftig geholfen ... ich soll ihm eine Belohnung bringen.«

»Herr Behrens ist eben fortgegangen.« Die Wirtin hob die Schultern. Sie hatte ein Kopftuch um die grauen Haare gebunden, aus der Küche zog ein beißender Geruch durch die Wohnung. Sie hatte in einem Kessel Wäsche auf dem

Herd stehen; nach alter Art schrubbte sie die Wäsche noch auf einem Waschbrett in einer Zinkwanne. Der Wohlstand einer Waschmaschine war noch nicht bis zu ihr gedrungen.

»Kommt er bald wieder?«

»Ich glaube ja. Er wollte nur Zigaretten holen.«

»Kann ich hier warten?«

»Aber ja. Leute, die Geld bringen, sind immer willkommen.«

Sie stieß eine Tür auf und Busse betrat ein kleines, sauberes Zimmer. Neben dem Radio stand ein Notenständer, auf ihm lag ein hölzerner Dirigentenstab. Busse setzte sich auf einen alten Stuhl, die Wirtin beugte den Kopf nach hinten und lauschte.

»Ich glaube, meine Wäsche kocht —«

»Lassen Sie sich nicht stören. Ich warte hier gern allein. Er wird ja gleich wiederkommen ...«

Als Busse allein im Zimmer war, handelte er schnell und zielbewußt. Er zog die Schubladen der Kommode auf, sah unter die Wäsche, untersuchte das Bett und öffnete den Koffer, der auf dem Kleiderschrank lag. Dort fand er in einer alten Briefmappe, was er suchen wollte, ohne zu wissen, was es sein konnte.

Zwei Fotos. Der Musikstudent ohne Brille und ohne Bart.

Die Fotos Rolf Arbergs.

Schwer atmend stand Busse auf dem Stuhl, die Bilder in der Hand. Er hörte nicht, wie hinter ihm die Tür leise zuklappte und fuhr herum, als Arbergs harte Stimme sagte:

»Also doch! Ich hatte nicht gedacht, daß Sie mich erkannt haben —«

»Du Lump ...«, sagte Busse. »Du Saukerl! Nun rechnen wir ab ... Was hast du aus meiner Monika gemacht ...?«

»Komm erst vom Stuhl runter, Opa ...« Rolf Arberg hatte die lästige Hornbrille abgenommen. Seine Augen waren kalt und lauernd. »Das war wirklich ein dummer Zufall — «

Hans Busse sprang von dem Stuhl. Er hielt noch immer die beiden Bilder in der Hand, sie zerknitterten in seinen Fingern, so fest umkrampfte er sie.

Bevor er weiterdenken konnte, war alles vorbei. Kaum stand Busse auf dem Boden, fuhr die Faust Arbergs vor und traf ihn genau und mit voller Wucht auf die Kinnspitze. In Busses Gehirn explodierte ein Stern, er hatte plötzlich ein farbiges Flimmern vor den Augen, fühlte sich leicht werden und schweben und versank dann in Bewußtlosigkeit.

Rolf Arberg schleifte den Ohnmächtigen auf das Bett, packte seine wenigen Sachen in den Koffer, lauschte im Flur und hörte die Zimmerwirtin in der Küche am Waschbrett schaben. Durch die Wohnung zogen wie Nebelschleier die Dunstwolken des Wasserdampfes.

Auf Zehenspitzen schlich Arberg aus der Wohnung, drückte die Flurtür ins Schloß und rannte die Treppe hinunter.

Als Hans Busse aus seiner Ohnmacht erwachte, war es sinnlos geworden, noch etwas zu unternehmen. Er schüttelte sich, befühlte sein geschwollenes Kinn, kämmte sich die wenigen Haare, steckte die Bilder Arbergs in die Brieftasche und verließ leise die Wohnung. Aber er fuhr nicht nach Hause ... er suchte Dr. Spieß im Gebäude des Landgerichts und holte ihn aus einer Verhandlung heraus.

»Sofort zur Polizei!« sagte Dr. Spieß und nahm die Bilder an sich. »Er ist also doch noch in der Stadt. Von irgend etwas muß er auch leben. Ich werde sofort mit dem Staatsanwalt sprechen — «

»Polizei.« Busse bewegte den Unterkiefer hin und her. Der Schlag zitterte noch immer im Kieferknochen wider. »In 'ner Großstadt sind solche Typen wie der Arberg sicherer als im Urwald —« Busses Augen wurden rot. Dr. Spieß wußte nicht, waren es unterdrückte Tränen oder ohnmächtige Wut. »Das eine sage ich Ihnen, Herr Doktor ... von jetzt ab nehme ich meine alte Militärpistole mit. Ich hab' sie noch, gut eingefettet und versteckt. Und wenn ich den Kerl noch einmal treffe ... dann knallt's ...«

»Das kostet Zuchthaus, Vater Busse! Seien Sie doch vernünftig ...«

»Vernünftig?« Über das zerfurchte Gesicht Busses zuckte es. »Hilf dir selbst, dann hilft dir Gott ... heißt es. Und ich werde mir selber helfen —«

In der Nacht lief die Fahndung nach Rolf Arberg bereits auf vollen Touren. Aber das Glück, das Hans Busse schon in der Hand hatte, wiederholte sich bei der Polizei nicht.

Von Stavenhagen jagte ein Wagen durch die Nacht nach Wildmoor. Er hopste über Schlaglöcher und Pfützen und bog mit quietschenden Rädern in den Moorweg ein, der zum Gut führte.

Dr. Ewald Röhrig war nach dem Anruf Dr. Schmidts sofort aus dem Bett gesprungen, hatte einen Krankenwagen angerufen und war nun vorausgefahren ... im Schlafanzug, über den er Hose und Jacke gezogen hatte.

Dr. Schmidt empfing ihn vor dem Krankenrevier. »Es tut mir leid, daß ich dich aus dem Bett jagen mußte ...«, sagte er. »Aber wenn alles stimmt, haben wir wenig Zeit.«

»Der Krankenwagen kommt gleich hinterher.« Dr. Röhrig griff zur Klinke.

»Kann es nicht hier gemacht werden?« fragte Dr. Schmidt.

»Nein. Dazu sind wir nicht eingerichtet.«

»Im Kreiskrankenhaus ist mir die Sache zu unsicher.«

»Sie bekommt ein Einzelzimmer. Sobald sie transportfähig ist, nach vier Tagen vielleicht, können wir sie nach hier zurückverlegen. Wenn wir aber operieren müssen ... ich muß sie ins Krankenhaus bringen, Peter. Es geht nicht anders.«

»Sieh sie dir erst 'mal an.«

Im Krankenrevier, das aus drei Räumen mit je vier Betten bestand, lag im vorderen Raum, gleich neben dem Untersuchungs- und Behandlungszimmer, Hilde Marchinski und hatte die Beine vor Schmerzen gekrümmt und herangezogen. Ihr Kopf glühte, die graugrünen Augen waren groß und gläsern. Dr. Röhrig sah schnell zurück zu Dr. Schmidt, der ihm folgte.

»Wie konnte das so plötzlich kommen?«

»Ich weiß nicht. Ihre Stubengenossin alarmierte Frau Kronberg. Plötzlich habe Hilde Marchinski aufgeschrien und sich im Bett gekrümmt. Als ich zu ihr kam, hatte sie bereits das hohe Fieber.«

Dr. Röhrig setzte sich an das Bett Hildes und schlug die Decke zurück. Das Mädchen lag nackt da. Ihre weiße Haut zuckte und zitterte. Die Bauchdecke war gespannt ... als Dr. Röhrig leicht mit den Fingern darauf drückte, wimmerte Hilde auf. Auch der Unterbauch war hart und druckempfindlich. Die Diagnose war leicht und klar.

»Perforierter Appendix«, sagte Dr. Röhrig und deckte Hilde wieder zu. »Und wie mir scheint, ganz schön vereitert. Das kann nicht von heute auf morgen passieren ...«
Er beugte sich vor und sah die fiebernde Hilde fordernd an. »Was hast du gemacht?«

»Nichts ...« Hilde Marchinski krümmte sich wieder unter den Schmerzen. »Gar nichts ...«

»Du hast schon immer Schmerzen gehabt?«

Hilde schwieg und schloß die Augen. Dr. Röhrig tippte ihr auf den Bauch. Sie schrie und riß die Lider hoch.

»Ja!« rief sie. »Aber nicht so ...«

»Wie lange schon?«

»Fast 'n Jahr.«

»Und weiter?«

»Nichts weiter. Es ist immer wieder vergangen. Ich wußte, das ist der Blinddarm. Aber ich hatte Angst.«

»Und heute nacht?«

»Da fing er plötzlich wieder an. Und da habe ich ein Handtuch in heißes Wasser getaucht, auf'n Bauch gelegt und massiert ...«

»Bist du denn verrückt?« schrie Dr. Röhrig. »Weißt du, was du gemacht hast? Du hast den vereiterten Blinddarm durchmassiert ... nun ist der Eiter in der Bauchhöhle! Eine solche Sauerei!«

Er stand vom Bett auf und ging in den Untersuchungsraum. Im Hof knirschten Bremsen. Der Krankenwagen war gekommen. Dr. Schmidt folgte seinem Freund. Sein Gesicht war sehr besorgt.

»Ist es schlimm?« fragte er.

»Eine Schweinerei ist es! Das kann die schönste Bauchfellentzündung geben! Und dann geht's ums Ganze! Massiert sich den Bauch! Man soll es nicht für möglich halten!«

Hilde Marchinski lag zusammengekrümmt und biß die Zähne aufeinander. Mehr als die Schmerzen im Bauch verfluchte sie das Schicksal. Als sie in der Nacht die ersten Stiche spürte, hatte sie sich gesagt: Du darfst jetzt nicht krank werden. Du mußt morgen früh zu Vivian, dem Aas. Was dann passiert, ist egal. Und sie hatte das getan, was sie für richtig hielt bei Bauchschmerzen ... sie hatte ein warmes Handtuch daraufgelegt, und als die Schmerzen nicht nachließen, hatte sie massiert. Massieren ist immer gut ... das kannte sie von ihrer Mutter her. Das regt die Durchblutung an, das lockert und entkrampft ... und so hatte sie so lange massiert und mit beiden Händen den Leib gedrückt, bis ein wahnsinniger Schmerz durch ihren ganzen Körper zuckte und sie grell aufschreien mußte.

Dr. Röhrig kam zurück, ihm folgten die Krankenträger mit der Bahre. Hilde Marchinski umkrallte die Seitenteile des Bettes.

»Ich muß weg .. ?« stammelte sie.

»Natürlich! Du wirst operiert.«

»Operiert?!«

»Im Krankenhaus.«

»So ein Mist! So ein verfluchter Mist!«

Hilde Marchinski drehte das Gesicht zur Seite. Während die Krankenträger sie auf der Bahre festschnallten, weinte sie und biß in die weiße Decke, die man über sie breitete.

Aber sie weinte nicht vor Schmerzen, wie Dr. Schmidt und Dr. Röhrig annahmen ... sie heulte laut vor Wut über ihre verlorene, herrliche Rache.

Die Operation gelang. Hilde Marchinski war wirklich im letzten Augenblick eingeliefert worden ... eine Bauchfellentzündung konnte durch Antibiotika aufgefangen werden, aber die Därme waren durch den ausgeflossenen Eiter bereits verklebt und es kostete große Mühe, bis die Chirurgen im Kreiskrankenhaus den Unterbauch soweit gereinigt hatten, daß keine Infektionsgefahr mehr bestand.

Es war in der zweiten Woche seit diesem nächtlichen Vorfall, Anfang Mai, als in Stavenhagen ein weißer, kleiner Sportwagen Aufsehen erregte. Der Mann am Steuer, ein Jüngling mit langen, schwarzen Haaren, braungebrannt und von der müden Schlacksigkeit des Übersättigten, mietete ein Zimmer im Hotel »Schwan« und fragte den Portier nach einem Bauern Fiedje Heckroth. Da im Moor jeder den anderen kennt, beschrieb man dem jungen Mann den Weg zu dem Moorhof, warnte ihn aber gleichzeitig vor den Tücken des Landes. »Am besten ist, Sie lassen sich hinbringen«, riet der Portier. »Ich gebe Ihnen einen Jungen mit, der Ihnen den Weg zeigt.«

Am Abend hatten die Stammtische im »Schwan« eine neue Sensation. Die Eintragung in das Meldebuch lautete: »Siegfried Plattner, St. Tropez - Riviera - France.«

Von St. Tropez kannte man in Stavenhagen nur aus den Illustrierten die nabelfreien Hosen der Damen. Ein Duft von Verworfenheit und beneidenswerter Frauenkennerschaft ging seitdem Sigi Plattner voraus, wenn er im Lokal erschien, sich still in eine Ecke setzte und gelangweilt sein Essen einnahm.

Der Junge, der Sigi Plattner zum Moorhof begleitet hatte, erzählte, daß der Mann ein komischer Vogel sei. Bis auf hundert Meter sei er an den Hof herangefahren, habe ihn dann durch ein großes Fernglas betrachtet, habe ihm, dem Jungen, fünf Mark Trinkgeld gegeben und sei wieder zurückgefahren.

Am zweiten Tag fuhr Plattner allein ins Moor. Er kannte nun den Weg, und er besaß ein gutes Erinnerungsvermögen. Bis zu einer Birkengruppe fuhr er mit dem Wagen, stellte ihn dann ab und ging zu Fuß weiter.

Der Hofhund Fiedjes, der sofort anschlug, kümmerte ihn nicht. Er umging das Wohnhaus und schlenderte, die Hände in den Hosentaschen, zu Stall und Scheune, fand eine windschiefe, kleine Tür und schlüpfte hinein.

Er war in der Scheune, Strohballen und Heuhaufen lagen herum, ein Trecker war in eine durch Bretter getrennte Box gefahren, es roch nach Staub, trockenem Gras, feuchtem Holz und Stall.

Sigi Plattner sah auf seine flache goldene Armbanduhr. Neun Uhr vormittags. Nach dem Tagesablauf, den er gelesen hatte, wurde um zehn Uhr Stroh geholt.

Er setzte sich auf einen Heuhaufen, lehnte sich zurück, bezwang sich, nicht zu rauchen, und wartete.

Kurz nach zehn rollte das Tor der Scheune zur Seite. Sonne flutete in das Halbdunkel des weiten Raumes, ein

Mädchen in einer bunten Kittelschürze, die schwarzen Haare hochgesteckt, kam herein. Sigi Plattner nickte zufrieden. Es geschah alles wie erwartet.

Das Mädchen blieb stehen, bückte sich, nahm einen großen, hölzernen Rechen vom Scheunenboden und begann, das auseinandergerissene Stroh zusammenzurechen. Sie schob es zu kleinen Haufen zusammen und näherte sich dabei dem Heustapel, an dem Sigi Plattner saß, ein stummer, zufriedener Beobachter.

Sie ist noch schöner geworden, dachte er. Etwas kräftiger, gesunder, lebensnaher. Sie ist verdammt hübsch und hat nichts mehr an sich von den langweiligen Puppen, die auf den Partys herumlungern und Samtpfötchen geben wie schnurrende Kätzchen. Sie ist ganz anders geworden, fremder und doch anziehender . . . sie trippelt nicht mehr daher auf Stöckelschuhen, sondern sie geht und steht fest auf der Erde.

Sigi Plattner beugte sich etwas vor. In die Stille der Scheune hinein sagte er laut:

»Guten Morgen, Kaninchen — «

Vivian v. Rothen fuhr herum. Der Rechen fiel aus ihren Händen. Sigi Plattner erhob sich aus dem Heu und klopfte die trockenen Grasfäden von seinem Anzug.

»Da staunst du, was? Frisch importiert aus St. Tropez. In den Haaren habe ich noch das Mittelmeersalz. Komm her, Kaninchen, gib mir einen Kuß . . .«

»Was willst du hier?« Vivian wich bis zu der Box des Treckers zurück und lehnte sich gegen die Bretter. Ihre Knie wurden weich. Sigi war gekommen. Der Mann, den sie als erstes ihrer Vergangenheit vergessen wollte. »Woher weißt du, daß ich hier arbeite?«

»Dein Papa ist wieder auf Reisen. Der letzte Brief, den du geschrieben hast, lag bei euch herum. Für fünfzig Mark war eure Hausangestellte so höflich, nicht zu sehen, wie ich ihn las. Dein ganzer Tagesablauf stand darin ... kann's was Besseres geben, als dich danach zu finden?«

»Und was willst du hier?!«

»Dich sehen, Kaninchen.« Plattner musterte sie von den Füßen bis zu den hochgesteckten Haaren. »Du siehst fantastisch aus!«

»Hau ab!« sagte Vivian grob. Plattner hob die Augenbrauen.

»So kenn ich dich gar nicht — «

»Wenn du nicht sofort gehst, hole ich den Bauern.«

»Kaninchen — «, Plattner setzte sich wieder ins Heu. »Komm her zu mir ... Daß ich von St. Tropez bis hierher gekommen bin, ist das nichts? Ich habe so oft an dich denken müssen ... und ich habe ein schlechtes Gewissen. — Komm setz dich zu mir.«

»Wir haben uns nichts mehr zu sagen.«

»Ich soll dich grüßen von Evi, Lydia, Fifi ... und der Pietro hat jetzt ein neues Motorboot, mit zwei 110-PS-Motoren — «

»Laß mich mit deiner Welt in Ruhe! Ich muß gleich in den Stall ... das ist wichtiger.«

»Du hast dich sehr verändert, Kaninchen.«

»Gott sei Dank!«

»Das macht die andere Umgebung. Wenn du erst wieder bei uns bist ... du, wir freuen uns alle, wenn du wiederkommst! Bébé will dir zu Ehren ein großes Bordfest geben.«

»Ich komme nicht mehr zurück!« sagte Vivian laut. »Und dich will ich auch nicht mehr sehen. Nicht jetzt und nicht später. Und nun geh!«

Sigi Plattner nahm einen Strohhalm in den Mund und sog daran. Er hatte vieles von dieser Überraschung erwartet, aber so etwas nicht. Er hatte zwei Flacons französischen Parfüms bei sich, eine Tafel Schokolade und kandierte Früchte, die Vivian so gerne aß. Stumm packte er die Geschenke aus seinen Taschen und legte sie auf einen gepreßten Strohballen.

»Nimm alles wieder mit — «, sagte Vivian mit belegter Stimme.

»Kandierte Orangen, Kaninchen . . .«

»Geh — !«

»Gut. Ich gehe. Aber einen Kuß gibst du mir noch. Nur noch einen . . . zum Abschied . . .«

Vivian v. Rothen zögerte. Ich werde ihn aus meinem Gedächtnis entfernen, dachte sie. Er war die letzte Brücke zu der Welt, die ich nicht mehr sehen will . . . ich will sie hiermit einreißen.

Sie kam langsam näher, in ihrem Zögern unheimlich aufreizend. Plattner legte die Hände auf den Rücken und spreizte die Finger vor Erregung. Dann stand sie vor ihm, das schmale, schöne Gesicht vorgestreckt, die schwarzen, glänzenden Locken wie einen Turm hochgesteckt. Das Gesicht einer italienischen Renaissance-Schönheit. Die roten Lippen sagten trocken und rauh: »Du bist mir widerlich — «

Da griff Sigi Plattner zu, schleuderte Vivian in den Heustapel und warf sich über sie. Die rechte Hand preßte er auf ihren schreienden Mund, und es machte ihm in seiner Gier nichts aus, daß sie ihn in den Handballen biß und der Schmerz in seinem ganzen Arm zitterte.

»Du Tier!« brüllte sie. »Hilfe! Hilfe!« Sie trat gegen seinen Unterleib. Plattner ächzte und stieß mit dem Kopf an ihr Kinn.

Dann lag sie still, bewußtlos, von der rohen Gewalt bezwungen. Über Sigi Plattner kam eine wilde, verzweifelte Zärtlichkeit —

Vivian v. Rothen erzählte niemandem von dieser Begegnung in der Scheune. Als sie aus der Ohnmacht aufwachte, war Sigi Plattner schon längst abgefahren. Parfüm, Schokolade und kandierte Früchte lagen noch auf dem Strohballen. Schwankend ging Vivian zu der hölzernen Box und steckte mit zitternden Fingern die Haare wieder hoch. An ihren Händen war Blut, und als sie über das Gesicht strich, spürte sie unter den Fingern verkrustete Flecken. Sie konnte sich nicht erklären, woher es kam, sie hatte in ihrem Kampf nicht wahrgenommen, daß sie sich in Sigis Hand festgebissen hatte, aber das Blut mußte von ihm stammen, denn wo sie sich auch abtastete, sie fand an ihrem Körper keine Verletzungen.

Auf dem Hof war es still. Monika wischte mit Elga das Wohnhaus, Fiedje war im Moor, für Vivian war heute der Stall eingeteilt.

Sie raffte die Geschenke Sigis in die zerrissene Schürze und lief über den Hof zu den Stallungen. Dort warf sie die Parfüms und die Schokolade in die Jauchegrube, bei den kandierten Orangen zögerte sie. Sie riß die Verpackung auf und setzte sich auf die Futterkiste.

Kandierte Orangen... Erinnerungen tauchten auf, Kindheitsglück, sorglose Tage, Geburtstage, Feiern, Besuche ... Und immer kandierte Orangen ... sie waren der Inbegriff kindlicher erfüllter Wünsche.

Sie brachte es trotz allen Hasses auf Plattner nicht übers Herz, auch die Orangen in die Jauche zu werfen. Mit geschlossenen Augen aß sie die Packung leer, und sie wußte, daß sie von diesem Tage an nie mehr diese Süßigkeit essen würde. Es war ein Abschied von der Kindheit und von seligen Erinnerungen.

Dann wusch sie sich an der Stallpumpe, spülte das Blut von den Händen und dem Gesicht, zog sich aus und überschüttete ihren schönen, mißhandelten Körper immer wieder mit Eimern Wasser, bis sie fror und zitterte. Der äußere Schmutz war abgespült, was blieb, war der unabwaschbare

Dreck der Erniedrigung, mit der sie sich von einer Welt getrennt hatte, die in den Augen der im Schatten Stehenden voll Sonne und Sorglosigkeit war.

Auch zu Monika sprach sie nicht darüber. »Ich bin an einem Haken hängengeblieben«, erklärte sie, als sie abends ihre Schürze flickte. »Ein Glück, daß ich mich nicht verletzt habe ...«

Nachts aber konnte sie nicht mehr schlafen. Sie stand am Fenster und blickte über das schwarze Moor, bis die morgendlichen Nebelschleier aus dem Nichts geboren wurden und streifig über das Land wehten.

Zum erstenmal kam ihr der Gedanke, daß es sinnlos sei, zu leben. Ein regelrechter Ekel vor dem Leben packte sie. Es war ein Gefühl, das von Nacht zu Nacht mächtiger in ihr wurde und gegen das es kein Anstemmen gab.

Mit Lotte Marchinski stand es nicht gut.

Immer besoffen, ist zwar auch regelmäßig gelebt, aber mit der Zeit stellte sich heraus, daß die »Kundschaft« auf einer ästhetischen Welle segelte und Lottes Alkoholdunst die zahlungskräftigen Kunden abstieß. Hinzu kam, daß nach Willis Weggang sich keiner fand, der sich als »Beschützer« Lottes anbot, und was ist eine ausgewachsene Profi ohne ihren Zuhälter?! Ein abgehalftertes Pferd, das die Tröge der anderen auslecken darf.

Lotte Marchinski war noch nicht alt genug, um zu resignieren. Mit 36 Jahren ist eine Frau noch in Schwung, und so machte sich Lotte piekfein, kaufte sich statt Schnaps eine Wollstola, leistete sich ein Paar neue Schuhe und Strümpfe und fuhr nach Wildmoor. Ihr Erscheinen hatte sie mit einer Karte angekündigt, die Dr. Schmidt säuberlich in der Akte Marchinski abheftete.

»Ser geerter Herr Dirrektor,
als Muter von Hilde stele ich den Antrag, meine
tochter sehen zu dürfen. Ich bin eine arme Wittwe und
sene mich nach meine Tochter. Bite, erlauben sie mir,
das ich sie sprechen kan. In tifer Dankbarkeit
ire Lotte Marchinski.«

Regierungsrat Dr. Schmidt war selbst gespannt, wie die
Mutter Hildes aussehen würde. Bisher kannte er sie nur aus
Erzählungen Hildes. »Sie ist ein Luder«, hatte sie einmal
freimütig gesagt. »Wenn es jemanden gibt, den ich umbringen könnte, dann ist's meine Mutter! Die hat mich zu dem
gemacht, was ich jetzt bin. Mit vierzehn Jahren hat se mir
die Männer auf die Bude gebracht. Und als ich nicht
wollte, hat se mich blutig geschlagen. Nun bin ich ein
Dreckhaufen . . . aber kann ich dafür? Ohne den Willi wäre
ich vielleicht noch mistiger — «
    Hilde Marchinski lag noch im Revier von Wildmoor. Sie
erholte sich nur mühsam. Ihr Gesicht war spitz und mager
geworden, ihr blühender, aufreizender Körper hatte kindliche und an der Brust schlaffe Formen bekommen. Nur
ihre leuchtend roten Haare waren noch aufreizend, und der
Blick aus ihren graugrünen Augen konnte verlegen machen. Sie lag fast stumm in ihrem Bett, las viel aus der An-
staltsbibliothek, meist Bücher von Ganghofer und Knittel,
war ein geduldiger Patient und machte sich im geheimen
Sorge, wie das alles später werden würde. Sie hatte nichts
gelernt. Ihr einziges Kapital war ihr Körper. Und nun war
dieser Körper dort verstümmelt, wo sein interessantester
Teil begann. Um die drohende Peritonitis aufzuhalten und
die Därme von den Eiterverklebungen zu reinigen, hatte
man im Stavenhagener Krankenhaus einen breiten Bauch-
schnitt machen müssen, um genug Raum zu haben. Zu-
rückbleiben würde eine große Narbe, zuerst rot, dann

weiß, mit vielen seitlichen Nähstichen, eine häßliche Nar-
be, die den schönen, weißen Körper in zwei Teile schnitt.
Eine Narbe, die viel von der Illusion wegnahm, in die die
Männer selbst bei einem solchen Mädchen für Minuten
versanken. Wenn Willi diese Narbe sah, würde er sagen:
»Jetzt können wir nur den halben Preis verlangen!« und
Hilde wußte, daß sie ihm nach diesem Satz das Gesicht
zerkratzen würde.

Die Mitteilung, die Julie Spange ihr überbrachte, löste
erst eine Lähmung und dann eine fiebernde Unruhe aus.

»Meine Mutter will mich besuchen?« fragte Hilde. Es
war das Unbegreiflichste, was ihr bisher begegnet war.
»Das gibt es doch nicht.«

»Sie hat geschrieben.«

»Die kann doch gar nicht schreiben.«

»Auf jeden Fall konnte der Herr Direktor es lesen und
hat die Erlaubnis erteilt.«

»Ich will sie aber nicht sehen — «

Und dabei blieb es. Hilde Marchinski drohte sogar damit, aus dem Bett zu springen. »Und wenn mir der Bauch
wieder aufplatzt ... ich will sie nicht sehen!« schrie sie
wild.

Zwei Stunden brauchte Dr. Schmidt, ehe er Hilde so
weit beruhigt hatte, daß sie zusagte, ihre Mutter anzuhö-
ren.

»Aber ich sage kein Wort!« rief sie.

»Einverstanden.« Dr. Schmidt atmete auf. So sehr er
damit einig ging, daß Helena v. Rothen nicht mit Vivian
gesprochen hatte, so viel lag ihm daran, die Begegnung
Mutter-Tochter bei den Marchinskis zu beobachten. Es war
ein psychologisches Experiment ... er wollte ergründen, ob
Hilde zu den Unverbesserlichen gehörte oder ob in ihr der
winzige Keim einer guten Seele war, den man pflegen und
großziehen konnte.

Am vereinbarten Tag, um die Mittagszeit, kam Lotte Marchinski mit einer Taxe auf Wildmoor an. Sie hatte Blumen mitgebracht und eine große Schachtel Pralinen. Ihr rotes Kleid war etwas zu kurz, ihr Gesicht zu grell geschminkt, ihre Bewegungen exaltiert und übertrieben. Dr. Schmidt beobachtete vom Fenster aus, wie sie den Taxenfahrer entlohnte, ihm eine Kußhand zuwarf und dann mit schwingendem Gesäß hinüber zur Anmeldung schritt.

Zehn Minuten später saß Lotte Marchinski vor ihm. Das erste, was Dr. Schmidt wahrnahm, war eine Duftmischung zwischen einem süßlichen Parfüm und Kognak. Er sah auf die übereinandergeschlagenen Beine und stellte fest, daß der Schlüpfer Lottes rosa Spitzen hatte. Das hinaufgerutschte enge Kleid ließ keine Rätsel übrig.

»Sie haben getrunken?!« sagte Dr. Schmidt streng. Lotte Marchinski rollte die Augen und lächelte süß.

»Nur ein Gläschen, Herr Direktor. Nur ein Pinnchen, hihi. Ein wenig Mut ... Ich bin noch nie in einem solchen Haus gewesen und habe einem so netten und strengen Herrn gegenübergesessen.« Sie blinzelte Dr. Schmidt an, zupfte an dem unverrückbaren Rock und bemühte sich, gerade zu sitzen und so ihre hochgeschnürten Brüste zur Geltung und Besichtigung zu bringen. »Wartet mein Töchterchen schon?«

»Ihr Töchterchen ist gerade dem Totengräber von der Schippe gesprungen«, sagte Dr. Schmidt ruhig. Lotte Marchinski warf den Kopf hoch.

»Huch!« rief sie mit spitzer Stimme. »Hildekind ist krank? Das arme Würmchen ...«

»Blinddarm.«

»Ach so.« Lotte beruhigte sich schnell. »Gut, daß er raus ist. Sie liegt noch zu Bett?«

»Ja, im Revier. Ich führe Sie gleich hin. Sie ist noch sehr schlapp.«

»Hildemaus war immer ein zartes Kind, Herr Direktor.«

»Das glaube ich Ihnen aufs Wort.« Dr. Schmidt betrachtete Lotte Marchinski wie ein Gemälde, dessen unbekannten Maler er ergründen sollte. Was geht in einer solchen Frau vor, dachte er. Was denkt sie vom Leben, was erhofft sie sich vom Leben, was ist der Sinn ihres Lebens? Es ist eigentlich müßig, so zu fragen ... man kann alle Fragen, die man bereit hat, zu einer einzigen Frage zusammenziehen und eine einzige Antwort darauf geben: »Nichts!« Hier sitzt ein Mensch, der ein absolutes Nichts ist, eine Lebenserscheinung, die es eigentlich nach dem logischen Daseinsgesetz gar nicht geben dürfte. Ein jeder Mensch hat einen Zweck zu erfüllen ... hier aber hockt ein Wesen, das nutzloser ist als ein Regenwurm, denn der Regenwurm selbst hat die Aufgabe, den Boden zu durchlüften. Die Aufgabe dieses Menschen dort aber ist, sich selbst zu verrotten. Er wurde in die Welt gesetzt, um sich selbst zu entmenschen.

»Noch eins, bevor Sie zu Hilde gehen: Keine lauten Worte, keine Aufregung ... ich lasse Sie sonst entfernen.«

»Aber Herr Direktor.« Lotte Marchinski blinzelte wieder und dehnte die Brust. »Ich bin ganz still, ganz brav ... ich bin doch eine leidgeprüfte Witwe ...«

Die Begrüßung zwischen Mutter und Tochter war ein klassisches Beispiel sozialer Klassifizierung.

Hilde saß im Bett, gestützt durch drei Kissen, und hatte das Kinn angedrückt. Lotte kam ins Zimmer, schwenkte die Blumen und die Pralinenschachtel und jubelte: »Huhu, mein Käferchen. Mama ist da — «

Und Hilde antwortete schlicht: »Benimm dich nicht so dusselig, alte Nutte.«

Wen nimmt es wunder, daß Lotte einen Augenblick schockiert war und an der Tür stehenblieb. Sie sah sich hilfesuchend um, aber da war niemand. Im Nebenzimmer, dessen Tür angelehnt war, saßen Dr. Schmidt und Julie Spange und warteten auf die Dinge, die unweigerlich kommen mußten. Lotte Marchinski kam näher an das Bett und warf die Blumen und die Schachtel Pralinen auf die Decke.

»Schade, daß du nicht krepiert bist«, sagte sie leise, aber Dr. Schmidt hörte es trotzdem in seinem Versteck. »Hast du was von Willi gehört?«

»Nein. Warum?«

»Er hat mir dreihundert Mark geklaut.«

»Wieso geklaut? Was hat Willi mit dir zu tun?!«

»Oh, viel, mein Teufelsbalg! Dein süßer Willi ist in der Familie geblieben, nur das Bett hat er gewechselt.«

»Das lügst du! Das ist nicht wahr!« Hilde Marchinski nahm die Blumen und warf sie gegen die Wand. Die Blüten zerspritzten, es waren Tulpen, blaßrosa und schon halb verwelkt. Abfallblumen, übriggeblieben beim Händler. Als nächstes folgten die Pralinen. Sie klatschten gegen das Fenster und fielen hinter ein unbelegtes Bett. »Raus!« schrie Hilde. »Raus!« Sie ballte die Fäuste und schüttelte sie drohend gegen Lotte. »Du lügst! Was willst du überhaupt hier?!«

»Ich will wissen, wo sich Willi aufhält. Wo ich das Luder suchen kann! Und du weißt, wo er seine Verstecke hat. Ich schlage dir die Augen aus dem dämlichen Nischel, bis du mir die Verstecke sagst —«

Sie beugte sich vor. Hilde riß beide Arme hoch und versuchte, aus dem Bett zu springen.

»Hilfe!« schrie sie. »Schwester ... Hilfe ...«

Aus dem Nebenraum stürzten Dr. Schmidt und Julie Spange herein.

Um die gleiche Zeit erhob sich aus dem Sessel im Büro des Chefredakteurs einer Wochenzeitung die elegante Erscheinung Helena v. Rothens.

»Wenn das stimmt, was Sie uns berichtet haben, gnädige Frau, dann ist das — um im Fachjargon zu sprechen — ein Knüller! Ein Brummer!« sagte der Chefredakteur.

»Es ist wahr.«

»Wir werden ein Reporterteam hinschicken. Eine Mädchenstrafanstalt im Moor ... unsere Leserinnen werden beim Lesen frieren!«

»Man wird Ihre Reporter gar nicht vorlassen.«

»Das sind fixe Jungs, gnädige Frau. Wenn die Türen verschlossen sind, kommen sie durch den Kamin, haha!« Der Chefredakteur überflog seine Notizen, die er sich von dem Gespräch mit Helena v. Rothen gemacht hatte. »Natürlich ist die Sache exklusiv.«

»Natürlich.«

»Sie haben noch mit keiner Redaktion darüber gesprochen?«

»Nein.«

Hier log Helena v. Rothen. Seit Wochen versuchte sie, die großen Blätter für Wildmoor zu interessieren. Sie war auf Ablehnung oder Interessenlosigkeit gestoßen. Erst eine kleine Wochenzeitung, die von Alltagssensationen lebte, öffnete beide Arme für den Bericht.

Der Chefredakteur begleitete Helena v. Rothen bis zu ihrem weißen Sportwagen, küßte ihr die Hand und rannte dann zurück in sein Büro.

»Jack, Willi und Erich zu mir!« rief er ins Telefon und riß sich den Schlips herunter. »Ein dicker Knüller, wenn's stimmt. Beamtenwillkür, psychologische Experimente an straffälligen Mädchen und so weiter ... das gibt 'ne Titelseite. Husch-husch ... wir müssen die ersten sein ...«

Über Wildmoor zog sich eine Gewitterwolke zusammen, ein Sturm, der stark genug war, die Dächer abzudecken und das Lebenswerk Dr. Schmidts wegzublasen.

Man hatte Lotte Marchinski aus dem Krankenrevier weggebracht. Es war gar nicht so einfach, und selbst die stämmige Julie Spange, die in ihrer Gefängnisbeamtenzeit schon manchen Renitenten mit einem festen Griff abgeführt hatte, benötigte mit Hilfe Dr. Schmidts den üblen Trick des Armaufdenrückendrehens, ehe Lotte, geifernd und schreiend und vollgestopft mit noch nie gehörten Fachausdrükken, wieder im Zimmer des Regierungsrates stand. Erst dort wurde sie wieder sanft, so plötzlich und gründlich, wie sie vorher eine wilde Megäre war, sank in einen der Besuchssessel und weinte laut.

»So ein Luder habe ich nun als Tochter . . .«, greinte sie. »So ein Aas . . . Herr Direktor . . . lassen Sie die bloß nicht begnadigen, halten Sie die so lange fest, wie möglich . . . Die bringt mich um . . . ich sage es Ihnen . . . die bringt ihre eigene Mutter um . . .«

»Wer ist Willi?« fragte Dr. Schmidt. Lotte Marchinski sah zu ihm hoch. Ihr zerstörtes Gesicht lag bloß, die dicke Puder- und make-up-Schicht war durch die Tränen weggeschwemmt, was darunter lag, war die Fratze des Lasters und der dummen Frechheit.

»Ein Bekannter von uns — «

»Woher soll Hilde wissen, wo er ist?«

»Sie haben gehorcht, Herr Direktor?«

»Natürlich.«

»So natürlich ist das nicht . . .«

»Werden Sie nicht frech, Lotte, sonst liefere ich Sie gleich ab wegen des Vorfalls im Krankenzimmer! Sie wissen, was dann passiert?!«

Lotte Marchinski zog einen Flunsch und lehnte sich zurück. »Ihr Bullen seid alle gleich«, sagte sie resignierend. »Ob mit Doktor oder nicht . . .«

»Was ist mit Willi?«

»Er schreibt ihr doch.«

»Hilde hat seit Weihnachten keine Post mehr bekommen.«

»Aber er wollte ihr besuchen —«

»Hier?«

»Auf'n Lokus nicht!«

Dr. Schmidt trat nachdenklich ans Fenster und blickte hinüber zum Block 1. War es möglich, daß einige Mädchen trotz der Abgeschiedenheit von Wildmoor doch noch Kontakt mit der Außenwelt unterhielten? War es möglich, daß nachts Treffen stattfanden? Lag hier die Grenze aller Besserungs- und Umerziehungstheorie, die letztlich das ganze Experiment Wildmoor zum Scheitern bringen mußte? War er gezwungen, Mädchen wie Hilde Marchinski und Käthe Wollop wieder zurückzuversetzen in die normale Strafanstalt? Er wehrte sich trotz aller Gründe, es zu tun, innerlich dagegen. Der Einfluß von Wildmoor, und wenn er noch so gering war, konnte einen Funken Selbstmoral erwecken ... in einer normalen Strafanstalt saß man stur seine Monate oder Jahre ab, führte einen stillen Krieg gegen die Beamten, beugte sich den Korruptionen der Kalfaktoren und lernte man Dinge hinzu, die in keinem Gebetbuch standen. Das Reifezeugnis des Verbrechens kann man nirgendwo besser und sicherer erwerben als in einer Strafanstalt. Sie sind die Universitäten der Ganoven.

Das alles schaltete in Wildmoor aus. Hier war man eine große Familie ... und wie es in jeder Familie gefügige und aufsässige Kinder gibt, so mußte man auch eine Marchinski oder Wollop ertragen und versuchen, sie in die Gemeinschaft einzugliedern, so gut es ging.

Lotte räkelte sich in dem Ledersessel und suchte in ihrer Handtasche nach Zigaretten. Sie fand keine, aber eine flache Flasche Kognak war da. Mit schnellen Fingern schraubte sie den Verschluß auf, setzte die Flasche an den Mund und nahm drei tiefe Schlucke. Dann verschwand die

Flasche wieder in der Handtasche. Sind doch blöde Hunde, die Bullen, dachte Lotte zufrieden.

»Kann ich gehen?« fragte sie sanft.

»Ja.«

»Wiederkommen werde ich nicht.«

»Es wäre auch sinnlos.«

»Passen Sie auf die Hilde auf, mehr sag ich nicht.« Lotte Marchinski zog die nachgemalten Augenbrauen hoch. Es sollte ein hochmütiger Ausdruck werden. »Ich weiß, was Sie mit Ihrer Anstalt vorhaben ... bei Hilde ist das Blödsinn. Auf die Idee, uns bessern zu wollen, können nur Menschen wie Sie kommen! Was wissen Sie denn von uns, he? Glauben Sie, 'ne Gosse wäre keine Gosse mehr, wenn Sie Parfüm reinschütten?! Es stinkt nur anders, weiter nichts. Wir sind im Hinterhof geboren, und als wir laufen konnten, standen wir für unsern Ollen schon Schmiere an der Ecke und pfiffen auf de Finger, wenn die Polente kam. Und mit dem ersten Haar unterm Arm kamen auch die Männer ... von wegen fuffzehn und Staatsanwalt, das war doch alles wurscht! Geld verdienen, wie, ist egal ... morgens in der Schule, nachmittags auf Klautour, abends Gymnastik im Bett ... Glauben Sie, daß Sie das mit frommen Gesängen aus uns wieder rausholen? Das ist einjewachsen, Herr Doktor, und das stirbt erst ab, wenn wir selbst verfaulen. Guten Tag —«

Dr. Schmidt schwieg. Er setzte sich hinter seinen Schreibtisch und stützte den Kopf in beide Hände. Sein Ideal, in jedem Menschen stecke ein guter Kern, hatte einen Knacks bekommen.

Man muß sich mehr um diese schwierigen Fälle kümmern, dachte er. Die Willigen entwickeln sich von allein, Aber Menschen wie Hilde Marchinski und Käthe Wollop bedürfen einer ständigen Seelenmassage. Sie müssen immer und überall das Bewußtsein haben, gebraucht zu werden, nützlich zu sein, als Persönlichkeit geachtet zu werden. Man muß ihnen die eigene Achtung vor sich selbst und ihrem Körper wiedergeben. Sie müssen sich selbst lieben lernen, um davor zurückzuschrecken, sich billig zu verschenken.

An diesem Abend erlebten Hilde Marchinski und Käthe Wollop eine große Überraschung.

Hilde wurde als Hausmädchen für den Direktor abgestellt, Käthe als Hilfe für den Anstaltsarzt Dr. Röhrig.

Die Reaktion war verschieden.

Hilde Marchinski sagte wieder »Mist!« und stellte sich verbissen schlafend, Käthe Wollop lächelte still und strich sich über die Hüften. Der Doktor ist ein junger Arzt, dachte sie. Und ich bin 17 und schön gebaut. Ich werde ihm eine gute Hilfe sein.

Dr. Röhrig war gar nicht begeistert von dem Plan seines Freundes. Die Verantwortung war ihm zu groß. Er weigerte sich, sie zu übernehmen.

Dr. Schmidt versuchte, ihn zu überzeugen. »In der ersten Zeit wird es schwer sein«, sagte er. »Aber später wird sich alles einpendeln. Es wären keine Mädchen, wenn sie nicht an ihrer Aufgabe Gefallen fänden. Man kann einen Menschen mit siebzehn oder achtzehn Jahren nicht schon abschreiben und sagen: Das bleibt ein aussichtsloser Fall, er soll verkommen! Seine große Wandlung zur Eigenpersönlichkeit steht ja erst noch bevor ... und sie müssen wir lenken und fördern ...«

Dr. Röhrig seufzte und hob hilflos beide Arme.

»Wenn es einen Nobelpreis für Menschenliebe gäbe ... man müßte ihn dir verleihen. Aber mit soviel Idealismus rechnet ja gar kein Mensch — «

Das Reporter-Team des Wochenblattes wählte einen Weg, der gut amerikanisch ist ... es war plötzlich da, parkte den

Wagen vor dem großen Tor von Wildmoor und begehrte Einlaß. Die Beamtin an der Pforte rief sofort Dr. Schmidt an und sprach mit ihm. Dann legte sie den Hörer auf und musterte die drei selbstsicheren Männer.

»Der Herr Regierungsrat bedauert — «

»Kennen wir!« Die drei lächelten sich an und waren sich einig. Deutsche Beamte! Sie bedauern! Bei der Presse! Man muß sie also aufwecken, damit sie erkennen, was Pressefreiheit und Demokratie ist! Man kennt das ... beim deutschen Beamten ist alles gleich, ob unter Wilhelm II., Adolf dem Zerstörer oder Konrad, dem Rosenzüchter.

»Sagen Sie Ihrem Herrn Regierungsrat, daß wir es sehr bedauern würden, wenn wir eine Reportage ohne seine Hilfe machen müßten. Sie wäre dann einseitig gefärbt, und das wäre allein die Schuld der Behörde, die eine objektive Information verhindert hat. Man kann Dinge so und so sehen — « Der Reporter drehte die Handflächen hin und her — »die Wahrheit liegt immer in der Mitte, und geglaubt wird doch alles! Also, bester Zerberus ... melden Sie uns noch einmal bei Ihrem strengen Chef an.«

Dr. Schmidt ließ die Herren vom Wochenblatt eine Stunde warten, ehe er sie empfing. Er sah in saure Mienen und wußte, daß es hier keine Brücke der Vernunft mehr gab. Wer den Staat und seine Beamten angreifen will, der tut es, unbeschadet, ob es sinnvoll ist. Antipathien werden nie vom Sinn beherrscht.

»Bitte — «, sagte Dr. Schmidt steif. Er sah keine andere Form, dieser offenen Feindschaft anders gegenüberzutreten.

»Wir haben ein großes Interesse daran, Ihre Strafanstalt zu besichtigen«, sagte der Wortführer des Reporter-Teams. »Wir wissen, daß hier revolutionäre Ideen des neuen Strafvollzuges exerziert werden. Wir glauben, daß es von größtem Allgemeininteresse ist, die Öffentlichkeit von der Arbeit am gefallenen Menschen aufzuklären.«

»Haben Sie eine Erlaubnis des Innenministeriums, meine Herren?« Dr. Schmidt putzte seine Brille.

»Wie bitte?«

»Die Vorbedingung einer Besichtigung ist eine Erlaubnis des Ministeriums.«

»Aber Sie sind doch der verantwortliche Direktor!«

»Das schon ... aber auch ich bin weisungsgebunden.«

»Ich glaube, daß es in Ihrem Ermessen liegt, ob wir ...«

»Meine Herren!« Dr. Schmidt erhob sich. Auch seine Stimme wurde härter. »Was Sie glauben, ist das Arbeitsgebiet Ihres Pfarrers. Es kommt darauf an, was *ich* weiß.«

»Wir dürfen also nicht?« Die Reporter erhoben sich wie auf ein Kommando ... eine Front gegen Dr. Schmidt.

»Aber ja ... wenn das Ministerium es Ihnen zusagt. Ich führe Sie gern herum, ich zeige Ihnen gerne alles, ich lasse Sie einen Tag lang an dem Leben von Wildmoor teilhaben ... wenn Sie mir die Genehmigung des Ministeriums vorlegen.«

»Gehen wir.« Der wortführende Reporter hob die Schultern. »Schade, Herr Regierungsrat. Wir können auch ohne Ihr Wohlwollen berichten —«

»Das glaube ich Ihnen gern.«

»Man wird uns dann einige Fehlerquellen verzeihen.«

»Davon leben Sie ja —«

Die Reporter stutzten. Der Sarkasmus Dr. Schmidts war wie eine Ohrfeige. Sie spürten sie deutlich, und sie preßten die Lippen zusammen. Der Wortführer hängte sich die Kamera wieder um den Hals.

»Wie ist das eigentlich«, fragte er, »kann ein Anstaltsdirektor eine Aussprache zwischen Mutter und Tochter hintertreiben?«

»Darüber kann Ihnen am besten Frau v. Rothen Auskunft geben«, sagte Dr. Schmidt kühl.

Die Reporter wurden verlegen und gingen. Grußlos ...

ihre Verlegenheit war größer als ihre Höflichkeit. Erst vor dem Tor sprachen sie wieder, als sie im Wagen saßen und sich gegenseitig die Zigaretten anzündeten.

»Ein ekelhaft bornierter Bursche!« sagte der Fotograf.

»Wir werden ihm den kleinen König schon austreiben. Mit solchen Typen werden wir schnell fertig. Und bißchen Staub auf ihr Haupt — und sie ersticken daran!« Der Wortführer rieb sich die Hände. »Und nun los, Jungs ... Aufnahmen von außen, rundherum ... vielleicht kriegen wir noch 'n paar Mädchen vor die Linse ... dann das Moor, später Bauern beim Torfstechen ... zu Hause machen wir eine Montage, Mädchen und Bauern im Moor ... Kinder, und da fällt mir eine tolle Unterschrift ein! Hört mal zu: ›Offene Anstalt ist kein öffentliches Haus‹ ... Das haut den Opa von der Ofenbank! Und dem geschniegelten Herrn Regierungsrat kneifen wir mal in den Hintern — «

Über einen Tag hielten sich die Reporter um Wildmoor herum auf. Sie jubelten, als sie die zurückkehrenden Kolonnen der Außenkommandos fotografieren konnten.

›Fronarbeit für Wassersuppe‹, das war der nächste Titel, den sie ausknobelten. Und als dritten Knüller: ›Sex im Moor ... von unseren Steuern!‹

Das Unheil war nicht mehr aufzuhalten, auch nicht durch die Meldung, die Dr. Schmidt zum Ministerium schickte, gewissermaßen als Warnung und schonende Vorbereitung. Die Meldung kam auf den Schreibtisch von Ministerialdirektor Bernhard Fugger.

»Da haben wir's!« rief er und schlug mit der Faust auf die Meldung aus Wildmoor. »Habe ich diesem Dr. Schmidt nicht immer gesagt, er soll die Öffentlichkeit aus dem Spiel lassen?! Nun haben wir den Teufelssalat — «

Mit Hilde Marchinski war seit dem Besuch ihrer Mutter eine deutliche Wandlung vorgegangen.

Sie lag jetzt still im Bett des Krankenreviers, aß kaum,

las nicht mehr, sondern starrte apathisch an die Decke. Dr. Röhrig versuchte vergeblich, ein Gespräch mit ihr anzufangen ... sie drehte den Kopf weg, drückte das Gesicht in das Kissen und weinte.

Auch Dr. Schmidt saß öfter an ihrem Bett. »Du mußt Vertrauen zu mir haben, Hilde«, sagte er eindringlich. »Du weißt, daß du mir alles sagen kannst. Ich bin nicht nur dein Anstaltsdirektor, sondern auch dein Freund. Ich will dir doch helfen. Was ist es denn?«

»Nichts, Herr Direktor.« Eine müde Antwort, ein Wegdrehen des Kopfes zur Wand. Verbissenheit, Starrheit, ein Sichabschließen.

Es muß wegen Willi sein, dachte Dr. Schmidt. Sie waren gleich in Streit geraten, als der Name fiel, und Mutter und Tochter waren aufeinander losgefahren wie zwei Hyänen, die sich um ein Stück Aas zanken. Und wieder sah er, was ihm Lotte Marchinski so überdeutlich ins Gesicht gesagt hatte: In der Gosse herrschen andere Gesetze ... dort kann ein Zuhälter mehr sein als die ganze Moral der Menschheit.

In den Nächten lag Hilde ebenso wach wie Vivian v. Rothen in der Moorkate Fiedje Heckroths. Nur waren ihre Gedanken bereits realer und fester umrissen. Während Vivian noch mit sich rang, das Leben auskotzenswert zu finden, hatte Hilde bereits das Stadium des Ekels erreicht.

Was erwartete sie, wenn sie in zwei Jahren oder früher, wenn der Pfarrer für sie sprach, aus Wildmoor entlassen wurde? Es war gar keine Frage mehr ... es war eine nüchterne Aufzählung von Tatsachen: Willi, der weiter faulenzte und sie auf die Straße schicken würde, eine Mutter, die voll Haß war und sich darum riß, Willi in die Bude zu bekommen, um den Traum von Jugend noch einmal durchzuträumen, bis das Fleisch von ihren ausgezehrten Knochen fiel. Eine Welt, sumpfiger als das Moor, das sie jetzt umgab. Vor allem aber keine Möglichkeit, dieser

Welt zu entfliehen, denn wohin sie auch immer kommen würde — sie blieb die rote Hilde, das Flittchen mit den besten Preisen. Was nützte es, daß sie in Wildmoor kochen und nähen lernte, daß sie Thron richtig mit th schreiben konnte und Rhododendron mit Rh, daß sie wußte, wo Caracas lag und Bismarck kein Hering, sondern ein Staatsmann war? Was blieb übrig von drei Jahren Unterricht, von dem Willen, den Kopf aus der Jauche zu stecken und reiner zu atmen?

Eines Tages würde sie wieder auf der Straße stehen, als Entlassene, und wenn es hoch kam, holte Willi sie ab, aber sicher war das nicht. Sie hatte kein Zuhause, kein Zimmer, nicht einmal ein eigenes Bett. Sie hatte einen Koffer in der Hand, das war ihr ganzes Besitztum. Und sie hatte einen schönen, weißhäutigen Körper und herrliche, kupferrote Haare. Das war ein Kapital ... nicht drei Jahre Lehre, wie man ein Kleid näht oder Prozente ausrechnet, wieviel Salzgehalt das Mittelmeer hat oder wie hoch der Gaurisankar ist. Und so würde vom neuen Leben wieder nur der alte Schmutz übrigbleiben, das Verkaufen der eigenen Glieder und das Wiederversinken im Schlamm.

Hilde Marchinski hatte keine Illusionen mehr. Etwas in ihr war zerbrochen, als ihre Mutter schrie, daß Willi zu ihr gewechselt war. Sie wunderte sich selbst darüber, wie nüchtern sie darüber denken konnte, daß es sinnlos sei, dieses Leben weiter mitzumachen. Alles, was für sie bisher zu einer Triebfeder ihres Wesens geworden war ... die Sehnsucht nach einem Mann, der Drang nach Freiheit, der blinde Haß auf Vivian, die Verachtung der bürgerlichen Welt ... alles war in ihr gestorben. Sie stand in einer schrecklichen Leere, in der sie selbst zu viel war. Sie glaubte, zu erkennen, daß sie gar nicht wert sei, weiterzuleben. Niemand war da, der sie vermißte, niemand, der um sie weinen würde ... aber alle warteten darauf, sie wieder zu treten und für ein paar Silberlinge das Recht zu erkaufen, sich über sie zu werfen.

Als die Revierbeamtin, die in einem Zimmer hinter den Krankenräumen schlief, in der Nacht hinausmußte und zur Toilette ging, fand sie das Bett Hilde Marchinskis leer.

»Hilde!« rief sie. »Hilde ... mach keinen Blödsinn!«

Sie rüttelte die anderen Mädchen im Krankenzimmer wach. Sie hatten nichts gehört, sie hatten fest geschlafen.

»Hilde!« Der Beamtin lief es eiskalt über den Rücken. »Sie kann doch nicht weg sein! Sie war doch viel zu schwach dazu ...«

Nach kurzem Suchen fand man sie.

Sie hing in der Toilette. Um den Spülkasten hatte sie ein in Streifen zerrissenes Handtuch gebunden und sich daran aufgehängt. Sie lebte noch, als die Beamtin das Handtuch herunterriß und drei Mädchen sie zurück in das Zimmer schleiften, aber die Besinnungslosigkeit war schon über sie gekommen, Puls und Herzschlag waren kaum noch spürbar.

Wieder jagte Dr. Röhrig durch die Nacht von Stavenhagen nach Wildmoor. Er bedauerte seinen Freund Dr. Schmidt und hatte gleichzeitig Angst um ihn.

War es eine Idee — seine Idee — wert, daß die Gefahr bestand, an ihr zu zerbrechen?

Der Artikel in der Wochenpost erschien in großer Aufmachung. Die Bilder waren schlecht, man sah nicht viel darauf, aber um so knallender war der Text. In ihm wurde Dr. Schmidt als eine Mischung von Großinquisitor und schwärmerischem Eiferer hingestellt, der Realitäten mit Hirngespinsten verwechselte und eine kleine leitende Position schamlos für Seelenexperimente und Fronarbeit ausnutzte. Die Grundtendenz des Berichtes war klar: Wildmoor ist ein Unding als Strafvollzug. Wie kommt der

Steuerzahler dazu, jugendlichen Gangstern einen mehrjährigen Erholungsaufenthalt zu bezahlen, wo Tausende Familien sich nicht einmal einen Sonntagsausflug leisten könnnen?! Daß hier zwei Tendenzen hochgespielt wurden, daß der ganze Artikel sich selbst widersprach ... wen kümmerte es. Im Ministerium und bei den vorgesetzten Stellen Dr. Schmidts bei der Staatsanwaltschaft und im Justizministerium schlug er wie eine Bombe ein.

Die alte Weisheit bewahrheitete sich wieder: Beamte sind allergisch gegen die Presse. Ein Beamter, der im Schußfeld der Öffentlichkeit steht, ist ein abgeschossener Beamter, bevor er überhaupt noch Stellung dazu nehmen kann. In vielen Fällen mag es berechtigt sein, dort, wo der Beamte nicht Diener des Staates, sondern Herrscher geworden ist ... im Falle Dr. Schmidts war es nicht nur ein Irrtum, ein bewußter, gehässiger Abschuß, sondern auch ein tragisches Schicksal.

Ministerialdirektor Fugger reagierte sofort. Er hatte darauf gewartet, den »Spinner vom Moor« abzuschieben. Untergeordnete Beamte, die durch eigene Ideen Chancen haben, aufzusteigen und eine Gefahr für die Karriere zu werden, sind im Ministerium die unbeliebtesten Zeitgenossen. Ideen haben aus dem Ministerium zu kommen ... sie gleichen darin fast zwillingshaft den Universitätskliniken, wo das Privileg der Ideen ausschließlich beim Chef, beim Ordinarius liegt.

Regierungsrat Dr. Schmidt bekam zunächst einen Telefonanruf.

Sperre aller Besuche. Rückpfeifen aller Außenkommandos. Normaler Strafvollzugsdienst in der Anstalt Wildmoor, das heißt vor allem: Einschließung der Häftlinge in die Zimmer. Abwarten weiterer Verfügungen. Eine Kommission zur Untersuchung der beschriebenen Vorfälle wird gebildet. Unter Vorsitz von Ministerialdirektor Dr. Fugger.

»Amen!« sagte Dr. Röhrig. Er goß Dr. Schmidt noch einen Kognak ein. »Du weißt, was das bedeutet?«

»Ja«, sagte Dr. Schmidt kurz. Er war müde, er hatte die Nacht nicht geschlafen. Er hatte hinter seinem Schreibtisch gesessen und eine lange Rechtfertigung geschrieben. Obgleich er ahnte, daß sie sinnlos war, daß niemand sie lesen würde oder sich ernsthaft mit ihr auseinandersetzte, hatte er über zwanzig Seiten eng beschrieben. Seit Jahrzehnten knobelten die Juristen an einer umfassenden Strafrechtsreform, schon in der Weimarer Republik stand sie auf der Tagesordnung ... wie sollte da der Schriftsatz eines kleinen, im Gefängnisdienst eingesetzten und zudem noch jungen Regierungsrates zu der Ehre kommen, überhaupt beachtet zu werden?! Es gibt eine Hierarchie der Trägheit ... sie ist nirgendwo augenfälliger, als wenn es um staatliche Reformen geht!

»Wie willst du das alles geradebiegen?« fragte Dr. Röhrig wieder. Dr. Schmidt blieb stehen.

»Was geradebiegen?«

»Alles, was du bisher verschwiegen hast und was in keinem Bericht steht ... der Mordversuch an der Köchin Gumpertz, die Abstellung dieser Monika Busse über Monate hinaus, der Selbstmordversuch Hilde Marchinskis, der Verkauf von Kosmetika in der Kantine ...«

Dr. Schmidt trank seinen Kognak in einem Zug leer.

»Ich werde alles berichten.«

»Und sie schließen dir sofort die Anstalt!«

»Sie können mich strafversetzen — «

»Und nach Wildmoor — wenn es überhaupt Strafanstalt bleibt — kommt ein Scharfmacher, der hier einen normalen Gefängnisbetrieb aufzieht unter dem alten, deutschen Motto: Strafe, nicht Besserung.« Dr. Röhrig goß sich wieder ein. »Es ist zum Kotzen, Peter! Kann man gegen diese Schmierfinken vom Wochenblatt nichts unternehmen?«

»Natürlich! Aber wem nützt es etwas? Sie bringen einen Widerruf mit hämischen Seitenhieben. Das Gesetz Nummer sowieso vom Soundsovielten zwingt uns ... und so weiter. Und jeder, der es liest, denkt sich: Siehst du, da haben sie wieder die Pressefreiheit mit einem Gesetz abgeschossen! Die Sache in Wildmoor ist doch wahr! Schöne Schweinerei in Deutschland!« Dr. Schmidt schüttelte den Kopf. »Alles vergebens, mein Lieber. Schmutz bleibt haften und gibt Flecke! Die Masse will Vernichtung lesen, nicht Rehabilitierung! Die Masse ist ein Raubtier, das fressen will, immer wieder fressen, unersättlich, eine Hydra mit Millionen Köpfen. Und außerdem — « Dr. Schmidt lächelte traurig — »wartet man ja auf solche Dinge im Ministerium. Fugger ante portas ... es geht das Gerücht, daß er Staatssekretär werden will und kann. Da ist der Odem eines Reinigers der Justiz besonders willkommen.«

»Du resignierst also?«

»Ich bin in die Lage des Wartenden gedrängt.«

»Und du hast keinen, der dir helfen kann?«

»Nein.«

»Überleg einmal.«

»Dazu hatte ich die ganze Nacht Zeit.«

»Stehst du denn ganz allein mit deiner Idee?« Dr. Röhrig ging im Zimmer hin und her. »Abgesehen von mir natürlich. Ich bin in den Augen der Juristen ein blutiger, dummer Laie, wenn ich meine Ansichten vor der Ministerialbürokratie äußern wollte. Mit Recht würde man sagen: ›Behandeln Sie bitte Mandelentzündungen und bäuerlichderbe Gonorrhoen, aber lassen Sie die Finger von der Juristerei. Wir sagen Ihnen ja auch nicht, wie Sie Phimose behandeln sollen!‹ Aber irgendein einflußreicher Mann muß doch zu finden sein, der dir ein moralisches Korsett verpaßt!«

»v. Rothen — «, sagte Dr. Schmidt plötzlich.

»Wer?«

»Der Kleiderfabrikant Holger v. Rothen. Seine Tochter Vivian ist Insasse von Wildmoor.«

Dr. Röhrig schüttelte heftig den Kopf. »Ihm wird man sagen: ›Nähe die Knöpfe besser an die Hosen, damit sie nicht beim geringsten Druck abspringen! Aber kümmere dich nicht um den Strafvollzug!‹«

»Du kennst diesen v. Rothen nicht. Aber du hast recht ... es ist sinnlos.« Dr. Schmidt stellte sich an das Fenster. Von draußen hörte er helle Mädchenstimmen singen. Die Außenkommandos kamen zurück, am Mittag schon, zurückbeordert ohne Begründung. Die Bauern, die an der Spitze marschierten, rätselten herum, was geschehen sein mochte. Ausgerissen war keines der Mädchen, anständig hatten sich auch alle benommen. Es gab keinen Grund in ihren Augen. Die Mädchen waren völlig ahnungslos; zu ihnen hatte man gesagt, es handle sich um einen außerplanmäßigen Besuch eines hohen Herren. Irgend etwas schien daran wahr zu sein, denn der Innendienst schrubbte die Zimmer und Gänge wie verrückt.

»Meine Mädchen —«, sagte Dr. Schmidt leise.

Dr. Röhrig war hinter ihn getreten. Durch das große Tor marschierten die fröhlichen, singenden Kolonnen. Die Kopftücher wehten, die Gesichter waren braun und gesund, die Freude, zu leben, glänzte in ihnen. Das Glück, jung zu sein.

»Was wird aus ihnen, wenn sie wieder hinter Gittern und Eisentüren sitzen und jeden Morgen um sieben ihren Abortkübel aus der Zelle schleppen?« Dr. Schmidt wischte sich über die Augen. »Sind diese Mädchen da unten nicht der Beweis, daß ich auf dem richtigen Wege bin, daß es auch anders geht als nach mittelalterlichen Normen, daß man Menschen heranbilden kann, auch wenn sie sich einmal außerhalb der Gesellschaft stellten! Ist denn jeder, der einmal gestrauchelt ist, automatisch ein Aussätziger?! Sind wir ›anderen‹ denn unfehlbar? Man sollte es deutlich, ganz deutlich sagen: Nein! Die ›anderen‹, die Reinen mit der weißen Weste, haben nur Glück gehabt! Ich möchte die heimlichen strafbaren Handlungen nicht zählen, die versammelt sind, wenn sich die sogenannte ›große Gesellschaft‹ trifft!«

Dr. Röhrig lächelte bitter: »Peter — «, sagte er sarkastisch —, »das klingt ketzerisch! Mit solchen Ansichten bist du hier und überall in kürzester Zeit ein toter Mann!«

Sie traten vom Fenster zurück. Die Mädchen waren von Julie Spange und Hedwig Kronberg in Empfang genommen worden, die Bauern trotteten aus dem Hof, — sie hatten keine Auskunft bekommen, warum der Außendienst abrupt beendet wurde. In den Waschräumen ging jetzt das Lachen und Singen los, Kreischen und Gerenne ... zwei Häuser voll junger, fröhlicher Mädchen, die nicht wußten, wie schnell sich der Himmel über ihnen verfinsterte und wie nahe die Gefahr war, Wildmoor eintauschen zu müssen mit dumpfen, engen Zellen, in die oben unter der Decke das Licht durch ein kleines vergittertes Fenster fiel und zweimal am Tage eine halbe Stunde lang Luft geschnappt werden durfte, bei einem Spaziergang rund um die Hofmauer und um ein Stückchen blassen Rasens.

Auch Monika Busse und Vivian v. Rothen wurden von Fiedje Heckroth zurückgeholt. Der Moorbauer verlangte vergebens, den Regierungsrat zu sprechen. »Es geht nicht«, sagte Hedwig Kronberg abwehrend. »Der Herr Direktor kann Ihnen auch nichts weiter sagen als ich ... Es muß ein Befehl von oben sein!«

»Dann werde ich mich da oben beschweren!« rief Fiedje. Hedwig Kronberg zuckte mit den Schultern.

»Sie wissen doch, daß es keinen Zweck hat.«

Dr. Röhrig schüttete sich das vierte Glas Kognak ein.

Seine Erregung verlangte nach dämpfendem Alkohol. »Meinst du wirklich, daß dieser Kleiderfabrikant etwas ausrichten kann?«

»Ich weiß es nicht. Immerhin kennt er einflußreiche Personen — «

»Dann ruf ihn an.« Dr. Röhrig ging wieder hin und her.

»Obwohl ich — wie gesagt — nichts davon halte ... ganz wehrlos solltest du denen von dem Ministerium nicht entgegentreten.«

Dr. Schmidt nickte. Er sah keine Hoffnung mehr. Plötzlich stand er allein wie auf einer winzigen Insel, und um ihn herum brandeten die Wellen von Unverständnis, Mißverstehen, Hetze und Verleumdung heran, von Neid und Mißgunst, und er hatte keine Möglichkeit, auch nur einen schwachen Damm um sich und sein Werk Wildmoor zu bauen.

Was hatte er denn getan, was in den Augen der Umwelt so verwerflich war? Er hatte gestrauchelte Mädchen als besserungsfähige junge Menschen angesehen, er hatte über kleine, tägliche Fehler hinweggesehen, um das große Ziel der Umerziehung zu erreichen, er war tolerant gewesen und nicht ein ausführendes, anonymes und ebenso gefühlloses Organ des Strafvollzugs. Er verkehrte mit seinen Häftlingen als väterlicher Freund und nicht als Chef der Aufseher. Er kümmerte sich um die Seele seiner Mädchen und nicht nur um die Sauberkeit der Flure und Zimmer. Er gab den von der Menschheit Abgeschlossenen einen täglichen Lebenssinn, anstatt sie zu stumpfen und auf die Entlassung wartenden Geschöpfen werden zu lassen.

War das ein Vergehen gegen Staat und Gesellschaft? War das vernichtenswert? Ist die aufbauende Initiative eines Beamten ein Verrat am Gesetz?

Dr. Schmidt wischte diese Fragen mit einer einzigen

Handbewegung weg, so wie er wußte, daß auch Ministerialdirektor Fugger sie wegwischen würde.

»Ich werde v. Rothen anrufen«, sagte er resignierend. »Ich fürchte, er ist gar nicht zu Hause, sondern irgendwo zwischen London und San Franzisko ...«

So war es auch. Holger v. Rothen verhandelte in Rom mit italienischen Hemdenfabrikanten. Der Diener versprach Dr. Schmidt, den gnädigen Herrn von dem Anruf zu verständigen. Mehr konnte er nicht tun.

Am Abend, spät nach Dienstschluß des Ministeriums, schellte noch einmal das Telefon bei Dr. Schmidt. Dr. Röhrig saß noch immer herum; er wußte, daß er seinen Freund nicht allein lassen durfte. Wenn er auch nicht helfen konnte ... das Gefühl, einen Menschen um sich zu haben und nicht völlig einsam zu sein, war in diesen Stunden von einem unbezahlbaren Wert.

Dr. Schmidt legte den Hörer langsam zurück auf die Gabel.

»Wer war das?« fragte Dr. Röhrig.

»Das Ministerium.«

»Jetzt? Um diese Zeit?«

»Dr. Fugger. Er kommt morgen mit der Kommission.« Dr. Schmidt ließ sich in den Sessel fallen und legte den Kopf erschöpft weit zurück in den Nacken. »Sie haben es sehr eilig ... wie die Geier, die über den noch zuckenden Körper herfallen und ihn zerreißen ...«

Die Kommission unter Ministerialdirektor Dr. Fugger war zunächst sehr zahm und höflich. Dr. Schmidt führte die Herren durch alle Gebäude, zeigte die Zimmer, die Küche, den Speise- und Theatersaal, die Stallungen, das Revier; er führte einige Mädchen vor und zwar von zwei Extremen ... Monika Busse und Käthe Wollop ... er erklärte anhand von Tabellen und Berichten die Fortschritte und die

Arbeitsweise von Wildmoor, zeigte auf einer Moorkarte die Stellen des Arbeitseinsatzes und ging mit den Herren durch eine Ausstellung von Handarbeiten, Schnitzereien und Tonplastiken, die die Mädchen in den Freizeitstunden angefertigt hatten.

Einer der Herren zeigte sich sehr verwundert.

»Sie geben den Mädchen Schnitzmesser in die Hand?«

»Natürlich«, antwortete Dr. Schmidt.

Der Herr vom Ministerium fand das gar nicht natürlich, aber er schwieg noch. Nur Dr. Fugger lächelte vor sich hin. Wenn keine langen Reden ein Charakteristikum Dr. Schmidts abgaben ... dieses »natürlich« zeigte ihn besser als alle Analysen. Für einen Beamten ist etwas Abseitiges nie natürlich!

»Erstaunlich, wirklich erstaunlich ...«, sagte Dr. Fugger deshalb, als die Besichtigung beendet war und man im Büro Dr. Schmidts zur Besprechung zusammensaß, Kaffee trank und sich von zwei Häftlingen bedienen ließ, was wortlos, aber mißbilligend aufgenommen wurde. »Man könnte denken, nicht in einer Haftanstalt, sondern in einem Mädchenpensionat zu sein – «

Die Einstellung Dr. Fuggers war mit dieser Bemerkung bereits endgültig umrissen. Die anderen Herren nickten beifällig. Sie waren im Dienstrang niedriger als Dr. Fugger und nach dem ungeschriebenen Beamten-Karriere-Kodex verpflichtet, zu nicken. Es wäre undenkbar gewesen, wenn jemand noch eine andere Meinung als Dr. Fugger geäußert hätte.

Mitleidig sah Dr. Schmidt auf die fünf dunkel gekleideten Nickemänner. Was kann ich hier noch erwarten, dachte er. Es ist doch sinnlos, überhaupt noch einen Ton zu sagen. Man sollte seinen Hut nehmen, ›Adieu, meine Herren‹ sagen und gehen. Jedes weitere Wort war Verschwendung ... man konnte es auch gegen den Mond rufen oder einem Hund ins Ohr flüstern. Dort würde es vielleicht noch ein Schwanzwedeln erwecken ...

»Das ist es auch!« sagte Dr. Schmidt ruhig.

Dr. Fugger hob die Augenbrauen.

»Ein Hotel für straffällige Mädchen auf Kosten des Staates? Lieber Herr Dr. Schmidt ... das ist ja Betrug am deutschen Steuerzahler!«

»Er kostet keine zweieinhalb Milliarden wie die Entwicklungshilfe — «

Dr. Fugger bekam einen hochroten Kopf. Der Mann ist ja ein Kommunist, dachte er. Wirklich, der Mann ist gefährlich. Das haben wir ja gar nicht gewußt und erkannt. Jetzt läßt er die Maske fallen! Es wäre nicht verwunderlich, wenn der Mann sogar Ostkontakte hat! Man sollte nachforschen, ob er eine Großmutter in der Zone hat oder sonstige Verwandte ...

»Bitte, bleiben Sie beim Thema!« sagte Dr. Fugger steif. »Wir sind Juristen, keine Wirtschaftler! Uns geht es um das Problem des Strafvollzuges und was Sie daraus mit den Steuergroschen gemacht haben! Und das ist zweckentfremdet! Stellen wir dies zunächst in aller Klarheit fest. Wenn jemand zwei Jahre Gefängnis hat, so bedeutet das nicht zwei Jahre Kuraufenthalt! Auch wenn er ein sogenannter ›Heranwachsender‹ ist! Ich halte überhaupt herzlich wenig von diesem Unterscheidungsblödsinn! Ein Verbrecher ist ein Verbrecher, ob er hundert Jahre alt ist oder siebzehn! Er stellt sich außerhalb unserer sozialen Ordnung ... also muß er es merken und dafür bestraft werden! Mit aller Härte, meine Herren, und nicht mit Lippenstift und Seidenstrümpfen, Fernsehabenden und fröhlicher Bastelrunde. Wo kommen wir denn hin?!«

Die Herren nickten wieder. Der Fugger ist ein scharfer Hund, dachten sie beifällig. Man merkt immer noch die gute Schule des Reichsjustizministeriums unter Staatssekretär Dr. Freisler. Es geht eben nichts über einschlägige Erfahrung ...

»Wir kommen zu einer neuen Jugend ...«, sagte Dr. Schmidt, obwohl er keine Antwort mehr geben wollte. Die nickenden Männer in Schwarz reizten ihn maßlos. Dr. Fugger hieb mit der flachen Hand auf den runden Tisch.

»Mit Nietenhosen und engen Pullovern, was?!«

»Jede Zeit schafft sich ihr eigenes äußerliches Erscheinungsbild. Im alten Ägypten ging man brustfrei und ...«

»Lassen Sie die dummen Scherze, Herr Regierungsrat!« rief Dr. Fugger aufgebracht. »Sie verkennen anscheinend den Ernst der Situation!«

»Ich bin mir der Situation voll bewußt.« Dr. Schmidt überblickte die dunkle Runde. Er selbst stand neben dem Tisch, wie ein Primaner, der vor seinen Professoren im Examen steht und sie entsetzt durch mehr Wissen, als gefordert wird. Wer erträgt es gern, geistloser zu sein als sein Schüler?

»Sie wissen, daß Ihr Wildmoor ein Experiment ist, das unter größten Vorbehalten genehmigt wurde?«

»Ja.«

»Bei Experimenten solcher Art ist es erwünscht, daß die Anonymität völlig gewahrt bleibt. Erst wenn man hundertprozentige Erfolge vorweisen kann, ist es ratsam, an die Öffentlichkeit zu treten. Aber vorher ins Schußfeld der Presse zu kommen, ist eine Katastrophe. Diese Katastrophe ist nun da! Uns liegen bereits ausländische Stimmen vor, die unverhohlen von Schadenfreude triefen. Das Schlimmste ist, daß niemand weiß, was eigentlich los ist. Die einen schreiben von Ausbeutung der Mädchen im Moor, die anderen vom Twist im gestreiften Kittel. Wir wissen, meine Herren, daß alles Quatsch ist ... aber die Öffentlichkeit frißt es, Halbheiten bleiben hängen, auf die Regierung wird geschimpft ... und das gerade jetzt, vor der Wahl!

Das ist unmöglich! Wildmoor wird dadurch nicht nur ein juristisches Problem, sondern auch ein heißes Politikum!«

Dr. Schmidt senkte kampfeslustig den Kopf. »Sollen meine Mädchen unter der Hysterie deutscher Politiker leiden?« fragte er.

Die schwarzen Herren erstarrten. Dr. Fugger sah Dr. Schmidt an, als habe ein Irrer geblökt. ›Hysterie deutscher Politiker‹, dachte er. ›Der Mann redet sich um seine ganze Karriere. Wenn ich diesen Ausspruch wörtlich melde, wird dieser Dr. Schmidt untragbar in unserer Demokratie!‹

»Sie sind übermäßig erregt, Herr Dr. Schmidt ...«, sagte Fugger atemlos. Dr. Schmidt schüttelte den Kopf.

»Ich bin völlig ruhig, Herr Ministerialdirektor.«

»Wir hatten gestern noch eine lange Besprechung.« Dr. Fugger breitete einige Papiere aus. »Es ging darum, die Insassen von Wildmoor auf die einzelnen Jugendstrafanstalten zu verteilen. Im Augenblick ist das unmöglich. Alles ist überfüllt. Die einzelnen Strafanstalten weigern sich energisch, neue Strafgefangene aufzunehmen. Wir müssen also Wildmoor vorläufig als ein Provisorium belassen ...«

»Sie ... Sie wollen Wildmoor ganz auflösen?« fragte Dr. Schmidt rauh.

»Aber ja! Das heißt, in seiner jetzigen Form! Es werden einige bauliche Veränderungen vorgenommen, und dann wird die Pressestelle des Ministeriums an die großen Blätter einen Bildbericht durchgeben, wie man in Wildmoor nach modernen Gesichtspunkten gefallene Mädchen bessert. Saubere Zellen, gutes Essen, ärztliche Betreuung, Gemeinschaftsabende, Gartenarbeit ... es wird ein Mustergefängnis werden, ohne den fatalen Anstrich eines Kurhotels. Wo gibt es denn so 'was: ein Speisesaal mit Bedienung. Fehlt nur noch der Tanz!«

»Auch den haben wir«, sagte Dr. Schmidt und freute sich über das blanke Entsetzen der vier schwarzen Herren, die hilfesuchend auf Dr. Fugger sahen. »Wenn Sie meine Berichte genau gelesen haben, meine Herren ... zweimal im Monat haben wir abends von zwanzig bis zweiundzwanzig Uhr einen Tanzabend. Da wird gejazzt, getwistet, gewalzt ... Sie sollten einmal erleben, wie glücklich die Mädchen sind ...«

»Wie glücklich! Strafgefangene und glücklich!« Dr. Fugger mußte eine Tasse Kaffee trinken, um seine Empörung herunterzuspülen. »Sagen Sie bloß, Sie laden auch noch die Bauernburschen der Umgebung dazu ein.«

»Das allerdings nicht. Ich nehme an, daß der Herr Ministerialdirektor sich bewußt ist, daß ich die Grenzen genau kenne.«

»Wo ist hier noch eine Grenze?« Dr. Fugger erhob sich. Die anderen vier Herren schnellten gleichfalls hoch. Es war unmöglich zu sitzen, wenn der Vorgesetzte sich erhob. Noch unmöglicher war es, Eigenfragen zu stellen, etwa so: »Stimmt es, daß innere Freude der beste Acker für ein Umdenken ist?«

»Sie werden weitere Instruktionen bekommen, Herr Regierungsrat«, sagte Dr. Fugger mit der ganzen Steifheit eines übergeordneten Beamten. »Die ersten Ausführungsbestimmungen bleiben bestehen: Kein Außendienst mehr, normaler Strafvollzug, also auch Essen in der Zelle und Ausgabe in Thermoskübeln —« Dr. Fugger erwähnte dies mit einer besonderen Wonne, nachdem ihn der schöne Speisesaal maßlos aufgeregt hatte. »In den nächsten Tagen werden Handwerker kommen und die Zimmerfenster vergittern. Das Tor bleibt geschlossen. Die Zimmertüren erhalten Außenriegel und Klappen, einschließlich Spion. Unter Nummern. Vor allem Nummern!«

Dr. Schmidt schwieg. Ich werde meinen Abschied einreichen, dachte er verbissen und innerlich völlig erschöpft. Ich werde aus dem Staatsdienst austreten und in die freie

Wirtschaft gehen. Es hat keinen Sinn, einem Staat zu dienen, in dem jeder Beamte wie ein kleiner König regiert, weil die Schranke, die der Schreibtisch zwischen Bürger und Beamten bildet, unüberspringbar ist.

»Wir verstehen uns?« fragte Dr. Fugger wonnevoll.

Dr. Schmidt nickte stumm.

»In der Presse werden wir den Bildbericht des Wochenblattes dementieren. Einseitige Tendenz, werden wir sagen. Auf Wiedersehen, Herr Regierungsrat.«

Dr. Schmidt begleitete die Herren bis zu den beiden schwarzen Wagen. Er drückte fünf Hände und ging ins Haus zurück, noch bevor die Wagen den Innenhof von Wildmoor verlassen hatten. Hedwig Kronberg und Julie Spange warteten auf ihn in der kleinen Eingangshalle.

»Stimmt es ...«, fragte die Kronberg leise. Sie brauchte die Frage nicht weiter auszusprechen. Man verstand sich auch so.

»Ja —«

»Und was werden Sie tun, Herr Direktor?«

»Ich trete aus dem Staatsdienst aus.«

Julie Spange atmete tief und erregt. »Das dürfen Sie nicht, Herr Direktor.«

»Was soll ich denn tun?«

»Kämpfen!«

»Kämpfen! Das spricht sich so leicht.« Dr. Schmidt winkte müde ab. »Halten Sie einen Wirbelwind auf, indem Sie sich ihm entgegenwerfen ...?«

Am nächsten Tag war Holger v. Rothen in Wildmoor.

Nach dem Anruf seines Dieners hatte er gleich das nächste Flugzeug von Rom nach Frankfurt genommen und mit einem Mietwagen sich nach Stavenhagen bringen lassen. Nun saß er Dr. Schmidt gegenüber und hatte sich einen genauen und rückhaltlosen Bericht angehört. Dr. Schmidt verschwieg nichts, vor allem nicht die Auswirkungen, die die Auflösung von Wildmoor nach sich ziehen würde und die Umgestaltung des Gutes in ein richtiges Gefängnis.

Holger v. Rothen sah ernst vor sich hin. Auch wenn Dr. Schmidt nicht aussprach, warum er ihn hergebeten hatte, wußte er, was von ihm stumm erwartet wurde. Es kostete v. Rothen eine große Überwindung, die Wahrheit Dr. Schmidts mit gleicher Wahrheit zu beantworten.

»Das kann eine Tragödie werden«, sagte er leise. »Ich stimme mit Ihnen völlig überein: Dieser Schock wirft die Mädchen, die sich in der neuen Welt wohlfühlten und sich in ihr einlebten, in die Gosse zurück. Aber was erwarten Sie von mir, Doktor?« v. Rothen hob beide Hände. »Nein, bitte, sagen Sie noch nichts. Ich will mir die Antwort selber geben. Ich soll beim Ministerium intervenieren. Ich soll — da dies wenig Erfolg haben wird — in die Öffentlichkeit treten. Mit einem Komitee einflußreicher Leute, mit Presse und Rundfunk und Fernsehen, mit der Macht meines Geldes — «

»Ja — «, sagte Dr. Schmidt leise.

»Und ich muß dann vor die Öffentlichkeit treten und sagen: Ich habe ein besonderes Interesse daran, weil meine eigene Tochter Insassin von Wildmoor ist. Ein Jahr hat sie bekommen, weil ich als Vater versagt habe. Nun liegt es in der Hand eines anderen Mannes, dieses Dr. Schmidt, daß er in einem Jahr aus meiner Tochter wieder einen vollwertigen jungen Menschen macht ... Kann ich das, lieber Doktor? Kann ich mich selbst zerfleischen, gesellschaftlich unmöglich machen, mich vielleicht geschäftlich ruinieren? Und verschweigen kann ich es ja nicht, denn die Gegenseite wird damit argumentieren, daß ich der Vater eines der Mädchen im Moor bin! Es geht einfach nicht, Doktor — «

Dr. Schmidt nickte und stützte den Kopf in beide Hände. Die letzte Hoffnung starb dahin.

»Das ist das Ende von Wildmoor«, sagte er dumpf.

Eine lange Zeit war es still, die Wände des Zimmers schienen zusammenzuschrumpfen und die beiden ernsten, nach einem Ausweg suchenden Männer zu erdrücken. Holger v. Rothen stand am Fenster und sah hinaus auf den Gutshof. Aus den Ställen klang Lachen, vier Mädchen schoben eine Karre mit Heu aus der Scheune, drückten sie durch den Sand, ihre Gesichter waren von der Hitze und der Anstrengung gerötet. Plötzlich zuckte er zusammen, beugte sich vor, riß die Gardine zur Seite und drückte die Stirn gegen die kalte Scheibe.

»Vivian — «, sagte er leise. »Doktor, da unten schiebt Vivian eine Karre mit Heu — «

Dr. Schmidt nickte. »Sie wird Stalldienst haben. Nach dem Willen des Ministeriums soll auch das aufhören. Normaler Strafvollzug, Arbeit im Haus, täglich zweimal Spaziergang auf dem Hof, das berühmte Im-Kreis-Gehen, drei Schritte Abstand vom Vordermann, Hände auf dem Rükken, Sprechverbot.« Er wischte sich mit der rechten Hand über die Augen, als müsse er etwas Ekliges verscheuchen. »Ich wage gar nicht daran zu denken, wie sich der Schock auf die Mädchen auswirkt, wenn sie erst die volle Wahrheit erfahren.«

»Sie wissen es noch nicht?«

»Nein. Aber sie ahnen etwas. Die Ungewißheit ist lähmend. Man hat sie von den Außenkommandos ohne Gründe zurückgepfiffen. Sie wissen doch, wie das ist, beim Militär haben wir es doch stets erlebt: Latrinenparolen nannten wir es. Jeder weiß mehr als der andere, die Gerüchte werden immer größer. Aber wie es wirklich sein wird, daran denkt keiner — weil es für die Mädchen einfach undenkbar ist. Vorerst glauben sie nur an eine andere Arbeitseinteilung.«

»Wann soll die ... die Umgestaltung beginnen?«

»Ich rechne mit der Anlieferung der festen Türen und der Gitter in den nächsten zwei bis drei Wochen. In solchen Fällen arbeiten die Behörden verblüffend schnell. Die Vergünstigungen der Offenen Anstalt sind ab sofort gestrichen. Wie Sie sehen — das große Tor ist bereits zu.« Dr. Schmidt trat neben v. Rothen an das Fenster. Es war ein schöner, sonniger Frühlingstag. Der Sand glitzerte bläulich und blendete. Vor der Küche saßen sechs Mädchen in der Sonne, große Eimer zwischen den Beinen, geflochtene Körbe neben sich und schälten Kartoffeln. Auf dem Fenstersims des Küchenfensters stand ein kleines Kofferradio. Tanzmusik flatterte dünn durch die sonnenhelle Frühlingsluft. Ein friedliches Bild, wie eine Illustration aus einem Bauernkalender.

»Auch das dürfte nicht mehr sein«, sagte Dr. Schmidt heiser. »Küchendienst nur innerhalb des Hauses. Keine Musik. Jede Arbeit soll im Bewußtsein der Strafe ausgeführt werden.«

»Wir leben doch nicht mehr im Mittelalter!« rief Holger v. Rothen und trat zurück in das Zimmer. »Ich denke, man beschäftigt sich neuerdings so eingehend mit der Jugendpsychologie?«

»In der Pädagogik, Herr v. Rothen. Die Justiz ist von jeher die letzte Behörde gewesen, die sich zu Reformen bereit fand. Juristen sind von Natur aus mißtrauisch, vor allem, wenn es um den Menschen geht. Wir haben es jetzt in Wildmoor erlebt — ein lancierter Artikel Ihrer Gattin, und schon bricht der Fortschritt zusammen! Gitter vor den Fenstern, eine dicke Tür mit Sehklappe, ein Aborteimer in der Zimmerecke — und schon ist das deutsche Strafvollzugsgemüt beruhigt.« Dr. Schmidt schüttelte resignierend den Kopf. »Ich weiß nicht, Herr v. Rothen, aber ich glaube, ich bin hier wirklich fehl am Platze. Ich bin kein guter Beamter — ich denke zuviel selbst! Es gibt nichts

Schlimmeres als einen Beamten, der über seine Verfügungen hinaus denkt und sich in erster Linie als Mensch unter Menschen fühlt. Ich werde um meine Entlassung nachsuchen. Was mich dabei maßlos erschüttert, ist nur der Umstand, daß Ihre Gattin dies zuwege gebracht hat.«

»Das haben Sie deutlich und doch diskret ausgedrückt, Herr Regierungsrat.« Holger v. Rothen setzte sich wieder und starrte auf seine Schuhspitzen. »Ich weiß, daß es meine Pflicht ist, hier zu helfen. Ich überlege die ganze Zeit, wie ich es könnte, ohne einen gesellschaftlichen Skandal heraufzubeschwören. Mein Name darf nicht genannt werden.«

»Man müßte die Öffentlichkeit über den wahren Charakter von Wildmoor informieren«, sagte Dr. Schmidt vorsichtig. v. Rothen zuckte auf.

»Genau! Das ist es! Wenn ein einziger Artikel schon eine solche Wirkung hatte, um wieviel mehr muß eine Serie von Berichten erfolgversprechend sein. Ich werde mein Möglichstes tun, Herr Regierungsrat.« Holger v. Rothen erhob sich wieder und ging zum Fenster. Vivian stand vor der Stalltür und half mit, Runkelrüben abzuladen. »Ich werde am nächsten Samstag einen kleinen Herrenabend geben und die maßgeblichen Verleger und Chefredakteure einladen. Ich befürchte nur, daß wir damit nicht das Anbringen der festen Türen und Gitter in Wildmoor verhindern können.«

»Das auf keinen Fall. Man wird sie anliefern. Aber zwischen Lieferung und Anbringen vergeht noch eine Zeit.« Dr. Schmidt trommelte mit den Fingerknöcheln auf seinen Schreibtisch. »Es ist schrecklich! Ich komme mir wie ein Verschwörer vor, wie der Held eines Schmierenstückchens. Wir stellen uns etwas außerhalb der Legalität.«

Holger v. Rothen lächelte. Es war ein müdes, aber doch Mut zusprechendes Lächeln. »Wir befinden uns da in illustrer Gesellschaft, Herr Regierungsrat. Und, seien wir ehrlich, was bleibt uns anderes übrig?« Er blickte wieder hinunter auf den Hof. »Könnte ich meine Tochter sprechen? Ich weiß, es ist kein Besuchstag ... aber vielleicht nur ein paar Worte?«

»Natürlich, Herr v. Rothen. Ich lasse sie rufen.«

Zehn Minuten später stand Vivian ihrem Vater gegenüber, in dicken Wollstrümpfen, Stallschuhen mit Holzsohlen, einem blauen Leinenkleid, einer derben Schürze und einem blauen Kopftuch, das die schwarzen Haare mühsam zusammenhielt. Sie roch nach Kuhdung und Heu.

»Guten Tag, Papa«, sagte sie nüchtern. Sie zeigte weder Freude noch Erstaunen. Sie wußte, daß ihr Vater hier war. Vor dem Tor stand der große, schwarze Wagen, und der Chauffeur Willi saß hinter dem Volant und las die Zeitung.

»Wie geht es dir, Vivi?« Holger v. Rothen zögerte, seine Tochter zu umarmen. Er hatte Angst, daß sie vor ihm zurückwich.

»Gut, Papa. Warum bist du hier?«

»Ich muß etwas ausbügeln, was deine Mutter angestellt hat.«

Das Gesicht Vivians verzerrte sich. Unverhohlene Verachtung schrie aus ihrem Blick. »Ich verachte euch!« sagte sie hart. »Dich und Mutter und eure ganze sogenannte Gesellschaft. Ihr habt mich auf dem Gewissen. Nur Haß und Streit und Intrigen — ich will davon nichts mehr wissen! Das habe ich dir schon einmal gesagt, Papa. Bitte, besuche mich nicht mehr.«

»Vivi —«, stotterte Holger v. Rothen. Hilfesuchend sah er sich zu Dr. Schmidt um. Der Regierungsrat kam um seinen Schreibtisch herum auf Vivian zu.

»Nun zieh die Bremse, Mädchen!« sagte er in dem Ton, mit dem Hilde Marchinski und Käthe Wollop angeredet werden mußten. Vivian hob etwas die Schultern. »Dein Vater ist hier, um uns zu helfen.«

»Will er eine Kartoffelschälmaschine stiften?«

»Vivi! Ich —« v. Rothen wollte laut werden, aber Dr. Schmidt winkte ab. Ihr Blick flattert, dachte er. Das ist keine Abwehr mehr, da ist etwas Stärkeres in ihrem Wesen, mit dem sie nicht fertig wird.

»Würden Sie uns bitte allein lassen, Herr v. Rothen?«

Er wartete, bis der Fabrikant nebenan in das Sekretariat gegangen war und ging ein paarmal um Vivian herum. Sie stand mit gesenktem Kopf und beobachtete Dr. Schmidt unter halb geschlossenen Lidern.

»Was ist, Vivian?« fragte Dr. Schmidt.

»Nichts, Herr Regierungsrat.«

»Du bist anders geworden.«

»Vielleicht.«

»Gib nicht so dumme Antworten! Ich brauche dir nicht zu sagen, daß du anders bist als etwa Käthe Wollop. Du bist hier in Wildmoor, um dich auf dich selbst zu besinnen — bei Käthe ist es vergebliche Mühe. Sie gehört zu den Unverbesserlichen. Aber du bist einmal ausgerutscht, und ich weiß, daß du es nicht wieder tun wirst. Doch dieses einmalige Hinfallen ist kein Grund, alle Welt und auch deinen Vater zu hassen. Wir wollen dir nur helfen —«

Vivian v. Rothen schwieg. Ein Zucken lief über ihre nach vorn gebeugten Schultern. Plötzlich weinte sie und bedeckte das Gesicht mit beiden Händen.

»Lassen Sie mich gehen, Herr Regierungsrat«, sagte sie. Sie warf den Kopf in den Nacken, das Kopftuch rutschte auf den Hals, die langen, schwarzen Haare umflossen das schmale Gesicht wie eine Mantille. »Ich tue meine Arbeit, ich bin nicht aufsässig, es kann sich niemand über mich beschweren, ich falle keinem zur Last. Bitte, lassen Sie auch mir meine Ruhe.«

Dr. Schmidt hob bedauernd die Schultern. »Wie du willst. Ich kann dich nicht zwingen, mir zu vertrauen. Du kannst gehen — «

Vivian v. Rothen zögerte einen Augenblick. Es schien, als wolle sie noch etwas sagen. Aber dann schob sie das Kopftuch wieder über die Haare und verließ schnell das Dienstzimmer. Nachdenklich trat Dr. Schmidt ans Fenster und beobachtete sie, wie sie mit steifen Beinen und gesenktem Kopf durch den Sand schlürfte und an der Stalltür von den anderen Mädchen in Empfang genommen wurde. Sie wurde umringt, mit neugierigen Fragen bestürmt und in das Gebäude gezogen.

Holger v. Rothen kam aus dem Nebenzimmer. Seine Selbstsicherheit war angeschlagen, er sah bleich und irgendwie verfallen aus. »Vivi ist weg?« fragte er stockend.

Dr. Schmidt nickte. »Ja. Ich weiß nicht, was sie hat. Der Gefängniskoller kann es nicht sein — dazu ist sie zu lange hier. Ich habe an ihr nie Zeichen von innerer Auflösung bemerkt, sie war immer eine Art Aristokratin unter den anderen Mädchen von Wildmoor. Das machte es ihr manchmal schwer und gab zu Reibereien Anlaß — aber das alles kümmerte sie nicht. Und plötzlich diese Wandlung! Ich verstehe das nicht.«

»Ich mache mir Sorgen.« v. Rothen zog seinen pelzgefütterten Mantel an. »Bitte, beobachten Sie Vivi, Herr Regierungsrat. Das Mädel ist so ganz anders geworden. Wissen Sie, daß sie zu impulsiven Taten neigt?«

»Nein.« Dr. Schmidt war ehrlich erstaunt.

»Schon als Kind war Vivian das, was man vornehm kapriziös nennt. Sie handelte plötzlich ganz anders, als man es erwartet hatte. Ein Beispiel: Sie bekommt ein Kleid geschenkt, das sie sich immer gewünscht hatte. Ein rosa Spitzenkleid. Was macht sie? Sie nimmt es, schneidet es unten ab und zieht es ihrer Puppe an.«

»Es ist gut, daß Sie mir das gesagt haben.« Dr. Schmidt begleitete Holger v. Rothen bis vor die Tür. »Glauben Sie, daß diese Pressekampagne einen Erfolg haben wird?«

»Auf keinen Fall kann sie schaden.«

Hinter der Stalltür stand Vivian und blickte ihrem Vater nach, wie er über den Hof zum Tor ging. Hedwig Kronberg begleitete ihn, schloß das Tor auf, gab Holger v. Rothen die Hand. Vivian rannte in den Stall, drückte eine Kuh zur Seite und kletterte auf die Futterkrippe. Durch das schmale Stallfenster konnte sie auf die Straße sehen.

Willi, der Chauffeur, riß die Wagentür auf, v. Rothen ließ sich in die Polster fallen, ein erschöpfter, alter Mann mit einem zerknitterten Gesicht. Die Tür knallte zu, der Motor brummte auf, langsam setzte der Wagen zurück und mahlte durch den Staub.

Vivian umklammerte die Eisenstäbe des Fensters und drückte die Stirn dagegen. »Papa —«, stammelte sie. »Papa ... du weißt ja nicht, was mit mir geschehen ist — « Sie drückte den Mund gegen die gelbe, ungeputzte Scheibe und erstickte so den Schrei, der ihr in der Kehle saß. Hinter ihr im Stall, an der Jaucherinne, lachten die anderen Mädchen.

»Komm runter!« rief eine von ihnen. »So schön ist dein Chauffeur Willi nun auch nicht, daß du nach ihm jammern mußt.«

Vivian stieg von der Futterkrippe und krallte die Finger in die Schürze.

»Was seid ihr doch für Schweine —«, sagte sie leise. »Es ist schon richtig, daß man euch in den Sumpf gesteckt hat.«

An diesem Tag wurde Vivian v. Rothen zum erstenmal seit ihrer Einlieferung in Wildmoor von ihren Blockgefährten verprügelt. Sie ließ es in stiller Verbissenheit über sich ergehen, sie machte keine Meldung und sie log, als Julie Spange sie am Abend verwundert ansprach.

»Ich bin gestolpert und hingefallen«, sagte Vivian, drückte das nasse Taschentuch auf ihr geschwollenes Auge und ging in den Waschraum. »So ein dummer Besenstiel lag herum.«

Ich muß hier raus, dachte sie in der Nacht und starrte gegen das vom Mond erleuchtete Viereck des Fensters. Es hat sich alles geändert seit jenem Tag in der Scheune Fiedje Heckroths. Ich habe immer geglaubt, es gäbe einen Weg zurück. Das war eine dumme Illusion. Sie lassen uns ja nicht zu uns selbst finden, wir wollen anders sein, wir wollen neue Menschen werden, aber die da draußen wollen es ja gar nicht, für sie sind wir Verlorene und alles, was wir sagen, ist für sie Lüge. Nie hätte Sigi Plattner es früher gewagt, mich so zu behandeln — ich war immer die Tochter des großen Holger v. Rothen, aber jetzt bin ich die Strafgefangene, die man wie eine landstreichende Dirne ins Stroh drücken und nehmen kann.

Sie drehte sich vom Fenster weg und sah auf die anderen Betten. Die Mädchen schliefen fest, einige schnarchten. In der Ecke träumte eine und murmelte unverständliche Worte.

»Ich wollte dieses Jahr in Wildmoor als eine große Kur betrachten«, dachte Vivian v. Rothen. »Ich wollte büßen und dann einen neuen Weg gehen. O Gott, und was ist daraus geworden? Jetzt bin ich ein Tier, das sich nach Freiheit und Rache sehnt — «

In diesen Wochen geschah manches in der Stille.

Dr. Spieß hatte es aufgegeben, ein Wiederaufnahmeverfahren durchzusetzen, nachdem man seinen ersten Antrag abgelehnt hatte. Im Gegenteil, der Staatsanwalt ließ den jungen Rechtsanwalt zu einer vertraulichen, privaten Unterredung bitten und sagte bei einem Glase Rotwein: »Sie wissen, lieber Dr. Spieß, wie gern ich Sie mag und wie oft wir über Probleme diskutiert haben, die eigentlich *vor* den Schranken des Gerichts gelöst werden sollten und nicht im Hinterstübchen. Darf ich Ihnen einen ganz freundschaftlichen Rat geben? Ziehen Sie alle Anträge in der Sache Busse zurück. Ihre Tonbandsache mit diesem Rolf Arberg riecht verdammt sauer. Man kann das als Aussageerpressung hinstellen, und was das bedeutet, brauche ich Ihnen nicht zu erklären. Sie können dabei eklig hineinschliddern und Ihre Karriere verbauen. Wenn dieser Arberg einen guten Verteidiger nimmt, bleibt an Ihnen kein gerupftes Haar mehr! Warum lassen Sie Ihre Klientin nicht dieses eine Jahr abbrummen? Es schadet ihr nichts! Das Strafmaß ist sowieso auffallend niedrig für die Delikte, die anstanden. Man hat schon den ganzen Komplex der Hörigkeit, der Jugend und des Umwelteinflusses berücksichtigt.«

»Monika ist keine jugendliche Verbrecherin.« Dr. Spieß umklammerte sein Glas und starrte in das Rubinrot des Weines. »Diese Bestrafung ist keine Abschreckung oder Lehre, sondern ein Schock für sie.«

Der Staatsanwalt musterte Dr. Spieß und verbarg sein Erstaunen hinter dem Anzünden einer Zigarette.

»Wie alt ist die Busse?« fragte er dann.

»Achtzehn. Sie wird dieses Jahr neunzehn.«

»Und Sie, Doktor?«

»Ich? Sechsundzwanzig. Warum?« Dr. Spieß wurde verlegen und blickte weg. »Bitte, verstehen Sie mich nicht falsch, Herr Staatsanwalt. Wir waren Nachbarskinder.«

»Aus Kindern werden Leute, das ist nicht aufzuhalten. Ist Monika Busse hübsch?«

Dr. Spieß spürte, wie leichte Röte in sein Gesicht stieg. Er kämpfte dagegen an, aber wem ist es schon gelungen, das Rotwerden zu unterdrücken?

»Sehr hübsch!« Seine Stimme war belegt wie mit Rost.

»Ich möchte Ihnen gern helfen, Doktor.« Der Staatsanwalt goß Wein nach. »Versuchen Sie es doch mit einem Gnadengesuch. Wenn alle Stellen für sie sprechen, wenn die Eltern — «

»Der alte Busse will, daß sie das Jahr abbrummt. Er hat sich damit abgefunden, daß seine Tochter aus der Bahn geworfen wurde.«

»Aber Sie nicht!«

»Nein! Auch Dr. Schmidt, der Leiter von ›Wildmoor‹ — «

»Apropos — Dr. Schmidt. Was ist das für ein Mensch?« Der Staatsanwalt zeigte auf einen Stapel Zeitungen, der einen kleinen, runden Tisch bedeckte. »Da ist ja ein toller Rummel im Gange! Haben Sie schon gelesen? In drei Illustrierten, vier Wochenzeitungen und neun Tagesblättern Bildberichte und tränenschwere Reportagen.«

»Ich habe einige gelesen, ja.« Dr. Spieß nickte. »Ich halte es für gut, daß die Öffentlichkeit erfährt, wie man junge Menschen zurückführen kann in ein vernünftiges Leben.«

»Gut nennen Sie das? Das ist ein Skandal! Der Generalstaatsanwalt tobt, das Ministerium läuft mit geschwollenen Köpfen herum! Eine Strafanstalt, und wenn man sie auch offen nennt, ist kein Objekt für einen wildgewordenen Asphaltjournalismus! Das schadet mehr, als daß es nützt!«

Dr. Spieß erhob sich abrupt. »Das verstehe ich nicht, Herr Staatsanwalt. Wenn etwas lobenswert ist — und die Arbeit Dr. Schmidts ist lobenswert — so sollte man das sagen!«

»Man kann auch etwas zu Tode loben, mein Lieber. Zugegeben, dieser Dr. Schmidt spielt Jugendpsychologe, und Sie, mein Bester, sind durch Ihre Monika sowieso befangen im Urteil, aber denken Sie doch mal nüchtern: Da sind über fünfzig Mädchen versammelt, eine ein größeres Pflänzchen als das andere, und statt zu spüren, daß das Leben kein Honiglecken ist, bestraft man sie mit hellen

Vierbettzimmern, mit Tanzabenden, Fernsehen, Theaterspielen. Ich weiß, ich weiß, es gibt mehrere solcher Anstalten, die durch Unterricht und Gemeinschaftserziehung eine Resozialisierung anstreben, aber glauben Sie wirklich, daß ein Gangsterliebchen oder eine minderjährige Dirne nach einem oder zwei Jahren Lerneifer draußen in der Freiheit wieder etwas anderes werden als das, was sie schon immer waren? Gut, sie können jetzt hersagen, wann Adenauer geboren wurde und wer Bismarck war, sie können 19 mal 17 rechnen, und wissen, daß Madagaskar kein Twistsänger ist, sondern eine ostafrikanische Insel — aber glauben Sie wirklich, daß sie das daran hindert, trotz Bismarck und Madagaskar ihr Geld an der Straßenecke zu verdienen? Man soll doch keine Illusionen haben!«

»Ich habe nicht die Erfahrung, das zu beurteilen. Ich weiß nur eins: wenn das Milieu so ist, wie Sie es schildern, Herr Staatsanwalt, dann gehört Monika nie in diesen Kreis.«

»Machen Sie ein Gnadengesuch.«

»Das werde ich auch.« Dr. Spieß griff nach seinem Hut. Der Staatsanwalt erhob sich und nickte beistimmend. Er sieht entschlossen aus wie ein Boxer, der weiß, daß er in den Ring muß, aber den Kampf verlieren wird. Aber er wird um sich schlagen und keinen Millimeter zurückgehen, er wird boxen, bis er umfällt.

»Aber ich werde einen besonderen Antrag stellen«, fuhr Dr. Spieß fort, »ich werde um Gnade für meine Frau bitten.«

Der Staatsanwalt fuhr sich irritiert mit der Hand über die Stirn.

»Dr. Spieß — das ist Wahnsinn!«

»Ich werde Monika im Gefängnis heiraten.«

»Überlegen Sie sich die Konsequenzen!«

»Für mich ist Monika nicht schuldig! Ich werde noch

diese Woche bei ihren Eltern um ihre Hand anhalten und dann hinaus nach Wildmoor fahren.«

»Mit Presse, Fotographen und allem Pipapo, was?!«

»Ja!«

»Dr. Spieß!« Die Stimme des Staatsanwaltes wurde amtlich und kurz. »Bis hierher war es ein privates Gespräch, jetzt muß ich dienstlich werden. Weder die Staatsanwaltschaft noch andere Justizbehörden lassen sich durch solche Mätzchen zwingen! Sie haben schon einmal über die Stränge geschlagen mit Ihrer Aussageerpressung! Gut, ich habe das übersehen, Schwamm drüber! Aber das hier geht zu weit!«

»Ich danke Ihnen für diese Information, Herr Staatsanwalt.« Dr. Spieß verbeugte sich. »Ich darf mich verabschieden. Eine Empfehlung an die Frau Gemahlin.«

»Noch ein Wort!«

Dr. Spieß blieb an der Tür stehen und drehte sich um.

»Bitte.«

»Sie sind jung, und Sie sind begabt. Ich bin ein alter Hase und berechtigt, jungen Hüpfern Erfahrungen weiterzugeben. Zügeln Sie Ihre Pferde, Doktor ... wer das nicht versteht, kommt leicht in einen Galopp, aber sehr schwer wieder zum Halt. Ich meine es gut mit Ihnen — «

Dr. Spieß verbeugte sich noch einmal stumm und verließ das Zimmer des Staatsanwaltes.

Im Ministerium war die Aufregung über die Artikelserien verbissener Natur. Ministerialdirektor Bernhard Fugger hielt eine Sondersitzung ab und klopfte mit dem Finger auf einige Zeitungen.

»Das ist bezahlt, meine Herren! Das ist eine so deutliche Provokation, daß sich die Frage erhebt: Steckt eine private Gruppe dahinter, oder ist es eine Parteiangelegenheit? Der Minister ist schockiert und sehr beunruhigt. Die eindeutig positive Tendenz ist allzu dick aufgetragen! Seit zwölf Stunden klingelt bei uns das Telefon. Leser dieser Berichte rufen an, beschimpfen uns und fordern eine Aufhebung der Maßnahme, aus Wildmoor wieder eine normale Strafanstalt zu machen.« Er klopfte mit der flachen Hand auf den Tisch und gab seiner Stimme ein erregtes Tremolo. »Aber ich lasse mich nicht zwingen! Ich lasse mir von der Presse nicht diktieren, was Recht oder Unrecht ist!«

Er griff zu einer Mappe, schlug sie auf und rückte seine etwas verschobene Brille gerade.

»In zehn Tagen liefert die Firma Etzheim die Zellentüren. Der Auftrag ist bestätigt. Von den Strafanstalten Billroth und Warenberg werden je zwei Beamtinnen abgezogen und gegen die Wachtmeisterinnen Kronberg und Spange ausgetauscht. Eine Ablösung von Regierungsrat Dr. Schmidt liegt als Antrag beim Herrn Minister.« Ministerialdirektor Fugger schloß die Mappe mit einem zufriedenen Knall. »Das wäre es, was ich dazu zu sagen habe. Meine Herren, — und morgen fahren wir wieder nach Wildmoor. Ich will eruieren, ob dieser Dr. Schmidt mit den Artikeln 'was zu tun hat!« —

Die Stimmung in Wildmoor war nicht anders — sie war ebenfalls gespannt. Dr. Schmidt war entsetzt über die Berichte und erkannte die Komplikationen, die daraus erwuchsen. Er rief die Redaktionen an, er sprach mit Holger v. Rothen, er flehte alle an, abzustoppen und nichts mehr zu bringen, er berichtete von dem Anruf des Ministeriums, das ihm die Verantwortung zuschob für diese Volksaufwiegelung ... es war umsonst. Die Lawine rollte und war nicht mehr aufzuhalten. Im Gegenteil — in der nächsten Morgenzeitung fand er einen neuen Artikel mit der Überschrift: »Ministerium schiebt den Schwarzen Peter an kleinen Beamten weiter!«

Dr. Röhrig, der seine neue »Sprechstundenhilfe« Käthe

Wollop abholen wollte, sagte das, was Dr. Schmidt im stillen dachte.

»Sie werden Wildmoor nun bestimmt nicht mehr verändern — aber eines ist sicher: Dich lösen sie ab! Die Anstalt bleibt als Paradestück — nach dir wird niemand mehr fragen. Ist das die Sache wert?«

»Ja.« Dr. Schmidt sagte es ohne Zögern. Er hatte sich nichts vorzuwerfen. »Ich habe es für meine Mädchen getan.«

»Himmel nochmal! Hör endlich auf, wie ein Heiliger zu reden und zu handeln!« Dr. Röhrig griff seinen Freund an den Schultern und schüttelte ihn. »Peter, wach auf! Mein Gott, lös dich doch aus deinen rosaroten Wolken! Glaubst du, die Mädchen danken es dir?«

»Nicht alle, nein.«

»Keine fünf Prozent!«

»Das wäre schon viel.« Dr. Schmidt löste sich aus dem Griff Dr. Röhrigs. »Wenn es auch nur ein Prozent wäre, lohnte es sich. Gilt ein einzelner Mensch nicht mehr? Mit einer einzigen Atombombe können wir jetzt fünfhunderttausend Menschen vernichten. Das ist imponierend, davon spricht die Welt! Aber einen einzigen Menschen zu retten, das ist zu dumm. Das lohnt sich nicht! Man zahlt Milliarden für die Vernichtung, aber ein paar lumpige Tausender für einen armen, verirrten, einen festen Standplatz für sein ferneres Leben Suchenden sind nicht da! Wenn man dies erst begreift, ist vieles gewonnen. Da bin ich ganz unwichtig —« Er ging zum Schreibtisch und holte aus dem linken Fach eine Flasche Kognak hervor. »Gestern noch habe ich versucht, die Katastrophe aufzuhalten und mich zu retten — heute weiß ich, daß man immer ein Opfer vorzeigen muß, um etwas Neues populär zu machen. Ich hatte eine ganze Nacht Zeit, das einzusehen. Und nun, Prost, Ewald — morgen kommt der alte Recke Fugger wieder nach Wildmoor.«

Plötzlich standen sie sich gegenüber. Sie konnten sich nicht mehr ausweichen, der Flur war eng und hatte nur einen Ausgang. Sie prallten fast aufeinander, als Vivian aus dem Zimmer Dr. Schmidts kam und Hilde Marchinski mit einem Putzeimer aus dem WC trat.

»Du — «, sagte Hilde Marchinski gedehnt. »Auf dich habe ich wochenlang gewartet. Nun ist es zu spät.«

»Warum hast du gewartet?« Vivian rührte sich nicht. Sie standen dicht voreinander — wenn sie sprachen, wehte der Atem über ihre Gesichter.

»Frag nicht so dämlich.« Die blasse Hand Hildes strich die roten Haare aus der Stirn. Seit zwei Tagen hatte sie die neue Stelle angetreten, als Hausmädchen in den Privaträumen Dr. Schmidts. Sie mußte putzen, Staub wischen, das Essen servieren und bei Besuch bedienen, Wäsche stopfen, Schuhe putzen, Fenster und Gläser und Bestecke polieren, Teppiche klopfen, die Böden einwachsen. Sie tat das alles mit der Lautlosigkeit einer gut geölten Maschine. Seit dem Besuch ihrer Mutter und ihrem erfolglosen Selbstmordversuch im Klosett des Krankenreviers lebte sie dahin, als habe sie keinerlei innere Regungen mehr. Sie hatte sich damit abgefunden, ihre Zeit abzusitzen und dann, in zwei Jahren, wenn sie nicht früher wegen guter Führung entlassen wurde, wieder auf die Straße zu gehen. Nicht mit Pfeifen-Willi, der war ihr zuwider geworden. Schon bei dem Gedanken an ihn wurde ihr übel. Es wird ein neuer Lude sein, dachte sie. Von denen gibt es genug in der Stadt. Man braucht sie, ein Mädchen ohne Zuhälter ist wie eine Biene ohne Wabe. Nicht jeder Kavalier, der mit dem Preis einverstanden ist, will auf der Bude bezahlen. Dann pfeift man auf den Fingern, und alles regelt sich schnell wie von selbst.

Es gab gar keinen anderen Weg für Hilde Marchinski. Sie empfand es als rührend und war Dr. Schmidt dankbar, daß er versuchte, aus ihr ein anständiges Mädchen zu machen. Sie spielte auch mit, sie tat ihm den Gefallen, sich so zu geben, als habe sie einen neuen Weg erkannt. Sie lernte schneidern, sie nähte Schürzen und Röcke, sie beschäftigte sich mit einfacher Buchführung und Rechnen und erzählte stolz: »Wenn ich wieder draußen bin, gehe ich als Näherin. Ich kann meine Prüfung ablegen und mich selbständig machen.« Aber in Wahrheit wußte sie, daß sie schon am dritten Tag nach der Entlassung nicht mehr ins Wohnheim, wo man sie einquartieren würde, zurückkehren konnte, weil sie irgendwo in der Stadt in einem Zimmer und in einem Bett mehr verdiente in einer Nacht als in einer Woche als Näherin für Schürzen und Popelinröcke.

»Du hast die Karte geklaut!« sagte Hilde Marchinski und stellte den Eimer auf den Boden. Vivian v. Rothens Gesicht bekam einen lauernden Ausdruck. Hilde winkte ab. »Keine Angst, du vornehmes Aas! Vor sechs Wochen wollte ich dir die Fresse polieren, daß man hätte deine Kennkarte umändern müssen, weil das Foto nicht mehr stimmte. Jetzt — behalt sie, die Karte. Ich will sie nicht. Ich habe hier Ruhe ... stell dir vor ... zwei Jahre noch Ruhe! Ich habe das nie begriffen, wie schön das sein kann. Im Knast sein — das war für uns ein Alpdruck. Wenn die draußen wüßten, wie schön für unsereinen ein paar Jahre Ruhe sein können. Sag mir jetzt nur nicht, wo die Männer sind, die wir brauchen. Natürlich ist das schwer, wenn man sich an sie gewöhnt hat. Aber was sind das in Wirklichkeit für Drecksäcke. Willi! Ich habe ihn geliebt, jetzt muß ich kotzen, wenn ich an ihn denke. Und die anderen? Entweder haben sie bezahlt, oder sie machten eine große Show von wegen Liebe, verdrehten die Augen, seufzten und wurden gemein wie Hafenhuren, wenn sie alles bekommen hatten. Nee, liebe v. Rothen, ich brauche keine Karte mehr.«

»Danke«, sagte Vivian.

»Du hast sie also geklaut?«

»Ja.«

»Warum bloß, du Aas?!«

»Als ich sie damals aus dem Spülbecken holte, wollte ich sie nur in Sicherheit bringen. Ich hatte gehört, daß Käthe sie an sich nehmen wollte. Ich habe die Karte mit zu Heckroth genommen ... und dann trat etwas ein, das alles änderte. Jetzt brauche ich die Karte selbst. Ich hätte sie dir sonst zurückgegeben.«

»Warum brauchst du sie? Mensch, Vivi — wenn sie dich draußen schnappen, wird's noch viel schlimmer!«

»Es kann nicht mehr schlimmer werden!«

Hilde Marchinski wich einen Schritt zurück. Das entschlossene, harte Gesicht Vivians flößte ihr plötzlich Furcht ein.

»Vivi, was hast du denn?« stotterte sie.

»Du hältst den Mund?«

»Das ist doch Ehrensache unter uns.«

»Ich will hinaus, um einen Menschen zu töten — «

Die Hand Hildes fuhr zum Mund, sonst hätte sie aufgeschrien.

»Du ... du bist verrückt geworden, Vivi ...«, stammelte sie.

»Nein! Ich muß nur eine Rechnung bezahlen.«

»Du kannst doch keinen umbringen, Vivi!«

»Wenn du wüßtest, wie leicht das ist, wenn man jemanden haßt.«

»Alles, was gewesen ist — ich könnte Willi nicht töten.«

»Willi! Warum solltest du auch? Er ist ein kleiner, mieser Zuhälter. Gefährlicher sind die Sigi Plattner. Sie sind die Gentlemen mit dem Gemüt eines Teufels. Wo ihr Gewissen sitzen sollte, ist Luft. Diese Luft soll abgelassen werden!«

Hilde Marchinski war es, als fröre sie. Sie nahm den Eimer und drückte ihn gegen die Brust. »Wann ... wann willst du ...?«

»Bei der nächsten sich bietenden Gelegenheit.«

»Und dein Vater?«

Vivian v. Rothen senkte den Kopf. Ihre Stimme war plötzlich klein und alles andere als stark. »Ich habe von ihm Abschied genommen. Endgültig. Ich habe keinen Vater mehr.«

»Du bist mir unheimlich«, sagte Hilde Marchinski und drängte sich an Vivian vorbei. Als sie den langen Flur hinter ihrem Rücken hatte, atmete sie sichtbar auf. »Werd glücklich mit deiner Karte! Und was du mir eben gesagt hast. Ich weiß von nichts. Ich habe nichts gehört! Ich will mit so 'was nichts zu tun haben!«

Sie wandte sich ab und verschwand schnell in einem der Zimmer. Dort ließ sie sich in einen Sessel fallen und warf den Eimer auf den Teppich.

»Sie will einen umbringen!« sagte sie schaudernd und zerraufte sich die roten Haare. »Die kluge, vornehme Vivi ... Ob man das nicht doch vielleicht dem Chef sagen sollte?«

Für Käthe Wollop war der Dienst bei Dr. Röhrig ein Leckerbissen besonderer Art. Jeden Morgen holte ein Fahrer sie von Gut Wildmoor ab und brachte sie am Abend zurück. Da der Mann über sechzig war, lag er außerhalb der Interessen Käthes. Stumm, aber mit deutlich sprechenden und verachtungsvollen Blicken hörte er sich die Erzählungen an, die Käthe während der Fahrten mit fröhlicher Erinnerung von sich gab. Da hagelte es von saftigen Ausdrücken, eindeutigen Erlebnissen und schlüpfrigen Heldentaten, bis der alte Mann eines Tages sagte: »Halt die Klappe Mä'chen ... Du bist'n Schwin ...«

Dr. Röhrig hatte Käthe vor der ersten Sprechstunde eindringlich verwarnt.

»Wenn du dich daneben benimmst, ist es Schluß mit

allen Vergünstigungen. Du kennst ja die Kellerzelle! Warum bist du eigentlich so renitent?«

Käthe Wollop saß auf dem Untersuchungssofa Dr. Röhrigs, hatte den Rock hochgeschoben und wippte kokett mit den schönen Beinen. Dabei drückte sie ihre üppige Brust heraus und lächelte frech, als sie den Blick Dr. Röhrigs auffing.

»Renitent? Ist das etwas Unanständiges, Herr Doktor?«

»Aufsässig, heißt das.«

»Bin ich aufsässig?« Sie blinzelte ihn an. »Ich will doch bei Ihnen ganz brav sein, ganz ganz brav . . .«

»Laß das dumme Gesäusel!« Dr. Röhrig wandte sich ab. Er griff nach seinem weißen Kittel, aber Käthe Wollop war schon aufgesprungen und hielt ihn zum Anziehen hin. Als sie ihn Dr. Röhrig überstreifte, drückte sie ihre Brust an seinen Rücken und seufzte laut. Dr. Röhrig überhörte es — brüsk trat er einen Schritt vor und knöpfte seinen Kittel zu.

So begann es. Am ersten Tag war Käthe Wollop noch zahm und anständig. Sie machte die Handreichungen in der Praxis, holte Tupfer und Binden, Pflaster und Holzspatel und beachtete die biederen Moorbauern nicht. Nach der Praxis putzte sie die Dreizimmer-Wohnung Dr. Röhrigs, kochte ihm Kaffee und begleitete ihn bei den Hausbesuchen.

Am dritten Tag geschah es dann. Dr. Röhrig kam nach der Praxis und überraschte Käthe Wollop, wie sie das Wohnzimmer kehrte. Unter dem weißen Praxiskittel trug sie nichts . . . er sah es, als sie sich bückte und der Kittel kurz auseinanderklaffte.

»Raus!« sagte Dr. Röhrig heiser. »Anziehen!«

»Es ist so heiß, Herr Doktor.« Käthe Wollop lächelte wie ein um ein Bonbon bettelndes Kind. »Es stört Sie doch nicht. Sie haben doch täglich nackte Frauen in der Praxis.«

»In der Praxis, aber nicht hier! Und nicht du! Anziehen, los!«

»Ich denke, ein Arzt ist immer im Dienst?« Sie hob die Schultern, ihre Brüste drückten sich durch das dünne Kitteltuch. Mit wiegenden Hüften ging sie an Dr. Röhrig vorbei, den Kopf in den Nacken gelegt, den Mund halb geöffnet. Als sie so nahe an ihm vorbeistrich, daß er einen Schritt zurückweichen mußte, um sie nicht zu berühren, sang sie leise, wie damals bei ihrem ersten Versuch in Wildmoor. »Sag mir, wo die Männer sind —«

»Was soll der Unsinn?!« sagte Dr. Röhrig grob.

»Ich finde das Lied schön, Herr Doktor.«

»Ab morgen wirst du nicht mehr abgeholt!«

»Sind Sie denn kein Mann, Herr Doktor?« Sie stand in der Tür, durch den Schlitz des Kittels ragte ihr linkes Bein bis hinauf zu den Schenkeln.

»Raus!«

Dr. Röhrig rannte zum Telefon. »Es geht nicht, Peter«, sagte er verzweifelt zu Dr. Schmidt. »Ich verstehe nicht, wieso du einem Menschen wie dieser Wollop auch nur die kleinste Chance einer Besserung zubilligst! Ich hole sie morgen nicht mehr ab. Nein! Ich kann es einfach nicht ... es wird mir zu gefährlich! Verdammt noch mal! Wenn Moral und Männlichkeit miteinander streiten, geht stets die Moral zugrunde. Das ist keine Weisheit, sondern ein Naturgesetz! Und ich bin da keine Ausnahme und nicht so ein Heiliger wie du! Hörst du?! Ich will diese Käthe morgen nicht mehr bei mir sehen!«

Er warf den Hörer zurück auf die Gabel und stürmte in sein Ordinationszimmer. An der Tür prallte er zurück. Käthe Wollop lag völlig entblößt auf dem Untersuchungssofa und ließ den Kopf an der Seite herabhängen.

»Herr Doktor —«, sagte sie mit wehleidiger Stimme. »Mir ist plötzlich so schlecht. Und Schmerzen habe ich. Überall Schmerzen. Kann es der Blinddarm sein?«

»Das werden wir gleich haben!« schrie Dr. Röhrig. »Ich gehe nur einen Eimer Wasser holen.«

Er warf die Tür zu und rannte ins Badezimmer. Als er zurückkam, war das Sofa leer. In der Küche hörte er Käthe Wollop mit den Tellern klappern.

Es ist merkwürdig mit uns, dachte er und setzte sich hinter den Tisch. Er spürte, wie seine Nerven vibrierten. Wir kennen das Schlechte, wir verachten dieses Faulige, wir verurteilen die Sünde ... aber wir verfallen ihr immer wieder. Mit offenen Augen und gelähmt vor schaudernder Ergriffenheit lassen wir uns fressen —

Die angesagten festen Zellentüren kamen nicht, die Gitter für die Fenster lagen in einer Ecke der Scheune. Die Fabrik Etzheim konnte den Termin nicht halten — so schön ein Staatsauftrag auch ist, die Industrie zahlt besser und schneller und ohne das Ausfüllen von zehn verschiedenen Formblättern. So mußte Wildmoor also auf seine Zellentüren warten, weil für das Verwaltungsgebäude einer Firma in Hannover dreihundertzwanzig Stahlzargen und die dazu gehörenden Metalltüren mit Eloxalprofilen geliefert werden mußten. Und wegen der Gitter allein die Arbeiter abzustellen, lohnte sich nicht. Die Rechnungsprüfstelle der Justizverwaltung hätte das auch nie genehmigt.

Der Sturm hatte sich etwas gelegt. Die Presse war zu anderen aktuellen Themen übergegangen, Wildmoor kam bald in Vergessenheit, die Empörungsbriefe der Bevölkerung liefen aus, Ministerialdirektor Dr. Fugger triumphierte. »Sehen Sie, meine Herren, hier bewahrheitet sich wieder ein uraltes Prinzip des deutschen Beamtentums: Die schwierigsten Sachen erledigen sich von selbst. Man muß sie nur lange genug liegen lassen und nicht daran rühren! Wer spricht heute noch von Gut Wildmoor? Selbst der Herr Minister ist beruhigt, daß die dumme und dem Volk anscheinend so wichtige Angelegenheit noch vor den Wahlen in der Versenkung verschwunden ist. Unsere Aufgabe ist es nun, die ganze Sache noch weiter hinzuziehen ... bis nach der Wahl, wir verstehen uns, meine Herren?! Die Terminüberschreitungen der Firma Etzheim nehmen wir schweigend hin ... später werden wir dafür Prozente von der Rechnung abziehen. In Wildmoor wird im Augenblick nichts verändert. Regierungsrat Dr. Schmidt ist bereits unterrichtet. Im Gegenteil — wir werden Wildmoor nach einer Idee des Herrn Ministers auswerten. Das Interesse des Volkes hat gezeigt, welch großer Gerechtigkeits- und Sozialsinn im deutschen Menschen wurzelt. Dem wollen wir neue Nahrung geben durch das Musterbeispiel Wildmoor. Der junge Mensch an der Schwelle des Verbrechens wird zurückgerissen in die Gemeinschaft. Die Psychologie im Strafvollzug! Eine Idee des Herrn Minister, meine Herren! Eine glänzende Idee für die Wahl! Ich habe die Presse eingeladen zu einer großen Führung durch Wildmoor. Was glauben Sie, welchen Eindruck es macht, wenn unsere Wähler in den Zeitungen und im Fernsehen die Mädchen sehen, wie sie fröhlich in den bunt geschmückten Booten über die Kanäle ins Moor fahren —«

An einem Samstag — die Mädchen saßen im großen Speisesaal und machten unter Anleitung von Fräulein Wangenbach, der Berufsschullehrerin, Handarbeiten oder modellierten mit Ton — ließ sich Dr. Spieß bei Regierungsrat Dr. Schmidt melden.

»Das ist schön, daß ich Sie noch einmal sehe«, rief Dr. Schmidt und drückte dem jungen Anwalt die Hände. »Bringen Sie eine gute Nachricht? Haben Sie Hoffnung, für Monika ein Gnadengesuch durchzubekommen? Jetzt ist dazu die beste Gelegenheit — vor der Wahl ist alles butterweich, vor allem, wenn man es vorher in der Presse durchkaut! Jeder Minister will dem Volk Brot und Spiele geben.«

»Sie werden in wenigen Sekunden einen Stuhl benötigen, Herr Regierungsrat.« Dr. Spieß öffnete seine Aktenmappe und entnahm ihr einen dünnen Schnellhefter. Erst jetzt fiel Dr. Schmidt auf, daß Dr. Spieß in einem feierlichen dunkelblauen Anzug gekleidet war, mit silbergrauer Krawatte und einer weißen Nelke im Knopfloch.

»Sie machen den Eindruck, als kämen Sie von der Brautschau!« scherzte Dr. Schmidt ahnungslos. »Von der Braut in die Praxis — Sie sind zu bedauern.«

»Es ist umgekehrt, Dr. Schmidt. Von der Praxis zur Braut.« Dr. Spieß breitete einige Papiere aus. Schmidt äugte neugierig zu ihnen hin. Unter einem Schriftstück las er in ungelenken Buchstaben die Unterschrift Hans Busse.

»Es handelt sich also doch um Monika?«

»Ja. Ich bitte Sie, Monika zu rufen. Ich möchte sie etwas fragen. Eine offizielle Sprecherlaubnis habe ich auch.«

»Warum diese Förmlichkeiten, Doktor?«

»Weil es eine förmliche Frage ist. Ich will Monika Busse fragen, ob sie meine Frau werden will.«

Dr. Schmidt starrte Dr. Spieß sprachlos an. Dann schüttelte er sich wie ein geprügelter Hund und ließ sich auf seinen Schreibtischstuhl fallen. Dr. Spieß lächelte schwach.

»Ich sagte ja — Sie werden einen Stuhl brauchen.«

»Wir haben doch nicht den 1. April, Dr. Spieß?!« sagte Schmidt entgeistert.

»Ich nehme an, daß meine ganze Erscheinung dem widerspricht. Es ist mein vollster Ernst. Ich habe vor drei Tagen bei den Eltern um ihre Hand angehalten. Dort liegt ein von dem Vater Hans Busse unterschriebenes Protokoll.«

»Man soll es nicht für möglich halten —«, stotterte Dr. Schmidt. »Und wenn Monika nun nein sagt?«

»Sie sagt nicht nein.«

»Aber sie weiß doch von alledem nichts!«

»Sie weiß gar nichts.«

»Doktor, Sie kommen mir vor wie ein Kunstspringer, der in ein leeres Wasserbecken springt!«

»Vielleicht.«

»Ist das denn Ihre letzte Möglichkeit und Weisheit, Monika hier herauszuholen?«

»Nein! Ich will sie ja gar nicht herausholen. Ich liebe sie. Ich habe sie immer geliebt. Nur wußte ich das nicht. So etwas gibt es.«

»Ja. So etwas gibt es.« Dr. Schmidt griff zum Telefon. »Soll ich also wirklich Monika Busse rufen?«

»Ich bitte darum.«

Dr. Schmidt hob die Schultern. Wie wenig kennt man in Wirklichkeit die Menschen, dachte er. Und wie herrlich — oder grausam sind dann die wenigen Stückchen, die man von ihrer Seele entdeckt.

»Monika Busse zu mir!« sagte er laut ins Telefon. »Sie soll sich umziehen. Das Sonntagskleid. Es ist etwas Besonderes — «

Während sie auf Monika Busse warteten, rauchten sie stumm und hingen ihren Gedanken nach. Dr. Schmidt hatte eine solche Situation noch nicht erlebt. Er hätte sie auch für unmöglich gehalten, für einen zwar gut erfundenen, aber durch und durch unglaubwürdigen Scherz, wenn man ihm dies erzählt hätte. Ihm kam das alles unwirklich vor, und er brauchte den Anblick des Gutshofes, der Gebäude, der in der Sonne vor der Küche sitzenden und kartoffelschälenden Mädchen, das Brummen der Kühe aus dem Stall, die den Hof mit großen Reisigbesen kehrenden Zöglinge, um sich immer wieder zu sagen: Es ist wirklich wahr.

Er stand am Fenster, beobachtete, wie man Monika Busse aus dem Speisesaal holte, wie sie über den Hof ging und mehrmals Julie Spange fragte. Sie blickte zu seinem

Fenster hinauf, zögerte im Gehen, als sie sein Gesicht sah, es war, als wolle sie mit diesem Blick etwas fragen: Das Sonntagskleid? Ist Besuch gekommen? Sind sie endlich gekommen ... Vater und Mutter ... Haben sie mich nicht völlig vergessen und ausgestoßen?

Dr. Spieß räusperte sich. Die Stille legte sich wie ein Zentnergewicht auf sein Herz. Regierungsrat Schmidt wandte sich langsam um.

»Sie ist gerade ins Haus gegangen«, sagte er. »Es wird noch eine Viertelstunde dauern. Darf ich Ihnen einen Kognak anbieten?«

»Nein, danke. Vielleicht später.« Dr. Spieß zerdrückte nervös seine Zigarette. »Er hat geweint«, sagte er unvermittelt. »Sie kennen den alten Busse nicht und können nicht ermessen, was das heißt. Wie ein kleines Kind hat er geweint. ›Sie geben mir meine Tochter wieder‹, hat er geschluchzt.«

»Darf ich dazu etwas sagen?«

»Bitte.«

»Es wäre furchtbar, wenn Sie auch aus dem Gefühl des Mitleides handeln würden.«

Dr. Spieß schüttelte den Kopf. »Ich habe mir diese Frage ganz klar vorgelegt. Wir Juristen sind auch in der Liebe etwas bürokratisch. Natürlich bedauere ich diesen Schicksalsschlag Monikas, aber was mich zu dem heutigen Schritt veranlaßt, ist ein stärkeres Gefühl als Mitleid. Ich habe das empfunden, als ich sie zum erstenmal sah, hier, bei Ihnen, als ich sie verhörte und versuchte, den Riegel des Schweigens um sie zu zerbrechen. Damals habe ich plötzlich gespürt, daß es nicht mehr Nachbarskinderfreundschaft ist, die mich diesen Fall übernehmen ließ, und ganz deutlich merkte ich es, als ich aus Monika herausfragte, daß ihre Tragödie nichts anderes war als eine Hörigkeit diesem Rolf Arberg gegenüber, dem ersten Mann in ihrem Leben. Dieses Erleben war für sie so groß, so innig, so wunderbar und nicht mit ihrer jungen Seele verarbeitbar, daß sie willenlos alles tat, was Arberg von ihr verlangte. Als ich das erkannte, war ich nicht erschüttert, nein, so konnte man das nicht nennen — ich war innerlich wie zerrissen. Ich hätte diesen Arberg erwürgen können! Es war ein Gefühl, als wenn man von dem Liebsten, was man besitzt, betrogen wurde. In diesem Augenblick wußte ich, daß ich Monika liebe.«

»Und Sie glauben, daß Monika die gleichen Gefühle für Sie hegt?«

»Nein.«

»Ja, um Himmels willen, wo soll das denn hin?!« Dr. Schmidt schlug die Hände über dem Kopf zusammen. »Eine solch einseitige Sache wird doch leicht zur Katastrophe.«

»Monika hat jetzt niemanden mehr, an den sie sich wenden kann. Ihre Welt ist zusammengeschrumpft. Sie besteht aus der Anstalt, aus Ihnen, Dr. Schmidt, aus ihrer Heimmutter, aus dem Moorbauern Heckroth, aus ihren Kameradinnen. Alles, was einmal etwas für sie bedeutete, hat sie verloren. Und dieser Zusammenbruch ist ihr im Grunde ihrer Seele unbegreifbar. Sie hat in ihrer ersten Liebe zu diesem Arberg wie in einem Traum gelebt. Daraus wurde sie weggerissen und findet sich im Gefängnis wieder. Und keiner ist da, der zu ihr sagt: Das Leben geht nach einem Jahr weiter!«

»Was hat das mit einer Liebe zu Ihnen zu tun?« Dr. Schmidt schüttelte den Kopf. Er ist ein Fantast wie ich, dachte er plötzlich. Dr. Röhrig würde sagen: Die siamesischen Zwillinge der Nächstenliebe! Er griff zum Telefon und legte die Hand auf den Hörer. »Ich kann Monika noch etwas zurückhalten, wenn wir uns noch über dieses Problem unterhalten wollen.«

»Bitte nicht. Lassen Sie Moni kommen.« Dr. Spieß legte die Hände zusammen und stützte das Kinn auf die Fingerspitzen. »Ich weiß, daß sich Monika genau daran erinnert, wie sie mich, den Jurastudenten, als Mädchen angehimmelt hat. Ich habe es bemerkt, zugegeben, aber ich war damals zu erhaben über die kleine Monika, die gerade begann, weibliche Formen zu zeigen und schlaksig herumstiefelte. Ich weiß noch, wie wir uns an einem Eisstand trafen und wie sie puterrot wurde, als ich ihr ein Eis am Stiel für fünfzig Pfennig schenkte. Fast hätte sie es mir ins Gesicht geworfen, so beleidigt war sie, daß ich in ihr noch das Kind sah, dem man ein Eis schenken kann, und nicht die junge Dame, die man zu einem Eis einlädt. Dann kamen die Examina, ich hatte andere Sorgen, ich verlor sie aus den Augen. Es war die Zeit, in der sie Rolf Arberg kennenlernte, in der man ihre erwachte Liebessehnsucht schamlos ausnützte und sie dann fallen ließ, als sie ausgebeutet war.« Dr. Spieß sah Dr. Schmidt groß und fast bittend an. »Seien Sie ehrlich, Herr Regierungsrat: Zwischen damals und heute liegt das Intermezzo ihres Erwachens, aber im tiefsten Innern ist diese kindliche Liebe nicht zerrissen worden.«

»Ich würde nicht so sicher mit psychologischen Hypothesen sein.« Dr. Schmidt blickte hinab in den Hof. Monika Busse kam in ihrem Sonntagskleid aus dem Block eins. Sie hatte die blonden Haare zu einem Pferdeschwanz zusammengefaßt. In der Sonne leuchtete ihr Kopf wie mit Gold belegt. Sie sah rührend jung und unschuldig aus. Das geblümte Kleid wippte um ihre schlanken Beine, sie trug hochhackige Schuhe und helle Perlonstrümpfe. In der Mitte des Hofes blieb sie stehen und starrte zum Fenster des Chefzimmers hinauf. Dr. Schmidt trat etwas zurück, damit er nicht gesehen werden konnte, und winkte. Dr. Spieß trat neben ihn.

»Ihre Frau — «, sagte der Regierungsrat.

»Sie sagen das so sarkastisch.«

»Sie müssen zugeben, daß das eine äußerst makabre Situation ist. Durch die Weltpresse ging einmal die Nachricht, daß eine Anwältin einen begnadigten Mörder heiratete. Man — das heißt, die gesunde Volksmeinung — bezeichnete sie als wunderlich, ja als verrückt.«

»Sie halten mich also auch für verrückt?«

»Nein. Aber ich halte Sie für sehr leichtsinnig. Zu welchen Konsequenzen werden Sie finden, wenn Monika gleich ein klares Nein sagt?«

»Auch das habe ich mir überlegt. Ich werde warten.«

»Und wie lange?«

»Bis sie entlassen ist. Ich werde sie dann abholen und mich um sie kümmern.«

»Ein guter Weg. Und warum wollen Sie dann jetzt aus der Strafanstalt heraus Monika heiraten?«

»Um ihr die Stärke zu geben, das Jahr durchzuhalten.«

»Also doch Mitleid.«

»Im Grunde ist jede Liebe eingebettet in Mitleid.«

Unten betrat Monika das Verwaltungsgebäude von Wildmoor. Sie traf im Flur auf Hilde Marchinski, die die Steinplatten mit Schmierseife schrubbte und dazu leise vor sich hin pfiff.

»Piekfein, mein Süßes!« sagte Hilde und stützte sich auf den Schrubber. »Hast Besuch oben.«

Monika nickte. Die Erregung drückte ihr die Kehle zu. »Wer ... wer ist es denn?« fragte sie tonlos. »Mein Vater? Mutter vielleicht?«

»Nee, 'n netter, junger Mann. So, wie du's beschrieben hast, muß es dein Anwalt sein. Fescher Kerl, Moni! Wenn den die Käthe als Anwalt hätte, würde die ihn in Naturalien bezahlen.«

»Dr. Spieß?« Ein enttäuschter Ausruf. Monika sah an ihrem Sonntagskleid herunter. Warum das alles, dachte sie. Warum diese Feiertagsfetzen? Er wird gekommen sein, um mir mitzuteilen, daß ich begnadigt bin. Ein halbes Jahr auf Bewährung ausgesetzt. Was soll das? Zu Hause wird man mich wie eine Aussätzige behandeln, ich werde arbeiten, essen und schlafen, und man wird es gnädig dulden, daß ich an einem Tisch mit ihnen sitze, das gleiche Fernsehprogramm wie sie sehe, in einem ihrer Betten liege. Die Nachbarn werden mich scheel ansehen, die Freundinnen nur der Neugier wegen kommen, die Jungs mich eine dufte Biene nennen und versuchen, aus mir ihr Bäumchen-wechsle-dich zu machen! Ich werde mich verkriechen müssen wie eine Aussätzige. Was soll ich in der sogenannten Freiheit? Hier in Wildmoor habe ich jetzt eine Heimat. Und wenn das Jahr herum ist, gehe ich zu Fiedje Heckroth und helfe seiner Frau auf dem Moorhof. Es ist schon alles besprochen und klar gemacht. Ich kehre nicht in die Welt zurück, die mich ausgestoßen hat.

»Ich denke, du hast 'ne Schwäche für deinen Anwalt, Moni?« sagte Hilde und klapperte mit dem Schrubber.

»Quatsch!«

»Du hast mir mal gesagt, nachts, als du stundenlang geheult hast und ich auf deinem Bett saß — ich weiß genau, du warst gerade drei Wochen hier — daß du diesen Doktor gern hast. Schon als Kind! Verdammt, ich bin doch nicht blöd! Du hast gesagt: Wenn er mich an den Zöpfen zog, war ich so glücklich, daß er mich hätte aufhängen können. Ich hätte nichts gesagt. — Und ich habe gesagt: Du bist ja blöd! Jetzt biste erst mal ein Jahr trockengelegt. Erinnerst du dich noch?«

Monika schwieg. Sie erinnerte sich gut daran, aber sie zwang sich zu der Erkenntnis: Das ist alles vorbei! Das war eine Vergangenheit, vor der ich hier in Wildmoor begraben wurde. Die Gegenwart ist ein neuer Aufbau, und es wird eine ganz andere Monika Busse sein, die nach einem

Jahr in das Moorhaus Fiedje Heckroths einzieht. Sie wird noch Busse heißen, aber das wird nur noch ein Name sein, ein letzter, nicht ablegbarer Rest einer Zeit, die von Jahr zu Jahr höher mit dem Wall des Vergessens zugeschüttet wurde. Auch ein Dr. Spieß gehörte dazu. Er lebte in einer Welt, die nicht mehr die ihre war.

»Mensch, geh rauf!« sagte Hilde Marchinski und gab dem Paket Schmierseife einen Tritt. Es rutschte über die Steinplatten und klatschte gegen die Fußleiste. »Wenn du den Chef so lange warten läßt, wird er sauer!« Sie beugte sich vor und spuckte Monika dreimal über die Schulter. »Viel Glück, Moni!«

»Wozu?«

»Zur Bewährungsfrist.«

»Ich will sie nicht. Wenn sie mir Bewährung anbieten, werde ich sie ablehnen.«

»Du hast wohl 'ne Macke, was?«

»Willst du denn weg vom Wildmoor?«

Hilde Marchinski wurde auf einmal still und verlor die kecke Haltung. Ihr Gesicht wurde von einer Sekunde zur anderen schrecklich alt.

»Bei mir ist das etwas anderes«, sagte sie leise. »Ich habe da draußen nichts mehr. Ich kann nichts anderes mehr sein als eine Hure.«

»Ich habe auch nicht mehr.«

»Du hast eine vernünftige Mutter. Und du hast sogar einen Vater. Was habe ich?! Eine Mutter, die ein immer besoffenes Schwein ist, und meinen Vater habe ich nie gekannt. Die Auswahl derer, die in Frage kamen, war zu groß. Mensch, Moni, dieses eine Jahr Wildmoor — da kräht nachher keiner mehr danach. Heirate, krieg Kinder ... und wenn dich einer mal fragt, wo du das Jahr warst, dann sagste: Im Sanatorium. Ich hatt's auf der Lunge. Der Arzt hat mir frische Luft verschrieben.«

Monika hob die Schultern. Es war Hilflosigkeit und Abwehr zugleich. »Ich wünschte, ich könnte das alles so sehen wie du, Hilde«, sagte sie leise. »Am liebsten möchte ich gar nicht raufgehen.«

»Das würde Ärger geben. Geh lieber.«

Monika Busse nickte und stieg die Treppe hinauf zum Chefbüro. An der Tür des Sekretariats wartete schon Fräulein Beinle, die Stenotypistin.

»Wo bleiben Sie denn?« fragte sie tadelnd. »Der Chef wartet doch!«

Sie schob Monika ins Büro, klopfte an die Tür Dr. Schmidts, klinkte sie auf und gab Monika einen Stups in den Rücken.

Verkrampft, voller Abwehr betrat Monika Busse den großen Raum. Ich werde um mich kämpfen, dachte sie. Ich will nicht von Wildmoor weg! Ich will eine andere Straße in die Zukunft gehen, und die führt nicht mehr zurück, sondern weiter, weg — weit weg —

Sie hob den Kopf und kniff die Lippen zusammen.

Dr. Spieß kam ihr langsam entgegen.

Sie standen sich gegenüber, kaum zwei Schritte voneinander entfernt und sahen sich groß an. Sie waren allein. Dr. Schmidt hatte durch den Privateingang das Zimmer verlassen. Er wollte nicht Zeuge einer Begegnung sein, die unter Umständen mit einer Niederlage endete.

»Guten Tag, Moni — «, sagte Dr. Spieß. Die Zunge war ihm plötzlich schwer. Da hat man nun Rhetorik geübt, dachte er. Man hat vor den Gerichten verteidigt, man kann Plädoyers von Stundenlänge halten, man kann einen Prozeß zerreden und durch Worte gewinnen — aber hier, wo es darauf ankommt, das eigene Leben anzubieten, versage ich kläglich.

»Guten Tag, Herr Dr. Spieß«, antwortete Monika mit

dünner Stimme. Was hat er nur, dachte sie. Er sieht so feierlich aus. Ein dunkelblauer Anzug, silbergrauer Schlips, eine weiße Nelke im Knopfloch, eine Miene, als gehe er hinter einem Sarg her. Es kann nichts Erfreuliches sein, was er bringt — ein Mann, der eine gute Überraschung verborgen hält, kann die Freude in seinen Augen nicht verbergen. Aber diese Augen sind traurig, sind von einer hündischen Ergebenheit.

»Warum Herr Dr. Spieß? Früher nanntest du mich Jochen — «

»Früher. Wie lange ist das her?«

»Keine zwei Jahre, Moni!«

Monika Busse lächelte schmerzlich. »Wenn Sie Moni zu mir sagen, klingt das ganz komisch. Moni nannten mich meine Freunde an der Straßenecke, und so nennen sie mich hier in Wildmoor. Warum sagen Sie Moni?«

»Ich dachte, es erfreut dich.«

»Nein.«

»Wäre es dir lieber, wenn ich dich Ika nenne?«

»Ika?« Sie lachte plötzlich. Es war wie eine Befreiung, wie eine Explosion. Aller innerer Druck entwich mit diesem Lachen. »Ika, das klingt lustig! Das klingt so südamerikanisch.«

»Der uralte Völkerstamm hieß Inka — «

»Danke.« Monika machte einen Knicks. »Sie sind so klug, Herr Doktor.«

Dr. Spieß biß sich auf die Lippen. Verfahren, schimpfte er mit sich. Jetzt ist die Karre restlos verfahren. Jetzt wird sie ironisch, zeigt die Stacheln. Man kann ein Mädchen, das spöttisch wird, nicht fragen: Willst du meine Frau werden?!

»Wenn dir Ika gefällt — «, versuchte er noch etwas zu retten. Monika nickte. »Ika ist ein Name voll Poesie.« —

»Ja — «

Das Gespräch versandete im Banalen. Sie sahen sich wieder stumm an und wußten nicht, wie es weitergehen sollte.

›Wie soll ich es ihr sagen?‹ grübelte Dr. Spieß.

›Was will er bloß?‹ dachte Monika.

»Haben Sie Nachricht von zu Hause?« fragte sie, um das quälende Schweigen zu unterbrechen. Dr. Spieß nickte.

»Ja. Sie lassen alle grüßen.«

»Nur grüßen?«

»Und uns Glück wünschen — «

»Glück wünschen? Uns? Wieso?« Monika legte die Hände flach auf die Brust. Ihr Herz trommelte auf einmal, das Blut rauschte in den Schläfen und übertönte alle äußeren Geräusche. Es war, als wenn sie zwei große Muscheln an beide Ohren hielte und die Welt nur aus dem imaginären Meeresrauschen bestände. Was ist das, dachte sie erschrokken. O Gott, was ist das denn?

»Ich erinnere mich an einen Herbstabend«, sagte Dr. Spieß leise. Er nahm Monikas Hand und führte sie zu einem der Sessel. Sie folgte ihm ohne Widerstreben, es war, als zöge die Stimme sie magisch mit, als sei ihr Herz im Sog eines unsichtbaren, riesigen, unwiderstehlichen Magneten. Sie setzte sich, als sie den leichten Druck seiner Hände auf ihren Schultern spürte und legte die Hände in den Schoß. Als er weitersprach, schloß sie die Augen. Sie mußte es einfach tun; es war zu schön, ihr zu lauschen, viel zu schön, um das Bild der Umgebung noch zusätzlich in sich aufzunehmen.

»Es war schon dunkel. Ich kam von der Universitätsbibliothek, und du wolltest von einem Einkauf nach Hause ...«

»Das war gelogen.« Ihr Kopf sank noch etwas tiefer. »Ich wollte gar nicht nach Hause — ich wollte ins Kino. Ich hatte mich mit Ludwig verabredet, Ludwig Rebsam, kennst du ihn?«

»Ja. Der strohblonde Junge von Schuhmacher Rebsam.«

»Ich habe ihn an diesem Abend sitzenlassen. Ich habe nicht gewagt, dir zu sagen, daß ich ins Kino wollte. Du warst so nett zu mir — «

Es fiel ihr gar nicht auf, daß sie Du sagte. Es war so selbstverständlich, weil es möglich war, die Zeit zurückzudrehen.

»Das alles wußte ich nicht.« Dr. Spieß legte beide Hände auf ihre Schultern. Er stand hinter ihr und blickte auf ihre goldblonden Haare. »Damals, an diesem Herbstabend, sah ich zum erstenmal, daß die kleine Monika Busse, der ich einmal die Rotznase geputzt hatte, erwachsen war. Du trugst Schuhe mit hohen Absätzen, deine Beine waren — wie jetzt — lang und schlank, nur die Naht des linken Strumpfes war etwas schief. Ich hatte damals das unbändige Verlangen, ›Halt, bleib stehen!‹ zu sagen, mich niederzubeugen und dir die Naht gerade zu ziehen. Aber ich wagte es nicht, weil ich plötzlich sah, wie erwachsen du warst. Aber ich faßte dich unter, ich schob meinen Arm unter deinen, und so gingen wir durch die abendstillen Straßen, wie ein altes Liebespaar, und wir haben uns nichts dabei gedacht.«

»Du nicht — «, sagte Monika leise. »Ich habe gedacht: Wie dumm ist doch der Ludwig Rebsam. Jochen hat sich bei mir eingehängt ... der richtige Doktor Jochen, der bald ein Rechtsanwalt sein wird. Ein großer Verteidiger. Ich war verdammt stolz, damals. Ich habe mir gewünscht, daß alle meine Freundinnen das sehen könnten, aber keine war da. Sie hatten sich schon alle mit ihren Jungs getroffen.«

»Vor der Haustür habe ich dich dann geküßt — «

»Ganz plötzlich. Wie ein Überfall.«

»Es war auch ein Überfall. Ich hatte allen meinen Mut zusammengenommen. Hinterher war ich wie vor den Kopf geschlagen.«

»Ich bin weggelaufen, ins Haus, die Treppe hoch.«

»Wie von Furien gehetzt.«

»Ich hatte Angst, mich in dich zu verlieben.«

»Warum Angst?«

»Wer war ich denn? Ein kleines Mädchen, die Tochter eines armen Fuhrunternehmers. Und du, du warst der Dr. jur. und arbeitetest in der Stadtverwaltung. In einem Monat habe ich meinen Assessor, hast du mir auf dem Weg erzählt. Das klang so gewaltig. Assessor! Und dann hast du mich geküßt. Da konnte ich nichts anderes tun, als weglaufen.«

»Und heute. Würdest du heute auch wieder weglaufen?«

Er beugte sich über sie. Ihr Kopf fuhr zurück, ihr Gesicht lag unter ihm, ein von Erinnerung und inneren Kämpfen durchzucktes, wundervolles, zwischen Kindhaftigkeit und Fraulichkeit schwankendes Gesicht.

»Ja — «, sagte sie kaum hörbar.

»Und warum?«

»Jetzt bist du der große Anwalt geworden, und ich bin noch tiefer ... eine im Gefängnis sitzende Verbrecherin ...«

»Ein kleines, dummes, süßes Ika-Mädchen bist du«, sagte Dr. Spieß und legte beide Hände um ihr Gesicht. Er hielt es wie in einem Schraubstock fest, damit es ihm nicht wieder entglitt. »Willst du meine Frau werden, Ika?«

Sie nickte in seinen Händen, aber sie lächelte nicht. Stumm flossen ihr die Tränen aus den blauen, großen, wie vor Angst weiten Augen.

Er küßte sie. Ihre Lippen waren kalt, ertrugen den Kuß, aber sie öffneten sich nicht und erwiderten nicht seine Zärtlichkeit. Ein Zittern durchlief ihren Körper, die Hände krallten sich in die Sessellehnen.

Mit einem Ruck befreite sie sich aus seinen Händen und sprang auf. »Es wird kein schönes Leben werden, Jochen —«, sagte sie leise und wich zurück, als er auf sie zuging.

»Ein herrliches Leben, Ika.«

»Ich bin eine Verbrecherin. Ich war im Gefängnis.«

»Wen geht das etwas an?«

»Alle, die dich kennen! Du wirst von allen ausgestoßen werden, wenn man es erfährt. Der Anwalt mit der Sträflingsfrau, wird es heißen. Ich werde nie in deine Gesellschaft passen.«

»Dann verzichten wir auf diese Gesellschaft. Wenn wir zwei zusammenhalten, wenn einer sich nur als ein Teil des anderen fühlt — was auf der Welt wäre stärker als wir? Mein Gott — wir sind ja noch jung, Ika. So wundervoll jung. Begreif es doch ... du bist achtzehn Jahre! Alles liegt ja noch vor uns, diese herrliche, von uns noch nicht entdeckte Welt. Worauf sollen wir zurückblicken ... auf diesen kleinen Tropfen Säure, der auf unsere Lebensstraße gefallen ist? Was ist das denn, ein Tropfen? Überspringen wir ihn — und dann weiter ...« Er zog Monika wieder an sich und legte die Arme um sie. »Vater und Mutter haben auch schon Ja gesagt.«

Sie legte den Kopf an seine Brust und weinte wieder.

»Ich habe Angst, Jochen«, schluchzte sie.

»Ich werde sie dir nehmen. Du mußt nur wissen, ob du mich in dem gleichen Maße liebst, wie ich dich liebe. Für mich bist du ein Teil meines Lebens geworden, ohne den es unvollkommen bleiben wird.«

»Ich habe dich immer geliebt«, sagte sie leise. »Das weißt du doch.« Sie hob das Gesicht zu ihm und versuchte unter Tränen zu lächeln. »Eine ganz dumme Frage: Wann heiraten wir?«

»Gleich, wenn du entlassen bist. Ich werde das Bewährungsgesuch durch eine Vorsprache bei dem Minister beschleunigen.«

Sie legte den Kopf wieder gegen seine Brust und umschlang seinen Rücken. »Ich kann es noch gar nicht glauben. Ich bin doch ein schlechtes Mädchen. Ich bin eine Vorbestrafte. So etwas kannst du doch nicht heiraten — «

»Du bist ein ganz dummes, kleines, liebes Mädchen, weiter nichts. Und in einigen Monaten bist du Frau Spieß. Nur daran sollst du noch denken. Allein nur daran! Verstanden?!«

»Verstanden!« Monika lachte. Es klang noch nicht befreit, aber das Glück schwang schon mit. Sie stellte sich auf die Zehenspitzen und küßte Jochen. Und diesmal waren ihre Lippen warm, voll Leben und blutvoller Hingabe.

»Es wird schwer bestraft, wer Intimitäten mit Gefängnisinsassen austauscht!« sagte eine Stimme hinter ihnen. Sie fuhren auseinander, als seien sie tatsächlich ertappte Sünder. Dr. Schmidt stand in der Tür und winkte lachend.

»Darf ich als erster gratulieren?! Auf Wildmoor geschehen tatsächlich Dinge, bei denen sich jedem Juristen die Haare sträuben. Auch mir. Ich gratuliere — «

Käthe Wollop hatte man nach einem letzten Versuch und eindringlicher Ermahnung doch nach zehn Tagen von Dr. Röhrig zurückholen müssen. Sie wurde als Sofortvollzug erst einmal in den Dunkelkeller gesperrt und hörte sich ungerührt die Strafpredigt an, die Dr. Schmidt ihr in der Zelle hielt. Die Drohung, sie wieder in eine normale Anstalt zurückzuschicken, beantwortete sie mit einem Achselzucken.

Diesmal machte Dr. Schmidt Ernst. Obwohl es ein Eingeständnis des Versagens war, stellte er den förmlichen Antrag, Käthe Wollop wieder in ein Frauengefängnis zu überführen. Es war besser, ein Mädchen zu opfern, als die gesamte Gemeinschaft und das große Werk Wildmoor dem schädlichen Einfluß Käthes auszusetzen. Wie ein Schimmelpilz war ihr verderblicher Einfluß, überall kamen faulige Stellen zum Vorschein, die alte Weisheit bewahrheitete sich wieder, daß das Schlechte die mächtigste Macht ist, daß Schwarz immer besser deckt als Weiß. Um den Geist von Wildmoor zu erhalten, mußte Käthe Wollop ausgestoßen werden.

In die zweimal wöchentliche Sprechstunde Dr. Röhrigs auf Gut Wildmoor kam, drei Wochen nach der Rückkehr Käthes, auch Vivian v. Rothen. Sie hatte sich krank gemeldet, fieberte etwas und hatte tiefe, dunkle Ringe unter den Augen. Der Blick dieser Augen aber war es, der Dr. Röhrig unruhig werden ließ. Es waren Augen voll Wissen und Haß.

»Was haben wir denn, Vivian?« fragte er und fühlte den Puls. »Fieber? Kopfschmerzen? Magenverstimmung?«

»Nein.« Vivian v. Rothens Mund war schmal wie ein Messerrücken. »Ich habe mich infiziert.«

»Laß mal sehen. Wo und wie denn? Ein rostiger Nagel im Stall?«

»Nein — ein Tier im Heu!« Sie schrie es heraus und riß sich dabei den Rock vom Leib. Mit einem wilden Schwung warf sie sich auf die Untersuchungschaise und drückte die geballten Fäuste gegen die Brust. »Ich weiß es seit zwei Wochen. Aber ich wollte es nicht glauben. Ich habe immer gehofft, daß es aufhört, daß es nur eine Erkältung ist, ich habe sogar gebetet, Doktor: Lieber Gott, laß mich nicht krank sein, nicht *so* krank ... Aber das war Selbstbetrug. Ich weiß, was ich habe —«

Dr. Röhrig nagte an der Unterlippe. Mein armer Peter Schmidt, dachte er erschüttert. Wenn das stimmt, kannst du in die Wüste gehen. Ausgerechnet Vivian v. Rothen —

Er ging zum Instrumententisch, zog seine Gummihandschuhe über, nahm eine flache Glasschale und einen gläsernen Spatel. Schon während des Abstriches war die Diagnose klar, so völlig deutlich, daß es eigentlich eine nutzlose Arbeit war, den Abstrich zu untersuchen.

Er trug die Glasschale zu einem Metallschrank, verschloß ihn, warf die Gummihandschuhe in eine Sterillösung und wusch sich außerdem noch mit heißem Wasser und antiseptischer Seife die Hände. Vivian v. Rothen zog sich wieder an. Ihr bleiches, schmales, im Elend versinkendes Gesicht war seltsam starr.

»Es stimmt doch, Doktor?« fragte sie.

»Ja.« Die Stimme Dr. Röhrigs war rauh vor Erregung. »Sie kommen sofort auf Isolierstation!« Er fuhr herum, und plötzlich brüllte er. »Zum Teufel, wie war das denn möglich?! Wie bist du Luder denn an den Mann gekommen?«

»Er hat mich bei dem Bauern Heckroth in der Scheune überfallen.«

»Einer der Moorknechte? Wer war es?«

»Das sage ich nicht.« Vivian v. Rothen warf den Kopf in den Nacken.

»Du mußt es sagen! Der Kerl kann ja noch andere Mädchen infizieren! Es ist deine Pflicht, zu sagen, wer —«

»Meine Pflicht? Ich kenne meine Pflicht ganz genau, Doktor. Man braucht sie mir nicht vorzusagen. Suchen Sie den Mann — Sie werden sich totsuchen! Ich nenne den Namen nicht — ich ... ich ... Ach, was geht das Sie an?!«

»Ich werde Sie in den nächsten Tagen ins Gefängnislazarett verlegen lassen«, sagte Dr. Röhrig kühl. »Wissen Sie, daß Sie dem Bauern Heckroth damit ungeheure Schwierigkeiten bereiten?«

»Er kann gar nichts dafür.«

»Es ist auf seinem Hof geschehen. Er hatte die Aufsichtspflicht über Sie!«

»Ich bin überfallen worden! Überfallen! Begreifen Sie das

denn nicht?« schrie Vivian schrill. »Ich bin mißhandelt worden!«

»Und haben es nicht sofort gemeldet.«

»Halten Sie es nicht für möglich, daß sich ein Mädchen auch meines Schlages einmal schämen kann?«

Dr. Röhrig schwieg. Er rief in Block 1 an und benachrichtigte Julie Spange von der Einweisung Vivians in die Isolierstation. »Ja«, sagte Dr. Röhrig giftig. »In die Isolierstation. Sie hören richtig. Vivian befindet sich im ersten Stadium einer hochvirulenten Syphilis — «

Er hörte am anderen Ende der Leitung ein entsetztes Seufzen und legte auf. Vivian v. Rothen zerrte nervös an ihrem Rock. Ihre Augen leuchteten wild. Sie ist ein Vulkan, der jeden Augenblick ausbrechen kann, dachte Dr. Röhrig. Mein Gott, daß wir nie gesehen, nie erkannt haben: Hinter der glatten Maske der Erziehung steht die nackte Unbarmherzigkeit, die Kälte des Gnadenlosen.

»Ich hätte wirklich geglaubt, daß ihr mehr Vertrauen zu mir und Dr. Schmidt hättet — «, sagte er hart.

»Das ist kein Mangel an Vertrauen, Doktor. Das ist etwas anderes. Aber das kann ich Ihnen nicht erklären.« Sie sah sich um. »Ich bleibe gleich hier?«

»Natürlich. Du wohnst ab sofort in Zimmer 3 Is. Ich nehme an, daß du spätestens übermorgen abgeholt wirst.«

Vivian v. Rothen nickte und ging hinaus. Dr. Röhrig zögerte lange, ehe er die Nummer Dr. Schmidts wählte. Er mußte sich dabei hinsetzen, der Schreck machte auch ihn weich.

»Peter — «, sagte er stockend. »Kann ich gleich zu dir hinaufkommen? Ja? Es ist etwas Schreckliches geschehen. Nein, nicht vom Ärztlichen aus ... vom Juristischen ... Ich kann es dir nicht am Telefon sagen. Ich komme sofort. »Und ... und stell einen Kognak bereit. Ich muß mir einen Geschmack von Kloake herunterspülen — «

Die Einladung zu einem intimen Herrenabend in die schloßähnliche Villa des Fabrikanten Holger v. Rothen wurde von dem Minister wohlwollend akzeptiert. Der Parteivorstand gab ihm zu verstehen, daß dieser Besuch äußerst wichtig sei, gerade vor den Wahlen. Herr v. Rothen war zwar kein Mitglied der Partei, aber es war über verschiedene Ohren bis zum Fraktionsvorsitzenden vorgedrungen, daß eine gewisse finanzielle Wahlhilfe im Bereiche des Möglichen lag. Vor allem der Einfluß auf die Presse war groß und wertvoll. Man hatte diese Macht schon einmal bei der leidigen Wildmoorsache kennengelernt. Ein Glück, daß Gras in der Politik so schnell und so dicht wächst. Wer sprach heute noch über diese Versuchsanstalt Wildmoor und seinen im jugendlichen Elan schwelgenden Regierungsrat Doktor Schmidt?

Um so mehr war der Minister erstaunt und in seinen Stellungnahmen überfordert, als Holger v. Rothen nach einem vorzüglichen Fasanenessen sich mit den Herren ins Kaminzimmer zurückzog, einen uralten Rothschild servieren ließ, dazu Henry-Clay-Havannas und romantisches Kerzen- und Kaminfeuer-Licht.

»Was sagt man eigentlich über Wildmoor?« fragte v. Rothen und verwirrte den Minister damit maßlos.

»Wildmoor? Wieso?« war die bisher einzige Reaktion, die v. Rothen allerdings mit Recht nicht als Antwort auf seine präzise Frage wertete.

»Sind die Gitter und Zellentüren angebracht?«

»Mein lieber v. Rothen — das sind Angelegenheiten der Bauverwaltung und meines Sachbearbeiters Dr. Fugger.« Der Minister probierte den dunkelroten Rothschild und taxierte ihn auf 1906. Ein Jahrgang, älter als er selbst. »Sie haben eine Faible für Wildmoor?«

»Naturgemäß. Ich bin mit ihm verwandt.«

»Wie bitte?« Der Minister bemühte sich, sein Erstaunen

im Rahmen einer Verständnislosigkeit zu halten. »Ich verstehe nicht.«

»Meine Tochter ist Insassin von Wildmoor.«

»Haha! Ein guter Witz!« Der Minister sah lachend auf die glimmende Spitze seiner Henry-Clay. »Was hat die junge Dame denn verbockt?«

»Trunkenheit am Steuer, fahrlässige Tötung und Fahrerflucht. Ein Jahr Jugendstrafe in Wildmoor.«

Der Minister legte seine Havanna in die Kupferschale, die als Ascher diente. Er putzte sich die Nase und hatte somit eine Minute intensiven Denkens gewonnen. Große Männer benötigen solche schöpferischen Pausen. Das ist Ernst, stellte er zunächst fest, und dieser Gedanke lähmte bereits. Er sagt es nicht umsonst, er will etwas damit erreichen. Das war ein kritischer Fall. Er wäre bereit, als Wahlhilfe einen namhaften Betrag, natürlich anonym, zu stiften. Das kompliziert nun wieder alles! Gesetze müssen Gesetze bleiben, und Delikte sind nicht aus der Welt zu schaffen, indem man Menschenfreund und Parteifreund spielt. Da gibt es Grenzen, und die sind sehr eng im juristischen Bereich.

»Ein typisches Wohlstandsvergehen«, sagte der Minister vorsichtig. Er war so höflich, eine Straftat schlicht Vergehen zu nennen, was juristisch ein riesiger Unterschied ist. »Wie lange sitzt ihr Fräulein Tochter schon ein?«

»Sechs Monate — «

»Das ist ja gar kein Problem. Wir werden einen Bericht aus Wildmoor anfordern. Ist er gut, werden wir auf dem Wege der Bewährung etwas unternehmen können. Sie verstehen — es muß ja alles seine Richtigkeit haben.«

Holger v. Rothen verstand. Die Flasche Rothschild wurde gegen eine neue ausgewechselt. Das Kaminfeuer streute wohlige Wärme in den Raum. Es war höllisch gemütlich. Der Minister lächelte jovial und erwartungsvoll.

»Nach der neuesten Meinungsumfrage liegt unsere Partei an der Spitze«, sagte er. »Allerdings war dieser Test nur bei den gehobeneren Schichten unternommen worden. Etwas Sorge haben wir mit der Industrie. Es ist immer das gleiche in Deutschland: Man kann den Menschen ein gut beschmiertes Butterbrot garantieren, und was wollen sie? Sahnetorte!«

»Eine gute Aphorisme!« lachte v. Rothen und dehnte sich in der Kaminglut. Der Fasan lag schwer im Magen, er war ein wenig trocken gewesen. Ein alter Hahn sicherlich. In der Tiefkühltruhe konnte man das nicht mehr so genau feststellen.

»Man sollte die neutrale Presse etwas mehr für das Regierungsprogramm interessieren«, fuhr v. Rothen fort. Der Minister lächelte breit.

»Die neutrale Presse?! Das ist gut! Das ist sehr gut. Das beweist die Anerkennung der nicht gebundenen Kreise.«

»Genau. Man sollte diesen Plan einmal fester umreißen.«

An diesem Abend wurde vieles umrissen. Wie hoch die Wahlhilfe Holger v. Rothens war, blieb naturgemäß unbekannt. Nur Regierungsdirektor Dr. Fugger erhielt am nächsten Tag den Auftrag, die maßgebenden Stellen für eine vorzeitige Entlassung Vivian v. Rothens aus Wildmoor zu interessieren. Man ließ durchblicken, daß der Minister selbst an dem Fall interessiert sei.

Das Bewährungsverfahren lief an. Auf den Tisch Dr. Schmidts flatterte das Ersuchen, einen Führungsbericht über die Jugendstrafgefangene v. Rothen abzuliefern.

Das Dienstschreiben kreuzte sich mit einer Meldung, die Regierungsrat Schmidt schweren Herzens in der Nacht aufgesetzt und am Morgen zur Post gegeben hatte.

Eine ganz knappe, militärisch kurze und klare Meldung:

»Die Strafgefangene Nr. 45279, v. Rothen, Vivian, eingeliefert lt. Urteil des Schöffengerichts vom ... ist seit gestern flüchtig. Sie hat die Offene Jugendstrafanstalt Gut Wildmoor voraussichtlich in der Nacht mit unbekanntem Ziel verlassen. Die örtlichen Polizeidienststellen sind benachrichtigt — «

Seit dem frühen Morgen war das gesamte Gebiet von Wildmoor durch die Landpolizei abgeriegelt. Streifen beobachteten die wenigen festen Wege, die aus und durch das Sumpfgebiet führten, auf den beiden Provinzialstraßen patrouillierte ein Funkwagen, die Moorbauern suchten ihre Torfabstichgebiete ab und fuhren mit den flachen Moorkähnen über die schmalen, seichten Kanäle. Fiedje Heckroth war entsetzt und sprachlos. Er hatte Vivian v. Rothen als ein braves, arbeitsfreudiges Mädchen kennengelernt, die zusammen mit Monika Busse auf seinem Hof jede Arbeit zur vollsten Zufriedenheit getan hatte. Er fuhr mit seinem klapprigen Wagen sofort nach Gut Wildmoor, um mit Regierungsrat Dr. Schmidt zu sprechen.

Gut Wildmoor glich einer belagerten Festung. Die Tore waren geschlossen, die Mädchen hatten Stubenarrest, nur zwei Abteilungen arbeiteten, der Stalldienst und die Küche. Zwei Polizeimannschaftswagen parkten im großen Innenhof, im Arbeitszimmer Dr. Schmidts hatte sich so etwas wie ein Befehlsstand gebildet. An einer großen Moorkarte wurde immer wieder der mögliche Fluchtweg Vivians nachgezeichnet. Es gab nur wenige Möglichkeiten für ein Mädchen, das von seiner Umgebung nur die Straße zum Moorhof Fiedje Heckroths und die Provinzialstraße kennt.

»Sie muß in Ihrem Gebiet sein, Herr Heckroth!« sagte Dr. Schmidt und zeigte auf ein rot umrandetes Gebiet auf der Karte. »Ihr Gut kennt sie genau. Überlegen Sie mal, wo sie sich da verstecken kann.«

Fiedje Heckroth kratzte sich den Kopf. Er sah von Dr. Schmidt zu den beiden Polizeioffizieren, die mit diensternsten Mienen an der Karte standen und den Eindruck erweckten, eine Kesselschlacht gewinnen zu müssen. Er kam sich unbehaglich vor und hob deshalb auch die Schultern.

»Das ist eine schwere Frage. Es gibt eine Menge Orte, wo man sich verstecken kann.«

»Im Moor?« Der eine Polizeioffizier lächelte mokant. »Mein guter Mann — ein Moor ist doch flach wie ein Tisch.«

Fiedje Heckroth sah wieder Dr. Schmidt an. Mein guter Mann, sagen sie zu mir, dachte er. Als wenn ich ein Halbidiot wäre. Kommen aus der Stadt mit ihren hohen Mannschaftswagen, zackig und blankgeputzt, betrachten uns Moorleute wie Urmenschen und glauben, sie seien die Halbgötter, nur weil sie sich täglich einmal rasieren, und dann: Mein guter Mann ... das Moor ist doch flach wie ein Tisch. Scheiße ist es, Herr Polizeileutnant. Das Moor ist das herrlichste und geheimnisvollste Land unter Gottes Sonne. Man muß es nur kennen —

»Wenn Sie es sagen —«, antwortete Fiedje Heckroth laut. »Dann suchen Sie den Krümel mal auf dem glatten Tisch.«

Dr. Schmidt legte die Hände auf den Rücken. Er kannte seine Moorbauern und wußte, daß man so zu nichts kam.

»Seien wir vernünftig, meine Herren. Heckroth, Sie haben im Moor vier Winterverschläge und drei Kähne. Da kann sich doch jemand verstecken.«

»Nee.« Fiedje Heckroth schüttelte den Kopf. »Die liegen mitten drin! Da kennt nur meine Frau und ich den Weg. Aber nicht Vivian. Da gibt's nur schmale Pfade ... da versäuft sie bei einem Schritt zur Seite —«

»Und sonst? Überlegen Sie doch mal! Im Birkenwald.«

»Das geht.«

»Ist durchgekämmt«, sagte der Leutnant knapp. »Keine Spur.«

»Im Hauptabstichgebiet.«

»Fehlanzeige!« warf der andere Leutnant ein, ehe Heckroth antworten konnte. »Wir haben nach der Karte bereits alle festen Plätze kontrolliert. Nichts! Aber das Mädchen kann sich ja nicht in Luft auflösen. Sie *muß* noch im Moor sein.«

»Und warum?« fragte Heckroth bescheiden.

Die Offiziere sahen sich an. Die Leute hier in der Einsamkeit haben ein genauso langsames Denken, wie der Himmel über ihnen weit ist. Man muß es ihnen nachsehen.

»Weil ein Mensch ohne Karte nicht aus dem Moor hinaus kann außer über die bekannten festen Wege. Und die sind abgeriegelt. Die Flucht ist schätzungsweise gegen vier Uhr morgens erfolgt, denn um drei Uhr ist die Patientin Erika Brunnert noch auf der Toilette gewesen und hat Vivian v. Rothen in ihrem Bett liegen sehen. Entdeckt wurde die Flucht um sechs Uhr morgens beim Wecken.«

»Das sind zwei Stunden. Da kann man weit sein.«

Die Polizeioffiziere wandten sich ab. Rechnen können wir auch, dachten sie. Aber in zwei Stunden zu Fuß im Moor kommt man nicht weit. Und ein Auto kann sie nicht mitgenommen haben. Hier, durch das Wildmoor, fahren nachts und frühmorgens keine Autos, außer denen der Bauern. Sie muß also noch im Moor sein, irgendwo hingeduckt wie ein gejagter Hase.

Im Hof von Gut Wildmoor hatten sich mittlerweile zwanzig Bauern versammelt. Die große Treibjagd konnte beginnen. Man wollte das gesamte Moor durchkämmen, jeder Bauer in Begleitung von zwei Polizisten in seinem Gebiet. Über Telefon hatte sich für den Nachmittag bereits Ministerialdirektor Dr. Fugger angemeldet. Die Meldung Dr. Schmidts hatte wie eine Bombe eingeschlagen.

»Um Gottes willen!« hatte Dr. Fugger geschrien. »Auch das noch! Der Herr Minister ist wohlwollend wie nie, alles schwimmt in guter, brauner Butter — und nun reißt dieses Luder auch noch aus! Rufen Sie sofort Dr. Schmidt an, daß ich nach dem Mittagessen komme. Und völlige Informationssperre! Keine Zeile an die Presse! Keine Suchmeldung in Funk oder Fernsehen. Das muß intern geregelt werden. Ganz intern.«

Da er es als seine Pflicht ansah, die wichtigste Person in diesem skandalösen Fall zu informieren, rief Dr. Fugger anschließend Holger v. Rothen an.

Aus einer Konferenz wurde er hinausgerufen, warf sich sofort in seinen Wagen und ließ sich nach Wildmoor fahren.

Vivian geflüchtet! Das war unmöglich! Das tat Vivian nicht! Etwas anderes mußte dahinterstecken, das man mit dieser amtlichen Meldung verschleiern wollte.

Holger v. Rothen traf auf Gut Wildmoor ein, als die Polizeitruppe mit ihren zwanzig Bauern als Führer hinaus ins Moor marschierte, eine große Streitmacht gegen ein durch den Sumpf irrendes Mädchen.

»Es ist die Wahrheit, Herr v. Rothen«, sagte Dr. Schmidt, als er allein mit dem Vater Vivians am Rauchtisch saß und sie zusammen einen Kognak tranken. Die Hände v. Rothens zitterten so stark, daß der Alkohol über den Glasrand schwappte. »Vivian ist ausgebrochen. Aus der Isolierstation.«

»Isolierstation?« Der Blick v. Rothens war wie der eines waidwunden Rehs. Dr. Schmidt sah an ihm vorbei.

»Ja.« Seine Stimme war hart. »Sie und ich, ja wir alle haben uns in Vivian getäuscht. Oder besser: Wir haben uns von ihr täuschen lassen. Unser Vertragsarzt Dr. Röhrig mußte Ihre Tochter isolieren, weil sie sich frisch mit Syphilis infiziert hatte — «

»Nein!« Es war ein erschütternder Aufschrei, der abbrach, als drücke ihm jemand die Kehle zu. Holger v.

Rothen war aufgesprungen, nun schwankte er leicht und griff sich ans Herz. »Das ist doch nicht möglich — «

»Das habe ich auch gesagt.« Dr. Schmidt starrte in sein Glas. »Aber die Diagnose ist völlig klar. Vivian war einige Monate auf Außenkommando. Sie wissen es ja. Dort muß es passiert sein. Sie weigert sich, zu sagen, wer es war. Ich vermute, ihre Flucht hängt damit zusammen. Sie will zu diesem Mann!«

v. Rothen ließ sich schwer in den Sessel zurückfallen und wischte sich mit dem Taschentuch über die Augen. »Meine Tochter eine Verbrecherin und Hure — «, sagte er leise. »Mein einziges Kind . . . womit habe ich das verdient — «

»Das fragen sich alle Eltern, Herr v. Rothen. Und es ist eine jener Fragen, die niemand beantworten kann. Natürlich gibt es eine Klassifizierung. Da ist der Straffällige aus dem sozial niedrigen Milieu, ohne Elternhaus, ohne Erziehung, aufgewachsen im Schmutz, von Kind auf Zeuge der Ausschweifungen der Erwachsenen, wie Hilde Marchinski und Käthe Wollop . . . und da ist der Typ des Wohlstandsverbrechers, dem alles zufällt, was die Welt zu bieten hat und der vor Langeweile und Ekel und Übersättigung zum Asozialen wird. Das ist eine neue, erschreckend häufige Form von Verbrechern in unserer modernen Gesellschaft. Dazu gehörte Vivian. Ich sage da nichts Neues.«

Holger v. Rothen nickte schwer. »Aber das . . . das letzte . . . Das ist nicht Vivians Charakter. Sie war leichtsinnig, aber nie schlecht. Ich verstehe alles nicht mehr.«

»Ich, ehrlich gesagt, auch nicht.« Dr. Schmidt trat ans Fenster. Der Innenhof war leer. Die Suchtrupps schwärmten draußen durch das endlose Moor. »Gebe Gott, daß wir sie finden — «

»Und . . . und wenn nicht?«

Dr. Schmidt hob die Schultern. »Was das Moor einmal genommen hat, gibt es nicht wieder her.«

Dann lag Schweigen über ihnen. Sie wußten, was die nächsten Stunden bringen mußten. Entweder fand man Vivian v. Rothen, oder sie würde für immer vermißt werden. Ein Mensch, der sich in Nichts aufgelöst hatte.

Ein Klopfen unterbrach ihre stummen Gedanken. Julie Spange, die Heimmutter 2, trat ein, hinter sich Monika Busse.

»Ich habe eine Meldung zu machen«, sagte Frau Spange amtlich. »Monika Busse hat eine Aussage zu machen — «

Dr. Schmidts Kopf flog herum. Auch Holger v. Rothen schnellte aus dem Sessel hoch.

»Du weißt, wo Vivian ist?« rief er.

»Nein.« Monika schüttelte langsam den Kopf. Man sah, wie sie mit sich rang, und Dr. Schmidt ließ ihr Zeit, mit sich ins reine zu kommen. »Ich — ich muß etwas verraten. Ich hätte es nie getan, ich habe geschworen, es nie zu sagen ... aber ich kann nicht mehr schweigen. Ich tue es nur, um Vivi zu helfen.«

Sie schwieg wieder, und die anderen Anwesenden unterbrachen diese Stille nicht. Sie fühlten: Nun gab es eine Entscheidung.

Monika atmete tief auf. Dann sagte sie klar: »Vivi hat eine genaue Karte vom Moor. Sie kann sich nie verirrt haben. Sie hat diese Karte von Hilde Marchinski, und die hat sie zu Weihnachten von Willi bekommen ... in einzelnen Teilen, eingebacken in Zimtsterne — «

»Man soll es nicht für möglich halten!« schrie Dr. Schmidt und hieb mit der Faust auf den Tisch. Auch Julie Spange war hochrot geworden. In Zimtsternen eingebakken, eine Moorkarte! Die Wahrheit ist oft kitschiger als die kobolzschlagende Fantasie billiger Kriminalschriftsteller.

Dr. Schmidt rannte aus dem Zimmer. Auf dem Flur des Privattraktes hörte man seine laute Stimme. »Hilde! Sofort zu mir ins Büro! Sofort!«

Sekunden später stand Hilde Marchinski, in einer sauberen, bunten Kittelschürze, die roten Haare von der Putzarbeit zerwühlt, im Zimmer vor dem Schreibtisch. Mit einem Seitenblick hatte sie Monika Busse gestreift und wußte durch ein kurzes Augenblinkern, worum es ging. Bevor Dr. Schmidt seine erste Frage stellen konnte, sagte sie deshalb:

»Ja. Es stimmt. Ich hatte die Karte vom Pfeifen-Willi. Auf 'n Lokus hatte ich sie versteckt, in 'nem Plastikbeutel, in dem sonst die Watte ist. Ick hatte mal vor auszukneifen. Aber nu is alles vorbei. Ick will ja hierbleiben. Willi ist 'ne Sau und meine Mutter eine noch größere. Bei Ihnen fühl ick mir wohl. Und die Vivian —« sie blickte hinüber zu dem bleichen Holger v. Rothen — »jawoll, Ihre saubere Tochter, Herr Millionär, dieses Aas hat mir die Karte jeklaut. Aus 'n Lokus. Ick wollt ihr die Fresse polieren, aber dann kam ja alles anders. Da hab ick gesagt: Behalt die Karte, du Saustück, und werd glücklich damit! Und nu is se mit ihr weg. Die kriegen Sie nie, Chef — die ist längst in der Stadt!«

»Prost Mahlzeit!« Dr. Schmidt trat auf Hilde zu und zog sie an der Schürze zu sich heran. »Man sollte dir rechts und links ein paar runterhauen!«

»Tun Sie's.« Hilde schloß die Augen. »Ick werd Ihnen auch nicht anzeigen wegen Gefangenenmißhandlung —«

»Wann hast du Vivian zum letztenmal gesehen?«

»Gestern noch. Ick hab das Untersuchungszimmer geputzt. Da lag sie nebenan im Bett und sagte: ›Hilde, mir ist so schlecht. Ich bin so schlapp. Aber das sag ich dir . . . den Kerl bringe ich um!‹«

»Das Motiv!« Dr. Schmidt sagte es laut. Holger v. Rothen sprang auf. Sein Gesicht zuckte wild.

»Meine Tochter will einen Menschen töten!« stöhnte er auf.

»Mit dieser Erkenntnis müssen wir uns abfinden. Sie will

es jedenfalls. Ob sie es jemals erreicht, liegt jetzt ganz allein bei uns! Hilde — «

»Chef?«

»Wer ist der Mann?«

»Das weiß ich nicht.«

»Du lügst!«

»Ick schwöre, daß ick — «

»Wenn du schwörst, ist das genauso, als wenn ein Wolf vor den Schäfchen tanzt! Du weißt es!«

»Nee, Chef.« Hilde hob beide Hände. »Bestimmt nicht.«

»Ich lasse dich wie Käthe Wollop zurück in die normale Strafanstalt verlegen, wenn du nicht die Wahrheit sagst! Es geht um ein Menschenleben!«

»Und wenn Sie mir zerreißen lassen — ick weiß nichts.«

»Raus!«

Hilde Marchinski ging. v. Rothen und Dr. Schmidt wanderten unruhig im Zimmer hin und her. Vieles war jetzt leichter zu überblicken. Das Motiv, das Rätsel, warum man Vivian noch nicht gefunden hatte, der Weg, den sie nehmen wollte.

Dr. Schmidt ging zum Telefon. Er mußte Dr. Fugger im Ministerium anrufen. »Es gibt keine andere Möglichkeit mehr«, sagte er zu v. Rothen, bevor er den Hörer abhob. »Wir müssen an die Öffentlichkeit gehen. Ich befürchte, Vivian ist längst nicht mehr im Wildmoor — «

»Unmöglich!« v. Rothen sprang auf. »Mein Name in Suchmeldungen über Rundfunk und Fernsehen! Lassen Sie mich mit dem Ministerium sprechen, Doktor. Es muß doch andere Mittel der Fahndung geben.«

»Es gibt jetzt nur eine einzige Fahndung, die schnell und wirksam ist: Der Aufruf an die Bevölkerung.«

»Das ist mein gesellschaftliches Ende.« v. Rothen sank stöhnend in einen Sessel. Dr. Schmidt sah ihn plötzlich mitleidlos an.

»Das wird es so oder so sein, Herr v. Rothen. Kommt Vivian durch, werden Sie der Vater einer Mörderin sein!«

»Hören Sie doch auf!« v. Rothen legte die Hände über die Augen. »Rufen Sie in Gottes Namen an! Ich weiß keinen Rat mehr.«

Die Antwort aus dem Ministerium war ein klares Nein! Keine Sensation! Abwarten.

Resignierend legte Dr. Schmidt den Hörer zurück.

»Nun können wir nur noch warten. Auf ein Wunder ... oder auf eine Tragödie. Wir sind zu Statisten geworden — «

Es war eine kalte, von einem zunehmenden Mond fahlhelle Nacht, als Vivian das Gut Wildmoor verließ.

Sie hatte geduldig gewartet, bis es drei Uhr morgens war. Zwischen drei und fünf schläft der Mensch am tiefsten, hatte sie einmal gelesen. Aber um drei Uhr hörte sie in der Revierstube 2 Geräusche und stellte sich weiter schlafend. Erika Brunnert, die wegen einer Fleischwunde am linken Schienbein im Revier lag — sie hatte sich mit einer Rübenhacke ins Bein geschlagen — stand auf und humpelte auf die Toilette. Das Wasser der Spülung rauschte, Schlürfen auf dem Flur, Erika Brunnert humpelte zurück zu ihrem Bett, das Zuschlagen der Tür von Zimmer 2. Ruhe.

Bis halb vier lag Vivian lauschend im Bett. Dann stand sie auf, zog sich an und verließ das Reviergebäude, als sei sie eine Besucherin. Im Schatten der Stallgebäude ging sie bis zum großen Tor, schob eine Leiter an die Mauer und überkletterte das letzte Hindernis in die Freiheit. So einfach war es, so völlig undramatisch. Dann stand sie draußen vor Gut Wildmoor, blickte noch einmal zurück und empfand ehrliche Traurigkeit, diesen Ort der Geborgenheit auf solche Weise verlassen zu müssen.

Der bequemste Weg in die Freiheit, über die Provinzialstraße, war gleichzeitig auch der gefährlichste. Sie hatte
sich alles genau überlegt, bis ins Detail war diese Flucht
vorbereitet worden. Ein sofortiger Weg in die Stadt war zu
schnell aufzurollen. Sie wußte, daß nur zwei Stunden Vorsprung vorhanden waren. Um sechs Uhr, beim Wecken,
entdeckte man ihre Abwesenheit. In zwei Stunden aber ist
auch bei günstigster Gelegenheit — ein Auto, das sie mitnehmen konnte — nicht ein Vorsprung herauszuholen,
den die Polizei nicht aufholen würde. Außerdem wurde der
Autofahrer zum Mitwisser, zur wichtigsten Spur.

Für Vivian gab es nur eines: Hinein ins Moor und einen
Weg nehmen, der entgegengesetzt allen Vermutungen lag,
die man anstellen würde. Niemand wüde glauben, daß ein
vernünftiger Mensch, wenn er die Freiheit sucht, quer
durch den Sumpf wandert, um südwestlich die Bundes-
straße zu erreichen, statt den kürzesten Weg nach Norden
zu suchen. Und völlig abwegig war es, zu denken, daß ein
Flüchtender sich einen Tag oder gar zwei Tage im Moor
versteckt, um dann erst seinen Weg zu gehen, wenn die
Suchtrupps müde waren und die Resignation sich auf die
Wachsamkeit niederschlug.

Mit schnellen Schritten ging Vivian dem Moor entgegen.
Sie hielt die Karte Hilde Marchinskis in der Hand. Über der
Schulter trug sie eine Hängetasche. Sie hatte eine Flasche
Wasser und einen halben Laib Brot mitgenommen, eine
Dose Marmelade und ein Stück Hartwurst. Diese Verpfle-
gung hatte sie aus der Küche gestohlen. Die Köchin
schwieg darüber. Es wurde so viel geklaut, daß es jeden
Tag eine Untersuchung hätte geben können. Der Aufwand
dazu war größer als der Schaden, den man untersuchen
sollte.

Bis zum Morgengrauen wanderte Vivian mit der Karte
über die festen Moorpfade in die Unendlichkeit einer

schweigenden, schwabbelnden, unheimlichen Landschaft. Sie sah von weitem den Hof Fiedje Heckroths liegen und machte einen Bogen um das Anwesen mit dem riesigen, lang herabgezogenen Rieddach. Hier kannte sie die weitere Umgebung genau.

Nach zwanzig Minuten vorsichtigen Vorwärtstastens über einen schmalen, schlüpfrigen Weg erreichte sie den mit trübem, braungelbem Wasser gefüllten Moorkanal, der noch zum Besitz Heckroths gehörte und fand auch den Kahn, der an einem Weidenstumpf vertäut war. Sie löste die Taue, ergriff die lange Holzstange, die längs im Boot lag und stieß sich von dem glitschigen Ufer ab. Träge glitt der flache Kahn auf den Kanal hinaus ... das Plätschern wurde von der Einsamkeit aufgesaugt, als schwämme der Kahn auf Watte.

Langsam stakte sich Vivian weiter durch das trübe Wasser. Sie fuhr von Heckroths Grundstück weg in die völlige Fremde hinaus, in das Zentralmoor, von dem sie nur gehört hatte, daß es dort Stellen gab, die selbst die Moorbauern nie betreten hatten, weil es dort kaum feste Standplätze gab. Nur mit Hubschraubern hatte man dieses Gebiet überflogen ... ein flaches, bis zum Horizont sich dehnendes Gebiet mit Weiden und verfilzten Holunderbüschen, vereinzelten Birken und Schilfrohr. Ein romantisch aussehender Dschungel, ein schwermütiger Gesang der Natur, unter dessen Oberfläche die Gnadenlosigkeit eines unergründlichen, saugenden Bodens lag.

Vivian empfand keinerlei Angst vor dieser Einsamkeit und schaurigen, nach Moder und Verwesung riechenden Stille. Die Unwegsamkeit wurde ihr Freund. Das Unerforschte ihr Schutz.

Der Tag kam schnell, ohne große Dämmerung. Jetzt haben sie das leere Bett entdeckt, dachte sie und setzte sich auf den Bootsrand. Jetzt wird Alarm gegeben. Dr. Schmidt besichtigt die leere Stube im Revier. Julie Spange wird wieder mit hochroten Backen herumlaufen. Alle Mädchen werden in den Zimmern bleiben müssen. Die Tore werden geschlossen. Ich habe aus Gut Wildmoor wieder ein Gefängnis gemacht.

Sie stakte das Boot weiter, wendete in einen noch schmäleren Kanal, der nach einigen hundert Metern sich so verengte, daß sie nur noch über eine schwabbelnde, dichte, faulige Masse glitt, wie ein Schlitten über eine feste, dickbreiige Schlammwüste. Ihre lange Holzstange fand keinen Grund mehr, sie tastete in die Grundlosigkeit des Moores. Da begann sie, sich meterweise vorwärtszudrücken, bis sie ein großes Schilfgelände erreichte, das mit Weiden durchsetzt war.

Wo Bäume wachsen, muß auch ein Fleck harten Bodens sein, dachte sie. Wurzeln müssen einen Grund finden, ein Baum kann nicht auf einer Moorfläche schwimmen. Sie zog den flachen Kahn mühselig und keuchend vor Anstrengung an den Schilfhalmen durch den Dschungel und erreichte bei einer Weidengruppe festen Boden. Der Kahn knirschte und saß fest. Vorsichtig kletterte sie aus dem Boden, hielt sich an den Zweigen der Weiden fest und tastete mit den Füßen um sich.

Der Boden war naß und quietschte unter ihren Schuhen, aber er war fest. Zentimeterweise schritt sie weiter, rund um die Baumgruppe herum und entdeckte so, daß sie auf einer kleinen Insel war, mitten im unwegsamen Moor, das niemand kannte als Rohrdommeln und Wildhühner, Moorratten und Biber, Frösche und Elstern.

Mit letzter Kraft zog sie das Boot in das dichte Schilf und warf sich dann unter den Weiden auf die Erde. Bleierne Müdigkeit überfiel sie, sie kämpfte dagegen, sie zwickte sich, als ihr die Augen zufielen. Du mußt wach bleiben, schrie sie sich zu. Du darfst jetzt nicht einschlafen! Aber dann schlief sie doch, den Kopf gegen den Weidenstamm gelehnt.

Fiedje Heckroth hatte unterdessen das Fehlen seines dritten Bootes gemerkt. Die Polizei rekonstruierte, einer der Offiziere las auf der Karte die Wasserwege nach. »Ganz klar«, sagte er. »Sie ist mit dem Kahn auf dem großen Kanal nach Norden gefahren und ist vielleicht bei Kirchhagen an Land. Gar nicht so dumm. Von Kirchhagen kann sie mit der Kleinbahn nach Boddenburg. Heckroth — wann fährt der erste Kleinbahnzug?«

Fiedje Heckroth sah ins Moor hinaus. Heckroth, sagen sie. Einfach Heckroth! Wie beim Militär. Aber das ist vorbei, jawoll. Das ist endgültig und Gott sei Dank vorbei! Ich heiße Herr Heckroth und nicht anders. Und wenn sie das nicht können, wenn die deutschen Beamten nicht wissen, was Höflichkeit ist, so höre ich sie einfach gar nicht! Basta!

Der Polizeileutnant tippte Heckroth an.

»He, Sie!« sagte er. »Hören Sie nicht?«

Heckroth drehte sich langsam um. Er sah auf den Finger des Polizisten, hob seine Hand und tippte den Leutnant ebenfalls an.

»He, Sie!« antwortete er. »Was wollen Sie von mir?«

Der Leutnant erstarrte. »Wohl leicht beklopft?« schrie er. »Was fällt Ihnen ein? Antworten Sie gefälligst! Wann geht der erste Kleinbahnzug?«

»Auskunft Schalter zwei im Bahnhof Kirchhagen.«

»Mann!« Der Leutnant holte tief Luft.

»Ich heiße Heckroth!«

Auch ein deutscher Beamter hat eine Stunde des Erkennens. Der Leutnant schluckte und schob die Unterlippe vor. »Herr Heckroth«, sagte er und legte auf das Herr eine dicke Betonung. »Wie ist das mit dem Zug?«

»Der erste Wagen läuft um einhalb sechs Uhr für die

Arbeiter in die Torfpresserei. Um sechs Uhr der nächste für die Arbeiterinnen in der Marinadenfabrik. Und dann jede Stunde ein Zug.«

»Das Weibsstück kann also den Zug um sechs erreicht haben?«

»Ohne weiteres.«

Der Leutnant winkte einem Polizisten mit einem Sprechfunkgerät.

»Geben Sie nach Kirchhagen und Boddenburg durch: Alles absperren! Suchen nach einem herrenlosen Kahn in der Umgebung von Kirchhagen. Flüchtige versucht, über Provinzialstraße nach Norden zu kommen. Wagenkontrolle für alle Peterwagen erbeten.«

Der Leutnant trat einen Schritt zur Seite, während der Polizist mit seinem Funkgerät die Meldungen durchgab. »In ein paar Stunden haben wir sie! Das hier ist eine Falle! So etwas Blödes, aus dem Moor auszubrechen! Je einsamer die Gegend, um so eher hat man einen! Das ist eine alte Weisheit.«

Fiedje Heckroth nickte. »Es ist gut, wenn die Polizei so weise ist — «, sagte er verträumt.

Der Leutnant starrte ihn von der Seite an. Das ist entweder eine Gemeinheit oder ein ehrliches Kompliment. Um des Friedens willen soll man sich für das Bessere entscheiden.

Er ließ Heckroth wortlos stehen und ging zu seinen Polizeibeamten, die im Boden die Fußabdrücke Vivians mit Gips ausgossen. Es waren schöne Abdrücke, Muster für ein Kriminalmuseum.

Nur von Nutzen waren sie nicht.

Vivian erwachte am späten Nachmittag. Frösche quakten um sie herum, zwischen zwei Drosseln war es zu einem Streit gekommen. Sie flogen gegeneinander und hackten mit ihren Schnäbeln aufeinander ein.

Der Moorkahn im Schilf lag auf der Seite und war bereits zur Hälfte im Moor versunken. Brackiges Wasser schwappte über die hinteren Sitze. Beim Gleiten über den Moorschlamm mußte ihm von einer Baumwurzel ein Loch in den Boden gerissen worden sein, Wasser war eingedrungen und zog nun den Kahn unaufhaltsam in die faulige Tiefe.

Mit einem lauten Schrei sprang Vivian auf und umklammerte das runde Heck des Moorkahnes. Sie wußte, wie sinnlos es war. Es gab kein Anhalten mehr, wenn das Moor zu saugen begann. Aber sie wehrte sich gegen das Wissen, daß mit dem Kahn auch ihre weitere Flucht versank. Sie würde eine Gefangene der winzigen, modrigen Insel werden, ein Mensch mitten im Moor, umgeben von kilometerweitem, nie betretenem Sumpf. Ein Mensch, der nie mehr in das Leben zurückkehren würde.

Als sie das klar erkannte, daß sie hier auf der feuchten Insel verhungern und verdursten würde oder bei einem Schritt hinaus vom festen Grund ebenso versinken würde wie das Boot, begann sie, laut und fast tierisch zu schreien.

Todesangst quoll aus ihr wie das Aufbrüllen eines Vulkans. Sie lief kopflos um die Weidengruppe herum, schrie und schrie, kletterte auf den höchsten Baum und versuchte, in der Ferne ein Lebewesen zu entdecken. Aber um sie herum war nur das braune, grünschillernde Moor, die Sonne schien grell und der Wind strich still, so wie hier alles lautlos war, durch ihr Haar und roch nach Moder.

Fast eine Stunde tobte sie gegen das Schicksal mit schrillem Brüllen. Dann war sie erschöpft, saß mit dem Rücken gegen die Weide gelehnt auf der Erde und starrte in den wolkenlosen Himmel.

Sie werden mich suchen. Überall. Nur hier nicht, weil hier kein Mensch leben kann. Auf der Karte sah sie das Gebiet, in dem sie nun war, aber es war ein Teil des

Moores, durch das nur dünne gestrichelte Linien führten. Pfade, die im Nichts endeten. Und in diesem Nichts, mitten in ihm, saß sie, rettungslos vor allen Suchenden. Sie war geflohen, um einen Weg zu nehmen, der jenseits aller Möglichkeiten lag. Sie hatte ihn nun gefunden . . . den Weg, der niemals zurückführte.

Am Abend, während die Sonne am Horizont als glühender Ball unterging, aß sie ein Stück Brot und trank ein paar Schlucke Wasser. Sie öffnete die Marmeladendose und schöpfte mit dem Zeigefinger ein paarmal das süße gekochte Obst. Als sie merkte, wie durstig die Süße machte, steckte sie die Marmelade wieder weg.

Fern, ganz im Ungewissen schwimmend, sah sie ein paar Lichter über das Land huschen. Es waren Scheinwerfer, mit denen die Polizei das wegsame Moor absuchte. Vivian ahnte so etwas, kletterte wieder auf die höchste Weide und schrie und schrie.

»Hilfe! Hilfe! Hier! Hier!«

Als sie heiser wurde, glitt sie von dem Baum herunter und legte sich weinend auf die Erde.

Drei Tage lag sie so, in der kalten Nacht, im wallenden Morgennebel, in der prallen Sonne, im Feuerlicht der untergehenden Sonne, im Dämmern der bläulich herankriechenden Nacht.

In Abständen von zwei Stunden schrie sie, bis ihre Stimme überschnappte und zu einem Heulen wurde. Dann aß sie, starrte ins Moor, beobachtete die Rohrdommeln und Krähen, hörte den Fröschen zu und suchte in sich und an sich die ersten Anzeichen von Wahnsinn.

Der Kahn war im Sumpf endgültig versunken. Die faulige Erddecke hatte sich über ihm geschlossen, und nichts erinnerte daran, daß hier ein kompakter Gegenstand verschlungen worden war und nun unter der Oberfläche vermoderte. Das Moor sah aus wie eine moosige Heide, friedfertig und in seiner unwirklichen Einsamkeit schön. Ein stummer Tod.

Am vierten Tag spürte sie, ohne noch klar denken zu können, wie sie wahnsinnig wurde. Sie lag in der prallen Sonne, Fliegen umschwärmten sie, Mücken und Schnaken, und sie wehrte sie nicht mehr ab, sondern ließ sich stechen und von ihren summenden Leibern zudecken.

Der Durst zerriß ihre Eingeweide, aber sie war bereits zu schwach, um an den Rand der kleinen Insel zu kriechen und das brackige Wasser zu schlürfen. Mit offenem Mund, einer riesigen Höhle gleich, lag sie auf dem Rücken und röchelte »Hilfe! Hilfe!« Dann kamen wieder Stunden der völligen Apathie, bis der Durst sie wieder entflammte und aufschreien ließ.

Ab und zu konnte sie klar denken. Schluß, dachte sie dann. Mach Schluß. Wirf dich in den Sumpf. Geh unter wie das Boot. Aber dann schauderte sie davor zurück, im fauligen Brei zu ersticken. Lieber hier krepieren, als so zu sterben, sprach sie sich zu.

Am fünften Tag hob sie den Kopf. Ein Hubschrauber überflog das Zentralmoor.

Vivian versuchte, sich aufzurichten, zu winken, zu schreien, ein Zeichen zu geben. Sie war zu schwach dazu. Sie starrte aus glasigen Augen in den Himmel, sah die stählerne Libelle über dem Moor kreisen und sich wieder entfernen.

Es war der Augenblick, in dem der Pilot funkte: »Hier gibt es kein Leben. Es ist völlig sinnlos, hier zu suchen.«

Vivian schloß die Augen. Es hatte geregnet. Sie hatte den Mund aufgerissen und die Tropfen aufgesaugt wie ein trockener Schwamm. Nun war sie zufrieden. Das Brennen im Leib war vergangen, sie fühlte sich vollgefüllt mit Flüssigkeit, lag in einer Pfütze und dehnte sich in ihr wie auf einem Daunenbett. Wie herrlich das ist, empfand sie.

278

Wasser! Ein Bett aus Wasser! Es kann nichts Schöneres geben. Man schwimmt auf einer Woge von Glückseligkeit. Wasser! Regen! Mein Gott, jeder Tropfen geht in mein Blut —

So lag sie und lächelte, wurde schwächer und schwächer und fühlte sich immer leichter und fröhlicher und voll jubelnder Hoffnung.

Am fünften Tage wurde die Suche abgebrochen.

Dr. Schmidt und die Polizeioffiziere hielten in Gegenwart von Ministerialdirektor Dr. Fugger und Holger v. Rothen den letzten Vortrag. Sogar der Minister war erschienen, in aller Stille, ohne Aufsehen. Er saß neben v. Rothen und bemühte sich, den gebrochenen Vater durch sinnige Sprüche über das Rätselhafte des menschlichen Schicksals aufzurichten.

»Es gibt nun gar keinen Zweifel mehr, daß Vivian im Moor umgekommen ist, trotz ihrer Karte. Sie muß sich verirrt haben, und was das gerade im Wildmoor bedeutet, wissen wir. Das Wildmoor ist ein Gebiet in Deutschland, das zu den seltenen, noch nicht voll erschlossenen Gegenden gehört. Man hat es zwar kartographisch vermessen, aus der Luft zum Teil, aber noch nicht ganz durchforscht. Wie auch, meine Herren?« Dr. Schmidt wandte sich an die Polizeioffiziere. »Die Polizei hat getan, was sie konnte — aber gegen das Moor ist alle Suchtechnik machtlos. Wir müssen also mit dem Schlimmsten rechnen. Es sind nun fünf Tage herum. Jetzt noch Hoffnung zu haben, wäre eine billige Illusion.«

v. Rothen nickte. »Ich danke Ihnen allen«, sagte er mit belegter Stimme. »Es heißt, sich damit abzufinden. Und das wird allein meine Sache sein.«

Der Minister nickte. »Meine Herren, wie ziehen die Leute ein.«

Nachdem die Polizeioffiziere gegangen waren, wandte sich Dr. Schmidt an den Minister. »Welche Auswirkungen wird dieser Fall auf Gut Wildmoor haben?« fragte er geradeheraus.

Der Minister sah auf seine Hände. »Das wird man nachprüfen müssen. Im Augenblick bleibt alles so, wie es ist. Das war Ihr erster Ausbruch, nicht wahr?«

»Ja. Und es wird der letzte sein. Das Schicksal Vivians wird sich herumsprechen und von Mädchen zu Mädchen weitergegeben. Es wird für alle eine Abschreckung sein.«

»Dann hat Vivian doch etwas genützt«, sagte v. Rothen leise. »Bitte, meine Herren, behalten Sie meine Tochter unter diesem Aspekt in Erinnerung.«

»Wie ist die Stimmung jetzt in der Anstalt?« fragte Dr. Fugger.

»Wie Sie sich denken können: Gedrückt. Ich werde in diesem Jahr die bravsten Insassen haben . . . und ich hoffe, auch in den nächsten Jahren.«

Dr. Fugger und der Minister schwiegen. Erst die Abschlußberichte, dachten sie. Bisher kann man diesem Schmidt den Erfolg nicht absprechen. Von bisher siebenunddreißig Entlassungen ist noch keines der Mädchen rückfällig geworden. Die Fürsorgerinnen melden übereinstimmend, daß die Wiedereingliederung in die soziale Gemeinschaft bei allen voll geglückt ist. Sie haben anständige Berufe ergriffen, sie benehmen sich wie jeder andere brave Bürger, sie sind »geheilt«. Zwei wollen sogar heiraten, anständige Männer. Sie alle haben zum Leben zurückgefunden. Dem gegenüber stehen vier Fälle, in denen die Erziehung von Gut Wildmoor versagt hat, die zurückverlegt werden mußten in die normalen Gefängnisse. An der Spitze Käthe Wollop, die den Fahrer der »Grünen Minna«, der sie abholte, mit einem Hochheben des Rockes begrüßt hatte. Und unter dem Rock hatte sie nichts.

»Ich plädiere dafür, daß man Gut Wildmoor erhält«, sagte Holger v. Rothen. Er starrte dabei gegen die Wand und gab sich Mühe, seiner Stimme die nötige Festigkeit zu geben. »Ich weiß nicht, ob es geht ... ob man staatlichen Institutionen Stiftungen machen kann. Aber im Andenken meiner Tochter wäre ich bereit, Gut Wildmoor so finanziell zu unterstützen, daß aus ihm die modernste und beste offene Jugendstrafanstalt Europas wird.«

»Ich werde diesen Plan mit der Regierung durchsprechen, Herr v. Rothen«, sagte der Minister sofort. »Es zeugt von Größe, wenn Sie jetzt noch menschenfreundlich denken.«

Wir werden eine gute Wahlhilfe damit haben, dachte er. In meinem Wahlkreis werde ich verkünden, daß wir im Jugendstrafvollzug an der Spitze der Kulturstaaten stehen werden. Das ist ein guter Wahlslogan. Jugend zieht immer.

Dr. Schmidt ließ Kognak herumreichen. In einer weißen Schürze servierte Hilde Marchinski die Gläser. Keiner sah ihr an, daß sie Insassin von Wildmoor war und das verderbteste Luder, das je hier eingesessen hatte. Vor allem der Minister wußte es nicht. Er nahm sein Glas vom Tablett und blinzelte der roten Schönheit zu. »Vielen Dank, mein Fräulein!« sagte er sogar, und Dr. Schmidt betete im stillen, daß er nie erfahren möge, wen er so angeblinzelt hatte.

Um die gleiche Zeit fuhr Fiedje Heckroth in Begleitung seiner Frau auf einem zweiten Moorkahn in das geheimnisvolle, nie betretene Zentralmoor. Warum er das tat, wußte er nicht zu erklären. Ein dumpfer Drang trieb ihn dazu, auch wenn ihn seine Frau Elga verrückt und spinnert nannte.

»Ich kenne das Moor«, sagte er dumpf und stakte durch den kleinen Kanal, den auch Vivian hinuntergefahren war.

»Man kann einen Menschen nicht abtun, wenn man nicht alles durchsucht hat. Und zu diesem Alles gehört auch das Satansland.«

Satansland, so nannten die einheimischen Moorbauern das Zentralmoor. Satansland, weil es bereits in den vergangenen hundert Jahren zwanzig Menschen verschlungen hatte, die es gewagt hatten, das Geheimnis der Schilfwälder und Weiden zu lüften.

Langsam glitt der flache, schwarze Kahn über das faulig riechende Wasser. Elga Heckroth saß am Heck und starrte hinüber zum Satansland.

»Wo willst du denn suchen, Fiedje?« fragte sie nach langem Schweigen.

»Überall.«

»Sie haben es doch abgeflogen mit dem Hubschrauber.«

»Hubschrauber!« Fiedje spuckte über Bord in das dunkle Wasser. »Und wo ist mein Boot? Na, wo ist es?! Beide können sie nicht weg sein ... vor allem das Boot nicht! Und das finde ich! Verdammt nochmal!«

Schmatzend glitt der flache Kahn über Wasser und Sumpf. Ab und zu hielt Fiedje Heckroth an und tastete durch ein Fernglas die Schilfwand vor sich ab. Er sah auch eine Gruppe Weiden mitten im Schilf und wußte, daß dort eine Insel war. Aber eine unerreichbare Insel, auch unerreichbar mit einem Boot.

Vivian lag unter den Weiden und leckte die Feuchtigkeit vom Boden. Mit letzter Kraft hatte sie sich auf den Bauch gerollt und preßte nun das Gesicht gegen die nasse Erde. In kurzen Abständen verlor sie das Bewußtsein, erlangte es wieder und fiel dann wieder in die gnädige Besinnungslosigkeit.

Sie starb langsam, aber es war kein schmerzhaftes Sterben. Sie löste sich auf.

Der Körper verlor von Stunde zu Stunde mehr Kraft, er zerfiel, er vermoderte bereits, ohne begraben zu sein.

Das Boot Fiedje Heckroths glitt langsam, Meter um Meter auf die dichte Schilfwand zu. Die Rohrdommeln flogen auf, Krähen kreischten schrill ... irgendwo platschte ein Biber ins Wasser und rauschte davon.

Fünfzig Meter lagen zwischen Vivian und Heckroth, fünfzig Meter Weg in die Ewigkeit.

Der Moorbauer hielt an und beobachtete die Schilfwand wieder durch sein Fernglas. Er sah nur gegen die dichten Halme ... hinter ihnen verging ein junges Leben. Der Tod verstand es, sich abzuschirmen und zu verstecken.

Elga Heckroth schüttelte den Kopf, als Fiedje statt der Stoßstange ein flaches Paddel ergriff und versuchte, mit dem flachen Kahn in das Schilfdickicht einzudringen.

»Das ist doch Dummheit!« sagte sie laut. »Überleg doch mal — wie soll Vivian hierhinkommen? Dann müßte der Kahn doch da sein!«

Fiedje Heckroth hob das Paddel und zeigte auf einen Schwarm Krähen, die kreischend die Weidengruppe im Schilf umkreiste.

»Da ist etwas! Verlaß dich drauf. Guck dir doch die Viecher an — «

»Biber werden's sein, was sonst?«

»Oder ein Mensch, der ... der — « Heckroth schwieg. Elga wußte, was er nicht aussprechen wollte.

»Und wenn wir den Kahn aufschlitzen? Wenn wir absaufen?« Elga kletterte durch das Boot nach vorn zu Fiedje. »Mann, denk an die Kinder! Es ist sowieso Blödsinn, hier im Satansland herumzufahren. Keiner tut das!«

»Die Krähen! Verdammt! Da ist etwas!« Fiedje kratzte sich den Kopf und schob die Mütze in den Nacken. Er schwitzte, die Sonne brütete über dem Moor, die Feuchtigkeit dampfte und umhüllte sie mit einem Nebel, der nach

Fäulnis roch. Trotz des hellen Tages lag Unheimlichkeit über diesem stillen Land.

»Hallo!« schrie Fiedje und legte die Hände zu einem Trichter an den Mund. »Hallo! Ist da wer?!«

Vivian lag auf dem Bauch und hörte die ferne, ferne Stimme. Ein Mensch, dachte sie. Da ist ein Mensch. Ein Laut ist da. Jemand ruft. Sie suchen mich ... ich werde gerettet ... gerettet —

Sie konnte sich nicht mehr rühren. Ihre Knochen waren wie aufgeweicht, ihr Fleisch bereits ein Teil der modrigen Erde. Sie war schon körperlich verwest, nur das Hirn dachte noch, dieses schreckliche Hirn, das solange denkt, wie das Blut es durchpulst.

Sie wollte schreien, aber auch dazu fehlte jede Kraft. Nicht einmal ein Ton kam aus ihr heraus, kein Stöhnen oder Seufzen. Sie lag da wie ein Klumpen Fleisch, sah und hörte und war doch tot.

Fiedje ergriff wieder das Paddel und stakte den Kahn in den Schilfwald hinein.

»Du bist verrückt! Du bist total verrückt!« zeterte Elga und wartete darauf, daß der Boden des Fahrzeuges von einer Wurzel aufgeschlitzt wurde. »Du bringst uns alle ins Unglück!«

Nach dreißig Metern schrie Elga auf. Auch Fiedje zuckte zusammen und umklammerte das Paddel.

»Da!« schrie Elga und sprang auf. »Da liegt sie! Mein Gott! Mein Gott! Sie lebt nicht mehr — «

Bis zu der kleinen, festen Weideninsel zu kommen, war eine Sache von wenigen Minuten. Vorsichtig drehte Fiedje den Körper Vivians auf den Rücken. Er sah in ihre offenen, fragenden Augen, sah das Zittern ihrer Lippen, spürte das schwache Leben in ihr.

»Sie lebt noch!« brüllte er. Dann benahm er sich wirklich wie ein Irrer ... er drückte Vivian an sich, schüttelte sie, schöpfte das faulige Wasser aus dem Sumpf und schüttete es über ihr Gesicht, rannte zum Boot zurück, holte eine Flasche mit kaltem Tee und zwang sie, die Flüssigkeit zu trinken.

Es war vergeblich. Der Tee lief aus der Mundhöhle wieder heraus. Sie hatte nicht mehr die Kraft, zu schlukken, der Körper weigerte sich, noch Funktionen auszuführen.

Mit Elga trug er Vivian in den Kahn, und Elga bettete den Kopf des Mädchens in ihren Schoß, deckte ihre Schürze über Vivians Gesicht, damit die grelle Sonne sie nicht noch mehr verbrannte, und hielt ihre Hand fest, als wolle sie sagen: Spürst du das Leben, in das wir jetzt hineinfahren?

Wie ein Rasender stieß Fiedje den Kahn zurück aus dem Satansland. Keuchend, mit weit aufgerissenem Mund, trieb er das Boot aus dem Sumpf heraus, ließ es in den engen Seitenkanal gleiten und ruderte dort, schweißüberströmt und in allen Muskeln zitternd, dem großen Kanal entgegen, der einzigen Straße in das Leben.

Nach einer Stunde streckte sich plötzlich der Körper Vivians. Ihre Hand fiel aus dem Griff Elgas, ihr Leib wurde flach und schwerer als zuvor, die Fußspitzen fielen zur Seite, in die Haut floß Kälte und gelbliche Farbe.

Langsam, fast zärtlich nahm Elga die Schürze vom Gesicht Vivians und sah in die starren, gläsernen Augen. Mit der flachen Hand drückte sie die Lider herab und deckte dann die Schürze wieder über das leblose Antlitz.

»Wir haben Zeit, Fiedje —«, sagte sie langsam. Und dann begann sie zu weinen und legte die Hände über das verdeckte Gesicht Vivians. »Du brauchst nicht mehr mit dem Tod um die Wette zu laufen. Er hat gesiegt —«

Fiedje ließ sich erschöpft auf die Sitzbank fallen und zog die Stechstange ein. Unter dem Vorhang des von der Stirn rinnenden Schweißes starrte er auf die langgestreckte Gestalt im Schoß Elgas und faltete die Hände.

»Aber wir haben sie geholt«, sagte er so leise, als könne er sie aufwecken. »Sie ist nicht im Moor geblieben. Sie wird ein anständiges Christengrab haben.«

Das schwarze Boot glitt lautlos über den dunklen Kanal. Fast wie eine Barke, die über den Styx gleitet, dem Fluß der Unterwelt, den alle Toten überqueren müssen.

Vivian v. Rothen wurde in aller Stille in der elterlichen Gruft beerdigt. Die Leiche war nach einer eingehenden gerichtsmedizinischen Untersuchung freigegeben und in den Heimatort überführt worden. Holger v. Rothen benachrichtigte nur die nächsten Anverwandten, auch seine Frau. Aber am Tage des Begräbnisses war sie nicht da; es vermißte sie auch niemand. Dafür stand der alte, gute Freund Vivians am Grabe, Sigi Plattner, und warf einen großen Strauß roter Rosen auf den Sarg. Holger v. Rothen fand diesen letzten Gruß rührend, wie eine späte Liebeserklärung sah er aus. Er hätte Sigi Plattner am Grabe mit eigenen Händen erwürgt, wenn er die wahren Zusammenhänge gekannt hätte. So aber verlief die Beerdigung ohne Skandal und in würdevoller Ruhe, und es zeigte sich einmal wieder, wie verlogen das Leben ist und wie heuchlerisch das Sterben.

Am nächsten Tag wurde auf dem Friedhof eine große Frau beobachtet, die am Grabe Vivians ein großes Herz aus weißen Rosen niederlegte. Sie verharrte einige Minuten vor dem großen Blumenhügel, weinte und verließ dann unerkannt den Friedhof. Für Helena v. Rothen war diese Stunde die Wende ihres Lebens. Sie wollte sie allein vollziehen, nicht unter den neugierigen, saugenden Blicken der anderen oder unter den spöttischen Reden ihres Mannes. Der Tod Vivians, der im Grunde genommen das Ende einer langen Kette war, die aus den widrigen Umständen in der Familie Rothen geflochten worden war und deshalb keinen von Schuld freisprach, weder Holger noch Helena v. Rothen, brachte die Entscheidung.

Eine Rückkehr in das Haus Rothen war unmöglich. Sie zog sich zurück in eine kleine Villa nach Südfrankreich und lebte das träge Leben eines Müßiggängers, der vom Leben nichts anderes übrighatte als eine dumpfe Sattheit, die bei dem Gedanken an neuen Genuß in Übelkeit überging.

Holger v. Rothen machte sein Versprechen wahr. Er stiftete zur Ausgestaltung von Gut Wildmoor einen Betrag, der das Ministerium in Verlegenheit setzte und die rechtliche Frage aufwarf: Darf eine staatliche Stelle zweckgebundene Stiftungen annehmen?

Da alles seine Richtigkeit haben mußte, wurde eine juristische Kommission unter Dr. Fugger gebildet, die ein Gutachten über dieses Problem ausarbeiten sollte. Eines jedoch war erreicht: Wildmoor blieb offene Jugendstrafanstalt. Die angelieferten Gitter verrosteten in einer Scheunenecke, die in Auftrag gegebenen festen Türen wurden storniert, die Beschränkungsverfügungen aufgehoben.

Die Mädchen marschierten wieder hinaus ins Moor, singend, in bunten Schürzen. Im großen Speisesaal wurde wieder Fernsehen genehmigt ... die Theatergruppe begann, für das Erntedankfest ein fröhliches Spiel einzustudieren. Auch die Lehrerin Erna Wangenbach hielt wieder Schule in Deutsch, Rechnen, Heimatkunde, Erdkunde und Biologie.

Es war, als sei ein Gewitter über Wildmoor gezogen, als habe es gehagelt und geblitzt ... nun war die Luft wieder rein, staubfrei fast, von steriler Frische.

Dr. Schmidt schien recht zu behalten: Es gibt keine Verbrecher unter Jugendlichen. Der junge Mensch ist das Produkt seiner Umwelt. Und solange er jung ist, kann man ihn erziehen ... durch das gute Beispiel, durch die Gemeinschaft, durch die Erweckung von Selbsterkenntnis und Selbstvertrauen.

Und so ging das Leben weiter.

In der Küche bei Radiomusik, im Stall und in der Scheune, auf den Feldern und im Moor ... die einen wurden entlassen und neue kamen, noch scheu und sichernd wie ein gefangenes Raubtier, aber dann sich auflockernd und einfügend in die mitreißende Gemeinschaft, deren Triebkraft Freude war.

»Du solltest einen großen Erfahrungsbericht schreiben«, sagte eines Tages Dr. Röhrig zu seinem Freund Regierungsrat Dr. Schmidt. »Ich garantiere dir die größte Beachtung und einen Schritt auf der Beamtenleiter nach oben.«

Dr. Schmidt lächelte mokant, suchte in einem Stapel Papieren und holte einen dünnen, blauen Aktendeckel hervor.

»Das gibt es bereits, mein Bester.« Seine Stimme war dick voll Spott, und Dr. Röhrig wunderte sich darüber. »Ein juristischer Essay, der mir zur Stellungnahme zuging. Titel: ›Unsere Erfahrung mit dem neuen sozialhumanitären Strafvollzug an Jugendlichen und Heranwachsenden in der offenen Jugendstrafanstalt Gut Wildmoor‹ — «

»Bravo!« rief Dr. Röhrig und klatschte in die Hände. »Das wird deinen Namen berühmt machen.«

Dr. Schmidt klappte den Aktendeckel zu, als er weitersprach:

»Autor: Regierungsdirektor Dr. Fugger — «

Er sah zum erstenmal, daß Dr. Röhrig völlig sprachlos sein konnte.

Noch vor dem Erntedankfest wurde Monika Busse entlassen.

Der Antrag der Strafaussetzung zur Bewährung war durchgekommen, nicht zuletzt durch die sensationelle Aktennotiz, die hinauf bis zum Ministerium wanderte, daß der Anwalt Dr. Spieß die Monika Busse sofort heiraten wollte. Ein Bewährungshelfer war also nicht nötig. Der Ehemann verpflichtete sich, auf seine junge Frau selbst aufzupassen.

Um keine Sensation aus diesem Sonderfall zu machen, wurde die Entlassung Monikas bis zur letzten Minute geheimgehalten. Auch Monika selbst erfuhr es erst eine Stunde vor ihrer Rückkehr in die Freiheit. Sie war an diesem Tage für Stubendienste zurückbehalten worden ... gegen 10 Uhr vormittags (um 11 Uhr wollte Dr. Spieß seine Braut abholen), als alle Arbeitskommandos außer Haus waren und das Packen Monikas von keinem gesehen wurde, ließ Dr. Schmidt sie zu sich kommen und eröffnete ihr mit einem knappen Satz, was bevorstand:

»Monika, du wirst in einer Stunde abgeholt«, sagte er. »Du bist ab sofort entlassen auf Bewährung. Kehrt marsch — und packen. Frau Spange wird dir aus dem Magazin alles geben.«

Monika Busse stand wie angewurzelt im Zimmer. Sie war blaß geworden und schien nicht zu verstehen. »Aber — «, sagte sie bloß.

»Kein ›aber‹, Mädchen! In einer Stunde bist du kein Moormädchen mehr, sondern Monika Busse, in Kürze Frau Monika Spieß — Los, packen!«

Dann ging alles so schnell, daß Monika kaum zur Besinnung kam. Was sie bei ihrer Einlieferung erlebt hatte, vollzog sich jetzt rückwärts.

Abgabe der anstaltseigenen Kleidung, Baden, Frisieren, Zusammenbau des Bettes, Abgabe der Bettwäsche, Empfang der Zivilkleider, Aushändigung der persönlichen Wertsachen, Unterschrift unter den Aufbewahrungsschein: Der Empfang des in Verwahrung gewesenen Tascheninhalts wird als vollzählig lt. Liste anerkannt ... eine letzte

Überprüfung, ob auch wirklich nichts vergessen war, Abmarsch mit Koffer zum Direktionsbüro zwecks Empfang der Entlassungspapiere.

Julie Spange begleitete Monika zu Dr. Schmidt. Es war der letzte Gang neben der Heimmutter.

»Wie fühlst du dich?« fragte Julie Spange, bevor sie das Verwaltungsgebäude betraten. Monika senkte den Kopf. Ihre Lippen zitterten vor Aufregung.

»Es ist wie damals, als ich ankam. Ich weiß nicht, wie alles werden wird. Ich habe Angst — «

»Gerade du brauchst doch keine Angst zu haben.« Julie Spange hielt Monika die Tür auf zum Eingangsflur. Halb war sie schon Zivilperson und berechtigt, Höflichkeitsbezeichnungen entgegenzunehmen. »Du heiratest doch.«

»Ich habe Angst vor dem Augenblick, in dem ich Vater und Mutter wieder gegenüberstehe. Für Vater bin ich nicht mehr seine Tochter.«

»Dummheit! Väter bellen wie bissige Hunde — aber hinter dieser Stärke verstecken sie nur ihre Weichheit. Mein liebes Kind — ich habe noch keinen Vater gesehen, der in der Hand seiner Tochter nicht wie Butter knetbar war.«

Vor dem offenstehenden Tor sah Monika einen großen, dunklen Wagen mit der Nummer ihrer Heimatstadt. Mit einem Ruck blieb sie stehen.

»Jochen ist schon da — «, stammelte sie. Und plötzlich brach das Urweibliche in ihr hervor, sie ordnete mit fliegenden Fingern ihre Haare und fragte Julie Spange: »Ist alles an mir in Ordnung? Die Frisur?«

»An dir ist alles in Ordnung, Mädchen.« Die Spange lachte fett. »Und nun hinauf zum Chef. Ich warte hier. Wenn du wieder runterkommst, bist du Zivilist.« Julie Spange zögerte etwas, dann fragte sie: »Eine dumme Frage eigentlich ... wirst du ab und zu mal an uns denken?«

»Immer, Frau Spange. Immer. Sie werden es jetzt vielleicht für eine blöde Abschiedslüge halten, aber sie ist es nicht: Dies hier war meine bisher schönste Zeit — «

Abrupt wandte sie sich ab und rannte die Treppe zum Direktionsbüro hinauf. Sie wollte nicht zeigen, daß ihr die Tränen in die Augen stürzten.

Im Zimmer stand Dr. Spieß, als sie die Tür aufriß, und hob ihr beide Arme entgegen. Dr. Schmidt war nicht im Büro, er wartete diskret nebenan. Mit einem Aufschrei stürzte Monika an seine Brust und umfaßte ihn.

»Jochen — «, stammelte sie. Dann küßten sie sich, und es war so still im Zimmer, daß Dr. Schmidt von nebenan hereinkam, um nachzusehen, was eigentlich geschehen sei. Er räusperte sich und setzte sich hinter seinen Schreibtisch, als niemand auf ihn achtete und sie sich weiter küßten.

»Schluß jetzt!« sagte er endlich laut. Dr. Spieß und Monika fuhren auseinander und sahen ihn mit entsetzten Augen an, als kämen sie auf einen anderen Stern.

»Wie lange sind Sie schon hier — ?« fragte Dr. Spieß.

»'ne ganze Weile!« Dr. Schmidt lächelte jovial. »Ihr könnt euch auch gleich weiter abknutschen, nur muß ich die nötigen Formalitäten erledigen. Im Augenblick, Herr Dr. Spieß, sind Sie dabei, eine strafbare Handlung zu begehen. Sie treiben Unzucht mit einer Strafgefangenen. Erst, wenn ich die Entlassungspapiere überreicht und meinen Abschiedsgesang vorgetragen habe, ist Monika Busse wieder eine normale Bundesbürgerin. Also denn — « Er beugte sich etwas zu Monika vor. »Monika Busse, durch einen Gnadenerweis freue ich mich, Ihnen den Rest der Strafe auf Bewährung erlassen zu können und möchte Ihnen ins Gewissen reden — «

»Muß das sein?« fragte Dr. Spieß sauer.

»Nein!« Dr. Schmidt erhob sich lachend. »Ich wünsche Ihnen beiden alles Glück auf Erden! Und hoffentlich macht

Ihr Trick nicht Schule, Doktor, denn dann heiraten alle Anwälte ihre schönen Klientinnen. Im übrigen hoffe ich, daß Wildmoor bei Ihnen nicht vergessen wird und wir uns privat einmal wiedersehen.«

»Genau das wollte ich sagen.« Dr. Spieß legte den Arm um Monika und zog sie wieder an sich. »Ich möchte Sie bitten, Herr Regierungsrat, unser Trauzeuge zu sein.«

»O ja!« rief Monika. »Bitte, bitte — Chef —«

Das Wort Chef traf Dr. Schmidt mitten ins Herz. Er nickte und kam um seinen Schreibtisch herum.

»Und wenn es wieder Schwierigkeiten gibt mit Dr. Fugger ... ich sage zu!« Er faßte Monika unters Kinn und hob ihr Gesicht hoch. Es war gerötet und von Tränen naß. »Weißt du, daß du eines der Mädchen bist, die mir immer wieder Mut gemacht haben, Wildmoor zu halten und nicht alle Theorien wieder aufzugeben? Es war oft schwer — jetzt kann ich es ja sagen — aber immer, wenn ich soweit war, zu sagen: Es hat keinen Sinn! Sie sind es nicht wert! Sie bleiben Ausgestoßene der Gesellschaft ... dann habe ich dich gesehen und die anderen Mädchen, die sich bemühten, das Vergangene wie einen bösen Traum zu vergessen. Und dann habe ich weiter für euch gekämpft, um meine Mädchen im Moor —«

Dr. Schmidt wandte sich ab, ging zum Schreibtisch und riß die Entlassungspapiere aus der Schreibmappe.

»Hier, nehmt den Wisch und ab in die Freiheit!« rief er. »Wir wollen hier doch keinen Rührfilm spielen! Wenn geheiratet wird, sagt rechtzeitig Bescheid. Und nun raus!«

Als zum Mittagessen die in der Nähe arbeitenden Arbeitskolonnen einrückten, war das Bett Monikas bereits leer und ihr Spind geräumt.

Die Busse ist weg — das war eine Nachricht, die in wenigen Minuten durch alle Zimmer geflogen war und vor allem am Abend eingehend diskutiert wurde.

So plötzlich, hieß es. Ohne Abschied! Was war vorgefallen? War sie zurückverlegt in das Gefängnis? Hatte man neue Straftaten aufgedeckt?

Die Gerüchte blühten. An alles wurde gedacht, nur nicht daran, daß sie entlassen worden war. Man einigte sich darauf, daß sie verlegt wurde, da auch Hedwig Kronberg und Julie Spange, die Heimmütter, die es ja wissen mußten, beharrlich schwiegen.

Und auch Hilde Marchinski schwieg. Sie wußte es auch. Und sie blieb stumm, weil sie sich entschlossen hatte, für immer auf Gut Wildmoor zu bleiben und sich bereits jetzt vorkam wie zur großen Familie gehörend.

Die große, die angsterfüllte Minute war vorüber: Das Wiedersehen mit dem Vater. Eigentlich war alles so einfach gewesen, und wovor man monatelang Angst gehabt hatte, geschah nun ohne alle Dramatik.

Die ganze Familie Busse war versammelt, in der guten Stube, die man mit Blumen ausgeschmückt hatte, als Monika und Jochen Spieß eintrafen. Der Tisch war gedeckt, Mutter Erika hatte einen großen Kuchen gebacken, Vater Hans zwei Pullen Sekt kaltgestellt ... und als die erste Begrüßung vorbei war, kam sich Monika vor, als sei sie lediglich von einer großen Reise heimgekehrt, lang erwartet und nun gefeiert.

Kein Wort wurde über Wildmoor gesprochen, alles drehte sich nur um die bevorstehende Hochzeit, nur Vater Busse sah seine Tochter strahlend an und sagte: »Gut siehst du aus, Mädel! Braun und wirklich gut! Verdammt noch mal ... laß uns darauf noch einen trinken!«

Mutter Erika weinte an diesem Tage viel, wie es so die Art der Mütter ist, drückte Monika stumm an sich und häufte Kuchen und Plätzchen und Schokoladeteilchen vor sie auf, als käme Monika aus einer Hungergegend.

Das größte Problem waren die Nachbarn und die sogenannten guten Freunde. So sehr man die Heimkehr Monikas auch geheimgehalten hatte — unsichtbar konnte sie das Haus nicht betreten. Das genügte. Schon nach einer Stunde klingelte das Telefon. Man wollte wissen, wie es gewesen sei, warum sie schon aus dem Gefängnis entlassen worden sei, und der Kegelclub, in dem Vater Hans jeden Donnerstagabend seine Kugeln rollen ließ, fragte an, ob es stimme, daß im Knast die weiblichen Gefangenen auch Schlüpfer aus aufgerauter Wolle trügen.

Hans Busse hängte fluchend ein. Irgendwo hörte der Spaß auf, fand er. Später ging er gar nicht mehr ans Telefon, sondern ließ es klingeln.

»Eine Bande, eine regelrechte Bande!« sagte er wütend. »Sie sind wie die Schmeißfliegen! Haben die Leute gar kein Gefühl?! Mein Gott, wie gemein kann der Mensch sein!«

Am nächsten Morgen holte Jochen Spieß seine Braut ab und quartierte sie außerhalb der Stadt in einem kleinen Hotel ein. Es mußte sein! Die Nachbarn, sogar die Hausmitbewohner gaben keine Ruhe. Sie lagen auf der Lauer und hielten Monika an, als sie Milch holen ging und frische Brötchen. Die Milchfrau fragte, der Bäcker wollte wissen, wie die Brötchen hinter Gittern schmecken, der Gemüsehändler erkundigte sich, ob es im Knast Frischgemüse gäbe ... es war unmöglich, auch nur einen Schritt vor die eigene Tür zu setzen. Die Umwelt klebte wie Blutegel an Monikas Körper und ließ nicht eher los, als bis sie sich vollgesogen hatte mit dem Wissen, so hat es in Wildmoor ausgesehen, und der Befriedigung: Sie ist verstört, wenn sie darüber spricht!

Nach wenigen Stunden war Monika Busse soweit, daß sie weinend im Zimmer saß und zu ihren Eltern sagte: »Ich möchte wieder zurück ins Moor! Diese Welt hier ist ja eine Hölle!«

Vater Busse begleitete Monika in das kleine Hotel. Er sah, wie die Nachbarn hinter den Gardinen standen, er sah die Gesichter durch die Fensterscheiben der Geschäfte, und er biß die Zähne zusammen und stieg mit Monika in Dr. Spieß' Wagen.

»Wir werden wegziehen!« sagte er, als sie durch die Stadt fuhren. »Ich habe mir schon die andere Wohnung angesehen ... genau am anderen Ende der Stadt. Da kennt uns keiner. Und wenn einer wieder davon anfängt, dem schlage ich den Schädel ein!«

»Das wäre ganz falsch. Darauf warten sie ja bloß.« Dr. Spieß schüttelte den Kopf. »Lächeln, Schwiegerpapa. Nur lächeln, und sie ansehen, als ständen sie nackt vor dir. Nichts verletzt mehr, als einen Menschen anzulächeln, daß er das Gefühl hat, ein Harlekin zu sein. Die Menschen sind nun einmal so – wenn sie sich gegenseitig zerfleischen können, schwimmen sie im Glücksgefühl! Gemeinheit ist ihr Brot, Niedertracht ihre tägliche Suppe. Ich sehe es täglich in der Praxis: Wer den Menschen wirklich kennt, hat die Sehnsucht, ein Tier zu sein –«

»Und trotzdem ziehen wir um!« sagte Hans Busse laut. »Ich habe mir schon immer eine andere, modernere Wohnung gewünscht. Wofür arbeitet man sich denn krumm, was?« Er tätschelte Monikas Hand und spürte, wie kalt sie war. »Und wenn ihr erst verheiratet seid –«

»In vier Wochen!« sagte Dr. Spieß.

»Schon?«

»Ja. Ich habe keine Lust, Monika zu verstecken, nur weil die Umwelt vor Borniertheit stinkt und die Nase hochträgt. Wir alle sind nicht besser als unser Nachbar – wir haben nur das Glück, raffinierter zu sein!«

Noch einmal spielte sich vor dem großen Tor des Gutes Wildmoor ein lautstarkes Drama ab. Es war kurz vor dem

Einbruch des neuen Winters, Schneeluft wehte schon übers Moor, der Himmel hing schwer über den Birken und Weiden, die Sonne schwamm wie in Milch. Einen Tag, von dem man erwartete, daß er aufbrach wie eine reife Frucht und weiße Flocken über das Land schüttete.

Hilde Marchinski war entlassen worden. Offiziell, mit allen dazu gehörenden Papieren, weil ihre Zeit abgesessen war. Geändert hatte sich allerdings nichts. Nachdem Dr. Schmidt sie mit der üblichen Abschiedsrede entlassen hatte, band sie ihre Schürze wieder um, ergriff den Schrubber und ging hinüber in die Privatwohnung des Regierungsrates, um weiter zu putzen. Ihre Entlassung aus Wildmoor war nur eine Formalität, die als ausgeführt gemeldet wurde. Für Hilde Marchinski war das Gut ihre herrliche Welt geworden. Wenn es gelang, daß ein Moorbauer sich in sie verliebte, und das war möglich, denn nun konnte sie sonntags zum Tanz gehen und den an Einsamkeit gewöhnten Männern zeigen, was eine rothaarige Schönheit ist, würde das Moor ihr Paradies werden, aus dem sie niemand mehr vertreiben konnte.

Völlig anderer Ansicht waren allerdings Lotte Marchinski und Pfeifen-Willi.

Am Tage nach Hildes Entlassung standen sie gemeinsam vor dem Tor von Gut Wildmoor und begehrten Einlaß, um ihre liebe Hilde abzuholen.

Julie Spange rannte mit entsetzten Augen zu Dr. Schmidt.

»Ich verhandle mit dieser Frau nicht mehr. Ich vergesse mich! Dieses ordinäre Frauenzimmer! Herr Regierungsrat — machen Sie ihr klar, was Hilde möchte! Ich kann das nicht!«

»Lassen Sie mich gehen, Chef.« Hilde Marchinski band ihre Schürze ab und schüttelte ihre herrlichen roten Haare. Sie bleckte die Zähne dabei, und Dr. Schmidt erkannte mit einem eisigen Stich in der Brust, daß man ein Raubtier zwar zähmen, aber nicht die Wildheit in ihm abtöten kann. »*Ich* werde es ihr begreiflich machen.«

»Keine Dummheiten, Hilde!« Dr. Schmidt schüttelte den Kopf. »Nein! Ich gehe besser zu deiner Mutter!«

»Ich bin jetzt frei, Chef.« Hilde Marchinski sah Dr. Schmidt ernst an. »Ich werde doch allein stark genug sein, mich zu verteidigen! Wäre ich das nicht, was hätte Wildmoor dann genützt —?«

»Da ist se!« sagte Pfeifen-Willi, als er Hilde über den Hof gehen sah. »Verdammt nochmal, ist se hübsch geworden! 'ne Brust hat se jekriegt!« Er schielte zur Seite auf Lotte Marchinski und verzog das Gesicht. »Keene Fell-Lappen, wie andere —«, fügte er giftig hinzu.

»Schnauze!« Lotte kniff die Augen zusammen. Sie kannte ihre Tochter. Wie sie geht, dachte sie. Wie sie uns entgegensieht. Das ist keine Freude, o nein — das ist Kampf. Das gibt 'ne harte Nuß. Aber ich haue ihr ein paar runter, wenn sie frech wird. Ich reiße ihr die roten Ziegel aus, diesem Hurenstück. Noch bin ich ihre Mutter.

Sie bedauerte, nicht noch einen Schluck Schnaps trinken zu können, um sich Mut zu machen. Statt dessen versuchte sie ein Lächeln, als Hilde vor ihr stehenblieb und sie kalt musterte.

»Was willst du hier?« fragte Hilde laut. Und dann zu Pfeifen-Willi: »Und du, du Saustück?! Hau ab, sag ich! Ich kotze, wenn ich dich nur sehe!«

»Püppchen —«, sagte Willi breit.

»Piß dir nich auf die Schuhspitzen, Kerl!« Hilde wandte sich zu ihrer Mutter. »Sag deinem Bettwärmer, er soll verschwinden!«

»Hilde!« Lotte Marchinski ballte die Fäuste. »Ick bin jekommen, um dir in allen Ehren abzuholen. Und wat tuste mit uns? Uns beleidigen! Ist det Tochterart?«

»Ich komme nicht mit. Ich bleibe.«

»Aba du bist doch entlassen!«

»Ich bleibe.«

»Freiwillig?«

»Ja.«

»Im Knast?«

»Auf dem Gut.«

»Det Kind is verrückt!« Lotte sah hilfesuchend zu Pfeifen-Willi. Der grinste breit und wippte auf den Fußspitzen.

»Ick wüßte, wie se mitkommt!« sagte er breit. »Ick könnt ihr ja mal wat zeigen, wat se lange nich jesehen hat. Det wirkt wie'n Magnet — «

Hilde antwortete nicht. Sie holte nur aus und hieb Willi mitten ins Gesicht. Er machte einen Satz nach hinten, stolperte und fiel auf die Erde. Lotte schrie leise auf.

»Da, nimm ihn mit, den Rückenmarklosen!« sagte Hilde laut. Und plötzlich fuhr sie vor und hob beide Fäuste. »Und laßt mich in Ruhe!« schrie sie grell. »Laßt mich für immer in Ruhe! Ich will dich nicht mehr sehen! Nie mehr! Und wenn du wiederkommst ... bei Gott, ich schwöre es dir: Ich erschlage dich! Ich mache dich kalt, du Hurenaas! Und wenn ich dafür lebenslänglich bekomme! Ich will dich nicht mehr sehen — «

Sie wandte sich ab und rannte in den Hof zurück. Ihre roten Haare flatterten hinter ihr her ... es sah aus, als brenne ihr Kopf.

Pfeifen-Willi hatte sich vom Boden aufgerappelt und ergriff den Arm der erstarrten Lotte Marchinski.

»Komm, Lotte«, sagte er schwer atmend. »So is det nun. Dank jibt es nicht von de Kinder. Laß se loofen. Wat soll se denn bei dir?«

»Jeld verdienen, du Rindviech!« schrie Lotte. »Ick mach noch zwee Jahr — und dann? 'ne Mumie will keener mehr! Det janze Lebensabend-Geschäft hat se uns vermasselt!

Aba ick werde eenen Antrag stellen auf Unterhalt! Ick jebe nich auf!«

»Blödsinn!« Willi zog die keifende Lotte Marchinski vom Tor weg zu dem kleinen Mietwagen, mit dem sie gekommen waren, um ihren Ernährer abzuholen. »Gegen de Behörden läufste wie gegen 'ne Mauer.«

»Imma wir Armen!« schrie Lotte und schüttelte die Fäuste gegen das Gut Wildmoor. »Imma wir! Mit uns kann man's ja machen! Verdammt noch mal!«

Sie griff in die Handtasche, zog eine Flasche hervor, schraubte sie auf und setzte sie an den Mund. Dann seufzte sie, streckte die Zunge aus und sagte mit aller Verachtung, der sie gegen die Gesellschaft fähig war: »Scheiße!«

Nach dieser Entladung ihres tiefsten Gefühls konnte sie Pfeifen-Willi in den Wagen zerren und die Tür zuwerfen.

»Wat nun?« fragte Lotte und lehnte den Kopf gegen das Rückenpolster. »Wie kriege ick nu die Miete für zwei Monate zusammen?«

»Wir müssen 'n Ding drehen.« Willi startete und fuhr langsam über die Zufahrtstraße auf die Provinzialchaussee. »Es jeht eben weiter wie bisher, Lottekind. Du nimmste die Kerle mit uff de Bude, und ick sehe ihnen die Brieftasche nach. Det war noch imma 'n Jeschäft. Deine Hilde, die is für uns jestorben. Abjesoffen. Wird 'n anständiges Mädchen. Pfui Deibel!«

Vom Fenster des Verwaltungsgebäudes sah Hilde, wie der kleine Wagen sich über die Provinzialstraße entfernte und kleiner und kleiner wurde. Ihre graugrünen Augen waren starr, und wenn sie auch nicht weinte ... es war ihre Mutter, die dort wegfuhr. Für immer. Es war der letzte Hauch eines verfehlten Lebens ... und doch ein Stück Jugend.

Die Tür war zugeschlagen.

Sie drehte sich um, als hinter ihr ein Geräusch aufklang.

Dr. Schmidt stand im Zimmer, in der Hand ein Glas mit Kirschlikör.

»Für dich, Hilde«, sagte er fast feierlich, und hielt ihr das Glas entgegen. »Du hast eben einen weiten, weiten Sprung getan.«

»Ich weiß.« Sie nahm das Glas und schloß die Augen. »Herr Regierungsrat ... ich komme mir plötzlich ganz anders vor — «

»Du bist auch anders geworden, Hilde.« Dr. Schmidt holte einen Zettel aus der Tasche und überflog ihn. »Ich habe deine Konten durchgerechnet. Du hast in den Gefängnisjahren 378 Mark gespart von deiner Arbeitsentlohnung. Morgen holt dich Herr Heckroth ab und fährt mit dir in die Stadt. Dort kannst du dich neu einkleiden ... denn am nächsten Sonntag ist Tanz in der Mühle. Da willst du doch hin, nicht wahr?«

»Ja, Chef — « Hilde Marchinski würgte. Die Tränen machten ihren Blick feucht. »Ich ... ich könnte Ihnen einen Kuß geben.«

»Bloß das nicht.« Dr. Schmidt trat lachend zur Seite. »Vergiß nicht, daß wir trotz allem in einem Gefängnis leben. Und spar dir das alles für Sonntag auf. Aber ...«

Er hob die Hand. Hilde Marchinski nickte und nahm stramme Haltung an.

»Ich weiß, Herr Regierungsrat. Man muß sich so benehmen, daß ›Mädchen im Moor‹ ein Ehrenname ist.«

»Gut behalten.« Dr. Schmidt ließ die Hand sinken. »In zehn Minuen kannst du mir eine Tasse Kaffee ins Büro bringen. Wie immer mit Milch und — «

» — und zwei Stückchen Zucker. Jawoll, Chef.«

Es war ein Ruf, der wie Jubel klang und dick, ganz dick in Glück eingebettet war.

Der Winter kam, Schnee trieb übers Moor, die Natur schlief. Und der Frühling kam, die Weiden bekamen Kätzchen, die Birken hellgrüne Spitzen, und über dem Moor stieg die erste Lerche in den blauen, von weißen Wolkenstreifen garnierten Himmel.

Über dem Gut Wildmoor und dem erwachenden Moor lag der Gesang junger, heller Mädchenstimmen.

Wie immer zogen die Kolonnen hinaus in die Öde, die so herrlich war. Vorweg Julie Spange, hinter ihr, in Dreierreihe, die Mädchen in den bunten Kopftüchern und den wippenden Röcken, mit fröhlichen Gesichtern und leuchtenden Augen.

Im Hauptkanal warteten drei große Moorkähne. Diese bestiegen die Mädchen, und dann glitten sie hinaus auf das fast schwarze Wasser und hinein in die braungrüne Unendlichkeit, hinein in einen Himmel, der sie aufzusaugen schien und ihnen die Unwirklichkeit farbiger, über dem schwarzen Wasser tanzender Punkte verlieh.

Heute leben 150 junge Mädchen auf Gut Wildmoor. 150mal Hoffnung, daß das Leben eine junge Seele noch nicht völlig zerstört hat, daß der Mensch fähig ist, durch Liebe und Vorbild andere Menschen zu erziehen, etwas, was so selten geworden ist wie das Gefühl, Gott nahe zu sein.

Oft steht der junge Regierungsrat Dr. Schmidt am Fenster seines Dienstzimmers und sieht den wegziehenden, singenden Mädchen nach. Und er weiß: Dort, die Blonde, hat gestohlen, und dort, die Schwarze, hat gefälscht, und diese blasse, kleine Braune in der letzten Reihe war lange Zeit der Schrecken der Kaufhäuser. Vroni, die Fröhliche in der ersten Reihe, hat ihr uneheliches Kind ausgesetzt, und dort, Beate, hatte versucht, ihren Chef, der sie mißbrauchte, zu töten.

Sie alle marschieren ins Moor, und sie singen und gehen

dem Leben entgegen ... weil wir, die satte Gesellschaft, die Moralisten vom Dienst, einen winzigen Platz auf dieser Welt haben, wo man verzeihen kann und verzeihen will und verzeihen wird.

Verzeihen —

Sagt mir ein Wort, das außer Liebe schöner klingt —

Heinz G. Konsalik

Dramatische Leidenschaft und menschliche Größe kennzeichnen die packenden Romane des Erfolgsschriftstellers.

Wilhelm Heyne Verlag

Utta Danella

Romane und Erzählungen der beliebten deutschen Bestseller-Autorin bei Heyne im Taschenbuch: ein garantierter Lesegenuß!

Wilhelm Heyne Verlag
München